汪晖，1959 年生，江苏扬州人。曾就学于扬州师范学院中文系、中国社会科学院研究生院，现为清华大学文科资深教授，研究领域为中国思想史、中国现代文学和社会理论等。

反 抗 绝 望

鲁迅及其文学世界

修订本

汪　晖　著

生活·讀書·新知三联书店

图书在版编目（CIP）数据

反抗绝望：鲁迅及其文学世界（修订本）/ 汪晖著．—北京：
生活·读书·新知三联书店，2023.10
（当代学术）
ISBN 978-7-108-07321-1

Ⅰ．①反… Ⅱ．①汪… Ⅲ．①鲁迅著作研究
Ⅳ．① I210.97

中国版本图书馆 CIP 数据核字 (2021) 第 257203 号

封面用图　汪　晖 绘

责任编辑　冯金红
装帧设计　宁成春
责任校对　常高峰
责任印制　宋　家
出版发行　生活·讀書·新知 三联书店
　　　　　（北京市东城区美术馆东街 22 号 100010）
网　　址　www.sdxjpc.com
经　　销　新华书店
印　　刷　鑫艺佳利（天津）印刷有限公司
版　　次　2023 年 10 月北京第 1 版
　　　　　2023 年 10 月北京第 1 次印刷
开　　本　635 毫米 × 965 毫米　1/16　印张 28.75
字　　数　345 千字
印　　数　0,001－5,000 册
定　　价　98.00 元
（印装查询：01064002715；邮购查询：01084010542）

当代学术

总 序

　　生活·读书·新知三联书店从1986年恢复独立建制以来，就与当代中国知识界同感共生，全力参与当代学术思想传统的重建和发展。三十年来，我们一方面整理出版了陈寅恪、钱锺书等重要学者的代表性学术论著，强调学术传统的积累与传承；另一方面也积极出版当代中青年学人的原创、新锐之作，力求推动中国学术思想的创造发展。在知识界的大力支持下，通过多年的努力，我们已出版众多引领学术前沿、对知识界影响广泛的论著，形成了三联书店特有的当代学术出版风貌。

　　为了较为系统地呈现中国当代学术的发展和成果，我们以上世纪八十年代以来刊行的学术成果为主，遴选其中若干著作重予刊行，其中以人文学科为主，兼及社会科学；以国内学人的作品为主，兼及海外学人的论著。

　　我们相信，随着当代中国社会的繁荣发展，中国学术传统正逐渐走向成熟，从而为百余年来中国学人共同的目标——文化自主与学术独立，奠定坚实的基础。三联书店愿为此竭尽绵薄。谨序。

生活·讀書·新知三联书店

2017年3月

目　录

第一编
思想的悖论：个人与民族、进化与轮回

三联新版自序

书有自己的命运，热闹一时后归于沉寂，或如石子落于水面，在微弱的涟漪之后沦没，是大多数作品面世后的命运。偶有经得岁月侵蚀，老而弥坚者，能够被人们一再重新发现，终于成为所谓经典。

但事情总有例外，这本一再重版的小书便是例证。当然，野草也并不屑于冒充乔木的。

《反抗绝望》前后多个版本，时间跨度在三十年以上，几度喧腾于众口，幼稚如初而未能速朽，别有原因。1988年初脱稿打印成册，几乎在答辩的同时就交给了"文化：中国与世界"编委会，但时运不济，隔年之后，编委会风流云散，编辑稿不知所终。1990年，有传言繁体字版在海外出版，辗转周折，几本样书终于来到身边。1991年，音讯全无之际，简体字版在上海悄然问世。这两个版本经历了怎样的周折才得以诞生，只有这本小书自己知道。越十年，河北教育出版社于2000年先后推出了两种封面设计的新版本；2008年，三联书店印行了第一个精装本。2010年，在多年沉寂之后，这本书忽然置身暴风之眼，风雨雷电环之如野兽奔突，消散如水银泻地。2014年，伴随韩文本的出版，它又在另一个陌生的语言世界探寻自己的命运。如今在距离初版三十二年之后，这本已经颇有些履历的书再度整装出发，走自己未完的路。

若给这本小书做传，它的行状大致如此。

对于作者，以青春之书"献于友与仇，人与兽，爱者与不爱者之间作证"，除了敝帚自珍，也有别的因由。《反抗绝望》自诞生之日起，一路风雨，竟至飘摇，却无畏前行，便有了自己的"友与仇，人与兽，爱者与不爱者"，也就有了"言归正传"的资格。如此说来，书竟然同人一样，也会成长，如同裸身行路的过客，在不同的季节筋骨见长，获得自己的名号、衣装和故事。从旁观之，其命运正与标题所示相合，"嘤其鸣矣，求其友声"之思虑少，一路掠过各路攻讦的姿态多，以后是否还会在陌生的人群中创造自己的"友与仇"，或终于如石子落入深渊，幸运地沦没，全未可知。

书与作者之间，也会演出"影的告别"，但究竟谁是影子，有待时间的见证。关于这本书的孕育和形成、骨骼和血肉、弱点和力量，我自然是清楚的，但三十多年前它在海内外的两度诞生，其情其状如何，我并不了然；至于那些不辞辛劳，为它而在暗夜或微明中上演的奔波与筹划、明枪与暗箭，其情其状又如何，我已近乎漠然。"朋友，时候近了"，"要别你而沉没在黑暗里了"。在校订这一版的清样时，脑际偶尔回旋这样的句子。

为了三十多年如影随形的风雨兼程，为了让无聊者"觉得干枯到失了生趣"，更为了它的再度远行，我得做点什么，至少不该辜负编者和付出心力爱护它的朋友的期盼。除了少数文字上的修订和删除《鲁迅研究的历史批判》一文之外，这一版的内容和结构与此前的版本没有区别，只是把初版本被出版者删去的参考书目附于书后，略做编辑和增补，并将其中两三条目补入正文注释；二、校订原稿中的引文，尽可能将原先转引的译文替换为晚出的标准译本（如商务版本的施蒂纳《唯一者及其所有物》全译本）中的译文或按照原文另译，以便读者查证；三、校订了原版中的一些讹误和错漏。如今，鲁迅研究领域新人辈出，成果斐然，这本小书不复为年轻行者，但我知道，无论前面是黑夜还是黎明，它只是大踏步的向前去，为后来者，也为自己，留下一点足迹，至于其他，是在所不计的。

对于作者，这也如死火重温，在绽放中体会无尽的青春。

2022 年 4 月

初 版 题 辞

一个紧张的身体千百次地重复一个动作：搬动巨石，滚动它并把它推向山顶，但巨石在到达顶峰的瞬间又向着下面的世界滚去——他于是又向山下走去。(加缪:《西西弗的神话》)

另一个困顿倔强、眼光阴沉的过客永恒地走着通往坟墓的道路；他孤身一人，独自承载着精神的创伤和肉体的痛苦；他无法停息，因为无穷无尽的前面有声音在催促他，叫唤他，使他息不下。(鲁迅:《过客》)

这种无休止地"走"向无尽苦难的历程震撼着我的心灵：那沉重的旅程不是由希望支撑，主人公完全洞悉自己无可逃遁的痛苦和劫难，但恰恰是这种对"绝望"的洞悉和反抗使他们成为自己命运的主人。

西西弗与过客永远行进，在绝望的反抗中创造了生命的意义。

"我只得走，我还是走好罢……"

一个无法拒斥的声音在荒原旷野中游荡，那沉重的喘息像是来自永恒的沉默的宇宙，又好像来自人的深不可测的心底！

作者

1988.3.29 夜记

初 版 后 记

　　书写完了，我的心沉静而寂寞，一如深到无穷的秋夜的高天。但隐隐之中，我又依稀听见永久萦回于"过客"耳际的神秘的呼唤，听见孤独者在历史荒原上发出的受伤的狼般的凄怆的嗥叫。

　　读鲁迅的书，我震惊于他对中国历史、社会、文化，尤其是人的心态的深刻观察和批判，更为这个久已逝去的老人心灵深处汹涌着的荒海般的波涛所慑服。我几乎要逃避，却终于发现这是枉然。鲁迅似乎有一种无法拒斥的精神力量。有一点我至今似乎没有弄清楚：究竟是生活帮助我理解了鲁迅，还是鲁迅帮助我理解了生活；但有一点是肯定的：鲁迅是我有生以来对我的思想情感方式产生巨大的、决定性影响的人，虽然在我出生之前二十多年他就离开了这个世界。

　　常常有人把我和我的同辈视为幸运儿，仿佛人生的磨难只有一种。但是，那种站立在思想废墟之上的深刻怀疑，那种无家可归又竭力寻找的无言的惶惑，那种献身于现代观念又摆脱不掉传统压力所形成的焦虑和内心分裂，那种由于生活的急剧变化和对现代哲学的关心而产生的"20世纪情绪"，那种对社会政治变迁的强烈关心，那种对病态人心，尤其是知识分子阴暗心理的异样的敏感——这一切一切持久地纠缠着我的灵魂，使我不得安宁。和上一辈坎坷的知识者不一样，我更多的是通过对自身和他人生活的内省体验获得对生活的理解，我们这一代是精神解放时代的产儿，同时也承受了精神解放的代价：思想的多元化带来了选择的艰难，对传统的怀疑加强了无所适从的痛苦，深刻的不信任感使得这批生活道路相对单纯的知识者成为精神上最不单纯、最为复杂、最为矛盾以至混乱的一代。

这种惶然迷惘的心态使我比我的前辈学者更关心内心问题。上一代人主要是把鲁迅作为认识社会的精神导师，而我却更关心鲁迅在剧烈的文化变迁中内心的分裂和灵魂的痛苦；我注意的经常不是他对社会生活采取了什么样的情感态度，而是他为什么或在什么样的文化心理背景上采取了这样或那样的情感态度。事实上，研究鲁迅，对于我来说，也是一种内心的需要：我渴望在对鲁迅复杂的精神世界的认识与体悟中，理解自己，理解自己与世界的关系。知识者的心灵与当代文化的变迁始终是我关注的问题。我试图通过对知识分子的心态、命运的思考来理解和透视中国的社会现实问题。

我在文中曾经写到鲁迅的"重复感"或"循环感"。想想逝去的一切，有时竟又会觉得这逝去的东西并未逝去，我们在当前的变化中、在当代人的许多行为以至幻想中，发现了过去的磷火。鲁迅为此而感到了最沉重的负担，我则在同一感觉中体会了两代知识分子在精神上的"循环"，并由此发现岁月的流逝并未真正改变我们的命运。我的心不免沉重起来，一些朋友也觉得我的许多想法"深刻（？）而不可爱"。然而正像昆德拉在他的《生命中不能承受之轻》卷首说的，也许最沉重的负担同时也是一种生活最为充实的象征，负担越重，我们的生活也就越贴近大地，越趋近真切和实在。相反，在良好的感觉中轻松地飞起，也即意味着离开真实的生活，变得似真非真，运动自由而毫无意义。

当然，生活绝不像巴门尼德的问题：选择轻松，还是沉重；但对于意识到这种沉重的人来说，沉重就成了难以推卸的宿命。

鲁迅确实使我感到沉重，但也使我接近了残酷的真实，当我感觉到这一点时，我便忍不住地要去破坏一切假象。人们常常需要假象来维持感觉良好的轻松，因此真实就成了残酷和刻薄。追求这种真实的人不仅葬送了自己的轻松，也会毁坏别人的良好感觉。

但对于意识到这种真实的沉重的人来说，这就是无可逃脱的宿命。

我感到寂寞。或许这本书将更加寂寞。我曾经许多年如一日地在故乡的一条荒僻的小道上徘徊，用孤独的目光打量隔岸的公园里轻松或是疲倦的游客，却并不因此而有神往之意。有时我甚至想，寂寞于我或许更合适。

但我仍然渴望用我这笨拙的笔写出我所理解的鲁迅，并通过对鲁迅的理解与我的长辈、同辈或更年轻的一代交流。因此，当一位前辈读完我的书稿并谈起他的心境、他的孤独的时候，我心里涌出一阵激动。我的笔实在太笨拙了，有位编辑说，读我的文章总得正襟危坐，一位朋友希望我能写得更加轻松活泼些，这常常使我感到惭愧。或许换一个研究对象，写作的风格会有些变化？我当尽力去做，因为我渴望更多的理解，但不会为此连同自己的思想、个性一块儿抛弃。

夜深到无底了，我的心也一道沉下去，沉下去。多少次，我几乎要忘怀一切，连同自己的所谓事业。但我终于不能忘怀：老师和朋友的目光久久地凝视着我。那是怎样的一种目光呵！不，我没有勇气使他们失望，更何况他们的身后有着那样一个无比辽阔的世界。面对我的导师唐弢先生和我所深爱着的朋友们，我无法用言辞表达我的感激——或许有一天，我能用自己的生命历程写出对他们的爱。

这本书是我学生时代的句号，一个画得不圆的圈圈。我心里忽而空虚起来：一切又重新开始了。

　　我只得走，我还是走好吧。

　　"过客"心头的声音在前面回荡，那是一种诱惑？一种召唤？我只能踉踉跄跄地走去了。

1988年3月于北京

第二版序

《反抗绝望》一书写于1986至1987年间，1988年4月作为我的博士论文通过答辩，随即交给出版社，原定在1989年出版，但出版的事一再拖延。直到1990年，台湾久大文化股份有限公司出版了该书的繁体字版，次年作为"文化：中国与世界"丛书之一由上海人民出版社出版，印数不多。在过去的十年里，这本书似乎还时时有人记起，也有朋友来信索要，但书店里早已售罄，而我手头已经没有存书。因此，当孙郁先生、王吉胜先生建议修订再版时，我欣然答应了。

鲁迅研究是我个人学术生涯的起点，这一点至今对我仍很重要。在1982至1988年间，作为一名硕士研究生和博士研究生，我一直把主要精力放在研究鲁迅及其相关问题上。我在阅读鲁迅著作时获得的印象与各种流行的说法大相径庭，也与我自己早已接受的一些前提相去甚远，却找不到理论的解释。无数个夜晚和早晨，月亮升起，太阳落下，我苦苦地沉思，耗去了许多年的时间。我想，我是把许多事情想到那个文字构筑的世界里面去了。一个死去的灵魂在青草地下发现了死火，因此急切地把它揣在怀中期待着复活，生命却一寸一寸地死去。从70年代末到80年代末，我的内心就像明暗之间的黄昏，彷徨于无地的过客，那是在鲁迅世界覆盖下的生活。我有时觉得我正处在一个激情时代的背面：激情在涌动着，似乎要冲决，却被无情的地表压抑，像无常一般在夜气中奔波。

1988年之后，我的研究工作从现代文学、鲁迅研究转向了晚清至现代时期的思想史，但我在鲁迅研究中碰到的那些问题换了个方式又回到我的研究视野之中，几乎成为我的思想史研究的一些背景式的问题。1995至1996年间，我应一家出版社的要求编辑自选集，特意将我有关章太炎研究的最新成果与很多年前有关鲁迅的写作放在一起，因为这两篇长文在主题和内容上有着内在的联系。我常常惊讶地发现，十年来，读了许多书，听了无数的演讲，走访了许多地方，但我对现代中国思想的思考经常会回到我自己的起点。这让我感到惶惑，也有些奇怪的感觉。那是一个将要离我而去的影子么？

1997年夏天，王晓明兄来香港（我那时正在香港做一年的访问研究），我们彻夜长谈，他问及我的一些思想变化，我后来给他回信说：

> 你提及鲁迅思想的这一方面，我是完全同意的。你知道我对鲁迅的研究与别人有所不同，是因为我的起点是他在1907—1908年间的思想，特别是他与施蒂纳、尼采以及他们在文学上的代表的关系。尽管我自己对于这一思想线索的理解仍然是极为简单的，但鲁迅以及他的老师章太炎对现代性的那种悖论式的态度一直是我思考的问题之一。这是一条把个体与集体（民族、阶级等等）以独特的方式组织在一起的途径，它的内在的矛盾也从不同的方向上构成了对于古典自由主义和传统社会主义的双重批判。鲁迅一生与两种不同的革命之间的那种近乎纠缠的关系，在我看来，部分地是和他的思想的这种特殊取向有关的。如果有机会，我也许会重新写一点有关鲁迅的文章。我在近几年把问题集中在现代性这一复杂问题上，从学术的方式

上说，也有一些变化，但就思想本身而言，也仍然是有脉络可寻的。我觉得鲁迅始终可以作为一个衡量现代思想变化的特殊坐标。这倒不是说他的思想如何高超，而是说他的思想的那种复杂性能够为我们从不同的方向观察现代问题提供线索。

这里谈到的鲁迅1907—1908年前后的思想，以及他对现代性的悖论态度，也是这本著作的中心内容之一。最近这些年，我开始把上述问题归纳为"现代性的悖论"，而那时，我却总是在想为这一悖论式的结构给出一个更为合理的、逻辑一贯的解释，虽然心里仍然困惑不已，这就是鲁迅思想对我的影响。

我对这些问题的最初思考可以追溯到1983年完成的硕士论文。在那篇论文中，我侧重探讨了鲁迅的思想、文学与施蒂纳、尼采、阿尔志跋绥夫的关系，分析他为什么在寻求变革、倡导科学、主张人道主义、支持共和革命和民族主义的同时，却对法国大革命及其自由平等原则深表怀疑，对工业革命的后果进行严厉的批判，对集体性持否定态度，对国家、社会、普遍主义伦理和利他主义原则给予坚决否定，为什么这样一位伟大的思想人物却热衷于尼采式的超人、拜伦式的英雄、施蒂纳式的唯一者，为什么这个进化论者却认为历史不过是偏至或轮回的过程，为什么他的以"为人生"和"改造国民性"为宗旨的文学创作，却充满了"安特莱夫式的阴冷"和对于现实世界的决绝，为什么这位现实主义的小说家却写出了《野草》这样的近于存在主义的作品？1983年，我还太年轻，知识积累和个人经验都不足以对这些问题做出清晰的回答，而我的周围似乎也没有能够帮助我回答这些问题的人。那是一个启蒙的时代，一个为现代化的激情所鼓荡的时代，鲁迅的这些思想是让人难以理解的。但它们一直在困扰着我，以至在我跟随唐弢先生攻读博士学位的时候，我又一次回到这些问题上来。有一次，唐先生认真地跟我说，你是文学系的研究生，可你的论文倒像哲学系和历史系的学生写的。我这才在论文的后半部分转向文学问题。

重写鲁迅的愿望从未消失，但似乎一时还没有可能。借着重版此书的机会，我重新通读了全书，却没有时间做更多的增订，也不能对书中许多粗疏之处加以修改。除了个别字句的改动之外，我删去了原书的第四章，仅将其中一节编入第三章，因为有关文学部分的分析原先就有些不够精练。此外，我把1996年发表于《天涯》杂志的文章《"死火"重温》作为本书的导论，因为这篇文章简要地概述了我对鲁迅的理解，其中有些内容是这本书中没有的。我还把发表于《文学评论》1988年第8期的文章《鲁迅研究的历史批判》作为附录放在书后，以供读者参考。在我写完这本书之后，这是我仅有的两篇谈论鲁迅和鲁迅研究的文章。

最后，我还是要再次表达对我的导师唐弢先生的感激，他曾经仔细地审读全书，写了多达二十几页的修改意见。他还为这本书写了序言，如果我记得不错的话，这几乎是他生前为别人的著作撰写的最后的序言。这本书在台湾面世的时候，他已经长卧病榻，不再能够阅读。我们躲不过造化的摆弄，但生命中的感情和思考却顽强地抗拒着。也许人的一生都在回答那些从一开始就在困扰着你的问题，那是我们自己选择的命运。

1998年10月于北京

第三版导论（代）"死火"重温^{〈1〉}

　　坐在灯下，想着要为这本辑录了鲁迅和他的论敌的论战文字的书写序，却久久不能着笔。鲁迅生前是希望有人编出这样的书的，因为只是在这样的论战中，他才觉得活在人间。

　　为什么一个人愿意将自己的毕生心力倾注在这样的斗争中？

　　我枯坐着，回忆鲁迅的文字所构造的世界，而眼前首先浮现的竟是"女吊"。就在死前的一个月，鲁迅写下了生前最后的文字之一《女吊》，说的是"报仇雪耻之乡"的孤魂厉鬼的复仇故事：

　　　　……自然先有悲凉的喇叭；少顷，门幕一掀，她出场了。大红衫子，黑色长背心，长发蓬松，颈挂两条纸锭，垂头、垂手，弯弯曲曲的走一个全台，内行人说：这是走了一个"心"字。为什么要走"心"字呢？我不明白。我只知道她何以要穿红衫。……因为她投缳之际，准备作厉鬼以复仇，红色较有阳气，易于和生人接近……^{〈2〉}

〈1〉《"死火"重温》一文写于1996年，是为《鲁迅与他的论敌》撰写的序言。2008年三联书店出版本书第三版时，移用作为导论。

〈2〉鲁迅：《女吊》，《鲁迅全集》第6卷，人民文学出版社，2005年，第640页。（本书原版采用的是1981年16卷版《鲁迅全集》，考虑到读者查阅方便，现全部改用2005年20卷版《鲁迅全集》。）

在静静的沉默中，鲁迅的白描活现在我眼前。我似乎也看见她将披着的头发向后一抖：石灰一样白的圆脸，漆黑的浓眉，乌黑的眼眶，猩红的嘴唇，而后是两肩微耸，四顾，倾听，似惊，似喜，似怒，终于发出悲哀的声音。执着如怨鬼，死终于还是和报复联系在一起，纵使到了阴间也仍穿着大红的衫子，不肯放过生着的敌人。

我知道这些描写多少是有些自况的，因为那时的鲁迅已经病入膏肓。在写下《女吊》之前，他已经写有一篇题为《死》的文字，其中引了史沫特莱为珂勒惠支的版画选集所作的序文，并录有他的遗嘱，那末尾的一条是：

> 损着别人的牙眼，却反对报复，主张宽容的人，万勿和他接近。[1]

鲁迅相信"犯而勿校"或"勿念旧恶"的格言不过是凶手及其帮闲的策略，所以他也说过"一个都不宽恕！"的话。我们于是知道，鲁迅把宽恕当作权力者及其帮闲的工具，因此他绝不宽恕。然而，这仍然不足以解释他的那些在今人看来近于病态的复仇愿望和决绝咒语。

对于鲁迅的不肯费厄泼赖，对于鲁迅的刻薄多疑，对于鲁迅的不合常情，这十年来谈得真是不少了。比如说吧，对于友人和师长，即使已经故世的，鲁迅竟也用这样的标准衡量。就在他逝世前几天，鲁迅连着写了两篇文章纪念他昔日的老师章太炎，其中一篇未完，他即告别人世。他批评太炎先生"虽先前也以革命家现身，后来却退居于宁静的学者，用自己所手造的和别人所帮造的墙，和

〈1〉 鲁迅：《死》，《鲁迅全集》第6卷，第635页。

时代隔绝了"。对于章氏手定的《章氏丛书》刊落"驳难攻讦，至于忿詈"的文字深为不满，他认为那是太炎先生"一生中最大，最久的业绩"，那样的文字能"使先生与后生相印，活在战斗者的心中的"。⟨1⟩

时代是过于久远了。这是平和中正的时代，用各种各样的墙各各相隔绝的时代，即使像我这样曾经是研究鲁迅的人也已退居为宁静的学者。在这宁静的幻象背后，延伸着据说是永世长存的、告别了历史的世界，倘若将鲁迅置于这样的平安的时代，他怕是一定要像"这样的战士"一样无可措手足的吧，虽然他仍然会举起投枪！"在这样的境地里，谁也不闻战叫：太平。"⟨2⟩

我想象着鲁迅复生于当世的形象：

> 那伟大如石像，然而已经荒废的，颓败的身躯的全面都颤动了，这颤动点点如鱼鳞，每一鳞都起伏如沸水在烈火上；空中也即刻一同颤动，仿佛暴风雨中的荒海的波涛。⟨3⟩

在这个"市场时代"里，在我所熟悉的宁静的生活中，鲁迅竟然还时时被人记起，鲁迅的那些战斗的文字还会有人愿意辑出，这真是出乎预料。这就如同在喧腾着繁华的烟尘的都市的夜中，我却记起了女吊和她的唱腔一样，都有些怪异。对于希望这些文字早日"与时弊同时灭亡"⟨4⟩的鲁迅而言，这也许竟是不幸？

我相信，读者读了这本文选之后，会有不同的感想。正人君

⟨1⟩ 鲁迅：《关于太炎先生二三事》，《鲁迅全集》第6卷，第567页。
⟨2⟩ 鲁迅：《这样的战士》，《鲁迅全集》第2卷，第219—220页。
⟨3⟩ 鲁迅：《颓败线的颤动》，《鲁迅全集》第2卷，第211页。
⟨4⟩ 鲁迅：《热风题记》，《鲁迅全集》第1卷，第308页。

子、宁静的学者、文化名人、民族主义文学者、义形于色的道德家，当然也有昔日的朋友、一时的同志，也一一展现他们的论点和态度，从而使我们这些后来者知道鲁迅的偏执、刻薄、多疑的别一面。对于鲁迅，对于他的论敌，对于他们置身的社会，这都是公允的吧。

这里面藏着时代的辩证法。

在为一位年轻的作者所写的序文中，鲁迅曾感叹说："释迦牟尼出世以后，割肉喂鹰，投身饲虎的是小乘，渺渺茫茫地说教的倒算是大乘，总是发达起来，我想，那机微就在此。"鲁迅因此而不想渺渺茫茫地说教，终至退居宁静，他宁愿"为现在作一面明镜，为将来留一种记录"〈1〉。这是鲁迅的人生观，是一种相信现在而不相信未来的人生观——虽然他自己也曾是进化论热烈的推崇者，而中国的进化论者倒是大多相信未来的。

我一直忘不掉的文章，是鲁迅写于1930年初，题为《流氓的变迁》的杂文。专家们大概会告诉我们，那是讽刺新月派或是别的帮闲的文字。不过，我记得这篇文章却不仅为此。鲁迅的这篇不足千字的短文概述的是中国的流氓变迁的历史。在这篇文章中，鲁迅将中国的文人归结为"儒"与"侠"，用司马迁的话说，"儒以文乱法，而侠以武犯禁"，在鲁迅看来，这两者都不过是"乱"与"犯"，决不是"叛"，不过是闹点小乱子而已。更可怕的是，真正的侠者已死，留下的不过是些取巧的"侠"，例如汉代的大侠陈遵就已经与列侯贵戚相往来，"以备危急时来作护符之用了"。总之，"后面是传统的靠山，对手又都非浩荡的强敌，他就在其间横行过

〈1〉 鲁迅：《叶永蓁作〈小小十年〉小引》，《鲁迅全集》第4卷，第150—151页。

去"，这就是后世的"侠"的素描了。鲁迅评论《水浒传》《施公案》《彭公案》《七侠五义》的要害，也都在这些"侠"悄悄地靠近权势，却"对别方面还是大可逞雄，安全之度增多了，奴性也跟着加足"。[1]他们维持风化，教育无知，宝爱秩序，因此而成为正人君子、圣哲贤人，一派宁静而慈祥。说透了，却不过是得了便宜卖乖罢了。

这就是鲁迅所说的帮忙与帮闲。

鲁迅一生骂过的人难以计数，其中许多不仅曾是他的同伴、友人，而且至今仍是值得研究的文化人物。我们不必把鲁迅的话当作判定历史人物的唯一标准，因为他本人也是历史中有待评判的人物，虽然我觉得他的"骂"总有道理。鲁迅一向不喜恕道，偏爱直道，他也早就说过，他的骂人看似私怨，实为公仇。可叹的是，半个世纪前发生的那些论争不幸已被许多人看作纸面上的纷争，沦为姑嫂勃谿般的故事。勇于私斗，怯于公仇，这是鲁迅对中国人的病态的沉痛概括。在我的眼里，他骂的是具体的人，但也是老中国的历史，从古代的孔、老、墨、佛，直至当代的圣哲贤人。倘要论鲁迅的偏执，先就要说他对中国历史的偏执。那奥妙早已点穿："孔墨都不满于现状，要加以改革，但那第一步，是在说动人主，而那用以压服人主的家伙，则都是'天'。"[2]

这样的表述是经常要被老派的人指责为激进反传统，被新派的人看作有违"政治正确"的。晚清以降，中国思想的固有定式之一便是中西对比式的文化表述，革新者与守旧者都力图在这种对比关系中为"中国文化"和"西方文化"描画出抽象的特征，而后制定

〈1〉 鲁迅：《流氓的变迁》，《鲁迅全集》第4卷，第160页。
〈2〉 同上书，第159页。

他们各自的文化战略。然而，鲁迅的特点恰恰是他并没有简单地去虚构那种对比式描述，他在具体语境中表述的文化观点不应也不能简单地归结为关于"中国文化"的普遍结论。他的文学史著作，他对民间文化的热情，他对汉唐气象的称赞，都显示了他对传统的复杂看法。不仅如此，鲁迅在批判传统的同时，也激烈地批评过那些唯新是从的"新党"，批评过没有脊梁的西崽。他的文化批评的核心，在于揭示隐藏在人们习以为常的普遍信念和道德背后的历史关系。这是一种从未跟支配与被支配、统治与被统治的社会模式相脱离的历史关系。对于鲁迅来说，无论文化或者传统如何高妙，有史以来还没有出现过摆脱上述支配关系的文化或传统；相反，文化和传统是将统治关系合法化的依据。如果熟知他早年的文化观点，我们也会发现他的这种独特视野同样贯注于他对欧洲现代历史的观察之中：科学的发展、民主制度的实践同样可能导致"物"对人、人（众人）对人的专制。[1]他所关注的是统治方式的形成和再生过程。

因此，支配鲁迅的文化态度的，是历史中的人物、思想、学派与（政治的、经济的、文化的、传统的、外来的）权势的关系如何，他们对待权势的态度怎样，他们在特定的支配关系中的位置如何，而不是如他的同时代人习惯的那样做简单的中西对比式的取舍。中西对比式的描述为中国的社会变革提供了文化依据，并为自己的文化构筑了历史同一性，但这种历史同一性不仅掩盖了具体的历史关系，而且也重构了（如果不是虚构）文化关系。鲁迅从来没有把"权势"抽象化，他也从来没有把传统或文化抽象化。在由传

〈1〉 "掊物质而张灵明，任个人而排众数"，鲁迅：《文化偏至论》，《鲁迅全集》第1卷，第47页。

统和文化这样的范畴构筑起来的历史图景中，鲁迅不断追问的是：传统或文化的帷幕后面遮盖着什么？在鲁迅看来，现代社会不断地产生新的形式的压迫和不平等，从而帮忙与帮闲的形式也更加多样——政治领域、经济领域、文化领域无不如此，而现代文人们也一如他们的先辈，不断地创造出遮盖这种历史关系的"文化图景"或知识体系。

鲁迅对这种关系的揭露本身不仅摆脱了那种中西对比式的简单表述，而且也包含了对那个时代的普遍信念——进化或进步——的质疑：现代社会并未随时间而进化，许多事情不仅古已有之，而且于今更甚。鲁迅对传统的批判诚然是激烈的，但他并不就是一位"现代主义者"。他对现代的怀疑并不亚于他对古代的批判。

鲁迅是一个悖论式的人物，也具有悖论式的思想。

鲁迅的世界里弥漫着黑暗的影子，他对现实世界的决绝态度便是明证。

然而，对于鲁迅世界里的黑暗主题的理解，经常渗透了我们这些文明人的孤独阴暗的记忆。是的，他如女吊一般以红色接近阳间，不过是为了复仇，光明于他是隔膜的。但是，你越是接近这个世界，就越能体会到这个影子的世界对于鲁迅的意义：它阴暗而又明亮。鲁迅何止是迷恋它，他简直就是用这个世界的眼光来看待他身处的世界。

这是一个没有用公众和君子们的眼光过滤过的世界：人面的兽、九头的蛇、一脚的牛、袋子似的帝江、"执干戚而舞"的无头的刑天、既如怨鬼又绚美异常的女吊，还有那雪白的莽汉——蹙眉的无常，他粉面朱唇，眉黑如漆，亦哭亦笑；爱、恨、生、死、复仇；红色、黑色、白色；拼命吹响的目连嗐头、铿锵有力的念白：

"那怕你，铜墙铁壁！那怕你，皇亲国戚！"〈1〉这是一个感情鲜明的世界，一个疯狂、怪诞、颠覆了等级秩序的世界，一个把个体孤独感的阴暗的悲剧色彩烘托成节日狂欢的世界，一个民间想象的、原始的、具有再生能力的世界。

鲁迅的世界具有深刻的幽默怪诞的性质，它的渊源之一，就是那个在乡村的节日舞台上、在民间的传说和故事里的明艳的"鬼"世界。一位理论家说过，"最伟大的幽默家大概就是'鬼'"，而"鬼"世界的幽默是毁灭性的。"鬼"所报复、讽刺、调侃的不是现实的个别现象和个别人物，而是整个的世界整体。现实世界在"鬼"的视野中失去了它的稳定性、合理性，失去了它的自律性、它的道德基础。在"鬼"世界的强烈、绚丽、分明、诙谐的氛围中，我们生存的世界呈现了它的暧昧、恐怖、异己、无所依傍的状态。"鬼"世界的激进性表现为它所固有的民间性和非正统性：生活、思想和世界观里的一切成规定论，一切庄严与永恒，一切被规划了的秩序都与之格格不入。鲁迅和他论敌的关系，不过就是他所创造的那个"鬼"世界与现实世界的关系，这种关系是整体性的，而决不具有私人性质。

我们最易忘记的，莫过于鲁迅的"鬼"世界所具有的那种民间节日和民间戏剧的气氛：他很少用现实世界的惯用逻辑去叙述问题，却用推背法、归谬法、证伪法、淋漓的讽刺和诅咒撕碎这个世界的固有逻辑，并在笑声中将之展示给人们。在20至30年代的都市报刊上，鲁迅创造了如同目连戏那样的特殊的世界：那个由幽默、讽刺、诙谐、诅咒构成的怪诞的世界，缺少的仅仅是目连戏的神秘性。但是，正如一切民间狂欢一样，鲁迅的讽刺的笑声把我们

〈1〉 鲁迅：《无常》，《鲁迅全集》第2卷，第281页。

临时地带入到超越正常的生活制度的世界里，带入到另一种观察世界的戏剧性的舞台上。巴赫金曾在中世纪和文艺复兴时代的狂欢节中发现："这种（狂欢节）语言所遵循和使用的是独特的'逆向'、'反向'和'颠倒'的逻辑，是上下不断换位的逻辑，是各种形式的戏仿和滑稽改编、戏弄、贬低、亵渎、打诨式的加冕和废黜。"他还发现，民间表演中强烈的感情表现并不是简单的否定，那里包含了再生和更新，包含了通过诅咒置敌于死地而再生的愿望，包含了对世界和自我的共同的否定。〈1〉

> 我至今还确凿地记得，在故乡时候，和"下等人"一同，常常这样高兴地正视过这鬼而人，理而情，可怖而可爱的无常；而且欣赏他脸上的哭或笑，口间的硬语与谐谈……〈2〉

当我们把鲁迅的咒语看作他的偏激和病态的时候，我们就属于他所诅咒的世界，遵循这个世界的规则；当我们为他的决绝而深感骇异的时候，我们早已忘记在他身后隐藏着的那个女吊、无常的世界，那个世界的人情和欢乐；当我们为他内心深处的绝望所压倒的时候，我们也丧失了对那个包含了再生和更新意味的节日气氛的亲近感。我们丢不开我们的身份，进入那个狂欢的世界：我们是学者、公民、道德家、正人君子；我们不能理解那个民间世界的语言，因而我们最终失去了理解仇恨与爱恋、欢乐与诙谐的能力。

〈1〉 ［俄］M.巴赫金：《〈弗朗索瓦·拉伯雷的创作与中世纪和文艺复兴时代的民间文化〉导言》，《巴赫金文论选》，佟景韩译，中国社会科学出版社，1996年，第106—107页。
〈2〉 鲁迅：《无常》，《鲁迅全集》第2卷，第281页。

鲁迅的世界中也隐含着女吊、无常的民间世界所没有的东西，那就是对于人的内在性、复杂性和深度性的理解。在这种理解中产生了反思的文化。他所体验到的痛苦和罪恶感，把一种深刻的忧郁和绝望的气质注入了他所创造的民间性的世界。

鲁迅抑制不住地将被压抑在记忆里的东西当作眼下的事情来体验，以至现实与历史不再有明确的界限，面前的人与事似乎不过是一段早该逝去而偏偏不能逝去的过去而已。他不信任事物表面的、外在的形态，总要去追究隐藏在表象下的真实，那些洞若观火的杂感中荡漾着的幽默、机智、讽刺的笑声撕开了生活中的假面。鲁迅拒绝任何形式、任何范围内存在的权力关系和压迫：民族的压迫、阶级的压迫、男性对女性的压迫、老人对少年的压迫、知识的压迫、强者对弱者的压迫、社会对个人的压迫，等等。也许这本书告诉读者的更是：鲁迅憎恶一切将这些不平等关系合法化的知识、说教和谎言，他毕生从事的就是撕破这些"折中公允"的言辞织成的帷幕。但是，鲁迅不是空想主义者，不是如叶遂宁、梭波里那样对变革抱有不切实际的幻想的诗人。在他对论敌及其言论的批判中，包含了对这些论敌及其言论的产生条件的追问和分析。鲁迅对隐藏在"自然秩序"中的不平等关系及其社会条件的不懈揭示，不仅让一切自居于统治地位的人感到不安，也为那些致力于批判事业的人昭示了未来社会的并不美妙的图景。

但是，那种由精神的创伤和阴暗记忆所形成的不信任感，那种总是把现实作为逝去经验的悲剧性循环的心理图式，也常常会导致鲁迅内心的分裂。"挖祖坟""翻老账"的历史方法赋予他深沉的历史感，但他对阴暗经验的独特、异常的敏感，也使他不像同时代人那样无保留地沉浸于某一价值理想之中，而总是以自己独立的思考不无怀疑地献身于时代的运动。"那时使我希望，欢欣，爱，生活的，却全都逝去了，只有一个虚空，我用真实去换来的虚空存在。"〈1〉鲁迅曾经是进化论历史观的热情宣传者，但正如我在别的地方已经提出的，真正惊心动魄、令人难以平静的，恰恰是他那种对于历史经验的悲剧性的重复感与循环感：历史的演进仿佛不过是一次次重复、一次次循环构成的，而现实——包括自身所从事的运动——似乎并没有标示历史的进步，倒是陷入了荒谬的轮回。

> 总而言之，复古的，避难的，无智愚贤不肖，似乎都已神往于三百年前的太平盛世，就是"暂时做稳了奴隶的时代"了。〈2〉
>
> 我怕我会这样：倘使我得到了谁的布施，我就要像兀鹰看见死尸一样，在四近徘徊，祝愿她的灭亡，给我亲自看见；或者诅咒她以外的一切全都灭亡，连我自己，因为我就应该得到诅咒。〈3〉

这也部分地解释了他在论战中的偏执：他从中看到的不仅是他所面对的人，而且是他所面对，也是他所背负的历史——那个著名的黑暗的闸门。

日本的竹内好曾经对"近代的超克"命题做过复杂的解释，他把鲁迅看作代表了亚洲超越近代性的努力的伟大先驱。在分析鲁迅与政治的关系时，他认为鲁迅的一系列杂文中贯注着关于"真正的革命是'永远革命'"的思想。竹内好发挥鲁迅的看法说："只有自

〈1〉 鲁迅：《伤逝》，《鲁迅全集》第2卷，第132页。
〈2〉 鲁迅：《灯下漫笔》，《鲁迅全集》第1卷，第225页。
〈3〉 鲁迅：《过客》，《鲁迅全集》第2卷，第197页。

觉到'永远革命'的人才是真正的革命者。反之，叫喊'我的革命成功了'的人就不是真正的革命者，而是纠缠在战士尸体上的苍蝇之类的人。"[1]对于鲁迅来说，只有"永远革命"才能摆脱历史的无穷无尽的重复与循环，而始终保持"革命"态度的人势必成为自己昔日同伴的批判者，因为当他们满足于"成功"之时，便陷入那种历史的循环——这种循环正是真正的革命者的终极革命对象。

这是鲁迅的慨叹，我每次记起都感到深入骨髓的震撼和沉痛：

> 中国一向就少有失败的英雄，少有韧性的反抗，少有敢单身鏖战的武人，少有敢抚哭叛徒的吊客。[2]

这慨叹其实与他对"中国的脊梁"的称颂异曲同工：他们"有确信，不自欺"，"一面总在被摧残，被抹杀，消灭于黑暗中"，"一面前仆后继的战斗"。[3]鲁迅倡导的始终是那种不畏失败、不怕孤独、永远进击的革命者。对于这些革命者而言，他们只有通过不懈的，也许是绝望的反抗才能摆脱"革新—保持—复古"的怪圈。

然而，"永远革命"的动力并不是超人的英雄梦想，毋宁是对自己的悲观绝望。在鲁迅的内心里始终纠缠着那种近乎宿命的罪恶感，他从未把自己看作这个世界里无辜的、清白的一员，他相信自己早已镶嵌于历史的秩序之中，并且就是这个他所憎恶的世界的同谋。"有了四千年吃人履历的我，当初虽然不知道，现在明白，难见真的人！"[4]他不能克制地"举起投枪"，不是为了创造英雄业

---

[1] [日]竹内好：《鲁迅》，李心峰译，浙江文艺出版社，1986年，第117页。
[2] 鲁迅：《这个与那个》，《鲁迅全集》第3卷，第152—153页。
[3] 鲁迅：《中国人失掉自信力了吗》，《鲁迅全集》第6卷，第122页。
[4] 鲁迅：《狂人日记》，《鲁迅全集》第1卷，第454页。

绩,而是因为倘不如此,他就会沦为"无物之阵"的主人。"那些头上有各种旗帜,绣出各样好名称:慈善家,学者,文士,长者,青年,雅人,君子……头下有各样外套,绣出各式好花样:学问,道德,国粹,民意,逻辑,公义,东方文明……"[1]

呜呼呜呼,我不愿意,我不如彷徨于无地。[2]

鲁迅的文化实践创造了真正的革命者形象,那形象中渗透了历史的重量和内心无望的期待。这个革命者形象的最根本特征是:他从不把自己置于嘲讽、批判、攻击的对象之外,以自身与之相对立,而是把自己归结为对象的一个部分。也因此,否定的东西不是这个世界的局部现象,而是整体性的,是包容了他的反叛者的。这是一个变动的世界,革命者也是这个变动世界的有机部分,从而革命者对世界的攻击、嘲讽和批判包含了一种反思的性质。

这形象也构成了鲁迅评判世事的准则,在一篇文章里,鲁迅谈到许多眼光远大的先生对后来者的劝告:生下来的倘不是圣贤、豪杰、天才,就不要生;写出来的倘不是不朽之作,就不要写……"那么,他是保守派么?据说,并不然的。他正是革命家。惟独他有公平,正当,稳健,圆满,平和,毫无流弊的改革法;现在正在研究室里研究着哩——只是还没有研究好。"[3]鲁迅尖锐地发现,知识者的这种态度和方式不过是这个世界"合理"运作的一部分,在这个不断升沉的世界里,这种态度和方式表达了对

〈1〉 鲁迅:《这样的战士》,《鲁迅全集》第2卷,第219页。
〈2〉 鲁迅:《影的告别》,《鲁迅全集》第2卷,第169页。
〈3〉 鲁迅:《这个与那个》,《鲁迅全集》第3卷,第154页。

这个世界的永恒的理解。

鲁迅对于中国知识者的批评，多半缘于此。

鲁迅不是以革命为职业的革命家，他向来对于那些把革命当作饭碗的人保持警惕。他也不是某个集团的代言人，他似乎对集体性的运动一直抱有极深的怀疑。但，真正的革命，他是向往的。从"五四"时期，到30年代，他对俄国革命及其文化曾经有过很大的期待，那不是因为狂热，而是因为他期待中的革命颠覆了不平等的却是永久的秩序。另一方面，经历过辛亥革命、二次革命、张勋复辟、袁世凯称帝，以至"五四"的潮起潮落，鲁迅不仅对大规模的革命运动的成效深表怀疑，而且也相信革命伴随着污秽和血。

　　　寂寞新文苑，平安旧战场。两间余一卒，荷戟独彷徨。[1]

这是他的自况，也是时代的真实写照。他不是怀疑革命能否成功，而是怀疑革命创造的新世界不过是花样翻新的老中国，变了的，是台上的角儿；不变的，是旧日的秩序。这就是"总把新桃换旧符"的阿Q式的革命。

鲁迅的革命经验对他的社会战略具有重大的影响。他不再致力于大规模的革命，也不再致力于组织严密的政治活动，而是在现代都市丛林中展开"游击战"：创办刊物，组织社团，开辟专栏，变换笔名，从社会生活的各个方面实施小规模突击。他把这叫作"社会批评"与"文化批评"，这本书中所录的便是他的"游击战"战

〈1〉　鲁迅：《题〈彷徨〉》，《鲁迅全集》第7卷，第156页。

例。借用葛兰西的话说，"在政治方面，实行各个击破的'阵地战'具有最后的决定意义，因为这些阵地虽然不是决定性的，却足以使国家无法充分调动其全部领导权手段，只有到那时'运动战'才能奏效"。[1]鲁迅的那些杂感，包括收录在这本书里的众多文章，也正是一种"阵地战"，他所涉及的方面和人物并不都是直接政治性的，但这些斗争无一例外地具有政治性——对于一切新旧不平等关系及其再生产机制的反抗。

鲁迅也并没有放弃通过文化批判创造出非主流的社会力量，甚至非主流的社会集体，他一生致力于培育新生的文化势力，"以为战线应该扩大"，"急于要造出大群的新战士"。[2]《雨丝》《莽原》《奔流》，以至版画运动，"左联"，等等——所有这些与鲁迅的名字联系在一起的刊物、运动和社会集团，都标志着这样一种努力：在由政客、资本代理人、军阀、帮忙与帮闲的文人所构成的统治秩序中，不断地寻找突破的契机，最终在统治者的世界里促成非主流的文化成为支配性或主导性的文化。

鲁迅不是用他的说教，而是用他的实践创造了关于知识分子的理解。

鲁迅把自己看作知识阶级一员，但却是叛逆的一员。他不认为自己属于未来或者代表未来的阶级，不是因为他相信知识分子是"凝固了的社会集团"，是"历史上的不间断的继续"，"因而独立于集团斗争"（如葛兰西所批评的），而是因为他深怀愧疚地认为自己

〈1〉［意］葛兰西：《从运动战（正面进攻）变为阵地战——在政治领域里亦然》，《葛兰西文选（1916—1935）》，中共中央马克思恩格斯列宁斯大林著作编译局国际共运史研究所编译，人民出版社，1992年，第421页。

〈2〉鲁迅：《对于左翼作家联盟的意见》，《鲁迅全集》第4卷，第241页。

积习太深，不能成为代表和体现未来的"新"知识分子。但是，读一读他的《对于左翼作家联盟的意见》吧，他显然相信他从事的运动代表着新的社会集体，是新的历史形势的产物，而绝不是已被淘汰的社会集团的抱残守缺的余孽，或者是历史中早已存在的超越一切新社会关系的"纯粹的知识分子"。鲁迅关于阶级性，特别是文学的阶级性的讨论的要害，并不在于是否存在人性，或者，人性与阶级性的关系怎样。鲁迅始终关心的是统治关系及其再生产机制，因此，他急于指出的毋宁是：在不平等的社会关系中，人性概念遮盖了什么？

也许不应忘记的是：即使在那样的团体中，他也仍然不懈地与不平等的权力关系作斗争。在那些"新"的集团内部，在那些"沙龙里的社会主义者"中，也同样再生产着旧时代的气息。"左"与"右"相隔不足一层纸的。

鲁迅是杰出的学者、卓越的小说家。但他的写作生涯既不能用学者也不能用小说家或作家来概括。说及鲁迅的学术成就，学问家们不免手舞足蹈，我也时有此态。试读《中国小说史略》《汉文学史纲要》，以及更为人称道的《魏晋风度及文章与药及酒之关系》，鲁迅在中国文学史研究方面的贡献毋庸置疑。曹操以不孝为名杀孔融，鲁迅从中看出了文人与政治的关系；许多人以为晋人的轻裘缓带是高逸的表现，鲁迅偏偏提出何晏的吃药为之作注解；嵇康、阮籍毁坏礼教，鲁迅又说他们是因为太信礼教的缘故；陶潜是千古文人的隐逸楷模，但鲁迅说他其实不能超于尘世，"而且，于朝政还是留心，也不能忘掉'死'……"——鲁迅如此地洞烛幽隐，奥秘就在他深知中国之君子，"明乎礼义而陋乎知人心"〈1〉，而且"大凡

〈1〉《庄子·田子方》，《庄子今注今译》，陈鼓应注译，中华书局，1983年，第532页。

明于礼义，就一定要陋于知人心的，所以古代有许多人受了很大的冤枉"。[1]鲁迅以这样的历史洞察力做过讲师、教授，但终于还是离去了。他不愿把自己及其研究编织进现代社会日益严密的牢笼，不愿意自己的社会批评和文化批评被学院的体制所吸纳而至于束缚，不愿意他那不仅明于学术而且更知人心的研究落入规范的圈套。

他宁愿成为一个葛兰西称之为"有机知识分子"的战士。

战士，这是鲁迅喜欢的词，一个更简捷的概念。

在鲁迅生前，就已经有过告别阿Q时代的讨论。今天的社会与鲁迅所处的时代相比，变化是深刻的。那么，这种变化是怎样的呢？

鲁迅所处的时代是一个革命与变革的时代，也是一个急剧动荡的时代，而今现代化进程已经瓦解了那时的革命阶级，从而也不存在激进革命的可能性。现代化运动的特征是通过渐进的、合法化的途径，把社会生活的各个方面组织进韦伯所说的那个"合理化"的秩序之中。这个"合理化"的秩序如今已超越国界，成为全球化进程的一部分。

鲁迅时代的知识和文化活动与大学体制密切相关，但那一时代的知识分子的思想活动与社会生活保持着密切的、有机的联系，而当代文化生活的重要标志之一，却是鲁迅式的"有机知识分子"逐渐分化和退场，并最终把知识分子的文化活动改造成为一种职业活动。职业化的进程实际上消灭或改造了作为一个阶层的知识分子。

与此相关的是，媒体，特别是报刊，在鲁迅时代的知识和文化活动中具有特殊的地位，但在当代社会这一现象却发生了深刻变

---

[1] 鲁迅：《魏晋风度及文章与药及酒之关系》，《鲁迅全集》第3卷，第535页。

化。除了媒体特有的政治功能之外，它也日益成为消费主义文化的主要场所。鲁迅时代的批判的知识分子通过媒体活动直接与社会、政治和公众建立有机的联系，他们的文化实践，特别是他们对所处时代的各种社会不公的批判和反思，成为有效的社会文化变革的重要动力。当代媒体中也不断地出现"学者"或"知识分子"形象，但这种"形象"的"知识分子"特性经常是一种文化虚构和幻觉，因为推动"知识分子"的媒体活动的主要动力，是支配性的市场规则，而不是反思性的批判功能。因此，当我们谈论"有机知识分子"的传统时，不是简单要求知识分子重返媒体，而是指出这一变化本身不过是社会结构性变化的一部分。

上述变化如此明显地改变了当代知识分子的文化活动的方式。曾经有人把这种变化看作知识分子的某种态度和价值的变化（例如"人文精神的失落"），却没有充分意识到"有机知识分子"的退场是现代化运动的历史结果。伴随着现代化的进程，中国社会进入了日益细密化、专业化、科层化的社会过程，知识的生产也越来越具有与之相应的特征。作为专业化知识生产的最重要体制的大学，其根本要务即在培养与上述社会过程相配合的专业人员。对于这个社会过程的反思，特别是对于日益分化的知识的反思，没有也不可能成为大学体制的主导方面，因为大学体制恰恰是以知识分化的日益细密化为前提的。体制化的知识生产不仅是整个社会现代化进程的有机部分，而且它的任务本身即是为这一进程提供专家的培养、知识的准备和合法性论证。知识分子的文化活动既然是体制化活动的一部分，从而也必须遵循体制化的规范。无论是教育体制，还是科学研究制度，都意味着现代社会中的知识分子对社会和文化的思考日益带有学院的特征。我们也许可以争辩说，"反思性"一直是敏感的学者和知识分子的学术活动的重要特征，然而，我们却不得不承认：它并不是体制化的知识生产的主要特征。

学院方式本身也意味着作为职业活动的学术与一般社会文化活动的分离。这种分离的后果明显地具有两重性。一方面，由于学术活动的学院化特征，学者的研究与社会过程之间没有直接的联系，教育与科研体制为专门的知识活动提供了再生产的条件：在这个意义上，学院为反思性的活动提供了独特的空间和可能性，并使得知识活动的自主性大大增强。但是，另一方面，由于学院方式同时意味着体制化的知识生产活动，这种活动本身不仅没有反思性可言，而且它还以脱离社会的方式再生产社会的支配关系。因此，只有那些具有特殊敏感性的知识分子才会把学院的空间当作反思场所，并致力于反思性的知识活动。

更为重要的是，日益细密的分科通过知识的专门化把知识分子分割为不同领域、难以相互交流的专家，而公众对于专家所生产的知识既无理解，也无批评的能力，从而知识分子与公众的有机性联系消失了。职业化的知识生产不仅压抑了知识分子的批判能力，而且也使得民间文化彻底地边缘化了。因此，一方面，知识分子的反思性文化对当代生活的影响日渐减弱，另一方面，公众与知识分子之间的互动关系也无以建立。有人批评先前的知识分子的启蒙姿态含有过度的精英主义倾向，这也许是对的；但是，真正导致知识分子精英化的动力不是心态，而是体制化的过程，是知识分子身份向职业身份的转化过程。专家文化加速了知识分子的精英化过程，使之成为远离公众并居于某种控制地位的阶层。当他们成为各种法律、制度、规章以至价值的制定者的时候，他们也不再是知识分子。他们的知识随之转化成为社会控制的权力。当社会的重大变化来临之际，那些仅存的知识分子只能成为这种变化的被动承受者，而无力发出自己批判的声音——即使发出这种声音，也无法让人理解。

这就是我们重温鲁迅遗产的当代情境。

我们身处的时代是一个"理性化"程度越来越高的时代，从而也是反思性文化和民间文化边缘化的时代。鲁迅的思想遗产在今天之所以具有重要的意义，是因为他揭示了历史和社会中不断出现的合法化知识与不平等关系的隐秘联系，他的思想遗产应该成为当代知识分子的批判思想的重要源泉。

鲁迅的文化实践为置身于职业化的知识生产过程的知识分子提供了参照系，促使我们思考当代知识生产方式的限度及其社会含义。我不是一般地反对体制化和职业化的知识生产，在现代化的逻辑中，没有人也没有单一的社会能够简单地反对这一过程，那等于自取灭亡。然而，鲁迅揭示了一切有关世界的唯一性、永恒性和无可争议性的陈说不过是虚假的幻象，从而也暗示了现代世界的各种可能性。详尽地讨论作为文化再生产场所的学院体制不是本文的任务，我在此着重考察的是这种知识生产与批判思想的关系，并以这种关系为轴心反思我们身处其间的知识活动。我的问题仅仅是：当代教育和科研体制中的分科类型及其知识生产明显地与职业教育和职业知识相关，批判的知识分子难以在这样的知识活动中反思他们的知识前提，以及他们的知识活动与当代社会进程的复杂关系。正是在这样的知识状况下，在"有机知识分子"成为一种日益边缘化的文化现象的时代，鲁迅所创造的辉煌业绩值得我们思考：在一个日益专家化的知识状态中，在一个媒体日益受控于市场规则和消费主义的文化状况中，鲁迅对社会不公的极度敏感、对知识与社会关系的深刻批判、对文化与公众关系的持久关注，以及他的灵活的文化实践，都为在新的历史条件下再创知识分子的"有机性"提供了可能。

这是中国知识分子的伟大传统。

读鲁迅及其论敌的论战文字，我经常像是一位战史研究者，推敲攻守双方的战略战术。读完之后，我则更像一位心理分析学者，想象着鲁迅的内心世界。这篇文字也许本该写成更像序文那样的东西，至少不该离题千里。这实在是应该抱歉的。相信明智的读者不会为我的文字所蛊惑，因为鲁迅和他论敌的文字俱在，那是昨日的林中响箭。对于置身太平的圣哲们，那不过是文人相轻的梦呓，没有是非的胡闹，不值得关心的。"在这样的境地里，谁也不闻战叫：太平。"〔1〕

至于我自己，是有些困倦了，在这深的夜中。看着窗外的高楼，我心里却有些想念鲁迅后院的两棵枣树：它们如铁似的直刺着奇怪而高的天空。

不知何故，我竟有些怀念那夜游的恶鸟了，或者还是女吊有些暖意？

1996年9月11日夜于北京寓所

---

〔1〕 鲁迅：《这样的战士》，《鲁迅全集》第2卷，第220页。

第三版跋　鲁迅与"向下超越"

　　整整二十年前，我以此书通过博士论文答辩。我至今记得由唐弢先生、杨占升先生、严家炎先生、樊骏先生、刘再复先生、何西来先生等组成的答辩委员会向我提问时的情形。答辩之后，钱理群先生代表"文化：中国与世界"编委会向我约稿，他们那时正准备在上海人民出版社编辑出版一套学术丛书。钱先生年长我二十岁，从1983年经王得后先生介绍相识之后，他一直支持我在鲁迅研究中的探索。我将书稿交给了钱先生——说来真是一份荣幸，这位新时期鲁迅研究的代表性人物也是这部书稿的第一个编辑，我还清晰地记得他在书稿上留下的那些编辑痕迹。二十年翻天覆地，以次数论，我们见面的机会并不多，但交流却以不同的方式持续着。在这本小书出版之际，我终于有机会为二十年前的旧事表示一点感激。

　　因1989年原先的出版计划被打断，1990年，台湾久大股份有限公司出版了这部著作的繁体字版。收到五本从台湾寄来的青蓝色封皮的书时，我有些喜出望外。一年之后，在先后两任编辑倪为国、高忠的努力之下，该书终于在上海人民出版社出版，但"文化：中国与世界"编委会此时已风流云散，这套丛书上没有丛书编委会的踪迹。在人们的记忆中，"文化：中国与世界"编委会几乎就是一个编译委员会，很少人知道编委会在1988年启动的这个中国学术丛书的计划。在这本小书再版之际，提起这点旧事，也算是对那个时代的文化活动的一个小小见证吧。

1999年，孙郁、王吉胜两位先生为河北教育出版社编辑一套"回望鲁迅"丛书，收录国内外鲁迅研究的一些代表性著作。他们建议将《反抗绝望》一书收入丛书中。在编辑刘辉女士的努力之下，此书第三版终于由河北教育出版社于2000年出版。在我的记忆中，这是"回望鲁迅"丛书中最早面世的一种。这个时期有关鲁迅的辩论此起彼伏，如何理解和看待鲁迅已经成为当代思想中的一个话题，他们的策划大约也起源于此。在对《反抗绝望》一书重新编定的时候，我决定将《"死火"重温》一文作为这一版的代导论收入书中，又将《鲁迅研究的历史批判》作为全书的附录。《"死火"重温》原是为《恩怨录——鲁迅和他的论敌文选》所写的序，但由于该书出版时比较仓促，发表在书中的序文并非最终的定稿，适逢鲁迅逝世六十周年，我将此文交给《天涯》杂志发表；而《鲁迅研究的历史批判》发表于1988年《文学评论》第6期，发表之后一度在相关领域引发轩然大波。

这次重印即以河北教育版为据，文字上未再更动，但另收入了发表在《南风窗》（2006年10月16日）上为纪念鲁迅逝世七十周年而做的访谈《一个真正反现代性的现代性人物》作为附录二，其中有关鲁迅与政治的简要讨论也许可以对原书未能展开的问题有所补充。感谢舒炜和金红，没有他们的建议和督促，我也许没有勇气出版这部"少作"的第四个版本。

在鲁迅逝世七十周年之际，我还曾在为纪念普实克教授百年诞辰而举行的学术会议"现代性的道路"（Path Toward Modernity，布拉格，2006）上宣读过另一篇论文，即《鲁迅文学世界中的"鬼"与"向下超越"》，这次没有收入。2005年至2006年间，我先后在华东师范大学和北京大学做过以鲁迅的"鬼"或"幽灵"为题的演讲，除了探索鲁迅的思想和文学世界之外，我也将这个问题延伸到如何理解中国的20世纪、如何从这一独特的角度贴近这个时代的精神和知识分子文化。2004年夏天在华东师范大学演讲后，倪文尖先生、罗岗先生寄来了演讲记录稿，我先后多次对记录稿加以整理，但并未完成；2006年在北京大学讲演后，组织者也寄来了新的记录稿，两者之间虽有重叠，但显然有了新的发展。我试图综合两次演讲，重新写出我对鲁迅的理解，计算了一下文字，整理稿已经有七万字之多，但始终不能完成。2007年夏天在清华大学和中国文化论坛联合举办的通识教育暑期课程中，我详细地讲解了鲁迅的《破恶声论》和《〈呐喊〉自序》，也曾根据演讲记录试着重新整理，但竟然与前两个演讲整理稿的命运一样，迄今未成。一些热心的听众将我的这些演讲的片段整理出来，在网络上流传，像是一种催逼。我心里明白：除了时间的限制之外，我还需要对其中的若干问题做重新的研究和细读。

关于鲁迅文学世界中的"鬼"的问题，我在1996年发表的文章《"死火"重温》中有过扼要的讨论。首先对鲁迅世界中的"鬼"进行集中论述的是夏济安。在《鲁迅作品的黑暗面》这篇著名的论文中，屹立于论述中心的是源自鲁迅写于1919年的文章《我们现在怎样做父亲》中的"黑暗的闸门"的意象。夏济安说："黑暗的闸门有一种逼人的威力，预示着光明无可挽回地全然消失，那就是死。"正如鲁迅面对他自己竭力反叛的中国文学的语言、修辞和意象时的情况一样，"死和旧中国一样都有其魅惑的一面，所以鲁迅从不曾对这两种可憎恶的对象采取决绝的态度"[1]；为了对抗鲁迅

〈1〉［美］夏济安：《鲁迅作品的黑暗面》，《国外鲁迅研究论集》，乐黛云编，北京大学出版社，1981年，第374、377页。

本人在光明与黑暗、吃人者与被吃者之间构成的强烈对比和修辞力量，夏济安致力于研究鲁迅世界中的各种各样有趣的灰色的影子。[1] 在夏济安之后，丸尾常喜"通过对乃是死灵的鬼的特性而产生的对死者、对由无数死者堆积起来的历史感觉"（木山英雄语）的挖掘，将"鬼"的世界视为诠释鲁迅作品的一个独特的视角。他将"鬼"放置在"人"的对立面，即"形形色色缺乏'人'性的众生相——'鬼'的影像"，试图阐明"孔乙己、阿Q、祥林嫂都是这样的'鬼'，即从'鬼'的影像这一视点出发来考察被鲁迅自身称为'病态社会的不幸的人们'"。[2] 在这个意义上，丸尾常喜与夏济安一样，将"鬼"阐释为一种源自病态社会的"黑暗力量"。

我的论述力图将"鬼"的问题从"黑暗主题"中解放出来，这倒并不是说"鬼"与"病态社会""病态天才"没有关系。在我看来，"鬼"是一个能动的、积极的、包含着巨大潜能的存在，没有它的存在，黑暗世界之黑暗就无以呈现。正是在这个意义上，"鬼"黑暗而又明亮。这是《"死火"重温》一文有关"鬼"的讨论的主要论点。鬼的存在形态千差万别，如果要对鬼的特征进行抽象化概括的话，下述特征是不可或缺的：一、鬼超越人与物的界限；二、鬼超越内与外的界限；三、鬼超越生与死的界限；四、鬼超越过去与现在的界限。

四处游荡的鬼魂，有时我们也把它叫作幽灵，如同马克思在《共产党宣言》的开篇对于在欧洲徘徊的共产主义的描述：

〈1〉〔美〕夏济安：《鲁迅作品的黑暗面》，《国外鲁迅研究论集》，第380页。

〈2〉〔日〕丸尾常喜：《"人"与"鬼"的纠葛》，秦弓译，人民文学出版社，1995年，第213页。

人们根本看不见这个东西的血肉之躯，它不是一个物。在它两次显形的期间，这个东西是人所瞧不见的；当它再次出现的时候，也同样瞧不见。然而，这个东西却在注视着我们，即便是它出现在那里的时候，它能看见我们，而我们看不见它。在此，一种幽灵的不对称性干扰了所有的镜像。它消解共时化，它令我们想起时间的错位。[1]

德里达用《哈姆雷特》中的亡魂与这个幽灵做对比："那个堕落国家的王子，所有的一切都是从一个幽灵显形开始的，更确切地说，是从等待这一显形开始的。那期待既急切、焦虑又极度迷人：而这或者说那件事（'这件事'）将在那个东西到来的时候即告结束。亡魂即将出现，不必等太久，但那是多么难熬的一刻。更确切地说，一切都是在重现的临近中开始的。但是那幽灵的重现在那场戏中却是第一次显现。他父亲的灵魂即将回来，并会即刻对他说，'我是你父亲的灵魂'。……在那场戏的开始，可以说，他还是第一次回来。"[2]

鲁迅文学世界中的"鬼"与那个在19世纪欧洲徘徊的幽灵在基调上相差遥远，它对未来"黄金世界"的拒绝也许是一个例证，但也有一个相似性，即它们都包含了对于一个时代即将终结的预感。在他的早年，鲁迅因为不能忍受家乡的压抑而决心"走异路，逃异地，去寻求别样的人们"，但这些"别样的人们"是谁呢？1926年，鲁迅这样叙述当时的心境：

〈1〉［法］雅克·德里达:《马克思的幽灵》，何一译，中国人民大学出版社，1999年，第12页。
〈2〉同上书，第8—9页。

> S市人的脸早经看熟，如此而已，连心肝也似乎有些了然。总得寻别一类人们去，去寻为S城人所诟病的人们，无论其为畜生或魔鬼。[1]

对于出逃者而言，"别样的人们"只是别样而已。这是以"无"为前提的寻求，而这个"无"的唯一特点就是"异"——"异路"、"异地"和"别样的人们"。"别样的人们"就是"异路"上的或"异地"的、与S城的人分属两个世界的"异物"，如同"畜生"或"魔鬼"之于S城的世界一样。"异路"、"异地"和"别样的人们"是通往未来的"通道"，而不是命定的生活。

鲁迅的文学——我在这里指的不仅是他的小说、诗歌、散文或散文诗，而且包括他的杂文甚至书信等在内的所有写作——产生于一种自觉，即自觉到时代末日的来临。这个末日不仅表现为肉体的衰朽，也不仅是一种精神的病症，而是一种根本分不出内外的、彻头彻尾的衰朽。正是在这种自觉中产生了以一种"综合的"文学方式批判时代的愿望。就这是对时代"综合的"批判而言，鲁迅的文学方式有一种宣布末日降临的"革命"意味——这个"革命者"以"鬼"的方式现身，乃是因为他从不愿意通过许诺未来表达自己的理念，也从不通过未来确立自己的认同，恰恰相反，他始终在大地上游荡，"纠缠如毒蛇，执着如怨鬼"[2]，他的哲学——或者说，"鬼"的哲学——是：

> 将来实行什么主义好，我也没有去想过；但我以为实行什

〈1〉 鲁迅：《琐记》，《鲁迅全集》第2卷，第303页。
〈2〉 鲁迅：《杂感》，《鲁迅全集》第3卷，第52页。

么主义，是应该说现在应该实行什么主义的。〈1〉

　　在鲁迅的文学世界里，没有什么终将在未来被完成的事物；在这个世界里，如果有什么是永恒的、无时不在的东西的话，那就是"鬼"，就是注定无法完成的支离破碎的历史本身。就"鬼"因为其支离破碎而无法完成而言，"革命"成为了他（或她）永久的命运。

　　鲁迅的"鬼"绝非与"革命"无关，但含义独特。这里仅举一例。1926年，刘半农在厂甸庙市中无意得到《何典》，决定校点付印。《语丝》第七十至七十五期刊登了《何典》广告，前三期刊登了《何典》开头"放屁放屁，真正岂有此理"数语，未提《何典》书名，至第七十三期起，广告开头引吴稚晖的话说："我止读他开头两句……从此便打破了要做阳湖派古文家的迷梦，说话自由自在得多。"广告刊发后，"文士之徒"指责刘半农"怎样不高尚，不料大学教授而竟堕落至于斯"。鲁迅在《语丝》周刊第八十二期发表《为半农题记〈何典〉后，作》对此做出回应。鲁迅说："我虽然'深恶而痛绝之'于那些戴着面具的绅士，却究竟不是'学匪世家'；见了所谓'正人君子'固然决定摇头，但和歪人奴子相处恐怕也未必融洽。用了无差别的眼光看，大学教授做一个滑稽的，或者甚而至于夸张的广告何足为奇？就是做一个满嘴'他妈的'的广告也何足为奇？"〈2〉文章开头引用光绪五年（1879）印的《申报馆书目续集》上的《何典》提要，其中出现"鬼"字九次，其他所指虽不直接出现"鬼"字，但均与"鬼"有关：

〈1〉　冯雪峰：《回忆鲁迅》，《鲁迅回忆录·专著》中册，鲁迅博物馆鲁迅研究室选编，北京出版社，1999年，第564页。

〈2〉　鲁迅：《为半农题记〈何典〉后，作》，《鲁迅全集》第3卷，第321页。

书中引用诸人，有曰活鬼者，有曰穷鬼者，有曰活死人者，有曰臭花酿者，有曰畔房小姐者；阅之已喷饭。况阅其所记，无一非三家村俗语；无中生有，忙里偷闲。其言，则鬼话也；其人，则鬼名也；其事，则开鬼心，扮鬼脸，钓鬼火，做鬼戏，搭鬼棚也。语曰，"出于何典"？而今而后，有人以俗语为文者，曰"出于《何典》"而已矣。〈1〉

令人惊讶的是：在接下来的段落中，鲁迅把做《何典》广告而至被人讥评的刘半农与当年为报纸出卖的革命者陶成章做比较。陶成章因穷困潦倒而不得不以教人催眠术以糊口，但"两三月后，报章上就有投书（也许是广告）出现，说会稽先生不懂催眠术，以此欺人。清政府却比这干鸟人灵敏得多，所以通缉他的时候，有一联对句道：'著《中国权力史》，学日本催眠术'"〈2〉。鲁迅说：

我并非将半农比附"乱党"，——现在的中华民国虽由革命造成，但许多中华民国国民，都仍以那时的革命者为乱党，是明明白白的，——不过说，在此时，使我回忆从前，念及几个朋友，并感到自己的依然无力而已。〈3〉

如果《何典》"谈鬼物正像人间"，那么，鲁迅在这里"谈人间正像鬼物"，——从"鬼"的视野出发，那个逼使"革命"以"幽灵"的方式呈现的无形力量终于开始显形了。这是一种通过拒绝革命已经

〈1〉 鲁迅：《为半农题记〈何典〉后，作》，《鲁迅全集》第3卷，第320页。
〈2〉 同上书，第322页。
〈3〉 同上书，第322—323页。

成功的说法而表达的继续革命的思想。

"鬼"是一种自相矛盾的结合体，是现在与过去在我们的行为和思想中的汇聚。"鬼"不是我们的灵魂，而是已死的历史的在场，即我们自身。这是一种独特的无法区分过去与现在的感知方式。因此，"鬼"的第一次出现是以"亡魂"的名义：先辈已死，但以亡魂的方式在场。先辈属于历史，但先辈的亡魂与我们同在。也许根本没有什么死者的灵魂，而只有内在于我们自身的"鬼"——过去因此就是现在，两者之间毫无界限。

夏济安、丸尾常喜所探索的鲁迅的"黑暗主题"就是从这种过去与现在无法区分并最终凝聚于反抗者的内心这一点上生发出来的。但是，他们对于"鬼"的第二次出现没有深究：如果革命者是一个在过去与现在之间、人与物之间、死者与生者之间、对象与自身之间徘徊反抗的幽灵，他不就是"鬼"吗？这种对于没有未来的自觉、对于绝望的自觉、对于末日的自觉，不正是一种能动的力量，一种在黑暗中照见黑暗的黑暗的光芒吗？

末世论（亦译终末论）式的洞见只是通过"鬼眼"呈现的，但"鬼"也许并不在这个末世之中。从根本上说，"鬼"并不只是自我的影子，它超出自我的世界之外，有着比自我的世界更为辽阔和久远的时空——无论是对绍兴戏中的鬼的追溯，还是与这些鬼戏相关的民间生活，都在现代自我之外，因而也在鲁迅所描述的黑暗与绝望的世界之外，它们赋予了鲁迅以悲观为底色的文学世界以某种怪异的光芒。正是这种光芒让我在鲁迅的世界中听到了某种源自大地的（即与天启方向相反的）启示，让我在他的虚无主义的情绪之外看到了一个丰富多彩的人类学世界。正是意识到了这一点，在《"死火"重温》中，"鬼"的世界突破了"黑暗主题"，呈现为一种奇异的能量，一种绝不属于"病态生活"的倔强的活力，甚至欢乐的情怀。

我记得当初在写了有关黑暗主题之后转向"鬼"的问题时，笔端竟透着莫名的喜悦。

1999年夏天，身体越来越衰弱的伊藤虎丸先生抱病最后一次访问中国。我们见面时，他已经读了《"死火"重温——以此纪念鲁迅逝世六十周年》一文。他笑着对我说：鲁迅产生于一个与基督教世界完全不同的世界里，不可能从一种超越的视野看待他所生存的世界，但为什么鲁迅的批判具有如此深刻的性质？这个问题一直令身为基督徒的伊藤先生困惑，但现在他终于可以确认鲁迅的世界里的确存在着一种超越性的视角。但是，与基督教的向上超越不同，鲁迅向下超越，即向"鬼"的方向超越。2000年初，《文学评论》第一期发表伊藤虎丸的论文《鲁迅的"生命"与"鬼"——鲁迅之生命论与终末论》。这篇论文旨在总结战后日本鲁迅研究，其中最为引人注意的是作者将产生于基督教思想的终末论（eschatology）与中国文化中的一个独特意象——"鬼"——联系起来。在文章中，伊藤虎丸提到了我在《"死火"重温》一文中有关"鬼"的分析，并从日本鲁迅研究的传统内部对此做出了回应。他将鲁迅早年提出的"伪士当去，迷信可存"的观念与鲁迅文学世界中的"鬼"联系起来，从而也将"鬼"与"伪士"的对立提到了一个理论性的高度。

在我的文章里，"鬼"的对立面是"正人君子、宁静的学者、文化名人、民族主义文学者、义形于色的道德家，当然也有昔日的朋友、一时的同志"，按照伊藤虎丸的解释，也全部可以归纳到"伪士"的范畴之中。在他的视野中，"鬼"的视野不仅是对阿Q们背负的"国民性"之批判，而且也是对那些高高在上的"现代人""革命派""知识分子"——亦即"伪士"——的反讽；就像祥林嫂的追问让"我"怯于回答一样，这是一种从"迷信"的视角展开的对于"伪士"之"现代"的揭露、"人"与"鬼"之位置的一百八十度的互换。"也可以说，论争之时，他的批判无比犀利，不放过论敌的些微虚伪，就是因为他的立足点是在同样的最低处（'鬼''迷信'）。"[1] 在这个意义上，"鬼"就具有了一种从"最低处"展开的超越性视角，一种与鲁迅的"生命主义"密切相关的"终末论"的表现。

其实，2005年和2006年我在华东师范大学和北京大学做演讲时，伊藤虎丸先生的问题仍然在我的心里回响，我所做的是要将这种"鬼"的视野当作重新理解20世纪的历史遗产的契机。这个视野不是从未来展开的，而是从"鬼"、从"迷信"、从"黑暗"中展开的。可惜伊藤虎丸先生已经不能听到我的叙述了。2006年的春节那天，我和尾崎文昭先生、西川优子女士、高筒光义先生陪同伊藤虎丸先生的夫人一起前往伊藤先生的墓上吊唁。在冬日的阳光下，我向伊藤先生鞠躬致敬。从1985年在杭州西湖第一次见面，到1990年代创办《学人》时期与他更多的交往，直到最后一次来中国时的晤谈，他的思想和面影在我的心里逐渐地清晰起来。在理解鲁迅的某一点上，我感到与这位前辈的心灵有了相通的感觉。

《反抗绝望》几乎没有具体涉及鲁迅1930年代的文化政治。在写作这本书的过程中，我已经意识到这个问题，也曾试着补写一篇关于鲁迅晚年的几篇政论的文章，几易其稿，最终放弃了。在2005年和2006年的演讲中，我对此有所涉及，主要集中在鲁迅与左翼的关系问题，尤其是鲁迅与左联、与左派政党（包括托派）的关系问题，但我至今没有写出深入细致的文章。鲁迅是一个从未加入政党但并非与政党政治完全无关的人物，例如他在"左联"的活动；

〈1〉［日］伊藤虎丸：《鲁迅的"生命"与"鬼"——鲁迅之生命论与终末论》，《文学评论》2000年第1期，第140页。

鲁迅是"左联"的灵魂人物，但他对"左联"内部的权力关系给予持续的抵制和批判。在我看来，恰恰是他对"左翼"的批判激活了左翼的文化政治，但要想对这些问题做出系统说明尚需新的系统研究，这在我一时不能做到。

20世纪日渐远去，鲁迅的幽灵也许能够帮助我们重新接近那个时代——不是从"现代"、"启蒙"、"进步"、"左翼"和"革命"等角度去接近，而是从"鬼""迷信"的角度去接近，即从"鬼""迷信"的角度去重新阐释"现代"、"启蒙"、"进步"、"左翼"和"革命"。这也就是我在《一个真正的反现代性的现代性人物》中点出的问题。

关于鲁迅与左翼的关系问题，丸山升先生的有关论文提供了许多重要的洞见。伴随他的文集的翻译出版，许多年轻学者也正在重新生发对这个问题的兴趣。2007年秋季，尾崎文昭先生来清华讲学，他以"鲁迅与日本"为主题，带领同学们系统阅读了日本鲁迅研究的代表性著作。在学期结束的时候，他和我共同阅读了讨论班同学的作业。许多同学对丸山升先生的研究很感兴趣，但他们选择谈论的是竹内好、伊藤虎丸、木山英雄等先生的研究。在如何分析鲁迅与左翼的关系问题上，丸山升先生与我们不止隔着一个世代，而且也隔着一个由世界观的转换而产生的视界差异。当丸山升先生探索着鲁迅的独立思考的心灵之时，他是在思考中国革命及其文化政治的困境和内在能量，而在1990年代的巨变之后，我们对于鲁迅的独立性、鲁迅与其他左翼知识分子的差异的阐释，已经被放置在一种"去政治化"的逻辑之中，似乎他的独立性已经与左翼政治或左翼文化政治无关，而只是一种纯粹的独立性，一种脱离了历史性、政治性和社会性文脉的独立性。这样的解释与那种探索中国革命和社会主义道路的内在视野相距遥远。

1991年，我第一次访问东京，终于有机会与丸山升先生重逢。我们第一次见面是在1986年纪念鲁迅逝世五十周年的国际学术讨论会上。有一天，我们一起坐在一个花园的长椅上聊天，他签名送给我一本他的新著《中国社会主义的检证》。这是在1989—1991年的世界性巨变之后，一个社会主义者对社会主义历史的检讨和对社会主义信念的重申。是否同意丸山升先生对社会主义历史的看法是一回事，重要的问题在于：在今天，我们还会接续这个20世纪的内在视野重新展开政治思考吗？

2005年秋天至2006年春天，整整六个月，我在东京大学的驹场校区客座。丸山升先生常常拄着拐杖、乘坐地铁到我的课堂上来。他穿过那些年轻的面庞，走到最前面，坐在第一排。刚开始时，我感受到很大的压力，但他目光中的鼓励，让我渐渐地松弛下来。丸山升先生已经年迈，却那样专注，他的听力未必都能够跟上，但总是注视着我。每次课后，我会扶着他走几步，目送他缓缓远去，而后往另一个方向走去。在我离开东京半年之后，丸山升先生走完了他的人生道路，对于日本的鲁迅研究以至整个中国研究而言，这肯定是一个时代的终结。去年的春天，我意外地收到丸山夫人托人转来的信件，她在信中提到1986年我们一起在北京人艺观看《狗儿爷涅槃》时的情形，提到1990年我在陕西与丸山先生的通信，提到2005年秋天丸山先生特意买了新的录音机来旁听我的讨论课。在信的末尾，她说："现在，在他的书桌上有一个很厚的讲义夹，上面写着'汪晖讲义'。我相信您的演讲很鼓励丸山，他也希望继续开展自己的研究题目。"我心里清楚，我的研究微不足道，丸山升先生对我的关心中流淌着的是一代深受中国革命影响的知识分子对于中国知识分子的观察和期待。

在提笔写这篇跋时，我没有想到会写下这么多有关丸山升先生和伊藤虎丸先生的段落。在战后的日本鲁迅研究中，他们代表着相互联系又相互区别的有关亚洲之近代命运的政治性思考。他们对竹内好的超越正在于从各自的角度对鲁迅文本中所渗透的政治性、社会性和历史性文脉加以实质性的呈现，并揭示鲁迅的思想和文学对这一政治性、社会性和历史性文脉的创造性介入。鲁迅的写作有一种拒绝抽离历史文脉的品质，一种绝不回避在具体情境中表达尖锐判断的品质，一种洞悉复杂性却始终坚守价值立场的品质，因此，如果没有对于历史文脉的实质性说明，鲁迅就有可能被纯化为抽象的心理类型或方法。大约也正由于此，许多年来，每当我体验到"'绝对零度写作'的不可能"之时[1]，重新阅读鲁迅就会再一次成为我展开思考和试图突破的契机。

在写作《反抗绝望》的过程中，我读到过伊藤虎丸先生关于《狂人日记》的分析；在完成第一稿后，我又读到了竹内好的《鲁迅》。这部书的一些段落中可以看到这些阅读的痕迹，但从整体上说，我的书稿是在另一个思考的脉络和学术传统中完成的。只是在我的鲁迅研究阶段结束之后，我对伊藤虎丸先生和丸山升先生的理解才渐渐展开，那是在经历了1989—1991年的大转变之后的去政治化时期。

"风波一浩荡，花树已萧森。"但记忆仍在思考中甦生，仿佛要藐视时间的无情。对我而言，也许又到了重新回到鲁迅文本的时刻。

2008年3月22日于清华园荷清苑

〈1〉［日〕大江健三郎：《北京演讲2000》，王新新译，《渤海大学学报》2008年第2期，第7页。

韩文版自序

如果一本书也有自己的命运的话，这本书的命运可谓跌宕起伏。这是我的博士论文，完成于1988年的春天。那一年，中国正处于巨变的前夕，文化界非常活跃。在完成答辩后，这本书很快列入"文化：中国与世界"丛书的一种预定于1989年出版。但之后我与这本预定出版的书失去了联系。1990年，远在台湾的一家出版社寄来了五本样书，我颇感意外。一年之后，上海人民出版社出版了这本书的第一个大陆版本，此后这本书在鲁迅研究中常被提及，被视为"新时期"鲁迅研究的代表作品之一，那时我的研究兴趣已经转向了中国思想史。在初版出版10年之后，河北教育出版社和三联书店分别于2000年和2008年出版了两个版本，由于其时我已不再从事鲁迅研究，故除了少量文字的改动外，并未对书稿进行修订。由宋寅在先生翻译出版的韩文版是这部著作的第五个版本，也是这本书的第一个译本。

我写这本书的时候还是一个20多岁的青年，而鲁迅分明说过，30岁以前的人不大容易读懂他的书。2008年三联书店计划重版这本书时，我多少有些犹豫——倒不是"悔其少作"，而是伴随着阅历的增长，我对鲁迅也开始有了新的理解，很希望有朝一日能够写出一点新的东西来。事实上，就在2007年，我应邀为中国文化论坛主办的通识教育课程讲解鲁迅的文本，让我在多年之后以教学的方式重拾鲁迅研究。但这本书还是重版了。重读"少作"，在字里行间回忆沉浸在鲁迅的思想和文学世界中的青春岁月，阅读过程的痛苦和欢欣，写作过程中的点点滴滴，竟如此清晰地呈现在眼前。从大学时代，到博士研究生阶段，有多少日子倾注在阅读鲁迅及相关的著作之中已经无从算起，但这部"少作"凝聚的情感比我的其他著作应该更多的吧。

2010年，在这本书出版20年之后，中国的媒体突然掀起一阵攻击这部著作的风潮。从1990年代的中期开始，围绕我发表的一些见解，媒体攻击几乎从未停息，但这一次是以捏造和扭曲的方式攻击这部著作"抄袭"。这是当代中国媒体史上的奇观，其规模为三十年来中国文化思想界所仅见：大大小小的人物纷纷扰扰，粉墨登场。围剿这本书的目的很明确：通过诋毁作者的名誉，终止他对当代中国问题的发言，而这场诋毁运动的理由，除了蓄意的捏造和扭曲之外，便是利用1980年代与当今时代学术规范及注释风格上的差异和少数技术性的失误。这场诋毁运动未能得逞，却使得这部出版于1990年的著作再度引起人们的注意，这实在是一种意外。

2010年夏末，宋寅在先生来信表示，希望将《反抗绝望：鲁迅及其文学世界》一书译为韩文。宋先生的提议恰好出现在媒体斗争的风口浪尖，显然来自他对事实与局势的判断，我很欣慰。2013年夏天，我两度访问首尔，先是参加为纪念朝鲜半岛停战六十周年而举办的国际学术讨论会，后是出席"共产主义假设"论坛，终于有机会与前来会场的宋寅在先生会面。他告诉我：《反抗绝望》一书已经翻译完毕，现在就等我的韩文版序言了。这毕竟是20多年前的著作，我曾经有过修订的计划，但考虑到这本书已经有自己的"历史"，这次也没有对全书进行修订，只是更正了个别笔误，纠正了第二版出版时由于编辑分段造成的注释与段落分离的情况，同时也将出版时被出版社删去的参考书目中的个别条目作为注释插入书中。如今这本书终于与韩国的读者见面，我又可以通过它与未知的朋友们谈论鲁迅，心里多少有点孩子气的快意。

《反抗绝望》一书脱胎于1984年的硕士论文《鲁迅与个人无政府主义》。那篇论文分上下篇，分别探讨了鲁迅早期思想与德国哲学家施蒂纳（Max Stirner，1806—1856）及欧洲无政府主义的关系，以及鲁迅的文学创作与俄国无政府主义作家阿尔志跋绥夫（Михаил Петрович Арцыбашев，1878—1927）的关系。这篇论文的根据之一便是鲁迅在《两地书》手稿中所说的他的思想"或者是'人道主义'与'个人的无治主义'的两种思想的消长起伏罢"（《鲁迅手稿全集·书信第一册》第177页）这句话。在正式出版的《两地书》中，这句话中的"个人的无治主义"亦即个人无政府主义被修改为"个人主义"。在1980年代，已经有学者重新探讨鲁迅与尼采的关系，却几乎没有人以个人无政府主义为线索探索鲁迅思想和文学的特点。在《反抗绝望》一书中，探讨的领域大大地拓宽了，但早期研究的线索也还依稀可见。2012年和2013年，我分别出版了两本以鲁迅文本讲解为中心的小册子，一本是《声之善恶》，通过对鲁迅早期的文本《破恶声论》和《〈呐喊〉自序》的细读，接近鲁迅思想和文学的核心；另一本是《阿Q生命中的六个瞬间》，通过对《阿Q正传》的诠释，重新思考鲁迅对待革命的态度。我有时也很好奇：为什么在时隔这么多年后，我会重新回到鲁迅、回到我年轻时曾如此之深地沉浸其中的思想和文学世界中来呢？

鲁迅希望自己的著作"速朽"。这部二十多年前的著作本该被人遗忘了，却顽强地面对风雨，让它的作者不知所措。或许，对我而言，这至少是青春的痕迹吧，但对于其他人而言到底有什么意义，我是有些茫然的。但书自有自己的命运。这部年轻时代的著作如今也算有了阅历，竟然穿越语言的障碍，展现在韩国读者面前。作为作者，能够将年轻时摸索现代中国的那个伟大魂灵的心灵记录贡献于与当年的我同样年轻的韩国朋友的面前，我感到幸运。为此我深深地感谢宋寅在先生的翻译和出版社为出版此书而做的努力。

2014 年 1 月 15 日

一个应该大写的文学主体——鲁迅

唐弢

　　已经是整整半个世纪的事情了。1939年1月11日,《鲁迅风》周刊(后改半月刊)在上海创刊,编者于头一年年底之前,就约我写篇关于鲁迅的文章。那时我对鲁迅杂文有兴趣,大致想了一下,仓促未能成篇。编者就将提纲拿去发表。提纲分两个部分,第一部分剖析思想内容,计五点;第二部分专谈艺术形式,计四点。其中第一部分的第五点里有一段话是这样说的:

　　……我想,鲁迅是由嵇康的愤世,尼采的超人,配合着进化论,进而至于阶级革命论的。他读了许多中国的史书和子书,读了更多的辩证法和其他的社会科学书,他并不搬弄这些名词,却加以活的应用。所以,即使是在最简短的文章、最平凡的问题里,也可以见到他的正确的和进步的见解。

我在这里提到尼采。人们从这段短短的话里可以看出:我认为鲁迅对尼采的看法前后是有变化的。但我确实觉得他的进化论里有嵇康和尼采的思想因素,至于这因素起过怎样的作用,以及他相信阶级革命论以后是否还存在着这个因素,我没有说,因为这只是一个提纲，我还来不及仔细分析。但是，这个简单的提法已和巴人说的"初期的鲁迅是以尼采思想为血肉"并举，被指为"把尼采主义和鲁迅的初期思想放到平行的地位"，并以我为重点着手批判了。当时文坛的气氛如此。而执笔者又是我熟识的朋友，我因此保持沉默，没有做任何声辩或解释。几十年过去了。直到1980年3月，乐黛云同志在《北京大学学报》上发表《尼采与中国现代文学》一文，重引我上述那段话的前半句，正面肯定，这才使我长长地透了一口气。不过我想，既然如此，我倒反而应当说说个人对这个问题的意见，在读者面前，自己解剖一下自己了。

感谢汪晖给我以这样的机会。

说实在话，我当时的不予置答，还因为自己读西方20世纪正在兴起的思潮——包括尼采的著作很少，不敢信口开河。就以尼采本人而言，虽然鲁迅之前已有王国维，鲁迅之后又有郭沫若、茅盾为文介绍；《民铎杂志》还出过"尼采号"；《查拉图斯特拉如是说》（梵澄译为《苏鲁支语录》）已有两种译本，《朝霞》《看哪，这人》相继出版（《快乐的知识》译本是这年10月才问世的）。然而，学术界普遍流行的却是勃伦蒂涅尔的批判的见解，等到1941年他的《尼采哲学与法西斯主义》从日文转译过来：尼采哲学等于法西斯主义，尼采是法西斯的预言者和代言人等等，也就成为定论，压倒所有不同的意见。没有一个人说明他的著作——特别是《强力意志》经过他妹妹的篡改，加上"战国策派"配合中国当时的政治宣传，欧亚两地，遥相呼应，尼采受到左右夹攻，确实已经无话可说，我自然也只好保持缄默了。

不过我仍然认为鲁迅的进化论思想带有尼采的影响，而且这个影响是积极的，至少在当时是这样。长期以来否定鲁迅思想受有尼采的影响，或者只将它看作一种消极因素，都是教条主义的，是背离于事实的令人遗憾的错误。

下面是我彼时一点浅薄的个人的理解。

首先，我认为研究任何思想现象都不应离开具体的时代条件和生活环境，只有放到一定历史范围内进行仔细的分析，方能得出比较近乎实际的结论。鲁迅，如他自己所说，他是因为"绝望于孔夫子和他的之徒"，这才到日本留学的。在1894年中日战争到1904年日俄战争一段时间里，西方思潮犹如狂浪一般涌入这个东方国家，后来被认为20世纪新思潮鼻祖、当时自称"我的时代还没有到来"的尼采，在日本学术界掀起一阵旋风，这股"尼采热"的旋风在鲁迅抵达日本的1902年达到高潮，斋藤信策、登张竹风等先后为文介绍。有人认为高尔基的流浪小说也有尼采的影响，高尔基却说他从未读过尼采的作品，倒是一个警察的谈话在这方面启发了他。可见时代的风气如此。记得"五四"以后，我们这群在中国生长身受过封建压迫的青年，听到尼采呼喊"上帝死了！""重新估价一切！"还觉得耳目一新，精神百倍，一个个闻风而起。难怪20世纪初期在日本寻求真理的青年鲁迅，把尼采看作19世纪文明的批判人，"掊物质而张灵明，任个人而排众数"，借"超人"学说阐明自己的主张，认为重要的是"立人"，"人立而后凡事举"，"沙聚之邦，由是转为人国"。不言而喻，尼采的学说鼓舞了鲁迅的理想，这就绝不是偶然的事情。

其次，我认为影响不过是部分因素，不能理解为依样葫芦，全盘照搬，甚至将两者画上等号，而只是采取前人精华，经过消化，使其为我所用的意思。鲁迅说过："这些采取，并非断片的古董的杂陈，恰如吃用牛羊，弃去蹄毛，留其精华，以滋养及发达新的生体，决不因此就会'类乎'牛羊的。"决不因此"类乎"牛羊，我觉得这一点说得很好。而且从清末到民国初年，借他人酒杯的风气十分流行。前于鲁迅的，如严复译赫胥黎（T. H. Huxley）的《进化论与伦理学》为《天演论》，根据物竞天择的原理，更多地宣扬他自己对于当时社会的意见；后于鲁迅的，如胡适写《易卜生主义》，也是隐去易卜生（H. Ibsen）勇于挑战的思想和锋芒毕露的批判，着重地强调他的"救出自己"。那么，鲁迅为祖国和民族着想，借"重新估价一切"反对封建主义，用进化观点寄希望于将来的人，借题发挥，也就同样是可以理解的了。

第三，我认为鲁迅主要是将尼采作为一个诗人或者文学家来介绍的。这个观点始自勃兰兑斯。鲁迅不仅在《摩罗诗力说》里提到这位丹麦文学评论家，对他表示好感，还有材料证明，鲁迅读过勃兰兑斯的《尼采》，而后者正是从这个角度肯定尼采的语言和文体的。勃兰兑斯说："《查拉图斯特拉如是说》的确是一本好书。它以朗诵诗的形式表达了尼采的全部基本思想。"尽管诗和哲学有许多相通的地方，但诗人和哲学家却是完全不同的两种人。诗人可以说这样的话，又说那样的话，而人们对哲学家的要求却严格得多。所以尼采说："对我们哲学家来说，最大的乐事莫过于被错认为是艺术家了。"有趣的是：他"被错认"了，而且错认的恰恰是他引为知己的"如此优秀的欧洲人"勃兰兑斯。也许这真是一件"乐事"：人们赞美他就因为他是诗人，富于想象的一个憧憬未来的诗人。许多人这样认为，鲁迅也并不例外。

以上是我当时一些粗浅的认识。鲁迅爱好尼采有许多客观条件，从个人气质说，从内在的心理状态说，我以为也同样存在着可以接受尼采某些思想的禀赋。鲁迅始终是一个现实主义者，但他耽于沉思，重视创造，有丰富的想象力，他的现实主义里含有浪漫主义的成分。想象力，马克思认为这是一种促进人类发展的伟大的天赋，人类幼年时期已经创造出了不用文字记载的神话、传奇和传说的文学，反过来，这种文学又给人类以强大的影响和启迪。童年鲁迅读过两本书：《山海经》和《二十四孝图》。他爱《山海经》里的神话：九头蛇，人面兽，浑身通红、载歌载舞、肥胖得像袋子一样的帝江，被割了头依旧视死如归、以乳代目、以脐代口、挥舞着斧头和盾牌与天帝争神的刑天。这些都使他鼓舞，使他兴奋，使他觉得新鲜和充满希望。而对《二十四孝图》所反映的封建秩序和宗法观念，却又讨厌其背情悖理，表示深恶痛绝。这是少年鲁迅最初的选择。他又酷爱屈原，曾对许寿裳说："《离骚》是一篇自叙和托讽的杰作，《天问》是中国神话和传说的渊薮。"他在《汉文学史纲要》里说，这部书"放言遐想，称古帝，怀神山，呼龙虹，思姱女，申纾其心，自明无罪，因以讽谏"。他喜欢主观抒发、独具只眼的文体。因此钦佩"痛哭叛徒"的蔡邕，赞扬敢用今典的曹操，称颂愤世嫉俗、"非汤武而薄周孔"的嵇康，欣赏呕心沥血、善写奇诡放诞诗句的李贺。鲁迅一生独立思考，不为现有成规所囿，都和这种从小养成的个人气质有关，在日本留学时对尼采表示好感，在我看来，也就是不言而喻的事情了。

不过倘说鲁迅对尼采的看法前后没有变化，只是服膺，并无意见，那也不符合事实。1935年，他在论述自己的小说《狂人日记》的时候，说这个短篇意在揭露家族制度和礼教的弊害，"却比果戈理的忧愤深广，也不如尼采的超人的渺茫"。我以为这个论断是公正的。大约9个月前，在所作《拿来主义》一文里，他还曾说："尼采就自诩过他是太阳，光热无穷，只是给予，不想取得。然而尼采究竟不是太阳，他发了疯。"这仍然是客观陈述，但比起早期的评价来，却不能不说是有了一点微词，有了一点变化了。

无视于这种变化是不对的，过分强调这种变化也可能背离事实。有人认为鲁迅称颂尼采仅仅是早岁的事。近读胡颂平记录的胡适晚年谈话，其中有这样一条，康有为有一次对胡适说："我的东西都是26岁以前写的，卓如（梁启超）以后继续有进步，我不如他。"其实梁启超办《时务报》，发表重要政见，也都在30岁以前。青春是充满活力的。一个人到了中年以后，思想逐渐成熟（在特殊条件下也可能逐渐退化），经过生活的铸冶和主观的探索，选择更为精到，对早岁的思想有所修正、有所补充、有所发展，这是很自然的事。我并不想在这里宣传先入为主或者别的什么哲学思想，但我认为，将马克思《1844年经济学—哲学手稿》和他的整个学说分割开来，似乎这是他早岁一部无足轻重的著作，那是十分可笑的。与此相似，不承认鲁迅思想前后曾有发展是不对的，但是，如果说鲁迅思想发展以后，从此一干二净，再没有尼采的任何影响，在我看来，也同样是一件可笑的事情。

尼采借希腊神话里的日神阿波罗和酒神狄奥尼索斯说明艺术，这是他提出的两个象征性的概念。据他解释，前者是外在的形式，像梦幻一样给现实世界笼上一层美的面纱，后者是内向的心灵，在醉态中揭开这层面纱以显示人的非理性的本能，尼采似乎更强调酒神精神——也即非理性、无意识在创作中的作用。鲁迅在实践中看到这一点。不过，无论是梦或醉，两者都直面人生，这和主张为人生的艺术的鲁迅是合拍的，至于尼采对社会的批评和对"超人"的期待，也很容易被当时正在主张"立人"的鲁迅所接受。虽然鲁迅后来批判了"超人"，他的为人生的艺术也有了更具体的内容，但是发挥主体作用，在客观描述中渗透着主观意识，却又始终贯穿于鲁迅的一生，甚至连非理性、无意识的描写，也时而可在他的作品中发现，以表示一种特殊的心理状态，使我们惊异，使我们欢喜，使我们感到事物的复杂性，有时也使我们恍然憬悟。

譬如说吧，《明天》里写单四嫂子终于死了儿子以后，独自坐在床沿上："她定一定神，四面一看，更觉得坐立不得，屋子不但太静，而且也太大了，东西也太空了。太大的屋子四面包围着她，太空的东西四面压着她，叫她喘气不得。"《高老夫子》里写高尔础第一天在贤良女校上历史课，听到学生们"嘻嘻"的窃笑声，往讲台下一看，先是半屋子眼睛，骤然一闪，又变成半屋子蓬蓬松松的头发，"他连忙收回眼光，再不敢离开教科书，不得已时，就抬起眼来看看屋顶。屋顶是白而转黄的洋灰，中央还起了一道正圆形的棱线；可是这圆圈又生动了，忽然扩大，忽然缩小，使他的眼睛有些昏花"。屋顶上固定的圆圈是不会"忽然扩大，忽然缩小"的，"太大的屋子"也不会"包围"人，"太空的东西"也不会"压着"人的，这些都是幻觉，是事物在幻觉世界里的变形。单四嫂子因为悲痛，高老夫子则出于疑惶，这种心理状态的描绘是符合于生活的真实的，屡见于鲁迅的小说。最突出的例子当推汪晖已经论述的阿Q被绑赴刑场途中喊出"过了20年又是一个……"之后的关于眼睛的描写：

> 阿Q于是再看那些喝彩的人们。
> 这刹那中，他的思想又仿佛旋风似的在脑里一回旋了。四年之前，他曾在山脚下遇见一只饿狼，永是不近不远的跟定他，要吃他的肉。他那时吓得几乎要死，幸而手里有一柄斫柴刀，才得仗这壮了胆，支持到未庄；可是永远记得那狼眼睛，又凶又怯，闪闪的像两颗鬼火，似乎远远的来穿透了他的皮肉。而这回他又看见从来没有见过的更可怕的眼睛了，又钝又锋利，不但已经咀嚼了他的话，并且还要咀嚼他皮肉以外的东西，永是不远不近的跟他走。
> 这些眼睛们似乎连成一气，已经在那里咬他的灵魂。

一位翻译了《阿Q正传》的捷克汉学家曾对我说，她认为这种描写不是现实主义的方法，农民阿Q不可能有这样的感情，这样的想头。乍一听来，她的话有若干道理，这段描写的确是不现实的，非理性的。不过我们知道，鲁迅的现实主义是活的，发展着的，他的现实主义里不仅有浪漫主义的成分，还常用象征手法。他在谈到讽刺时说明自己遵循的现实主义的原则："不必是曾有的实事，但必须是会有的实情。"这是作为主体的作家鲁迅为他自己规定的原则，几乎所有他的作品都能用这条原则去衡量，去解释；但当人物一旦在作品里活了起来，成为一个有血有肉的生命的时候，主体的能动性也就从作家身上转移到人物身上，一切都得按照人物的性格行动，按照生活的规律办事，作家只能听命于他的人物，跟着他走，自己反而转到被动的地位，甚至是无意识的地位了。鲁迅在谈到阿Q居然要做革命党的时候，说："中国倘不革命，阿Q便不做，既然革命，就会做的。"谈到阿Q"大团圆"的时候，又说，他已经"渐渐向死路上走"，作家已经无法挽救他，即使编辑不同意，也不过"多活几星期"而已。当有人错误地以为《出关》里的老子是作家自况的时候，鲁迅说："我想，这大约一定因为我的漫画化还不足够的缘故了，然而如果更将他的鼻子涂白，是不只'这篇小说的意义，就要无形地削弱'而已的，所以也只好这样子。"只好这样子，是因为主体已经由作家身上转到人物身上，主动变成被动，作家在他的人物面前实在是无能为力了。单四嫂子因为悲痛而觉得太大的屋子围着她，太空的东西压着她；高老夫子由于疑惶而觉得屋顶的圆圈忽而扩大，忽而缩小；阿Q在临刑之前的一刹那中，想起了饿狼的眼睛，觉得四周人们的眼睛也像饿狼的眼睛一样在咬他的灵魂，咀嚼着他的肉体。这些都是对特定环境下一种变形的心理状态的描写。我以为这描写是真实的，它以非理性补充了理性，以无意识补充了主观能动性。生活是千变万化的，它丰富了现实主义，这是现实主义在新的形势下一个重要的发展。

鲁迅在谈到自己小说的时候，曾经说："我也并没有要将小说抬进'文苑'里的意思，不过想利用他的力量，来改良社会。"又说："说到'为什么'做小说罢，我仍抱着十多年前的'启蒙主义'，以为必须是'为人生'，而且要改良这人生。"从这点出发，鲁迅重视理性主义，希望通过小说创作为近代中国的社会变革提供一个理性主义的思想体系，这完全可以理解，也已经为许多研究工作者所承认。但是，作为20世纪中国现代文学的奠基人、新文化运动掣旗前进的闯将，他又不可能不对正在兴起的西方现代思潮表示关切和认同。萨特在《存在与虚无》中，第一个提到的便是尼采，雅斯培、海德格尔、弗洛伊德、加缪乃至托马斯·曼、茨威格、里尔克、萧伯纳、纪德、马尔罗、卡夫卡等人，没有一个不承认尼采是20世纪新思潮的鼻祖，那么，鲁迅酷爱尼采，在充满着理性描写的现实主义小说中，合理地吸入一些非理性的心理绘状，在我看来，恰恰标志着鲁迅的气质，标志着他永远前进的思想特点，标志着他对20世纪新思潮的一种可贵的精神联系。

有人说，尼采对鲁迅的影响仅仅限于早期，特别是小说，对后期的杂文却什么影子也没有了。诚然，我已经说过，鲁迅对尼采的看法前后有过变化，他在杂文中，从启蒙主义的直接议论出发，比较强调理性原则，这一点也完全可以理解。但要说什么影子也没有，却不是实事求是的态度，不过他咀嚼得更细，消化得更透，思考得更为周详和缜密，那倒是实在的。例如对自由，对反抗，对命运，对悲剧，对偶像崇拜，对由虫豸到人的路，莫不从尼采的思想出发而表示了更精辟的见解。且不说《现代史》《夜颂》《诗和预言》《秋夜纪游》等文，始终保持着《野草》文体的特点，和《查拉图斯特拉如是说》十分相似，便是收在《伪自由书》《准风月谈》《花边文学》和三本《且介亭杂文》里的短文以及《杂感》《碎话》《寸铁》《掊斤簸两》之类，短感随想，手记偶录，也和《朝霞》《快乐的知识》等没有多大区别。当然，这是仅就文体而言的，不过作为像尼采或者鲁迅那样著名的文体家，对文明批评和社会批评所采取的形式，却仍然是值得注意的问题。

我以为更重要的是：和同时代人相比，鲁迅的杂文有一个显著的特点，从《新青年》上的"随感录"直到《且介亭杂文末编》里最后一篇文章，始终贯穿着一条诗的感情的线索，无论短到三言两语如《小杂感》《自言自语》，长到万言或者万言以上的《病后杂谈》《题未定草》等等，都在字里行间隐约地跳动着这条诗的感情的线索，即使是谈政治、论时事的文章吧，读起来也使人觉得妙趣横生、诗意盎然。鲁迅的一篇篇杂文实际上是一首首诗作，这是其他杂文家所无法比拟的。我于是想起了尼采。鲁迅又曾说过："我的杂文，所写的常是一鼻，一嘴，一毛，但合起来，已几乎是或一形象的全体，不加什么原也过得去的了。但画上一条尾巴，却见得更加完全。"从这个意义上说，鲁迅杂文又当得一部史诗，因为它反映了中国近代社会发展的历史面貌，虽说近代，但他对中外文化，古今社会，一一谈及，其涉猎的范围之广、之大，比之号称无所不谈的哲学家尼采，有过之而无不及。记得30年代末就有人说过：鲁迅在杂文里爱用"我以为"这个词，确实是这样，加上同义的"我想""在我看来"之类的用语，这种强烈的主体意识形成鲁迅杂文的独特的风格，迥异于他同时代人的杂文，多少有点和尼采相近。

汪晖已就鲁迅的精神结构和《呐喊》《彷徨》的关系做了研究，他以当今世界文艺批评观点进行剖析，视角较新，思想层次较高，且时有精辟的见解。虽然有些论点不太成熟，又因写得匆促，表达也有不够清楚之处。不过例如对"中间物"心理状态的分析，感性经验与理性认识的关系，自由意识发展与小说的演变，以及艺术风格和美学特征的论述，一直延伸到尼采以后代表20世纪现代思潮的许多思想家，发前人之所未发，我完全支持他的研究和探索。尽管自知十分浅薄，我向来只顾走自己的路，认定了，一步一个脚印，既不愿苟同别人的意见，也不强求别人附和我。我以为只要持之有故，言之成理，不妨各执一辞，这才有利于自由讨论，有利于活跃思路，使学术研究得以进步和发展。汪晖从事学术生活刚刚开始。当鲁迅研究日益冷落，许多人纷纷改行去从事别的工作的时候，汪晖却表示了他对鲁迅的感情，他对我说："愈读鲁迅文章，愈觉得他深刻。鲁迅的作品真是个开掘不尽的思想宝藏。"

我很愿意从一个二十几岁青年的嘴里听到这样的话，并且希望他在鲁迅研究方面继续努力，继续做出贡献。至于自己，老不长进，一个世纪我已活了四分之三，世界新思潮日新月异，我却还在喋喋不休地谈着50年前的事情，难怪一个中年朋友在别人面前批评我说："让老头儿去殉葬吧！"

朋友，你说对了。这正是我的精神！如果我的艺术研究方法——包括鲁迅研究方法的确陈旧，而又必须有人为之殉葬的话，我将毫不犹豫，从灵魂到肉体赤裸裸一丝不挂地去为它殉葬，而将一块干净的白地留给后人。我向来只是陈述自己的观点，却不勉强别人跟我走。"高山仰止"，说实在话，这一点倒是向鲁迅学来的。鲁迅从来不说"你应该这样做""你应该那样做"，而只是讲些"我以为""我想""在我看来"等等代表个人见解、充满主体意识的言论。有趣的是：根据鲁迅所谈中外文化、古今社会的多种言论——几百万言作为客体存在的伟大丰富的著作，再绳以"我以为""我想""在我看来"等主体词语，在我们面前，终于形象清晰地显现或者反射出一个令人崇敬的、应该大写的主体——人！

这个人就是鲁迅。

1988年5月2日

探索复杂性

  鲁迅是一个战士，一个思想者，一个文学家，同时又是一个活生生的寻路人。他的一生充满了矛盾与惶惑，他的内心爱恨交织。当我们从启蒙主义的立场观察他时，我们看到了洋溢在他的著作中的深刻的人道精神、科学理性和"立人"思想；当我们从政治解放的立场观察他时，我们发现了他对辛亥革命、十月革命、北伐战争和各种社会解放运动的关心，发现了他对中国社会的等级制度、阶级压迫及社会不公的愤怒和深刻剖析；当我们从20世纪现代文化思潮的演变来剖析他的文化哲学、人生哲学和艺术观念时，我们惊讶地看到他对生命哲学、存在哲学先驱的那种准确的预见和自觉的认同；当我们从20世纪中国文化变革的角度来认识他的先驱位置时，我们痛苦地发现在这场变革中他个人又经历了怎样的挣扎与反抗。他的精神结构中充满了悖论：他否定了希望，但也否定了绝望；他相信历史的进步，又相信历史的"循环"；他献身于民族的解放，又诅咒这样的民族的灭亡；他无情地否定了旧生活，又无情地否定了旧生活的批判者——自我。鲁迅以他全部的人格承担了20世纪中国面临的无比复杂的问题，他以自身的复杂性证明了中国和世界的当代困境和抉择的艰难。

鲁迅的深刻之处在于，他代表了所处时代的理想，却又表达了对于这种理想的困惑，换言之，他没有试图用简单化的方式解决他所面临的一切问题，相反，面对复杂的世界，他努力使自己也变得"复杂"起来：既从世界，也从中国，既从民族，也从个人，既从理论，也从经验，既从历史，也从未来把握这广阔、深邃、变动的世界。正由于此，他在中国思想革命和政治革命的过程中成为新文化的代表，同时又超越了思想革命、政治革命的具体目标；他在民族文化的变革中成为真正的"民族魂"，却又体验到许多只有作为个体才能面对的深刻的冲突。他乐观又悲观，兴奋又痛苦。"我只得走，我还是走好罢……"〈1〉，于是他从一种惶惑走向另一种惶惑，从一种矛盾走向另一种矛盾，从一种痛苦走向另一种痛苦：生活与世界的复杂性，把握世界的内在矛盾性，心灵深处的绝望和虚无，远远逝去的不可捉摸的青春，无常女吊的神秘的魅力。所有这一切都没有销蚀他追求真理的勇气，相反，有些却成为鼓舞他"反抗绝望"的动力。你听听那久久萦回于"过客"耳际的遥远又无处不在的呼唤吧，鲁迅又怎能不带着他的孤独、他的冲突、他的憧憬、他的虚无义无反顾地向前"走"呢？矛盾、冲突、悖逆之论没有被简单地抛弃，却培养了他以复杂的眼光打量和体验世界的能力。他用复杂的、矛盾的、悖论式的方式把握了复杂的、矛盾的、悖论的世界，达到了极其深刻的境地。

　　鲁迅不是以宁静的学者，甚至也不是以单纯的战士的身份，而是以他的全部活生生的灵魂来从事他的探讨。他的人格融化在他的世界里，因而他的世界也不再是宁静的、单纯的，而是体现了他的主观精神结构的复杂性、矛盾性和悖论性。我们将会看到，这种复

〈1〉　鲁迅：《过客》，《鲁迅全集》第2卷，第199页。

杂性、矛盾性和悖论性不仅属于鲁迅个人，而且属于20世纪的世界与中国及其相互间的复杂关系，属于鲁迅那"在"而"不属于"两个社会的"中间物"地位。更为重要的是，鲁迅自己对自身的这种矛盾性、复杂性和悖论式的精神结构有着深刻的内省与自知，他洞悉自我的分裂与矛盾就像洞悉世界的复杂与混乱一样：冷峻而深刻。对自我分裂的理解在理性上形成了一种在自知基础上建立起来的"历史中间物"意识，这种意识通过把自己"还原"为历史进程中的一个普通的过渡性人物，从而建立起一种把握和感受世界的独特方式。"中间物"标示的不是调和、折中，而是并存与斗争：传统与现代，东方与西方，历史与价值，经验与判断，启蒙与超越启蒙。

因此，毫不奇怪，本书对鲁迅及其小说的分析并不试图寻找某种"统一性"，也不试图以作家的一种意图、一重任务去把握鲁迅和他的艺术世界。恰恰相反，对于鲁迅主观精神结构的矛盾性的理解，促使我把这种矛盾性作为理解鲁迅世界的一把钥匙。本书对鲁迅小说的研究共分三个部分。

第一部分"历史的'中间物'"，试图通过对"中间物"的剖析，从创作主体复杂的文化心理结构及其在小说中的体现这一角度，来认识鲁迅小说的精神特点。在我看来，"中间物"这个概念标示的不仅仅是鲁迅个人客观的历史地位，而且是一种深刻的自我意识，一种从未脱离自身具体感受的把握世界的方式或世界观。"中间物"意识的确立是以承认自身的矛盾性、悖论性和过渡性为前提的，它迫使鲁迅摆脱一切幻觉，回到自身真实的历史性中去。当鲁迅以这样一种独特而复杂的眼光打量这个世界时，他的艺术世界的精神特征、情感方式、风格特点以至语言，都表现了一种复杂、矛盾的特点，而这一切又无不联系着创作主体复杂的主观精神结构。

在思想的层面，人们习惯于认为鲁迅启蒙主义的基本特点或主要内涵是人道主义、个性主义和进化论。但我以为重要的是鲁迅并不是直接从18世纪启蒙学者那里，也不是从19世纪理性哲学中汲取他的思想源泉，相反，他主要是从19世纪末叶的现代思潮、中国传统（如魏晋风度）和民间文化中寻找思想材料，并在中国的现实中使它们转化为一种理性启蒙主义。鲁迅把个人的独立性或个体性问题置于思考的中心，他的人道理想、个性原则和历史发展观就有着与一般所说的人道主义、个性主义、进化论不同的思想文化背景。因此，鲁迅小说的启蒙主义内容是从他的那种独特的个体性原则发展而来的，并纠缠着个人的体验。

第二部分"'反抗绝望'的人生哲学"，主要从鲁迅人生哲学与现代人本主义思潮的内在关联着眼，分析鲁迅小说的理性启蒙主义构架内对个体生存的探讨以及个体面对"绝望"的态度。从这一部分可以看出，鲁迅的深刻之处和超越其他同代作家的地方，不仅仅在于他对社会生活的认识深度，更在于他对作为个体的知识者的生存态度的严峻思考。如果说人道主义、个性主义和进化论表现了那个时代普遍的意识趋向，那么鲁迅把只有个体才能充分体现的冲突，如死亡、孤独、绝望、不安、惶惑、有罪感、恐惧，同他对社会文化问题的探索紧密地结合在一起，达到了同代人很难企及的对个体生存的深刻把握。他那"反抗绝望"的人生哲学所提供的已经不是一般的意识形态，而是面对"绝望"的生存态度。这种人生哲学不同于西方的存在哲学，但在思维方式上却有着内在的精神联系。鲁迅文学世界的"现代"色彩与此并非毫无关系。我无意把鲁迅描写成基尔凯郭尔、尼采、安德列耶夫等非理性主义者的后继者，但他们之间确然存在的关系却说明了鲁迅对现代问题的敏感与认同。

第三部分是对鲁迅小说叙事原则和叙事方法的研究，其中核心的问题是鲁迅如何把主体精神结构及其内在矛盾性与真实的、客观的社会生活描绘融合在一起。由于对鲁迅精神结构的内在矛盾性有所理解，因此，我对鲁迅叙事形式的分析并不是"纯"形式的分析，在我看来，形式本身体现着主体对世界和自我及其相互关系的理解，如果主体的精神结构呈现着内在分裂，那么就一定存在着反映或体现这种分裂的形式，如果说主体对世界的把握方式发生着变化，那么反映这种变化的形式也必然是变化的形式。因此，我对鲁迅小说叙事形式以及经由这种形式看到的对内容的理解，紧密地联系着我对鲁迅精神结构的理解。因此，本书主要是对鲁迅精神结构及其与文学关系的探讨，而不是单纯的形式研究。

不同时代、经历、观点的人们对鲁迅的理解呈现了不同的鲁迅形象和鲁迅世界，而鲁迅自身的复杂性更提供了对他进行多重认识的可能性。按照现代解释学的观点，一代人不仅与上代人在理解自身的方式上有差异，而且一代人对上一代人的理解与上一代人对自身的理解的方式也有差异。由于任何一代人自我理解的中心因素即是其历史地位的画像，所以随后的历史变化便会极大地改变这一形象。老一辈人的希望、恐惧和模糊的憧憬，新一辈人可用知识和事实的认识来替代。[1]因此，毋庸讳言，我们看鲁迅就和瞿秋白、毛泽东看的不完全相同，但我们当然是有了瞿秋白、毛泽东之后才对鲁迅产生了一些新的看法的。伽达默尔的解释学坚持认为文本的效应（Wirkung）是其含义的重要成分，因为这种效应随时代的不同而不同，所以说它有着历史和传统。"真正的历史对象根本不是一个客体，而是自身和他者的统一，是一种关系。在这关系中同时

〈1〉［美］D. C. 霍埃:《批评的循环》，关金义译，辽宁人民出版社，1987年，第51—52页。

存在着历史的真实和历史理解的真实。一种正当的释义学必须在理解本身中显示历史的有效性。因此我就把所需要的这样一种历史叫作'效果历史',理解本质上是一种效能历史的关系。"[1]对于我们来说,鲁迅研究的历史或者说鲁迅意义的发现史仍然起作用,因为我们自己对鲁迅的理解就是从这个历史产生出来并受制于它的。在这个意义上说,无论是我对鲁迅精神结构的理解,还是从这个角度对鲁迅小说的理解,都是在前人对鲁迅的阐释的影响下进行的。但我想说的是,任何人对鲁迅的理解都受着自己的时代、价值观、知识结构的限制,因此在一个时期被视为当然结论的观点并不就是结论。对于鲁迅这样一个复杂的历史人物来说,从政治革命、思想革命,或是文化批判、文学史等角度进行阐释无疑会多少揭示一点他的历史意义,但都没有穷尽他的意义。我试图从更为广阔的文化、历史背景上展示鲁迅的复杂性,但我深知这种复杂性还远未完全呈现出来。研究者研究历史并不是在历史之外研究,而是在历史之内、在自己独特的"视界"中研究,因此,无论是前人还是我们都不可能摆脱"理解"的历史性。同时,理解不是一次性的事件,而是一个不断变化的过程,正是在理解的历史性的变迁中,人们不断地深化和丰富自己的理解。

既然意义的发现是一个无限的过程,那么鲁迅的形象和意义也必然不断地随着时代而发生变化。我们反对那种有意的歪曲和误解,却无法回避当今时代的价值和标准对我们的影响,这一点对先于我们的研究者是同样有效的。因此,不能用传统的观念作为"客观性"的依据来判断后来的研究者,同样也不能要求研究者和鲁迅

〈1〉［德］伽达默尔:《真理与方法》,转引自张汝伦:《意义的探究》,辽宁人民出版社,1986年,第190页。

理解自身一样地去理解他的时代和他的世界，因为只要我们承认鲁迅是在特定的历史"视界"中理解他的对象，那么同一逻辑也将证明我们无法摆脱自己的"视界"而直接进入他的"视界"——人的存在总是历史性的存在。因此，"回到鲁迅那里去！"的口号对于那些有碍于"理解"的歪曲和必须摒弃的偏见不失为一种针砭，但不是一种历史的表述。事实证明，这个口号并没有真正帮助研究者"回到"鲁迅那儿去，倒是在"客观性"的名义下形成了属于特定研究者的鲁迅形象和鲁迅世界。正由于此，我努力使自己的理解符合鲁迅的实际，努力从那个时代的广阔背景上历史地理解鲁迅的意义，但这里讲的实际并不意味着我必须而且能够去除一切理解的前判断和前结构，以"客观地"掌握研究对象。承认自己理解的鲁迅形象和鲁迅世界的历史性和时间性，正是真正的历史主义态度。相反，以是否与传统观念相接近作为衡量研究成果的"客观性"的依据，恰恰是反历史的。

我们寻找活的鲁迅，寻找对于当代有着深刻启示意义的鲁迅。我们发现了鲁迅的复杂性，也发现了时代的复杂性。我们力求真实地理解鲁迅，但我们深知因而也并不讳言我们对鲁迅的理解有着自身的历史性。

这不也是一种"历史中间物"意识吗？

思想的悖论：个人与民族、进化与轮回

思想的悖论

　　鲁迅是中国近现代史上最深刻也最复杂的思想家和文学家。他在自己所处时代的政治活动中一以贯之的激烈而坚韧的态度，使他始终居于中国民族民主革命的前列。从接受进化学说，提倡科学，到建构以"立人"为核心的启蒙学说，并投身于清末民初的革命斗争；从倡导民主科学，批判国粹，支持学生运动，到奔赴北伐策源地，评介并接受马克思主义理论，从事左翼革命文学的建设：鲁迅的每一次思想变化总是伴随着中国政治革命的历史性发展，这中间尽管充满着艰辛和痛苦，毕竟又是一个异常清晰的历程。但值得注意的是，鲁迅精神历程的这种"清晰"的线索背后，却交织着异常复杂甚至相互矛盾的思想。这位深刻的思想巨人以他独有的敏锐感受着自己的内在矛盾，那种精神痛楚锐利得有如承受酷刑的肉体的感觉。他频频使用"挣扎"、从"沉重的东西"中"冲出"等意象，使人感觉到鲁迅是以他的全部身心经历着内心深处的思想风暴。

　　正如列文森把梁启超的思想视为关押自己的牢笼一样，鲁迅的精神世界也是一种宛如蛛网的织体，它同样是由许多他不得不信仰的"必不可免的矛盾、互不相容的思想交织而成的"〈1〉。不同的地方在于，鲁迅对自身的矛盾有着更为深刻的内省与自知，却不得不同时信奉这些相互矛盾的思想，从而长久地处于精神的矛盾和紧张之中；他追求人的主体性和普遍解放，却相信现代哲学对人的生存状况的深切忧虑；他倡导科学、民主、理性，却高扬着施蒂纳、尼采等对科学、民主、理性持非议态度的思想家的旗帜；他相信进化论，相信历史的规律性、目的性和永恒的发展，以及这种发展与人的解放的内在联系，却又在中国历史的延续中看到了近乎永恒的轮回。面对中国历史与现实的政治、文化秩序，他毫无畏惧地举起投枪，面对自己的个人生活，他却无法摆脱旧的道德伦理的纠缠。于是，他不断地向人们昭示着希望，鼓舞人们否定旧生活、开辟新生活的勇气，同时又频频地谈论着绝望、死亡、坟墓和孤独。把鲁迅说成悲观主义者或虚无主义者，虽然不无根据，却构成了对鲁迅精神结构的重大误解；同样，把鲁迅简单地说成乐观主义者，显然不能理解鲁迅世界的复杂性和深刻性。个性主义、个人主义、人道主义或民主主义都只能从一个方面呈现鲁迅的精神特点，却又无法再现鲁迅矛盾的精神结构。一个显著的例子就是被称为伟大的民主主义者的鲁迅，恰恰又发表过激烈抨击西方民主政治和法国大革命及其自由平等原则的言论。

寻找鲁迅精神结构的历史起点并不是困难的事，他那外观"清晰"的思想发展线索已告诉人们：探求中国社会和民族自身的解放道路乃是鲁迅思想的出发点和内驱力。但是，倘若你试图进一步寻找鲁迅精神结构的统一的逻辑起点，你会感到深深的困惑：至少在

〈1〉　Joseph R. Levenson, *Liang Ch'i-ch'ao and the Mind of Modern China*, Cambridge, MA.: Harvard University Press, 1959, p. vii.

本书涉及的时间范围内，鲁迅精神结构始终并行存在着相互矛盾、相互交织、相互渗透的思想线索，它们消长起伏，却远未趋于"同一"。用感情与理智、历史与价值的二分模式也许能够说明像梁启超这样相对"单纯"的思想家，却难以解释鲁迅。鲁迅的矛盾不仅仅存在于这两个领域之间，而且存在于其中任何一个领域的内部。鲁迅的矛盾思想往往有着各自的逻辑起点，并沿着各自的思维逻辑向前延伸，构成相对独立的体系。例如，从总体上说，鲁迅的杂文与《野草》在思维方式和思维内容上形成了各不相同的思想体系，它们在许多方面相互渗透，却有着不同的逻辑起点和文化心理背景。鲁迅杂文所蕴含的丰富的社会历史哲学与《野草》所体现的深刻的人生哲学在外在形态和内在运思方面的差别，恰恰构成了鲁迅精神结构的复杂与丰富：矛盾的双方各自包含着自身的真理性，关于中国人及其社会改造的现实思考与关于个体存在的形上思考相互渗透又各有分工。思维逻辑的一致性已经打破，但对于鲁迅来说，其间仍然存在着某种"个人同一性"。对他而言，个体生存与社会解放始终是以人的主体性的建立和人的解放为根本目的。从更广泛的意义上说，这两个方面均隶属于鲁迅关于人及其社会性的理解，从而形成了深刻的社会文化批判同复杂的个体生命体验交织起来的独特的思想体系。

对于这样一个复杂的精神结构，对于这个精神结构中长期并存的相互矛盾、相互渗透的思维内容，有些研究者试图突出一方、弱化或贬低另一方，从而把复杂的精神结构理解为单一、有序的发展过程，特别是把《野草》所体现的深沉的人生思考视为短暂的思想苦闷的表现，却不去探讨这种人生思考的普遍意义及其深刻的历史文化渊源。事实上，只要举出尼采、基尔凯廓尔、陀思妥耶夫斯基这三位开创20世纪现代文化潮流的人物，考察一下他们与鲁迅的精神联系，我们便不难理解鲁迅这个20世纪文化巨人的精神中所包蕴的深沉的人生悲凉与孤独感，便不难理解鲁迅极其现实的社会批判中浸淫着的"挣扎"意味。《野草》真实地表现了"彷徨"时期鲁迅的特有心态，但它所呈示的独特的思维方式却在20世纪初年已获得了它的哲学启示。《野草》所体现出的作家特异的个性气质和思维方式对于鲁迅而言是一种持久的存在，而其含蕴的思想情感内容则又鲜明地标示着鲁迅对"现代"的认同及其疑虑。

鲁迅的复杂性和矛盾性恰恰说明了鲁迅精神的独特性。这种独特性不是来自个人的标新立异，而是来自面临中国现实问题时的世界性的现代眼光，来自鲁迅对"现代"的敏锐感受和力图以此为基础建构自己的思想体系的努力，来自一个介于传统与现代、东方与西方之间的过渡性人物的历史抉择。基于这样一种理解，我从两个层面描述鲁迅的精神结构：第一个层面研究鲁迅自觉的理论建构，这种理论建构为鲁迅日后的发展提供了怎样的文化和思维的背景；第二个层面研究鲁迅在东西文化交汇的特殊文化氛围中的"中间的"历史地位和由此所规定的个体的文化心理特征，这种文化心理特征对于鲁迅来说在许多方面是一种先定的或非自觉达成的存在，但在鲁迅的精神发展过程，尤其是在他对自身的深刻自省中，愈益呈现出重要意义。

第一章

个人、自我及其对启蒙主义历史观的否定与确认（1903—1924）

第一节　个人观念及其对现代历史的怀疑

鲁迅批判思想的建构过程及其内在矛盾深刻地体现了这个精神战士所面临的历史冲突：20世纪初中国社会的首要任务是摧毁清朝专制政治和伦理体系，建立资产阶级民主共和国和新的社会伦理秩序，进而赢得民族的独立与发展；与此相应，以自由、平等和民主为中心内容的理性精神和启蒙主义构成了中国近代革命的主要思想基础。但另一方面，西方资产阶级的一些敏感的思想家已经从自身社会的历史发展中感受到深刻的危机，他们对资产阶级青年时代的一切理想持深刻的怀疑态度。从施蒂纳、叔本华、尼采、基尔凯廓尔以至柏格森等人，他们通过对自身所处的社会和他们的理论前辈的理性主义哲学体系的批判，以个人为中心建立了他们非理性主义的思想体系。鲁迅思想的特点就在于，一方面，它必须为近代中国的社会变革提供理性主义的思想资源，另一方面，鲁迅对现代思想的敏感与认同，必然使得他的思想呈现出不同于18世纪西方启蒙主义的精神特点：鲁迅必须把启蒙运动的理性原则同起源于近代理性主义信念破灭的思想体系融为一体。

近代哲学之父笛卡儿的唯理论哲学是法国启蒙哲学的重要来源，卢梭则是启蒙哲学最具影响的人物。启蒙学者把他们的"天赋"观念和"理性"原则直接运用于社会历史领域，认为人类社会受到天赋的理性原则——"公平""正义""平等""自由"等所主宰，社会发展的历史就是理性原则展现的历史，一切违反这些原则的现象，最终将被历史抛弃。这种"天赋人权"观念构成了康有为、梁启超、邹容等人的社会哲学的理论基础。例如汤尔和就说：

> 欧洲专制大行之世，人人苦之，厌之，而为旧宗教旧思想旧学说所束缚，奄奄而不敢一逞。卢君（卢梭）以天仙化人之笔舌，冲亘古之罗网，惊人生之睡梦，于是天下之人，手舞足蹈，起而为十九周轰轰烈烈之大事业。[1]

康有为的"大同"理想是这一理性原则的实现，邹容的《革命军》回荡着"各人不可夺之权利皆由天授""男女一律平等，无上下贵贱之分"的铿锵之声；法国大革命及其自由平等原则，美国革命及其民主制度，为中国的新生阶级提供了政治上和文化上的依据。与这样一种动荡而又充满幻想的时代相应，"中国近代先进哲学思想的主要的或基本的总趋势和特点，却是辩证观念的丰富，是对科学和理性的尊重和信任，是对自然和社会的客观规律的努力地寻求和解说，是对以程朱理学为核心的封建主义正统的唯心主义的对抗和斗争，是对黑暗现实要求改变的进步精神和乐观态度……"[2]。

〈1〉　汤尔和：《欧洲大哲学家卢氏斯宾氏之界说》，《新世界学报》第1号，光绪二十八年八月初一，第98页。
〈2〉　李泽厚：《中国近代思想史论》，人民出版社，1979年，第126页。

但是，鲁迅的态度却要复杂得多。他把个人的自由意志与资本主义政治制度及其自由平等原则对立起来，认为后者与君主专制一样对个人、个性形成了束缚。鲁迅承认资本主义民主制度及其自由平等原则取代"以一意孤临万民""驱民纳诸水火"的专制制度具有历史必然性和进步意义，承认法国大革命后，"教力堕地，思想自由"，科学技术勃然兴起，创造了"直傲睨前此二千余年"的物质文明。[1] 但鲁迅还是提出了"众庶果足以极是非之端也耶？""物质果足尽人生之本也耶？"的疑问，并给予了否定的回答。在鲁迅看来，"文明无不根旧迹而演来，亦以矫往事而生偏至"，资本主义民主制度正是这样一种为施蒂纳、尼采等"新神思宗"所批判的偏至之物。如果将这种"迁流偏至之物""横取而施之中国则非也"。[2] 因此，鲁迅激烈反对"众治""大群"，认为这种所谓民主制度将"灭人之自我"，而"人丧其我矣，谁则呼之兴起？"。他与施蒂纳、尼采一样，把"众制"看得比君主制度还要残酷：

> 故民中之有独夫，昉于今日，以独制众者古，而众或反离，以众虐独者今，而不许其抵拒，众昌言自由，而自由之蕉萃孤虚实莫甚焉。[3]

> 古之临民者，一独夫也；由今之道，且顿变而为千万无赖之尤，民不堪命矣，于兴国究何与焉。[4]

〈1〉 鲁迅：《文化偏至论》，《鲁迅全集》第1卷，第48、46页。
〈2〉 同上书，第47页。
〈3〉 鲁迅：《破恶声论》，《鲁迅全集》第8卷，第26页。
〈4〉 鲁迅：《文化偏至论》，《鲁迅全集》第1卷，第47页。

在鲁迅看来，如果以这种"皈依于众志"而牺牲个人的方法去救国，无异于重病之人不去寻医求药，而是荒唐地乞灵于不可知之力，到巫医门下祷告。

对于法国大革命及其自由平等原则的评价，反映了鲁迅对个人主义权利派和个人主义力量派的不同态度，而其内在批判尺度或出发点仍然是"我"或独特的生命个体。个人主义乍看起来是一致的，实际上它分为各种流派，其中特别突出的有两派：权利派和力量派。前一派的前提是，一切人生来都是兄弟，他们完全一样和平等，所以他们有完全同样的根据来利用周围的一切福利，而且每一个人都应当尊重任何别一个个人的这种要求。这正是法国启蒙学者的"天赋人权"观念和理性原则。后一派恰好相反，它否定人类一致的前提以及由此产生的结果。它否定作为一定的类的成员的个人是平等的假设，而认为这些个人作为单个的人是不平等的。所以，它承认每一个个人都有根据自己力量的大小来扩展自己活动范围和满足自己需要的权利。这后一种观点正好说明施蒂纳、尼采等人思想方式的特点。与邹容、孙中山等人强调"各人不可夺之权利皆由天授""凡为国人，男女一律平等，无上下贵贱之分"的"权利派"观点形成对比，鲁迅恰恰重视施蒂纳"自由之得以力，而力即在乎个人，亦即资财，亦即权利"[1]的观点，恰恰赞赏拜伦"一剑之力，即其权利，国家之法度，社会之道德，视之蔑如"[2]的精神，恰恰称颂尼采"希望所寄，惟在大士天才；而以愚民为本位，则恶之不殊蛇蝎"[3]的态度。

---

[1] 鲁迅：《文化偏至论》，《鲁迅全集》第1卷，第52页。

[2] 鲁迅：《摩罗诗力说》，《鲁迅全集》第1卷，第77页。

[3] 鲁迅：《文化偏至论》，《鲁迅全集》第1卷，第53页。

正由于此，鲁迅对法国大革命的自由平等原则予以否定性的评价，他说：

> 革命于是见于英，继起于美，复次则大起于法朗西，扫荡门第，平一尊卑，政治之权，主以百姓，平等自由之念，社会民主之思，弥漫于人心。流风至今，则凡社会政治经济上一切权利，义必悉公诸众人，而风俗习惯道德宗教趣味好尚言语暨其他为作，俱欲去上下贤不肖之闲，以大归乎无差别。同是者是，独是者非，以多数临天下而暴独特者，实十九世纪大潮之一派，且曼衍入今而未有既者也。[1]

鲁迅认为，法国大革命导致了对个人价值的截然相反的观念：它摧毁旧的习俗和信仰，唤起了人类的尊严，促使人们追求个体（"我"）的价值，"其自觉之精神，自一转而之极端之主我"[2]；另一方面，自由平等观念孕育了"社会民主之倾向"，使天下人人一致，荡无高卑。两相比较，鲁迅肯定前者，否定后者；因为后者蔑视和灭绝人的个性，必将导致文化精神趋于固陋，颓波日逝，纤屑无存。而所谓平等原则不过是牺牲少数明哲之士以低就凡庸的多数，势必引起社会退步。

鲁迅对民主政治和自由平等原则的否定是以"我"的名义做出的，个体、个性构成了内在原则，与此相应，鲁迅对现代物质文明的批判是以个体的主观精神自由为出发点的，个体的意志和主观性被上升到世界本体的位置并成为批判准则。在鲁迅看来，正如民主

〈1〉 鲁迅：《文化偏至论》，《鲁迅全集》第1卷，第53页。
〈2〉 同上书，第51页。

政治与自由平等原则起源于人在社会关系中对自己的自由本质的追求一样，物质文明的创造起源于人在与自然的关系中对自己的自由本质的追求；但恰恰是这种对自由的追求构成了更为深刻的本质的异化。

> 递夫十九世纪后叶，而其弊果益昭，诸凡事物，无不质化，灵明日以亏蚀，旨趣流于平庸，人惟客观之物质世界是趋，而主观之内面精神，乃舍置不之一省。重其外，放其内，取其质，遗其神，林林众生，物欲来蔽，社会憔悴，进步以停，于是一切诈伪罪恶，蔑弗乘之而萌，使性灵之光，愈益就于黯淡：十九世纪文明一面之通弊，盖如此矣。[1]

鲁迅对"主观主义"的理解包含两层含义：第一层是在主体与客体的关系中以主体的意志作为衡量准则，从而把个体（独特的"我"）的主观世界作为面对现实世界及其现存的秩序、习惯及伦理体系的至高标准，"以是之故，则思虑动作，咸离外物，独往来于自心之天地，确信在是，满足亦在是，谓之渐自省其内曜之成果可也"[2]。第二层是在精神与物质的关系中以精神作为本体，从而把精神作为人真正的自由本性而与物质文明的发展分离并对立起来。

鲁迅以"我"的名义对政治制度、精神原则和物质文明的批判，在思维方式上体现了一种深刻的怀疑主义精神。从这种"怀疑"在中国现实中的实际内容来看，它类似于18世纪启蒙学者对天主教神学和封建专制制度的批判。"怀疑"精神可以说是整个欧洲

〈1〉 鲁迅：《文化偏至论》，《鲁迅全集》第1卷，第54页。
〈2〉 同上书，第55页。

认识史中一种根深柢固的传统。中世纪晚期，法国哲学家阿伯拉尔（1079—1142）开创了运用怀疑的武器指向宗教神学的先河。蒙田、笛卡儿、培根等都以怀疑精神闻名于世。特别是笛卡儿，他建立了"我思故我在"的理性怀疑论的认识论，把人的理性作为衡量一切事物的标准；除了思维理性的实在性以外，其他的一切存在，包括宗教神学所说的上帝，都是可以怀疑的。"18世纪法国思想家正是通过'怀疑一切'的思维方式建立自己的思想体系：除了个人的理性之外，不承认任何外界的权威；除了天赋的人权之外，不承认任何其他的权利；除了个性的自由之外，不承认任何束缚的合理性。表现在历史哲学上，便是天赋理性的发展；表现在政治哲学上，便是个人权利的运用；表现在道德哲学上，便是个性自由的准则。"〈1〉这样一种深刻的怀疑主义必然会引起从事近代启蒙和反对封建专制的政治斗争的中国资产阶级的共鸣。

怀疑主义是近代中国思想的重要源泉之一。戊戌变法时期，严复在介绍英国经验主义认识论的同时，在其译作《天演论》的按语中对笛卡儿及其怀疑论哲学做了细致的介绍，并分析了经验主义怀疑论对于批判宗教迷信和形而上学、推动近代科学和知识发展的重要作用："此特嘉尔积意成我之说所由生也"，"夫只此意验之符，则形气之学贵矣。此所以自特嘉尔以来，格物致知之事兴，而古所云心性之学微也"。〈2〉此后，梁启超把培根和笛卡儿称为"近世之圣人"，在《近世文明初祖二大家之学说》一文中，他认为：

> 培氏笛氏之学派虽殊，至其所以大有功于世界者，则惟一

〈1〉 黎红雷：《中法启蒙哲学之比较》，《哲学研究》1987年第5期，第65—72页。

〈2〉 严复：《天演论》，商务印书馆，1981年，第71页。

而已，曰破学界之奴性是也……培氏之意，以为无论大圣鸿哲谁某之所说，苟非验诸实物而有征者，当弗屑从也。笛氏之意，以为无论大圣鸿哲谁某之所说，苟非反诸本心而悉安者，当不敢信也。

正是以培、笛二氏为理论背景，以"摧毁千古之迷梦"为目的，梁启超倡导"自由独立不傍门户不拾唾余"的精神[1]，在《新民说·论自由》中他大声疾呼：

> 我有耳目，我物我格，我有心思，我理我穷，高高山顶立，深深海底行，其于古人也，吾时而师之，时而友之，时而敌之，无容心焉，以公理为衡而已。自由何如也！[2]

从这种怀疑论哲学和现实需要出发，启蒙思想家极力尊崇科学："所贵乎科学者，阐明奇奥精确之理，以显妙能敏捷之用，以之研究，则增人智识，发达思想，以之实行，则省时省力，奏奇妙功"[3]，"自二百年来科学时代之思想与事物，实世界古今之大变动"[4]，以至"道德仁义，不合乎名数质力者为悬想；以名数质力理董之者是为科学"[5]。伦理领域中"君臣父子夫妻"的不平等关系与

〈1〉 梁启超：《近世文明初祖二大家之学说》，《饮冰室合集》文集第五册之十三，中华书局，1936年，第13页。

〈2〉 梁启超：《新民说·论自由》，《饮冰室合集》专集第三册，中华书局，1936年，第48页。

〈3〉 民：《金钱》，《新世纪》第3、4期，1907年7月6、13日。见张枬、王忍之编：《辛亥革命前十年间时论选集》第二卷下，生活·读书·新知三联书店，1977年，第988页。

〈4〉 燃（吴稚晖）：《书〈神州日报〉〈东学西渐〉篇后》，《新世纪》，第101—103期。见张枬、王忍之编：《辛亥革命前十年间时论选集》第三卷，生活·读书·新知三联书店，1978年，第476页。

〈5〉 同上。

现代平等观念的区别，被视为"宗教迷信"与"科学真理"的对立，"科学"作为现代理性主义的体现成为现代启蒙思想的重要理论武器。

鲁迅思想与上述怀疑主义思潮存在着历史的联系，但在资源和取向上有重要差别。在写作《文化偏至论》之前，鲁迅曾把他的精力大量地倾注在"科学"问题上，而其政治哲学则明显地流露出民主共和制度的倾向。"犹谭人类史者，昌言专制立宪共和，为政体进化之公例；然专制方严，一血刃而骤列于共和者，宁不能得之历史间哉。"[1] 1898年，鲁迅进入洋务派创办的江南水师学堂，随后又转入陆师学堂附设的矿务铁路学堂。1903年，他在日本先后介绍了居里夫人新发现的镭，研究中国的地质和矿产，1907年，鲁迅写作的《人之历史》和《科学史教篇》更明确地体现了鲁迅以"科学"进行启蒙的意愿。

> 观于今之世，不瞿然者几何人哉？自然之力，既听命于人间，发纵指挥，如使其马，束以器械而用之；交通贸迁，利于前时，虽高山大川，无足沮核；饥疠之害减；教育之功全；较以百祀前之社会，改革盖无烈于是也。孰先驱是，孰偕行是？察其外状，虽不易于犁然，而实则多缘科学之进步。[2]

鲁迅相信，社会的改革，人类的幸福，端赖科学的发展，而"兴兵振业"等事对于科学而言，不过是"枝叶之求"。他特别推重培根和笛卡儿，认为"尝屹然扇尊疑之大潮，信真理之有在"的笛卡儿

〈1〉 鲁迅：《中国地质略论》，《鲁迅全集》第8卷，第9页。
〈2〉 鲁迅：《科学史教篇》，《鲁迅全集》第1卷，第25页。

奠定了"近世哲学之基"。^{〔1〕}同时，由对《天演论》的沉醉（1898），到对"人之历史"全面系统的译介，"物竞天择""适者生存"的民族启蒙意识逐步地发展为一种以科学理性为基础的历史发展观念。对科学的信仰和对人类历史纷然有序的进化观，使鲁迅建立了对人性与社会的乐观主义信念。科学与民主作为现代理性主义的核心内容，作为封建蒙昧主义的对立物，成为五四时代鲁迅的"文明批评"与"社会批评"的基本价值尺度。

但是，当鲁迅以"我"的名义对民主政治、自由平等原则与物质文明提出抗议的时候，在思维内容上，他的"怀疑主义"已经远离了18世纪启蒙主义，毋宁是对启蒙理性主义的反思。实际上，即使在《科学史教篇》中，鲁迅也对科学理性的功能持冷静态度："盖使举世惟知识之崇，人生必大归于枯寂，……故人群所当希冀要求者，不惟奈端（牛顿）已也，亦希诗人如狭斯丕尔（莎士比亚）……"^{〔2〕}鲁迅文化哲学的构建浸染着深刻的"现代主义的反现代"色彩，在许多方面构成对理性主义哲学的严峻挑战。如果说在《科学史教篇》等文中，理性主义、科学主义和乐观主义使得鲁迅对完美人性的达致持信任态度，那么在《文化偏至论》中，他已对"知感两性，圆满无间"的"具足调协"之"全人"持悲观看法；如果说前者为人的理智能力导致人日益发展其对自然环境的支配而精神振奋，那么后者则为科学发展所构成的对人的支配而忧心忡忡；如果说前者把显示理性力量的科学技术发展的过程，视为理所当然的纷然有序的社会进步过程，那么后者则把这一过程视为"文化偏至"的结果和历史的否定过程中的一个阶段；如果说启蒙

<hr />

〔1〕 鲁迅：《科学史教篇》，《鲁迅全集》第1卷，第31页。
〔2〕 同上书，第35页。

主义的"这种'自由的人性'和对它的'承认'不过是承认利己的市民个人，承认构成这种个人的生活内容，即构成现代市民生活内容的那些精神因素的不可抑制的运动"〈1〉，那么后者对自由个性的追求不仅包含着反对封建专制秩序和宗教神学的内容，而且意味着对资本主义政治制度和公认价值的失望和否定。在鲁迅的文化哲学体系中，潜在地存在着一种对人的存在的悲剧性感觉，一种力图从各种物质和精神的支配下摆脱出来的挣扎感，一种寻找人的真正归宿的激情。

鲁迅把人的主观结构作为他广泛的社会历史批判的唯一根据，从而以人的主观意识为基础设计他的民族解放和社会解放的蓝图。鲁迅不遗余力地关心人的生存境况和命运，寻找人异化的原因与人类的出路。居于他意识中心的，不是政治与经济的变革，而是人主体性的建立及其与人类解放的关系，因此，可以说这是一种建立在主体性思想基础上的批判理论。

鲁迅的批判理论有着双重的历史基础：首先，它是面对中国封建政治传统与文化传统的沦落而做出的历史选择。不同于主张实业救国的洋务派，也不同于实行政治革命的革命派，鲁迅的选择是人的解放：

> 是故将生存两间，角逐列国是务，其首在立人，人立而后凡事举；若其道术，乃必尊个性而张精神。〈2〉
>
> 外之既不后于世界之思潮，内之仍弗失固有之血脉，取今

〈1〉［德］马克思、恩格斯：《神圣家族》，《马克思恩格斯全集》第2卷，人民出版社，1957年，第145页。
〈2〉鲁迅：《文化偏至论》，《鲁迅全集》第1卷，第58页。

复古，别立新宗，人生意义，致之深邃，则国人之自觉至，个
性张，沙聚之邦，由是转为人国。人国既建，乃始雄厉无前，
屹然独见于天下，更何有于肤浅凡庸之事物哉？[1]

鲁迅认为，个体人从世界摆脱出来并占有世界，不能仅仅依靠政治
制度的变迁，因为民主制度从它的集体性来看是同个体人的本性相
违背的。

鲁迅把"人各有己""朕归于我"[2]这样一种个人的精神反叛看
作"群之大觉""中国亦以立"的最佳途径，正是在这样的思想线
索导引下，鲁迅提出了"人国"的概念。有人竭力论证"人国"就
是资产阶级民主共和国，这显然是一种用心良好的附会。因为，第
一，鲁迅把资产阶级民主政治视为压抑人的个性的一种"压制尤烈
于暴君"的专制，而他设想的"人国"却依赖于"个性张"；第二，
鲁迅把"个性张"视为通达"人国"的途径，说明"人国"的建立
不是政治革命的结果，也不是一种国家形式或政治制度的建立，而
是一种伴随所有人的自由解放而自然产生的联合体，即"人+人+
人+等等"这样一种自由人的联盟。普列汉诺夫在分析施蒂纳的
"唯一者联盟"时的分析与此相近[3]，鲁迅的"人国"是对中国专制
制度及其传统观念和资产阶级民主政治及其公认价值的双重否定。

历史的辩证法就在于，鲁迅试图用"个性张"来最坚决最彻底
地批判资本主义民主制度及其自由平等原则，并据此构建他的理想

〈1〉 鲁迅：《文化偏至论》，《鲁迅全集》第1卷，第57页。
〈2〉 鲁迅：《破恶声论》，《鲁迅全集》第8卷，第24页。
〈3〉 我在《鲁迅前期思想与施蒂纳》（《鲁迅研究》第12辑）一文中曾对此做过分析，参见
　　 ［俄］普列汉诺夫：《无政府主义和社会主义》，生活·读书·新知三联书店，1980年，
　　 第35页。

社会，而"个性张"这一手段恰好是启发民众的觉悟、反对专制传统、建立资产阶级民主制度的必要口号和措施。这样，"立人""人立而后凡事举""尊个性而张精神"等来自对19世纪西方政治经济文明的否定的思想，恰恰构成了对"本尚物质而疾天才""重杀之以物质而囿之以多数，个人之性，剥夺无余"[1]的中国专制传统及其现代变种的否定，从而成为一种与其逻辑起点恰成相对的资产阶级启蒙主义思想。从现实的层面着眼，"立人"的启蒙意义与《科学史教篇》《人之历史》所代表的近代理性精神虽然一则科学，一则人文，却具有共同的历史意义；但从理论层面着眼，"立人"思想已经远远超越了启蒙思想，与《科学史教篇》等文的近代理性精神有着完全相异的逻辑出发点。

这就涉及鲁迅批判思想的第二重历史基础：现代思想对于现代性自身的怀疑。伴随西方资产阶级文明从政治制度、物质文明到精神文化的危机，西方哲学内部也发生了相应的"转向"：在基尔凯郭尔、尼采等人看来，"以存在及其规律为研究对象的理性主义哲学体系，由于把人的生活需要置于无足轻重的地位，由于不研究个人生活的最重要尺度，而无法为个人在复杂的世界上确定目标"。理性主义哲学，尤其是"黑格尔哲学，建立了解释一切事物的体系却完全忘却了每个个人自有其主观性"。哲学应当"个性地、仅仅为了自己而从个别的东西出发，去获得一些对于自己的贫乏和需要、对自己的局限性的洞识，以便认识解救办法和慰藉"。[2]这样，人的存在的根本问题被置于哲学思考的中心，并成为哲学的基

〈1〉 鲁迅：《文化偏至论》，《鲁迅全集》第1卷，第57页。
〈2〉 ［德］尼采：《作为教育家的叔本华》，梁锡江译，《道德的谱系》，华东师范大学出版社，2015年，第267页。

本问题之一和哲学研究的出发点，从而理论不再是抽象地讨论世界的本原、认识的本质和人的本性等形而上问题，不再是通过科学的认识论、通过理性去认识世界、探索世界的本原，而与个人，个人的感情、情绪、体验产生紧密联系，并进而指导人生。哲学的任务并不在于确定客观世界的存在及其规律，而是要揭示和阐释存在的意义；它应当着力研究的，不是客观的科学领域，而是纯主观性，应当从这种主观性中找到人的自由的、创造性的活动和人的真正存在的基础和原则，并通过它们探求一切其他种类的存在的意义和作用，这种纯主观性是产生一切客观性的基础。这样，笛卡儿的"我思故我在"的理性精神便被转换为"我在故我思"，即把主观意志和情绪体验当作出发点，用它去对抗笛卡儿的出发点——具有理性思维意义的"我思"。〈1〉

值得注意的是，鲁迅非常敏锐地觉察到尼采、基尔凯廓尔等人"以改革而胎，反抗为本"〈2〉的哲学体系在传统哲学与现代哲学的转换过程中的地位，并以此为出发点，批评以黑格尔为代表的理性主义哲学体系"移客观之大世界于主观之中"的认识论，批评以卢梭、沙弗斯伯利、席勒为代表的浪漫主义和古典主义把人的感性纳入理性之中以求"知见情操，两皆调整"的和谐人格，并且意味深长地预言：基尔凯廓尔、尼采"其说出世，和者日多，于是思潮为之更张，骛外者渐转而趣内，渊思冥想之风作，自省抒情之意苏，去现实物质与自然之樊，以就其本有心灵之域；知精神现象实人类生活之极颠，非发挥其辉光，于人生为无当；而张大个人之人格，

〈1〉 以上参见徐崇温主编：《存在主义哲学》，中国社会科学出版社，1986年，第8—9页。
〈2〉 鲁迅：《文化偏至论》，《鲁迅全集》第1卷，第56页。

又人生之第一义也"〈1〉。鲁迅相信，这一起源于康德、费希特、黑格尔学说的新潮流，"受感化于其时现实之精神，已而更立新形，起以抗前时之现实"，他断言：

> 若夫影响，则眇眇来世，臆测殊难，特知此派之兴，决非突见而靡人心，亦不至突灭而归乌有，据地极固，函义甚深。以是为二十世纪文化始基，虽云早计，然其为将来新思想之朕兆，亦新生活之先驱，则按诸史实所昭垂，可不俟繁言而解者已。〈2〉

鲁迅的上述判断发表于1908年，即使在欧洲，基尔凯廓尔这位丹麦哲学家也刚刚受到一般人的重视，《基尔凯廓尔全集》德译本直至1909年才开始出版。〈3〉

鲁迅对"新神思宗"的深刻认同与日本思想界对尼采和基尔凯廓尔的介绍有关。从1899年（明治三十二年）起，吉田静致、长谷川天溪和登张竹风等人已开始介绍尼采。〈4〉其中高山樗牛认为，尼采是一个反抗19世纪文明的思想家，他摈弃历史主义和科学主义，对抗民主主义和社会主义潮流，力图保护个人的人格价值和自由的纯粹个人主义。在尼采笔下，个体的模范人物是天才和超人。樗牛称赞尼采"以预言家之眼"抓住了新方法，强调"神怪奇矫的个人

〈1〉 鲁迅：《文化偏至论》，《鲁迅全集》第1卷，第55页。
〈2〉 同上书，第50—51页。
〈3〉 徐崇温主编：《存在主义哲学》，第643页。
〈4〉 长谷川天溪：《尼采的哲学》，见《早稻田学报》，明治三十二年8—11月号。登张竹风：《论德国之最近文学》，见《帝国文学》，明治三十五年5—7月号。桑木严翼：《尼采氏伦理学一斑》，明治三十五年11月。见徐崇温主编：《存在主义哲学》，第641—642页。

主义"是必要的。〈1〉鲁迅的尼采观显然与樗牛极为相近。1906年（明治三十九年），金子马治在《早稻田文学》（9月号）发表《基尔凯廓尔的人生观》一文，把基尔凯廓尔与叔本华、尼采相比较，抓住了"怎样才能以真正的人生活"和"主观的倾向——超越寻常限度的极端主观的倾向"这两个重要方面；上田敏则通过研究易卜生了解基尔凯廓尔。〈2〉这些思路显然为鲁迅所接受。

值得注意的是，当时日本哲学界正处于唯心主义哲学向新康德主义认识论和黑格尔哲学的方向深化的阶段，基尔凯廓尔、尼采等人的哲学思想作为一种微不足道的异端，并未引起日本哲学界的重视。而鲁迅却以他对世界潮流的敏锐感受，发现了这两位改变现代思维方式并启发了当代西方哲学的现代思想家——这难道是偶然的吗？西方现代哲学先驱极大地影响了鲁迅思考问题的方法：把个人、个人的主观性、自由本质、反叛与选择置于思考的中心，从而鲁迅在他的批判思想形成伊始，就成为一位真正属于资产阶级世纪的"批判"思想家。

第二节　个性、天才、自我与偏至的历史观，哲学的浪漫主义

自由的个人，摆脱了一切人为桎梏的个人，在鲁迅的文化哲学中被大胆地提到了非凡的高度。对它来说，既没有尘世的权威，也没有天堂的权威；它以自己的自由意志剥夺他们两者仅仅由于对人

〈1〉　参见徐崇温主编：《存在主义哲学》，第642页。
〈2〉　《易卜生》，《早稻田文学》1906年7月号。见徐崇温：《存在主义哲学》，第643页。

类精神的奴役才占有的皇位。由这真正存在的孤独个体出发，一切道德、法律、宗教、国家、观念体系、现行秩序、习惯、义务、众意……都被作为"我""己""自性""主观"的对立物而遭到否定，这样一个"思想行为，必以己为中枢，亦以己为终极：即立我性为绝对之自由者"[1]包含四个层面的意义：

第一，他是真实的、具体的人而非普遍的人，是个别的个体人，是由于其独特性而有别于其他自我的我——"此我"。"此我"的自由本质表现为主体的"选择"，这种选择拒绝一切观念、义务或国家、社会意识的支配，从而充分"发挥自性"，"惟此自性，即造物主"[2]，因此，人的自由首先在于选择和拒绝的自由。

这种关于"个体人"的思想部分地来源于尼采、基尔凯廓尔，主要来自青年黑格尔派的最后一个代表、个人无政府主义理论先驱施蒂纳。恩格斯说过："施蒂纳，现代无政府主义的先知（巴枯宁从他那里抄袭了好多东西），他用他至上的'唯一者'压倒了至上的'自我意识'。"[3]施蒂纳的"唯一者"是超脱一切的、不受任何约束的、绝对自由的主体。施蒂纳反对黑格尔、鲍威尔兄弟、费尔巴哈等人将"理念""自我意识"和关于"人"的抽象概念凌驾于人之上，声称"我那里的一切都是独一无二的。而只有作为这个独一无二的自我，我把一切都归我自己所有"[4]。在他看来，"唯一者"是世界的核心、万物的尺度、真理的标准：

〈1〉 鲁迅：《文化偏至论》，《鲁迅全集》第1卷，第52页。
〈2〉 同上。
〈3〉 恩格斯：《路德维希·费尔巴哈和德国古典哲学的终结》，《马克思恩格斯选集》第4卷，人民出版社，1972年，第217页。
〈4〉 ［德］麦克斯·施蒂纳：《唯一者及其所有物》，金海民译，商务印书馆，1989年，第402页。

我的事业不是神的事业，不是人的事业，也不是真、善、正义和自由等等，而仅仅只是我自己的事，我的事业并非是普通的，而是唯一的，就如同我是唯一的那样。[1]

由此，施蒂纳得出了他的个人无政府主义结论：一切从上帝、国家、自然、人、神权、人权、人民、选举等等给予我的权利，"都是他人的权利，一种我既不能给予自己又不能从自己处取出的权利"[2]。国家权力的存在来自我对自身的不尊重，随着我对自身力量的意识的确立，国家等外来权力便自然归于乌有。

既然神和人类不外乎只将它们的事业置于自己的基础上，那么，我也就同样将我的事业置于我自己的基础上。同神一样，一切其他事物对我皆无，我的一切就是我，我就是唯一者。

我（并非）是空洞无物意义上的无，而是创造性的无，是我自己作为创造者从这里面创造一切的那种无。[3]

我自己就是我的事业，而我既不善，也不恶。两者对我都毫无意义。[4]

我是我的权力的所有者。如果我知道我自己是唯一者，那么而后我就是所有者。在唯一者那里，甚至所有者也回到他的创造性的无之中去，他就是从这创造性的无之中诞生的。每一在我之上的更高本质，不管它是神、是人都削弱我的唯一性的

〈1〉 ［德］麦克斯·施蒂纳：《唯一者及其所有物》，第5页。
〈2〉 同上书，第205页。
〈3〉 同上书，第5页。
〈4〉 同上。

感情，而且只有这种意识的太阳之前方才黯然失色……我把无当作自己的事业的基础。[1]

施蒂纳强调主权的"我"、独特的"自性"和摆脱任何束缚的"己"的观点和思维方法给鲁迅以深刻启发。鲁迅激烈抨击"以众虐独""灭裂个性""灭人之自我"，认为人必须"自别异""独具我见""朕归于我""人各有己""不和众嚣""不随风波"……[2]这与施蒂纳坚决反对将人归入其他"类"的成员，要求人是"唯一者"[3]，在基本精神上是一致的。鲁迅指出：

> 聚今人之所张主，理而察之，假名之曰类，则其为类之大较二：一曰汝其为国民，一曰汝其为世界人。前者慑以不如是则亡中国，后者慑以不如是则畔文明。寻其立意，虽都无条贯主的，而皆灭人之自我，使之混然不敢自别异，泯于大群，如掩诸色以晦黑……二类所言，虽或若反，特其灭裂个性也大同。[4]

鲁迅从个体性原则出发，不仅对"破迷信""崇侵略""尽义务"和"同文字""有文明""尚齐一"的时髦言论予以抨击扫荡，而且把他曾尊为"本柢"的"科学""进化"这些科学理性也视为非"根本"性的"柯叶"。[5]这里作为意识中心的，不是理性启蒙主义的

〈1〉 ［德］麦克斯·施蒂纳：《唯一者及其所有物》，第408页。
〈2〉 鲁迅：《破恶声论》，《鲁迅全集》第8卷，第28、27、26、27页。
〈3〉 ［德］麦克斯·施蒂纳：《唯一者及其所有物》，第196页。
〈4〉 鲁迅：《破恶声论》，《鲁迅全集》第8卷，第28页。
〈5〉 同上书，第28、29页。

一般的、普遍的、抽象的理性人，而是"此我"，是人的独自性，是充满感性的、活生生的独特个体。在这一视野中，鲁迅揭示了"现代性"对人的独特性的扼杀：民族主义和世界主义都是扼杀这种独特性和独自性的途径。

第二，这种对于独立自在的个人的捍卫，在很多场合不仅导致关于一般个人而且导致关于特别的天才、卓越的个人的思想。"主我扬己而尊天才"似乎构成了个体学说合乎逻辑的延展。

> 故是非不可公于众，公之则果不诚；政事不可公于众，公之则治不郅。惟超人出，世乃太平。苟不能然，则在英哲。[1]
>
> 故今之所贵所望，在有不和众嚣，独具我见之士洞瞩幽隐，评骘文明，弗与妄惑者同其是非，惟向所信是诣，举世誉之而不加劝，举世毁之而不加沮……[2]
>
> 惟此亦不大众之祈，而属望止一二士，立之为极，俾众瞻观，则人亦庶乎免沦没；望虽小陋，顾亦留独弦于槁梧，仰孤星于秋昊也。[3]

这种把庸众与天才加以对立的思路显然来自尼采、易卜生。尼采也像施蒂纳一样呼唤人"你要成为你自己"[4]，"成为你所是的那种人吧"[5]，但是，尼采迅速地将这种关于"自我"的学说与优秀个人，尤其是超人相联系："我使命的恢弘与同时代人的渺小成鲜

〈1〉 鲁迅：《文化偏至论》，《鲁迅全集》第1卷，第53页。
〈2〉 鲁迅：《破恶声论》，《鲁迅全集》第8卷，第27页。
〈3〉 同上书，第25页。
〈4〉 ［德］尼采：《快乐的科学》，黄明嘉译，华东师范大学出版社，2007年，第260页。
〈5〉 ［德］尼采：《扎拉图斯特拉如是说》，黄明嘉、娄林译，华东师范大学出版社，2009年，第389页。

明对照","因为我是如此如此的一个人,可别把我同他人混为一谈!"〈1〉从逻辑上说,尼采的"这个富有创意、有意志、作评价的'我',乃是事物的标尺和价值"〈2〉,因而这个自我就其本性而言是反对英雄崇拜的,关于这一点尼采曾反复申辩过。然而,超人理想与对"末人"的蔑视恰恰又构成了一种新的人的理想,这也就形成了与施蒂纳的个体性原则的区别。

鲁迅的"个人观"包含两个不同层次,这在思维方式上与施蒂纳和尼采的上述区别有关,但对此做系统的研究甚至对于哲学史专家来说也是极其困难的事。然而,这个问题涉及鲁迅早期思想的基本构成,显然已无法回避。〈3〉从形式上和外表上看,施蒂纳和尼采有许多共同之处。仅从文风上看,就可以发现,有许多用语、词语和比喻都是相同的,甚至使人有理由设想为直接的抄袭。当然,外形上的相似是次要的,有时由于思想境遇的相同完全可以导致各各使用相同的词句。更为重要的是两个作家的共同精神。他们两个人都激烈反对现行事物,尖锐批评被习惯和历史神圣化了的公认价值。两个人都反对当代琐碎的、流行的道德,两个人都反对现存的社会制度和国家制度。他们都赋予主权的、独立的"我"以重大意义,把"爱自己""永远做你们所意欲的"作为"爱人"的前提〈4〉;他们都强调意志作用,认为意志是"解放者","各种有机功能都可以归结到一种根本意志"。〈5〉因此,从哈特曼的《伦理学》、库

〈1〉 [德]弗里德里希·尼采:《权力意志——重估一切价值的尝试》,张念东、凌素心译,商务印书馆,1991年,第4页。

〈2〉 [德]尼采:《扎拉图斯特拉如是说》,第65页。

〈3〉 我在《鲁迅前期的思想、创作与阿尔志跋绥夫》一文中对此曾有过扼要的分析。参见《中国社会科学院研究生院学报》1986年第5期。

〈4〉 [德]F. W. Neitzeche:《扎拉图斯特拉如是说》,高寒译,文通书局,1949年,第203页。

〈5〉 洪谦主编:《西方现代资产阶级哲学论著选集》,商务印书馆,1982年,第17页。

诺·费舍的《现代哲学史》直至路舍泽的《施蒂纳的个人主义哲学》都深信"施蒂纳的'唯一者'是查拉图斯特拉的'超人'原型"。^{〈1〉}这也就无怪乎鲁迅把尼采视为施蒂纳所开创的"新神思宗"的"至雄杰者"了。

但事实上，这两位哲学家之间还存在很大差别；这种差别导致鲁迅在接触他们的作品时采取不同的接受和理解方式。首先，诚如罗素说的，"尼采虽然是个教授，却是文艺性的哲学家，不算学院哲学家"^{〈2〉}，因而他"没在专门哲学家中间，却在有文学和文艺修养的人们中间起了很大影响"。^{〈3〉}他用辉煌的格言和形象的诗句表达他的哲学见解，显得神秘隐晦，多变的思想方法和逻辑上的矛盾必须靠总的情绪的一致性来消除。因此，人们很难用明确的方式来把握他的哲学内容。与尼采相比，施蒂纳大胆的文风并没有影响其学说的系统性和逻辑上的统一性，在《唯一者及其所有物》中，施蒂纳采用黑格尔辩证的和三段式的形式，系统地论述了他的"我""唯一者""利己主义者"及其对宗教、道德、法律和国家、私有财产和社会经济制度、未来理想的看法。正由于此，鲁迅对施蒂纳的介绍远不像对尼采、易卜生诸人的评介那样限于总的情绪和个别观点的发挥，而形成了完整的体系。鲁迅对"己""我""自性""主观"的论述，对国家制度、平等原则、观念世界、道德义务的否定，对力量与权利的看法，在他对施蒂纳的介绍中都有明确的表述。鲁迅对"个性张"的具体方式——"人各有己""朕归于我"以及由此而达到的"人国"理想的设想，显然也受到施蒂纳的思想启发。可

〈1〉 参见［俄］库尔钦斯基《施蒂纳及其无政府主义哲学》（马恩列斯著作研究会编辑出版部，1982年）中的相关论述。

〈2〉 ［英］罗素：《西方哲学史》（下卷），马元德译，商务印书馆，1976年，第311、319页。

〈3〉 同上。

以说，施蒂纳确定的概念和逻辑方式，使鲁迅对"新神思宗"的总体精神的理解系统化、具体化了，这对于形成鲁迅批判思想的内在完整性显然是有帮助的。然而，正是由于尼采的诗人哲学家的特点，正是由于尼采哲学的象征性、情绪性和某种程度的不确定性，使得鲁迅能够不断根据自己的人生经验而赋予新的内容，因此，鲁迅终其一生都保留着对尼采的兴趣，那种深刻的孤独感、人生悲剧感和大破坏、大愤激、大憎恶、大轻蔑的情绪方式，久久地萦绕在鲁迅的灵魂深处，使人仿佛听到了尼采遥远的回声。从这方面说，尼采的影响远远超过了施蒂纳和其他人。

其次，施蒂纳、尼采都是"平等"的敌人，都坚决捍卫"个人"及其权利，但他们理想的"个人"及其达到这种"个人"的方式却有重大差别。尼采为自己创造人上人的、"超人"的价值，力图创造一种现实中不存在的"超人"的理想。

> 我教你们以超人。人是要被超越的一种东西。
> 猿猴对于人类是什么？一种可笑或一种羞耻之物。人对于超人也是如此：一种可笑，或一种羞耻之物。[1]

这个"超人"既是对"人"的否定，又是"人"的生物进化的顶点。这个出发前提与尼采否定进化的"永远还原"或"永远轮回"理论显然存在矛盾，但这一矛盾恰好说明"超人"本身只是一种超越现实、无法实现的理想，一种具有非凡意志的精神贵族或英雄梦想。所以鲁迅在《破恶声论》中说：

---

[1]［德］F. W. Neitzeche:《札拉图斯特拉如是说》，第5页。

> 至尼佉氏，则刺取达尔文进化之说，掊击景教，别说超人。虽云据科学为根，而宗教与幻想之臭味不脱，则其张主，特为易信仰，而非灭信仰昭然矣。〔1〕

施蒂纳也把自由的个人提到非凡的高度，但他的"唯一者"并不存在于未来，而就在你身边。实现"唯一者"并不需要漫长的进化，只要抛弃、摆脱一切观念、原则、义务、道德即"怪影"，从而获得"自性"即"我"就行：

> 成为一个人并不等于完成人的理想，而是表现自己、个人。需要成为我的任务的并非是我如何实现普遍人性的东西，而是我如何满足我自己。我是我的类。〔2〕

尼采的理想在天上，他的目光注视着九霄云外的与"超人"相适应的新生活。施蒂纳则徘徊在地上，他只想在完全可以达到的范围内改变我们尘世生活的现存条件。可见"唯一者"与尼采、拜伦、易卜生的理想都不一样，它始终不是英雄、贵族、优秀人物，而只是摆脱任何观念的"我"。

鲁迅的"个人观"无论是早期还是五四时期，始终包含着两方面内容：其一，强调每一个个体的独特性，"人各有己""朕归于我"〔3〕，"发展各各的个性"〔4〕，从而由此引申出他的"人国"理想。这里所说的"己""我""个性"是现实的、普遍存在的可能性，即

---

〔1〕 鲁迅：《破恶声论》，《鲁迅全集》第8卷，第31页。
〔2〕 ［德］麦克斯·施蒂纳：《唯一者及其所有物》，第196页。
〔3〕 鲁迅：《破恶声论》，《鲁迅全集》第8卷，第26页。
〔4〕 鲁迅：《两地书·四》，《鲁迅全集》第11卷，第20页。

"众"中的每一个人都可以而且应当获得并发挥"自性"。这一思想实际上构成了鲁迅改造"国民性"思想的内在理论依据。

其二，强调优秀人物的"独异""自大"，呼唤"精神界之战士""明哲之士""英哲""一二士""知者"等与庸众处于对立状态的杰出人物。在这个思维线路上，先觉个体与"众"在精神上存在着不可逾越的鸿沟，这一理论的发展构成对"民主""平等"的政治哲学的否定。在以后的岁月中，这种与尼采哲学的内在关联尽管逐渐消泯了它在政治哲学与社会哲学方面的意义，但对鲁迅个性气质中的那种卓尔不群、敢于持异、不阿世媚俗，以及持久的内心孤独都有深刻的影响。

第三，"此我""自性"真正关注的是精神个体、主观思想者，而不是在物质环境中生活的感性的具体的人。"人各有己""朕归于我"，实质上是要求人成为一种具有深刻自我意识能力的独特个体，因此，这里的"己"和"我"主要是一种自己领会自己、自己意识到自身存在的主观心理体验，是主观思想者所直接体验和感受到的整个不同于他者的精神状态。这样，对个体性的尊重也就是对主观性的尊重，个体的独立性原则也就是主观的真理性原则。从政治伦理角度看，这种"以自有之主观世界为至高之标准"的主观性原则超越了客观的善恶判断，因为"惟发挥个性，为至高之道德，而顾瞻他事，胥无益焉"〔1〕，道德法则作为群体多数的产物与人的个体性原则在本性上无法相容。

这种"视主观之心灵界，当较客观之物质界为尤尊"的思想实际上已超越伦理层次，而具有本体论意义。

---

〔1〕 鲁迅:《文化偏至论》,《鲁迅全集》第1卷，第52页。

意者文化常进于幽深，人心不安于固定，二十世纪之文明，当必沉邃庄严，至与十九世纪之文明异趣。新生一作，虚伪道消，内部之生活，其将愈深且强欤？精神生活之光耀，将愈兴起而发扬欤？成然以觉，出客观梦幻之世界，而主观与自觉之生活，将由是而益张欤？内部之生活强，则人生之意义亦愈邃，个人尊严之旨趣亦愈明，二十世纪之新精神，殆将立狂风怒浪之间，恃意力以辟生路者也。〈1〉

鲁迅区分了个体存在的两种方式，其一是与"客观梦幻之世界"浑然一体，作为客体中的一个客体而存在；另一种则是从客观世界中分离出来进入"主观与自觉之生活"，成为一个具有独立意志的主体。鲁迅接受了叔本华"意力为世界之本体"〈2〉的观点，但显然没有像后者那样把意志看作一种不能遏止而又必须否定放弃从而使世界归于"无"的盲目力量，相反，主观意志恰恰是使生命进于深邃的自由境界的内在动力，是使人"思虑动作，咸离外物，独往来于自心之天地"的根本依据。鲁迅把处于"主观与自觉"状态的个体（自由意志）视为唯一真实的、有意义的存在，实际上也就是把人的精神状态的重要性提到了首位，这就是所谓"去现实物质与自然之樊，以就其本有心灵之域；知精神现象实人类生活之极颠，非发挥其辉光，于人生为无当；而张大个人之人格，又人生之第一义也"。〈3〉

既然个体的主观与自觉状态是一种摆脱了客观世界的存在，因

〈1〉 鲁迅：《文化偏至论》，《鲁迅全集》第1卷，第56—57页。
〈2〉 同上书，第56页。
〈3〉 同上书，第55页。

此，个体的精神发展就不是在主客关系中展开，而是在个体与自身的关系中展开，或者说，独特的个体也就是一种自己对自己的关系。这样，"主观与自觉"状态的形成或"此我""自性"的确立，不是依靠人的理性认识而是依据人的主观心理体验，因为"认识"一词表达的是主客体之间的同一关系，鲁迅和"新神思宗"批判的物质文明正来自人对自然的理性认识与利用，而个体性原则和主观性原则意味着对客观物质世界的摆脱，真理不是一种客观的存在，而是人的主观性本身。这就使得鲁迅关于独特个体的思想与现代非理性主义哲学发生了内在关联。"自省其内曜""反省于内面者深""内省诸己，豁然贯通"〈1〉：所有这一切使人得以"人各有己""朕归于我"的精神条件，不是人对客观世界的科学把握，而是人的神秘的精神活动。

当鲁迅把这种神秘的"人之内曜"〈2〉提高到至尊地位时，他必然把包括宗教信仰在内的非理性精神活动也纳入到他的思想体系中，因为宗教信仰也是一种超越客观"物质之生活"的"形上之需求"。〈3〉《破恶声论》把宗教视为"向上之民，欲离是有限相对之现世，以趣无限绝对之至上者也"〈4〉，赞美中国"以普崇万物为文化本根"，"顾瞻百昌，审谛万物，若无不有灵觉妙义焉"。〈5〉在鲁迅看来，中国四千年前的宗教信仰与现代非理性主义者（"今世冥通神閟之士"）有着共同的归宿〈6〉，从这样的理论逻辑出发，鲁迅对他所崇奉的科学理性的认识能力表示深刻怀疑，认为科学"不思事理

〈1〉　鲁迅：《文化偏至论》，《鲁迅全集》第1卷，第56页。
〈2〉　鲁迅：《破恶声论》，《鲁迅全集》第8卷，第27页。
〈3〉　同上书，第29页。
〈4〉　同上书，第29页。
〈5〉　同上书，第29—30页。
〈6〉　同上书，第30页。

神闳变化”〈1〉，并进而援引海克尔的“一元论宗教”，把“科学”“理性”纳入宗教信仰的非理性范畴。〈2〉

由此，第四，我们达到了对自由个体的超越性的理解。鲁迅把“此我”视为一种自由的存在，但是自由的个人感到有某种并非他自身的东西，那就是超越，就是“形上之需求”，就是信仰。人只有面对并确立了这样一种超越的领域（“确固之崇信”“作始之性质”），人才真正面对着无数的选择、自由和可能性。这样一种对信仰的追求实际上构成了个体人不断超越自我的连续运动，如同尼采的超人哲学所体现的那种超越与信仰的关系一样。〈3〉

对自我的超越包含了两层含义，即向未来的超越和向世界的超越，这两个方面将构成由个体人组成的历史运动。超越自我的运动使得“咸离外物”的“此我”获得了自身的历史性和与世界的联系。

> 盖惟声发自心，朕归于我，而人始自有己；人各有己，而群之大觉近矣。〈4〉
> 发国人之内曜，人各有己，不随风波，而中国亦以立。〈5〉

“人各有己”，按照个体的主观性原则而言，乃是“独往来于自心天地”，从而摆脱与客体的关系，获得对于自身的关系，但其结果却是“群之大觉”“中国亦以立”——个体通过对自我的超越而走向非己的客体和他者。

〈1〉 鲁迅：《破恶声论》，《鲁迅全集》第8卷，第30页。
〈2〉 同上。
〈3〉 鲁迅：《文化偏至论》，《鲁迅全集》第1卷，第50页。
〈4〉 鲁迅：《破恶声论》，《鲁迅全集》第8卷，第26页。
〈5〉 同上书，第27页。

从上述四个方面，我们可以更清楚地看到独特的、主权的个体乃是鲁迅文化哲学的核心主题。这个自由个体是选择、自由、唯一者、生命意志、主观真理，最后它借助于从有限状态对无限绝对的追求而获得超越，并归于客体和他者。这样一个完整的思想体系建立在由施蒂纳的唯一者、叔本华的生命意志、尼采的超人、基尔凯廓尔的孤独个体所构成的理论背景之上，而就最后两个层面而言，基尔凯廓尔的影响尤为重要：

> 如尼佉、伊勃生诸人，皆据其所信，力抗时俗，示主观倾向之极致；而契开迦尔（作者注：即基尔凯廓尔）则谓真理准则，独在主观，惟主观性，即为真理，至凡有道德行为，亦可弗问客观之结果若何，而一任主观之善恶为判断焉。[1]

基尔凯廓尔把"孤独个体"看作世界上的唯一实在，把存在于个体内心中的东西——主观心理体验看作人的真正存在和哲学的出发点。在《致死的疾病》一书中，他给"孤独个体"定义道：

> 人是精神。但什么是精神？精神是自我。但什么是自我？自我是一个将自己与自己联系起来的关系，或者说，自我处于这样一种关系，在其中自我与其自身发生了关系；自我不是关系，而是将自我与其自身关联起来而构成的事实。人是无限与有限、短暂与永恒、自由与必然性的综合体，简言之，自我是一个综合体。一个综合体即两种要素间的关系。就此而言，人

---

〔1〕 鲁迅：《文化偏至论》，《鲁迅全集》第1卷，第55页。

还不是一个自我。[1]

孤独的非理性的主观心理体验构成了"孤独个体"的真正本质。与这个只与自身发生关系的个体相比，"公众是许多人，比所有人加起来还要多，但它是一个无法被检查的物体，它甚至也无法被代表，因为它是一个抽象。无论如何，当时代成为反思的和冷漠的，并摧毁一切具体的东西，公众就成为一切事物或被设想为包括一切事物，这在此显示个人如何被抛回其自身"[2]。"因此，真理不可能从外部引入个体，而是从始至终内在于个体"，"在苏格拉底看来，每一个体是其自身的中心，全部世界以他为中心，因为他的自我知识是一种上帝的知识……每一个人必须理解他自己，并通过这一理解解释拥有同等的人性和自尊的每个个体"。[3]所以基尔凯廓尔断言，"主观性即真理。凭借存在于永恒和本质的真理与存在的个体的关系，悖论出现了"。"现在永恒的、本质的真理不是在其身后，而是在其前方，通过其存在或曾经存在，由此，如果个体不曾存在地或在其存在中掌握真理，也就决不能掌握真理。"在这个意义上，"主观性、内在性是真理"[4]。这样，他的哲学与德国哲学的区别就是："它将不是从虚无，或无假设，或通过中介解释一切事物开始；恰恰相反，它始于这样一个假设，即在天地之间存在着许多哲学家从未解释过的事物。""这是一种理解存在着无法理解的事物的人类理解的责任……悖论不是一个退让，而是一个范畴，一种本体论定

〈1〉 *A. Kierkegaard Anthology*, ed. by Robert Bretall, Princeton University Press, 1973, p. 340.

〈2〉 Ibid., p. 265.

〈3〉 Ibid., pp. 155, 156.

〈4〉 Ibid., pp. 218, 219.

义，它表达着存在着的认知精神与永恒真理之间的关系。"[1]尽管鲁迅对宗教哲学、上帝与真理的关系不可能有什么兴趣，但基尔凯廓尔对主观真理、唯一者（the Unique）的主观心理体验、个体的自由选择，以及个体与众、与客观世界的关系等问题的沉思，对于鲁迅的批判思想有着深刻的启发，尤其是在由主观出发重估一切价值和人的形上需求即超越等方面，思维方式上的内在关联是隐然可见的。

鲁迅把人的个体性与主观性置于他的社会历史思考的中心，从而形成了他的"文化偏至"的历史辩证法。这种历史辩证法与他在别的场合表述的进化史观构成内在矛盾，在思维内容上既与理性主义哲学，特别是黑格尔的历史辩证法相接近，又深深地浸染了现代人本主义哲学关于"个体人"的思考。理性原则和"启蒙精神"所要求的就是把自然界和人类变为对抗着的主体-客体的关系，所谓历史的"进步"就是指人类征服和掌握自然的过程；在社会历史领域，人类由宗教专制到君主专制，直至现代民主社会，显示了人类在与自身的关系中不断摆脱必然性而走向"自由"的"进步"历程。这两个方面形成了一种乐观的、肯定的历史辩证法。在黑格尔那里，历史是绝对精神沿着通往自由的道路的前进运动，即自由意识的进步和必然性实现的进步；在马克思那里，伴随生产力的发展不断使人类征服自然的能力增强，人类社会逐步从自然的必然性中摆脱出来，并在废除私有制和雇佣劳动的过程中，达到共产主义的"自由王国"。鲁迅在《科学史教篇》中所表述的关于历史发展与人类征服自然能力的关系，对于"世界不直进，常曲折如螺旋，大波

---

[1]　*A. Kierkegaard Anthology*, ed. by Robert Bretall, p. 153.

小波，起伏万状，进退久之而达水裔……"〈1〉的辩证观点，显示了鲁迅的理性主义原则和客观辩证法。

但是，当鲁迅把个体性原则引入他的历史观之后，他对历史进步的理解同时也就成了对历史"偏至"的理解，因为从个体人的角度看，征服自然、统治自然、摧毁旧秩序、建立新秩序的"进步"过程，恰恰又无条件地牺牲了每个具体的个人，导致对人的新的奴役和支配：

> 今所成就，无一不绳前时之遗迹，则文明必日有其迁流，又或抗往代之大潮，则文明亦不能无偏至。〈2〉

这种"文化偏至"的历史辩证法由于引入了个体人的自由问题，从而与所谓"进化史观"形成了内在矛盾。从表面看，鲁迅关于"文化偏至"的否定辩证法在逻辑形式上与马克思沿用过的"否定之否定"的辩证史观相似，马克思说：

> 一切发展，不管其内容如何，都可以看作一系列不同的发展阶段，它们以一个否定另一个的方式彼此联系着。比方说，人民在自己的发展中从君主专制过渡到君主立宪，就是否定自己从前的政治存在。任何领域的发展不可能不否定自己从前的存在形式。而用道德的语言来讲，否定就是背弃。〈3〉

〈1〉 鲁迅：《科学史教篇》，《鲁迅全集》第1卷，第28页。

〈2〉 鲁迅：《文化偏至论》，《鲁迅全集》第1卷，第47页。

〈3〉 ［德］马克思：《道德化的批判和批判化的道德》，《马克思恩格斯选集》第1卷，人民出版社，1972年，第169页。

但是，鲁迅的"文化偏至观"与马克思历史观点的区别仍是清晰的：第一，马克思考察了文明史的物质基础，从而把历史的进步同人对自然的掌握能力相联系，而鲁迅是从人的自由意志考察政治制度和物质文明的演进，从宗教专制到世俗专制，从民主专制到物质专制，历史过程的发展起源于人的自由要求，但"进步"换来的仍然是让普遍的东西——无论是宗教，是君主，是民主，还是观念，是物质——奴役和支配单一的、具体的东西——人的存在和意义被外在的力量所吞没；因此，第二，尽管鲁迅与理性主义者一样把历史看作人力图扬弃自身与自然、自身与自身关系的必然性的过程，但是鲁迅的文化变迁理论却否定这个发展过程的后来阶段提供了比先前阶段更多的自由。他甚至认为，以"启蒙精神"为标志的理性原则带来了人的内在分裂或精神的萎靡衰退，科学技术和民主政治最终消灭了人的个体存在，因而新的秩序和文明甚至比以前的君主制度更严重地构成了对人的束缚和奴役，人类要求从神话镣铐中解放出来的理性原则最后也成了一种神话。人类力图在其中肯定自己的文明是通过人类的自我压抑和自我否定实现的。这就像霍克海默说的："启蒙精神在技术工具方面的发展，是一个失却人性的过程所伴随着的。这样，进步就威胁着要取消它被假定为要实现的目标——人的思想。"[1]

文化的"偏至"运动起源于人的自由要求，却没有达到对这种自由要求的肯定，而是必然地走向人类自由愿望的对立面。由此可见，"偏至"的文化所以是"偏至"的，是就其与人的自我意识发展的关系或人的主体性关系而言的。按照"偏至"的逻辑，历史总是由否定走向否定，"人国"作为一种"文化偏至"的否定结果只

---

〔1〕 徐崇温：《法兰克福学派述评》，生活·读书·新知三联书店，1980年，第51页。

能是一种价值理想，而难以构成一种未来的实体：它反对和否定一切压抑或"物化"个人的社会秩序、文化形态和思想观念。但是，鲁迅恰恰又把"人国"作为一种未来的社会文化形式来表述，也即把人的自由和人的主体性建立作为历史发展的终极目标，从而那种具有非理性色彩的文化观最终被限定在理性主义的框架内，历史成为一种向既定目标前进的过程，文化的"偏至"运动是人类摆脱必然性的历史代价。在鲁迅的反进化论的历史文化描述与他的设定理想之间存在着难以弥合的逻辑悖论，但恰恰是这种悖论说明了他的文化哲学的二重性：现代思潮与理性启蒙主义的复杂组合。

鲁迅以施蒂纳、叔本华、尼采、基尔凯廓尔为理论背景，提出了关于人的个体性、主观性和超越性的理论，并把这种理论沿用于历史领域形成独特的"文化偏至"的否定辩证法。鲁迅思想的否定性、毁灭性的批判力量与这种思维逻辑存在着深刻联系，对人的悲剧性历史处境的理解也在此找到了依据；但与此同时，把人的个体性、主观性和超越性当作人类解放的启明星，又必然使得这种关于人类悲剧性发展的理论染上了深深的浪漫主义色彩。朗格这样描述浪漫主义的特点：

> 力求把生活和思想恢复到其原先的、自然的统一之中，而这种统一是被启蒙运动给分离了的。启蒙运动所做过的是分化和限制，浪漫主义所要做的是联系和结合……浪漫主义是靠主观的东西而存在的，但它把主观的东西从个人的扩到社会的，从而产生出主观的普遍意义……浪漫主义的基本特征之一就是对无限的一种渴望。它从来不无保留地接受现在，它永远在寻求另外的东西，而且永远在发现有某种更好的东西。我们可以说浪漫主义者只有当他体验到他渴望成为不同于现在的他的时

候，当他充满渴望之情的时候，才变成真正的浪漫主义者。……他们所期待于宗教的是把人从有限的生命提高到无限的生命。[1]

而所有这一切是"和启蒙运动时期的人们不一样"的。

由此我们又发现了鲁迅的文化哲学与他的艺术选择的内在关联：鲁迅追慕"接天然之宫，冥契万有，与之灵会，道其能道"的"古民神思"[2]，抨击"要在不撄人心；以不撄人心故，则必先自致槁木之心，立无为之治"的"平和"而抑制人性的中国传统[3]，推崇卡莱尔、尼采、拜伦、易卜生、雪莱等"无不函刚健抗拒破坏挑战之声"的"摩罗诗人"[4]——追求人的超越性，强调人的个体独立性和由此出发对现实秩序的破坏性：文化哲学的内在尺度构成了鲁迅浪漫主义文学思想的根本依据。否定老子，批评屈原，对"人生之閟机"的非理性启悟[5]，反对"诗与道德合"的观念，上抗天帝、下压众生的独立人格，"人生不可知，社会不可恃，则对天物之不伪，遂寄之无限之温情"的心态[6]，"如狂涛如厉风，举一切伪饰陋习，悉与荡涤，瞻顾前后，素所不知"的无畏追求[7]，……鲁迅的浪漫主义精神与其说是文学性的，不如说是哲学性的，那种对恶、对否定力量、对统一的自然的热情渊源于他的人的个体性原则及由此产生的文化历史观，洋溢其间的是对个体生命力量的崇拜和

〈1〉 ［美］保罗·亨利·朗格：《19世纪西方音乐文化史》，张洪岛译，人民音乐出版社，1982年，第5—7页。
〈2〉 鲁迅：《摩罗诗力说》，《鲁迅全集》第1卷，第65页。
〈3〉 同上书，第69页。
〈4〉 同上书，第75页。
〈5〉 同上书，第74页。
〈6〉 同上书，第88页。
〈7〉 同上书，第84页。

对否定与压抑个体生命的一切外在法则的反叛。

罗素从哲学史的角度说："浪漫主义观点所以打动人心的理由，隐伏在人性和人类环境的极深处"，那便是对群居生活中人的孤独的反抗。[1]"神秘主义者与神合为一体，在冥想造物主时感觉自己免除了对同俦的义务"，而浪漫主义者"感觉自己并不是与神合一，而就是神。所谓真理和义务，代表我们对事情和对同类的服从，对于成了神的人来讲不复存在；对于旁人，真理就是他所断定的，义务就是他所命令的"。[2]这种浪漫主义与"孤独个体"之间的内在联系正是鲁迅的批判思想及其艺术选择的特征。

另一方面，鲁迅对复仇与反抗诗人的呼唤包含着深刻的民族主义精神，那种为弱小民族的自由解放而奋斗的文学必然在中国民族革命的氛围中引起共振，但这种现实功利目的并不构成对上述论断的否定。正如罗素指出的：

> 民族原则是同一种"哲学"的推广，拜伦是它的一个主要倡导者。一个民族被假定成一个氏族，是共同祖先的后嗣，共有某种"血缘意识"，马志尼经常责备英国人没给拜伦以正当的评价，他把民族设想成具有一个神秘的个性，而将其他浪漫主义者在英雄人物身上寻求的无政府式的伟大归给了民族。[3]

正是如此。对于鲁迅来说，个人的自由与民族的自由是作为一种"同一"的要求出现的。这也说明了鲁迅的文化哲学在特定历史氛围中的民族主义色彩。

〈1〉［英］罗素：《西方哲学史》（下卷），第221页。
〈2〉同上。
〈3〉同上书，第223页。

值得注意的是，五四时期的鲁迅在创作方法上日益趋向现实主义，但那种对人的自由解放、人的生命力量的关注并未消逝，只是浪漫的色彩变成了对遭受压抑困顿的生存状况的深沉观察。1924年，鲁迅在写作《彷徨》《野草》的同时，翻译了厨川白村的《苦闷的象征》，该书根据柏格森的生命哲学，把进行不息的生命力作为人类生活的根本，认为"生命力受了压抑而生的苦恼乃是文艺的根柢"，"苦闷的象征"表达的正是早期文化哲学的内在精神，只不过这种精神是以"苦闷的"、否定性的形态表现出来，这自然与20年代鲁迅的思想状况有着内在的联系。"非有天马行空似的大精神即无大艺术的产生。但中国现在的精神又何其萎靡锢蔽呢？"〈1〉这与《文化偏至论》《摩罗诗力说》的内在精神不是遥相呼应么？柏格森作为尼采、叔本华的后裔深刻影响了厨川，而后者又引发了鲁迅的共鸣，对于这一现象背后广阔的世界性文化背景，我们是不能视而不见的。这一事实引申的逻辑结论便是：我们同样必须把鲁迅的文学创作置于这一不可忽视的文化背景下考察。

第三节　个人观念的社会政治意义
——反现代的个人如何被置入现代历史？

显然，在鲁迅文化哲学的构架内，个体性和主观性原则的逻辑发展已形成了对鲁迅笃信的科学理性精神和进化论历史观的深刻悖逆。但是，在不同的场合，鲁迅对悖逆的双方均深信不疑。由此，我们明显地发现鲁迅思想体系中内蕴着源自完全相异的思想渊源的

〈1〉　鲁迅：《〈苦闷的象征〉引言》，《鲁迅全集》第10卷，第257页。

思维线索，并在各自的逻辑推动下发展出尖锐矛盾的结论。

然而，对立的思维逻辑并没有导致鲁迅尖锐的心理紧张，恰恰相反，由于鲁迅始终以解决现实问题作为他的理论思考的历史前提，因此，对思辨内容的实用的或现实的理解，使得相异的思想观点在"同一的"现实需要中获得缓解。追究中国近代思想家的俨然"同一"的逻辑体系常常是劳而无功的，他们在不同的场合，甚至同一场合信奉着完全不同的思想，但是，他们纷然的理论见解背后又确实存在着某种思维方法和心理的"同一性"：中国知识分子顽强的"实用理性"和感时忧国的内在激情。梁启超如此[1]，鲁迅的方式有所不同，但也不例外。因此，对于研究像鲁迅这样的实践型思想家来说，分析其思想体系的实践内容至少和研究它的思维内容同样重要。

从这个角度说，以个体性或主体性为核心的鲁迅文化哲学建构的实践意义与产生这一文化哲学的现代理论背景之间，必然存在着深刻区别。

第一，鲁迅的批判思想在思维内容上首先是对西方现代民主政治、精神原则和物质文明的批判否定，而其实践内容却是对"制造""商估""立宪""国会"等中国现实政治主张的批判否定。"异化"的危机感在这里恰恰又呈现了对洋务派、改良派和某些革命派人物的社会政治主张的机械性质的批判，即认为这些主张"重其外，放其内"，"惟客观之物质世界是趋，而主观之内面精神，乃舍置不之一省"[2]，从而忽视了改造世界的主体——人的决定作用。当鲁迅把民族革命和社会解放的实践任务作为自己理论推理的前提

〈1〉 Joseph R. Levenson, *Liang Ch'i ch'ao and the Mind of Modern China*, p. 4.

〈2〉 鲁迅:《文化偏至论》,《鲁迅全集》第1卷，第54页。

时，对人的主体性的强调就必然包含着"环境的改变和人的活动的一致"的"革命的实践内容"。[1] 鲁迅把"己""我""自性"与"群之大觉""中国亦以立"相联系，正说明他强调的独特的个人并不是抽象的思辨概念，而是作为社会变革主体的人：鲁迅强调的"己"和"我"已经不是自私自利的"唯一者"或充满绝望恐惧的"孤独个体"，而是充满社会责任感和自觉精神的"己"和"我"。

第二，正是这样一种紧迫的现实需求，使得鲁迅不得不或多或少地离开原有的理论思维体系，把思辨的概念作现实的理解。在他那里，国家不再是抽象的观念，而是现实人的创造物，是清朝专制政府；"群"不再是抽象、普遍的群体，而是由于专制体系而丧失了对自我利益的要求的人民；"观念世界"不再是作为独立存在物的自我意识、绝对精神、自由、道德……而是导致"靡然合趣""万喙同鸣"的"寂寞之境"的现实人的思想方法，是"同是者是，独是者非"的独断政治和文化传统；他要求的人的自由也不再是抽象的人的自由，而是和特定时代的中国人民摆脱专制和异族侵略的现实行动密切相关的人的自由；他用"己""我"的独立性对抗"道德""义务"，其现实内容恰恰是对以"克己复礼"为其特征，以"虚其心，实其腹，弱其志，常使民无知无欲"为其内容的伦理体系的无情否定……

第三，鲁迅的个体性原则源自现代思潮对于传统理性主义哲学的批判，但在现实性上恰恰又与后者一样起到了确立资本主义新关系的作用。18世纪法国唯物主义者爱尔维修断言，社会发展的"奥妙的原因"就是利益和自私，提出一套利己必须利他的合理利己主

〈1〉［德］马克思：《关于费尔巴哈的提纲》，《马克思恩格斯选集》第1卷，第16、17页。

义理论，从而揭去了披在封建剥削上的各种虚伪装饰。马克思指出，在封建社会，从理论上宣布"利己"的原则，"是一个大胆的公开的进步，这是一种启蒙，它揭示了披在封建剥削上面的政治、宗法、宗教和闲逸的外衣的世俗意义，这些外衣符合当时的剥削形式，而君主专制理论家们特别把它系统化了"〈1〉。中国近代资产阶级直接继承了18世纪启蒙主义的理论传统，梁启超理直气壮地宣布：

> 为我也，利己也，私也，中国古义以为恶德者也。是果恶德乎？曰：恶是何言！天下道德法律，未有不自利己而立者也。
> 盖西国政治之基础在于民权，而民权之巩固由于国民竞争权利寸步不肯稍让，即以人人不拔一毫之心，以自利者利天下……〈2〉

鲁迅的出发点与梁启超完全不同，他在主观上始终不是把肯定"以己为中枢，亦以己为终极"视为确立资本主义新关系的宣传，但在客观上是适应了这一潮流的。

第四，鲁迅像其他民主主义者一样，给"个体"或"己""我"注入了"人道"的内容，把人的主体性与人的解放相联系，从而把它改变为一种崭新的伦理观。这里以施蒂纳为例。施蒂纳力证利己主义是人类一切存在的起点和终点、主要动机和最终目的，因此在

〈1〉［德］马克思、恩格斯：《德意志意识形态》，《马克思恩格斯全集》第3卷，人民出版社，1970年，第479页。
〈2〉任公（梁启超）：《十种德行相反相成义》，《清议报》第82册，光绪二十七年五月初一。引自张枬、王忍之编：《辛亥革命前十年间时论选集》第一卷上，生活·读书·新知三联书店，1977年，第13—14页。

某种情况下他又引入一些利他主义因素，比如他甚至把牺牲生命、幸福、自由也看作利己主义。正是这样一些内容引起了人们的误解。1844年恩格斯在"受该书直接印象的很大影响"下[1]，就曾企图把施蒂纳的利己主义适用于社会生活而为共产主义服务[2]，因而引起马克思的批评；俄国革命民主主义者别林斯基甚至认为施蒂纳揭示了利己主义"新的品质和使它获得普遍尊敬的新的权利，从而把这个词变成能为人类指明道路的灯塔"，"包含着一切道德结论的可能性"。[3] 鲁迅一方面主张"凡有危邦，咸与扶起"的利他主义原则，另一方面又倡导"以己为中枢，亦以己为终极"的利己主义原则，实际上是企图用利他的、人道的内容去改造利己主义，使之成为一种适合于"人国"的崭新的道德法则。鲁迅力求把"个人""绝义务"与"害人利己"相区别[4]，这种逻辑上的不一致恰好体现了一种与恩格斯、别林斯基相似的心理愿望：把人民利益和个人利益，社会责任和个人自由，理性要求和个人志趣，客观需要和人的主动精神融为一体，把民族、社会，甚至整个人类的事业视为自己的事业，从而把人的主体性、个体人的解放与人类前景联系起来。

这样一种崭新的伦理观，把道德从宗教和唯心主义的高空移到了现实人的利益中，因而包含着"历史唯物主义的萌芽"。正由于此，这种"自他两利"[5]的道德观也就成为批判封建道德的有力武

〈1〉 ［德］恩格斯：《恩格斯致马克思1845年1月20日》，《马克思恩格斯全集》第27卷，人民出版社，1972年，第16页。

〈2〉 ［德］恩格斯：《恩格斯致马克思1844年11月19日》，《马克思恩格斯全集》第27卷，第12—13页。

〈3〉 ［俄］巴·瓦·安年柯夫：《文学回忆录》，引自库尔钦斯基《施蒂纳及其无政府主义哲学》，第29页附注。

〈4〉 鲁迅：《文化偏至论》，《鲁迅全集》第1卷，第52页。

〈5〉 鲁迅：《我之节烈观》，《鲁迅全集》第1卷，第124页。

器。于1918年写下的《我之节烈观》一文，就是依据这种崭新的道德观，否定了"既不利人，又不利己"的封建节烈观，鲁迅呼唤道："要自己和别人，都纯洁聪明勇猛向上。要除去虚伪的脸谱。要除去世上害己害人的昏迷和强暴"，"要人类都受正当的幸福"。[1]

这是一个极耐玩味的现象：鲁迅的文化哲学与现代人本主义思潮有着内在、紧密的关联，那些非理性主义的哲学先驱深刻地影响了鲁迅思考人生与世界的独特方式和内容。但是，中国现实社会的落后状况与中国知识分子特有的"实用理性"，使得这一思想体系没有像柏格森、海德格尔、雅斯贝尔斯、梅洛·庞蒂、萨特和加缪那样，充分发展出一整套关于"存在"和生命的深邃的非理性思考，恰恰相反，这一体系在实践过程中逐步地与18世纪以来的理性启蒙传统相趋近，引申出一整套关于改造民族灵魂的理性主义思想体系，思维逻辑上的内在矛盾在历史的演进中变得不那么重要。非理性的思想家被纳入了理性的历史，非理性主义的思维逻辑与《科学史教篇》的科学理性精神获得了某种"同一"的历史意义。

正由于此，鲁迅积极地投入了"五四"反封建文化运动，而这个运动标举的正是"民主"与"科学"这两面理性主义旗帜。1919年1月《新青年》第6卷第1号发表《本志罪案之答辩书》，回答了整个封建势力对新思想的群起围攻，对这个时期中《新青年》的宣传做了一个实际上的总结：

> 追本溯源，本志同仁本来无罪，只因为拥护那德莫克拉西（Democracy）和赛因斯（Science）两位先生，才犯了这几条滔天的大罪。要拥护那德先生，便不得不反对孔教、礼法、贞

---

〔1〕 鲁迅：《我之节烈观》，《鲁迅全集》第1卷，第130页。

节、旧伦理、旧政治；要拥护那赛先生便不得不反对那旧艺术、旧宗教；要拥护那德先生又要拥护那赛先生，便不得不反对国粹和旧文学。[1]

收在《坟》《热风》中的杂文，以鲁迅深刻的经验使得新文化运动的批判达到了空前的深度，但在内容和价值尺度上又与"民主""科学"的理性精神大体一致。人道主义、进化论、个性解放构成了鲁迅以"竭力启发明白的理性"[2]为目的的启蒙主义思想体系的主要内容。施蒂纳、尼采、易卜生与卢梭、托尔斯泰一道被纳入批判封建传统的"轨道破坏者"的范畴[3]，"观人、省己""内心有理想的光"[4]"个人的自大"[5]——这些与早期个体性和主观性原则相似的语言表达的已完全是启蒙主义的理性内容。

所有这一切表明："现代性"和"启蒙"是一个自己批判自己的传统，但在历史过程中，它总是习惯于把它的自我批判强制地纳入自己的总体问题之中。

第四节 孤独个体、死亡、罪的自觉与对绝望的反抗

然而，理论传统始终是不可忽视的力量。当鲁迅从社会历史进程、从"类"的进化的角度展开其社会文明批判时，对人类无穷的

〈1〉 陈独秀：《本志罪案之答辩书》，《新青年》第6卷第1号，1919年1月15日，第10页。
〈2〉 鲁迅：《杂忆》，《鲁迅全集》第1卷，第238页。
〈3〉 鲁迅：《再论雷峰塔的倒掉》，《鲁迅全集》第1卷，第202页。
〈4〉 同上书，第204页。
〈5〉 鲁迅：《随感录·三十八》，《鲁迅全集》第1卷，第327页。

未来，对人类认识和掌握世界的能力，以及人类历史的自然更替，他从未抹杀过乐观的信念与美好的希望。[1]但鲁迅文化哲学的一个根本性的起点又是对生命个体的思考。当鲁迅把个体作为一种独立的真实存在抽象出来思考个体生命的意义时，他就无法摆脱人生的悲凉、死亡赋予生命的有限性、生命旅程的孤独感和惶惑、深刻的无处躲藏的危机感和绝望。面对有限的因而也是悲观的人生的反抗，通过独特的选择而赋予生命以意义，这一切只有作为生命个体才能体验到的冲突，深深地颤动了现代人的心灵。

就鲁迅来说，对于个体生命的形上体验始终没有被"纯化"为一种抽象的心理现象，而总是伴随着对中国社会令人绝望的生存状态的沉思，伴随着在现代文化与传统文化、西方文化与东方文化的冲突之中寻找归宿的"文化危机感"。正是由于对个体生命的形上体验与现实生活内在关联，鲁迅独特的人生哲学才显示出如此深邃的境界。以《野草》为代表的人生哲学体系与现代主义的反现代氛围有着内在的呼应，与鲁迅早年即已形成的主体论哲学的内在思维逻辑存在深刻的联系。

鲁迅人生哲学的一系列范畴，如希望与绝望、生与死、反抗与选择、内心分裂与孤独，在思维逻辑方面都渊源于他的主体论哲学关于人的价值、人的自由、人的异化的思考。把鲁迅的思想体系规定为关于"人"或"立人"的思想体系的观点，已逐渐为人接受。但是，鲁迅关于"人"的思想又表现为两种相异的思路。其一是从

---

〔1〕 鲁迅：《随感录·三十八》，《鲁迅全集》第1卷，第327页。另外鲁迅《热风·生命的路》（《鲁迅全集》第1卷，第386页）、《热风·无题》（《鲁迅全集》第1卷，第405—406页）、《呐喊·自序》（《鲁迅全集》第1卷，第437—443页）、《坟·我们现在怎样做父亲》（《鲁迅全集》第1卷，第134—149页）以及《180820致许寿裳》（《鲁迅全集》第11卷，第365—368页）等文可作参考。

理性主义传统出发，把人的发展与进化学说相联系，追求人类共同的价值目标，共同的人道主义理想，从而以此为标准观察现实秩序的非人道性质，引申出深厚的同情、平等的要求、渴望人的沟通等一系列主题。这是以"类"为出发点的"人"的思想。另一方面，鲁迅关于"人"的学说中更有特点的是他对个体性的重视。从个体性出发，鲁迅把人的独自性、差异性作为人的价值准则，不屑于为人类提供某种统一的生活意义和价值标准，从而把赋予何种意义和选择何种价值的任务交给每个人自己去解决，把启发个人承担这一任务的自觉性[1]、唤起个人的主观性和自觉作为自己的文化哲学的根本任务。

这一思想明显受到施蒂纳的"唯一者"和尼采价值重估学说的影响，个体人对意义与价值的选择意味着对现行的普遍人生准则的否定——在中国，首先是对儒学体系及其制度基础的否定。个体性、独自性作为人的最高价值准则，实际上也就意味着人在本质上是自由的存在，是不受束缚的主体。但是，人的实际生存状况恰恰是一种丧失了个体性和自由本质的"异化"的存在。所谓"人各有己""朕归于我"其实也就是对这一"异化"状态的思考：首先，它假定存在着不变的本质——"己"或"我"，作为其肯定性的前提；其次，它假定人是自我分裂的，个体人会离开自己的本质而变成异己的存在者，"人各有己""朕归于我"就是从这一假设产生的；再次，由于人的存在离开自己的本质，因而必须扬弃这种"异化"重新占有自己的本质（即"人各有己""朕归于我"）。未来社会（"人国"）作为否定之否定项，被视为现实存在与真正本质的统一。这种统一不是统一于某种共同的价值理想，而是统一于人的个

---

〔1〕 参见徐崇温主编：《存在主义哲学》，第107页。

体性或独自性的建立，因此也即统一于"不统一"。

这是关于"个体人"的肯定性推衍。但是，还存在关于"个体人"的否定性推衍：现实的个体存在是一种与自身分裂、失去了自己的主观性与自由的"异化物"，是一种在观念体系、群体社会中的沦落个体，是一种面临个体生命有限性（死亡）威胁的悲剧性存在；同时，当人摆脱了一切精神偶像而成为独特个体时，他的自由并不能引导他走向浪漫的世界，相反，他将为自己的自由而付出痛苦的代价。这是加缪对于尼采"上帝死了"的理解：自从人不再相信上帝的存在，也不再相信人可以长生不老的时刻起，"他就要为他生活着的一切负责，为生于痛苦并注定为生活而受苦的一切负责"。该由他，由他自己去建立秩序和制定律条。于是，被上帝弃绝的人的时代开始了，人开始不遗余力要证明自己无罪，开始了无端的忧伤，"最痛苦的，最令人心碎的问题，内心常思考的是：何处我才能感到得其所呢？"〈1〉

正由于此，基尔凯廓尔、海德格尔等人对"孤独个体"或"在"的探讨中，充满了恐怖、厌烦、忧郁、绝望、畏惧和死亡等一系列关于不安宁的精神状态的体验概念。他们认为，在日常的世俗生活中，由于失去个性，人往往意识不到自己的存在。只有通过这些激烈苦闷的意识上的震动，人才意识到了"自我"，才体验到了自己的存在。恐怖、厌烦、忧郁、孤独、绝望、畏惧与死亡等"孤独个体"的存在状态是"存在"最真实的表现，是原生的实在，是人生最基本的内容，也是他们的哲学研究内容。这样，基尔凯廓尔就把哲学从研究万物的存在转向了研究人的存在，从研究外部世

〈1〉［法］加缪：《尼采和虚无主义》，《文艺理论译丛》（3），中国社会科学院外国文学研究所、《文艺理论译丛》编辑委员会编，中国文联出版公司，1985年，第424—425页。

界转向了研究内心世界，即研究人的纯粹意识及其活动。既然孤独个体在创造自己的过程中，在不可重复的存在状态中，始终濒于绝望，面临死亡，因此，悲观主义是从尼采、基尔凯廓尔到海德格尔、雅斯贝尔斯，直至萨特、加缪的哲学基调——虽然他们之中的某些人，如尼采，竭力否认这一点。

这在思维逻辑上与《呐喊·自序》《娜拉走后怎样》关于"铁屋子""昏睡"⟨1⟩和唤醒灵魂目睹"自己的腐烂的尸骸"⟨2⟩等想法有相似处。鲁迅像尼采、基尔凯廓尔等人一样，把个人、个人的主观性、自由本质、反叛与选择置于思考的中心，把摆脱精神偶像和超越一切道德法律束缚作为孤独个体的特征。但如果将鲁迅的理解与加缪对尼采的阐述加以比较的话，明显的区别便是加缪对人的自由和存在意义的思考充满了令人心碎的痛苦和荒谬感，而鲁迅此时却更强调"刚毅不挠，虽遇外物而不移""排斥万难，黾勉上征"的坚强意志——鲁迅对人的关注服从着他对中国社会解放的思考，而《野草》时期经历了多次失望后的"绝望"心态此时还远未出现。这样，对个体的关注和对个体超越性的理解就给鲁迅的文化哲学带来昂奋的浪漫主义色调，而个体存在的悲剧性甚至荒诞性的主观精神结构本身，并没有构成他的主体论哲学的主要思维内容。

但是，只要把目光稍稍移向鲁迅的艺术选择及其体现出的个人精神体验，便会发现译于此时，并对他的日后创作产生巨大影响的安德列耶夫（和迦尔洵）的小说，便能体会到这位俄国的悲观主义和非理性主义小说家与他所推崇的现代哲学先驱的内在关系。安德列耶夫对"人生之谜""死亡之谜"和个体生存的恐怖、孤独、忧

⟨1⟩　鲁迅：《呐喊·自序》，《鲁迅全集》第1卷，第441页。
⟨2⟩　鲁迅：《娜拉走后怎样》，《鲁迅全集》第1卷，第167页。

郁、厌闷、畏惧的追究深深地吸引了鲁迅，并在他的小说中留下了著名的"安特莱夫（L. Andreev）式的阴冷"。[1] 充溢在小说《谩》和《默》中的，是一种对人的生存状况的孤独而荒诞的神秘心理体验。孤独的个人坠落于无穷无尽的欺骗与谎言之中，"谩"构成了对孤独个体的无处不在的威胁，当《谩》的疯狂的主人公杀死女友之后，他终于发现，"谩"并未因此而消失，而是宇宙之中无孔不入的存在：

> 嗟夫，惟是亦谩，其他独幽暗耳。劫波与无穷之空虚，欠申于斯，而诚不在此，诚无所在也。顾谩仍永存，谩实不死。大气阿屯，无不含谩。当吾一吸，则鸣而疾入，斯裂吾胸。嗟乎，特人耳，而欲求诚，抑何愚矣！伤哉！援我！咄，援我来！[2]

《默》所表达的，是更为完整的人与宇宙的荒诞性。生命、城市与宇宙固执地沉浸在不可思议的沉默之中。伊格纳季神甫追究的并不是道德问题，而是形而上学问题：生命的意义与自杀。这是一个"重大的、对他至关紧要的，他每晚都在冥思苦想的问题：薇拉为什么要死呢？"。回答只有一种：永恒的沉默。站在墓场的沉默的寂静里，伊格纳季不能想象：

> 就在这草的下面，离他两俄尺的地方，躺着薇拉。这么短的距离竟是不可企及的，它给心灵带来惶惑不安和奇怪的困

〈1〉 鲁迅：《〈中国新文学大系〉小说二集序》，《鲁迅全集》第6卷，第247页。
〈2〉 《域外小说集·谩》，《鲁迅译文集》第1卷，人民文学出版社，1958年，第159页。

扰。伊格纳季神甫经常思念的，似乎永远消逝在无限的幽暗深渊的那个女子就在这里，在他身旁……她竟然不在人间，而且再也不会出现了，这是难以理解的……〈1〉

生命与死亡的这种遥远而又接近的状态正是荒诞，它把人抛入漫无边际的沉默之中。人一旦意识到这种荒诞的沉默，便会在恐惧与不安中，感觉到整个宇宙都被这引起隆隆回声的沉默震撼得战栗、抖动起来，在这令人胆寒的海洋上仿佛掀起了一场狂风暴雨。

然而，人也正是在沉默的压抑中"浑身颤抖着，用犀利、急切的目光向四面张望，缓慢地站起来。他长时间痛苦地挣扎着挺直腰板，使颤抖的身躯保持一种高傲的姿态"，在绝望的沉默驱赶下走那孤独的人生道路。〈2〉小说对死亡奥秘进行执着而痛苦的探索，然而始终不得其解。这在被鲁迅称为"安特莱夫的代表作"〈3〉——《人的一生》中明确地表达出来：

> 他（孤独个体）一降生便具有人的形体和名字，在各方面都跟已经生活在世间的其他人一样。而且他们的残酷命运将成为他的命运，他的残酷命运也将成为所有人的命运。他情不自禁地为时间所诱惑，要确定不移地走过人生的全部梯阶，从底层到顶端，又从顶端到底层。限于视力，他永远不会看见他那犹豫不决的脚所要踏上的下一级梯阶；限于知识，他永远不会知道，未来的一天，未来的一小时甚至一分钟会带给他什么。

〈1〉 ［俄］Л.安德列耶夫：《沉默》，《安德列耶夫小说戏剧选》，鲁民译，外国文学出版社，1984年，第42页。
〈2〉 同上书，第43页。
〈3〉 鲁迅：《250217致李霁野》，《鲁迅全集》第11卷，第458页。

他在盲目无知的状态中为种种预感所苦，被希望和恐惧搅得激动不安，将要顺从地走完那铁定的循环。[1]

在安德列耶夫的世界里，"我"，"即大家称之为他的人"[2]，是人的一切心理体验，是注定要同死亡结缘的人生的永恒的伴随人。1925年，鲁迅在谈论安德列耶夫的剧本《往星中》时分析说：安德列耶夫"全然是一个绝望厌世的作家。他那思想的根柢是：一，人生是可怕的（对于人生的悲观）；二，理性是虚妄的（对于思想的悲观）；三，黑暗是有大威力的（对于道德的悲观）"[3]。鲁迅的准确概括，并不像有人理解的那样仅仅是对安德列耶夫的否定性判断，相反，这种理解中包含了对安德列耶夫的人生体验的某种认同，这一点在他给李霁野、许钦文的信中表达得很清楚。[4]

对安德列耶夫人生哲学的阐释当然不能代替鲁迅人生哲学的阐释，说鲁迅对安德列耶夫的人生经验有"某种认同"并不意味着二者趋于同一。问题仅在于安德列耶夫从人的主观感受和心理体验出发，对人的处境做出一种抽象的思辨，他所表现的人的生存状态的孤独、恐惧、荒诞、绝望等范畴恰恰和尼采、基尔凯廓尔的哲学精神相一致。这些范畴由于不符合早期鲁迅的现实需要而没有直接进入他的理论表述，但他对安德列耶夫的持久热情正说明它们在鲁迅精神深处的重要意义。这从另一个方面证实了鲁迅关于个体生存的思索所达到的深度及其深远影响。安德列耶夫把个体生存的荒诞的形上体验与沙皇俄国社会中人的客观生存境遇相交织，那种本

〈1〉［俄］Л.安德列耶夫：《人的一生》，《安德列耶夫小说戏剧选》，第448页。
〈2〉同上书，第449页。
〈3〉鲁迅：《250930致许钦文》，《鲁迅全集》第11卷，第516页。
〈4〉参见《250217致李霁野》《250930致许钦文》，《鲁迅全集》第11卷，第458、516页。

体化的孤独、烦闷、沉默、恐惧、绝望和不可思议的死亡环绕个体生存，又折射着黑暗时代的阴影。因此，鲁迅认为："安特莱夫的创作里，又都包含着严肃的现实性以及深刻和纤细，使象征印象主义与写实主义相调和。俄国作家中，没有一个人能够如他的创作一般，消融了内面世界与外面表现之差，而现出灵肉一致的境地。他的著作是虽然很有象征印象气息，而仍然不失其现实性的。"〈1〉

区别仍然是明显的：当安德列耶夫沿着"死亡—永恒—伟大的神秘"这一轴心展开他对个体生存的思考时，孤独、烦闷、绝望等现实心理体验由于本体化而成为毋容拒绝的生存状态，因而，个体的生存态度便不再有什么意义。鲁迅则始终是在现实的战斗中抚摸自己灵魂的孤独，从而把现实的不能接受的黑暗与个体生存的悲观交织起来，"觉得'黑暗与虚无'乃是'实有'，却偏要向这些作绝望的抗战"。〈2〉"绝望"是真实的，对"绝望"的反抗作为一种生存态度赋予了孤独、荒诞的个体以意义。因此，构成鲁迅人生哲学特点的，不是"绝望"，而是对"绝望"的反抗，这种"反抗"不是对"希望"的肯定，而是个体的自由选择〈3〉——因此，我们重新发现了鲁迅的人生哲学与他的文化哲学之间的逻辑一致性：个体是价值的创造者，它将赋予"黑暗与虚无"的人生与世界以意义。

　　野蓟经了几乎致命的摧折，还要开一朵小花，……草木在旱干的沙漠中间，拼命伸长他的根，吸取深地中的水泉，来造

―――――――――

〈1〉《黯淡的烟霭里·译者记》，《鲁迅译文集》第1卷，第331—332页。
〈2〉 鲁迅：《两地书·四》，《鲁迅全集》第11卷，第20—21页。
〈3〉 参见本书第四章第一节《野草》的人生哲学"。

成碧绿的林莽，自然是为了自己的"生"的，然而使疲劳枯渴的旅人，一见就怡然觉得遇到了暂时息肩之所，这是如何的可以感激，而且可以悲哀的事？

我爱这些流血和隐痛的魂灵，因为他使我觉得是在人间，是在人间活着。〔1〕

鲁迅对寂寞鸣动于风沙鸿洞中的沉钟怀着异样的敏感，对那流血、粗暴、隐痛的灵魂怀着特殊的爱恋——鲁迅正是在人生的挣扎、奋斗、困扰、死亡的威胁、悲剧性状态中体会到了生命的存在和意义，深沉地把握了"此在"：

我常觉到一种轻微的紧张，宛然目睹了"死"的袭来，但同时也深切地感着"生"的存在。〔2〕

鲁迅在生命的悲剧性体验中感到的首先不是抽象的荒诞感，而是极其残酷的生存状态，是在恐惧、紧张、死亡之中表达"生"的意志。不是希望，不是幻想唤起了鲁迅的生存意识，而是绝望，是流血，是隐痛，是死亡，是恐惧……唤起了鲁迅对生命的自觉——这不是一种并未脱离中国现实的"悲剧人生观"么？这不是"反抗绝望"的人生哲学的一种曲折表达么？这不同于尼采，不同于安德列耶夫，也不同于加缪……但那种完全不同于传统的生命体验方式，不也说明一种隐然的联系么？〔3〕

---

〔1〕 鲁迅：《一觉》，《鲁迅全集》第2卷，第229页。
〔2〕 同上书，第228页。
〔3〕 参见拙作《论〈野草〉的人生哲学》，《福建论坛》1987年第3期。

个体性原则意味着一切外在于"我"的法则的毁灭。施蒂纳说:"每一在我之上的更高本质,不管它是神、是人都削弱我的唯一性的感情,而且只有在这种意识的太阳之前方才黯然失色。""我"替代上帝而成为那个"易逝的、难免一死的创造者"。〈1〉尼采更简洁地宣布:"上帝死了!⋯⋯我们自己是否必须变成上帝,以便与这伟大的业绩相称?"〈2〉卡拉玛佐夫问道:"如果没有上帝,一个人岂非什么事都可以做?"当施蒂纳大胆宣称"我把无当作自己事业的基础"〈3〉时,他没有意识到失去了偶像的世界成了偶然的世界,个体的自由使人面对着荒诞的、绝望的世界;不再有期待,不再有寄托,每个人都必须独自承担起存在的责任:

> 自我性(selbstheit)的特点事实上就是人总是与是他所是的东西分离,而这种分离是由他所不是的存在的无限广度造成的。他从世界的另一面对其自身标明他自己,并且他又从这地平线向自身望去以回复他内在的存在:人是"一个遥远的存在"(un être des lointains)⋯⋯因此,当人的实在在虚无中确立起来以把握世界的偶然性时,世界的偶然性就向人的实在显现出来。
>
> 因此这就是从各方面包围了存在、同时又从存在中被驱逐出来的虚无;正是虚无表现为使世界获得一个轮廓的东西。〈4〉

〈1〉[德]麦克斯·施蒂纳:《唯一者及其所有物》,第408页。
〈2〉[德]尼采:《快乐的科学》,第21页。
〈3〉[德]麦克斯·施蒂纳:《唯一者及其所有物》,第408页。
〈4〉[法]萨特:《存在与虚无》,陈宣良等译,生活·读书·新知三联书店,1987年,第47页。

独自面对着死亡的个体深刻地体验到了存在的荒诞。紧跟在尼采、基尔凯廓尔背后的西方现代哲学和文学，从雅斯贝尔斯、海德格尔到萨特、加缪，从陀思妥耶夫斯基到卡夫卡，正是在"上帝死了"或者说把个体（"我"）建立在"无"上的前提下，构思他们面对痛苦人生的哲学，描绘人"被抛入世界"的荒诞感。

　　非基督教的中国文化氛围中不可能出现这种抽象的关于个体生存的哲学思考，鲁迅的个体性原则始终与中国实际的文化背景和社会生活紧相联系。但是，当鲁迅扫除一切旧偶像、旧礼教、旧习惯、旧风俗的时候，当鲁迅把人作为一种摆脱一切传统规范的个体的时候，他同样感到了一种自己面对自己的深刻痛苦。一方面，从旧的根深蒂固的法则中唤起人们的自觉宛若"叫起灵魂来目睹他自己的腐烂的尸骸"〈1〉，使人备感痛苦，"人生最苦痛的是梦醒了无路可以走。做梦的人是幸福的"。〈2〉他以李贺为例，说明上帝的存在减轻了人的生存重负和痛苦，这固然是对现实黑暗的无情抨击，同时也表达了觉醒个体面临的困惑——摆脱了旧的规范的个人成了自由的人，正因为如此，他必须由自己来承担自己的责任，这是幸福，还是悲哀呢？——尤其在连改造一个火炉也要流血的中国；另一方面，当个体成为自己的法则之后，他就必须自己面对自己，自己判断自己，而不能把自己交给外在的"绝对者"——无论是上帝，还是道德礼法。

　　因此，鲁迅几乎像加缪一样震惊于陀思妥耶夫斯基的"在人中间发现人"：

〈1〉　鲁迅：《娜拉走后怎样》，《鲁迅全集》第1卷，第167页。
〈2〉　同上书，第166页。

凡是人的灵魂的伟大的审问者，同时也一定是伟大的犯人。审问者在堂上举劾着他的恶，犯人在阶下陈述他自己的善，审问者在灵魂中揭发污秽，犯人在所揭发的污秽中阐明那埋藏的光耀。这样，就显示出灵魂的深。

　　在甚深的灵魂中，无所谓"残酷"，更无所谓慈悲；但将这灵魂显示于人的，是"在高的意义上的写实主义者"。[1]

鲁迅与加缪不约而同地注意到陀氏的"审问者"与"犯人"的双重身份，但鲁迅并没有像后者那样由此去推断基里洛夫的逻辑自杀，他对现世的执着使他对那种抽象的推论不感兴趣。

　　然而，双重身份的自觉只有在摆脱了绝对者（上帝或礼）的个体身上才能发现，因为他就是他的绝对者。在鲁迅对陀氏的阐述中，我们发现了一种把自己当作道德法则进行审判的"罪"的自觉。这种以"自审"为其特征的精神现象贯穿鲁迅的一生，又是其人生哲学的重要内容。审判者不再是上帝或外在的道德法则，而是个体自身：

　　　　……有一游魂，化为长蛇，口有毒牙。不以啮人，自啮其身，终以殒颠。……
　　　　……离开！……[2]
　　　　我自己总觉得我的灵魂里有毒气和鬼气，我极憎恶他，想除去他，而不能。我虽然竭力遮蔽着，总还恐怕传染给别

〈1〉　鲁迅：《〈穷人〉小引》，《鲁迅全集》第7卷，第106页。
〈2〉　鲁迅：《墓碣文》，《鲁迅全集》第2卷，第207页。

人……〈1〉

> 但有时也想：报复，谁来裁判，怎能公平呢？便又立刻自
> 答：自己裁判，自己执行；既没有上帝来主持，人便不妨以目
> 偿头，也不妨以头偿目。〈2〉

个体的自觉在这里转化为"罪"的自觉，从而开启了鲁迅精神中
深刻的"自审"传统。当然，对于鲁迅来说，"罪"的自觉并不
仅仅是抽象思维的结果，而且包容着深刻的社会文化内容。对于
自己与自己所批判的传统的历史联系的严峻自省，后面还将详细
谈到。

由人的个体性、主观性、自由本质、选择与否定、超越性，发
展到对孤独个体的孤独、忧郁、绝望、反抗、"向死而在"、有罪
感的感受与体验，这一思维路线以个体生存为出发点，其文化理论
背景则是施蒂纳、叔本华、尼采、基尔凯廓尔、安德列耶夫、迦尔
洵、陀思妥耶夫斯基、厨川白村。由科学理性、进化学说、民主共
和到德赛二先生、文明批评、社会批评，直至经济制度、无阶级社
会，这一思维线索以社会群体、以"类"及其与自然的关系为出发
点，其文化理论背景则是培根、笛卡儿、达尔文、启蒙哲学、马克
思主义。尽管这两个方面在鲁迅反传统的社会实践中曾经获得相似
的实践意义，但在鲁迅自身的精神结构中却形成了一种悖论式的存
在。当鲁迅以科学理性的启蒙观点写下《我之节烈观》《我们现在
怎样做父亲》《论睁了眼看》和一系列"随感录"的时候，他那洋
溢着进化的、乐观的理性精神的文学却被命名为"坟"——"逝去，

〈1〉 鲁迅：《240924致李秉中》，《鲁迅全集》第11卷，第452页。
〈2〉 鲁迅：《杂忆》，《鲁迅全集》第1卷，第236页。

逝去，一切一切，和光阴一同早逝去，在逝去，要逝去了。——不过如此"〈1〉，"我只很确切地知道一个终点，就是：坟"〈2〉。

在这里，鲁迅仅仅把这些杂文看作走向死亡、终将从人间消失的个体生命的余痕，因此这些作品也即是孤独人生旅程的一种生命形式。然而，如果个体生存只有这样一个绝望的、无可挽回的归宿，这一切又有何意义呢？于是：

> 今夜周围是这么寂静。……电灯自然是辉煌着，但不知怎地忽有淡淡的哀愁来袭击我的心，我似乎有些后悔印行我的杂文了。我很奇怪我的后悔……〈3〉

在《华盖集·题记》中，他又写道：

> 现在是一年的尽头的深夜，深得这夜将尽了，我的生命，至少一部分的生命，已经耗费在写这些无聊的东西中，而我所获得的，乃是我自己灵魂的荒凉和粗糙。但是我并不惧惮这些，也不想遮盖这些，而且实在有些爱他们了，因为这是我辗转而生活于风沙中的瘢痕。〈4〉

坟墓是人的生命、人的灵魂的永恒不灭的形式，它表明了鲁迅对生命的留恋。然而，坟墓是个体生命终结的标志，它表明人"向死而在"。

鲁迅寻求着"从此到那"的路，却不再把希望留给未来。从类

〈1〉 鲁迅：《写在〈坟〉后面》，《鲁迅全集》第1卷，第299页。
〈2〉 同上书，第300页。
〈3〉 同上书，第298页。
〈4〉 鲁迅：《华盖集·题记》，《鲁迅全集》第3卷，第4—5页。

出发，鲁迅相信"生命不怕死，在死的面前笑着跳着，跨过了灭亡的人们向前进"。"人类总不会寂寞，因为生命是进步的，是乐天的"〈1〉；从个体出发，生命的逝去是无可替代的，是绝对终结性的，生命的意义问题将被尖锐地提出来。正是在后一层意义上，鲁迅"在思想回归自身的某一点上，把自己的作品树立为一种有限的、终会死亡的而又是反抗的思想的鲜明象征"。〈2〉因此，鲁迅的创作是对中国社会的呼吁，又是赋予其生命一种形式。深刻的理性批判与乐观理想同时表现着个体生命的深刻的无效性。于是，鲁迅的创造过程是一种对于"绝望"的反抗：

> 他藐视神明，仇恨死亡，对生活充满激情，这必然使它受到难以用言语尽述的非人折磨：他以自己的整个身心致力于一种没有效果的事业。而这是为了对大地的无限热爱必须付出的代价。〈3〉

应当说明，鲁迅对于"没有效果的事业"的感觉曾多次出现，这不仅是就个体生存而言，而且也是指自己的文明批评和社会批评在社会效果上是无效的，例如："我先前的攻击社会，其实也是无聊的。社会没有知道我在攻击，倘一知道，我早已死无葬身之所了……"〈4〉

鲁迅对个体生命荒诞的形上感受，对个体生存意义的探求就这

〈1〉 鲁迅：《六十六 生命的路》，《鲁迅全集》第 1 卷，第 386 页。
〈2〉 ［法］加缪：《西西弗的神话》，杜小真译，生活·读书·新知三联书店，1987 年，第 152 页。
〈3〉 同上书，第 157 页。
〈4〉 鲁迅：《答有恒先生》，《鲁迅全集》第 3 卷，第 477 页。

样与他对社会解放、民族解放的探求合为一体，对个体存在的非理性体验就这样与他对人类命运的理性认识相互渗透，深沉的恐惧、孤独、绝望、惶惑引导他超越自身，到现实中找寻并否定造成人的悲剧处境的根源，而这种"找寻"本身便是对个体生命形式的自由选择，便是对个体生存的"绝望"的反抗。鲁迅的人生哲学与他的社会思想一样，从不同的方面把鲁迅引向了他所生存的世界。对于个体来说，这是一种不思未来的创造和反抗，它赋予荒诞的个体生命和世界以意义。

理性与非理性，生命与死亡，希望与绝望，悲观与乐观，所有这一切在鲁迅的世界里构成了一种深刻的悖论关系，他相信前者，也相信后者，而双方各有其理论出发点并相互冲突。这里只有一个并不完全"同一"的统一点：反抗——对社会生活状态和对个体生存状态的激烈反抗！鲁迅由此成为中国现代历史上最勇猛、悲壮的反封建战士，同时也成为中国现代文化史上的一个对传统与现代同时质疑的思想家和文学家。

自我的困境与思想的悖论
——"在"而"不属于"两个社会（1920—1936）

　　和他的社会思想一样，鲁迅的心理和情感领域也是一种悖论式的存在。这种内在紧张来源于鲁迅作为一个现代知识分子在两种文明之间特殊的"中间"地位，以及个人的特殊际遇。汤因比曾经描述这种特殊的知识分子境遇，他说：

　　　　这一个联络官阶级具有杂交品种的天生不幸，因为他们天生就是不属于他们父母的任何一方面，他们不但是"在"而"不属于"一个社会，而且还"在"而"不属于"两个社会。〈1〉

鲁迅不幸正隶属于这"联络官阶级"；而更其不幸的是，鲁迅虽然"不属于"其中任何一种文明或社会，无论是传统中国还是现代西方，但他恰恰又无法摆脱与这两者之间的内在关联。因此，他既反传统，又在传统之中；他既倡导西方的价值，又对西方的野心保持警惕。

〈1〉［英］汤因比：《历史研究》（中），曹未风译，上海人民出版社，1986年，第192—193页。

　　　　知识分子受他们本民族的憎厌，因为这一阶级的存在就是
　　他们的耻辱，而另一方面他们千辛万苦学了那些国家的风俗习
　　惯，那些国家也给不了他们多大荣誉。[1]

因为他们要完成的民族解放任务是和这些西方国家的利益直接对立的。

　　从这个意义上说，鲁迅作为现代知识者是天然的孤独者和反叛
者：孤独与反叛构成了鲁迅基本的文化/心理特征——这种特征来
自双重的"在"而"不属于"的社会文化关系。然而，也正是这
种"在"而"不属于"的生存状态构成了鲁迅文化心理上的创造性
欲求：对所"在"的双重文化社会体系进行革命性改造，从而在孤
独与反叛的基础上形成自己独创性的思想。从这个意义上说，"不
属于"这个被动性的概念可以替换为主动性的"超越"概念：鲁迅
"在"而"超越"了双重的社会文化体系。但是，人的抱负（"超
越"性）与人的局限（"在"）之间的差距仍然形成了鲁迅心理上的
内在矛盾和困境。这种内在矛盾与困境集中体现在三组相互关联的
问题上，每一组问题在鲁迅的内心深处都形成了悖论关系：对矛盾
的双方同时肯定，又同时怀疑。这三组问题是：传统与反传统，历
史与价值，感性经验与理性观念。

第一节　反传统与寻求现代认同的困境
　　　　——批判主题与自知主题的形成

　　在近代中国快速变迁的情境中，传统文化模式不再配合，古老

─────────────

〈1〉［英］汤因比：《历史研究》（中），第192—193页。

的法则不再适用，旧有的标准不合时宜，过去的欲望得不到满足，经由童年经验形成的那种文化认同感深刻地动摇了，而个人仍然需要在这样的困境中寻得人生道路。当鲁迅告别故乡，"走异路，逃异地"[1]时，他实际上正在向他的童年经验，向传统的文化模式和生活模式告别。新的文化认知开始了，格致、物理、天演……面对急剧变迁的世界和生活方式，鲁迅不得不在认知上有一次复杂的重组，让自己重新构思新的世界观，构思应付世界的新的策略以及应当遵循的新的道路，而这一切是和民族面临困境时正在进行的文化调整相一致的。因此，20世纪中国文化冲突尽管不得不以中西文化撞击为其基本形态，但根本性的问题还不在对西方文化的态度，而在对自身文化传统的态度，其焦点就在：究竟哪一种价值处于现代历史的中心。

正由于此，由民族生存危机引发的20世纪中国知识分子的文化认同危机，在表现形态上呈现为激烈的反传统主义和顽固的国粹主义，而"反传统"作为一种思考中国问题的独特方式，对几代中国知识分子的精神结构都产生了巨大的影响。从思维模式的角度看，"反传统"对于由"五四"到70或80年代的中国思想史来说，似乎形成了一种强烈的历史潮流和恒定的思维定式。西方有些学者因此认为：

> 20世纪中国思想史的最显著特征之一，是对中国传统文化遗产坚决地全盘否定的态度的出现与持续……这两次文化革命的特点，都是要对传统观念和传统价值采取疾恶如仇、全盘否定的立场。而且这两次革命的产生，都是基于一种相同的

〈1〉 鲁迅：《呐喊·自序》，《鲁迅全集》第1卷，第437页。

预设，即：如果要进行意义深远的政治和社会改革，基本前提是要先使人的价值和人的精神整体地改变。如果实现这样的革命，就必须进一步彻底摒弃中国过去的传统主流。[1]

这种分析从变动不居、纷纭复杂的历史过程中找到了某种恒定不变的"同一性"——不是具体的历史内容而是深层的思维模式，因而为人们提供了研究中国知识分子心态和中国文化特征的某种途径。

但是，这绝不意味着，20世纪中国知识分子的思想始终束缚在一个问题上，沉溺于同一的问题之中。不是的。正如列文森所说：

> 每一个观念随时间而变化，不是因为其肯定性内容发生变化，而是因为其未能与时俱进。一个观念只能在其与当代其他观念的关系中才能被把握。每一次肯定本身都包含着对其他事物的否定。一个人的信念是在众多选项中的选择，而其他选项也与时而变。[2]

不同时代及其个别思想家的一个又一个"相同"观点或思维模式，恰好揭示出这些问题演变的秘密。对于历史学家来说，对历史"同一性"的过分偏好常常是导致判断失误的思维方式根源。在我看来，"反传统"作为近现代中国的持久命题正好隐藏着中国历史变迁的深刻内容。

"反传统"实际上是对过去文化的一种否定性的强势的理解方

〈1〉［美］林毓生：《中国意识的危机》，贵州人民出版社，1986年，第2—3页。
〈2〉 Joseph R. Levenson, *Liang Ch'i ch'ao and the Mind of Modern China*, p. 7.

式，一种以"新"为特征的价值体系。从启蒙运动以来，传统常常同"成见""权威"一道作为理性的对立物而只具有否定的意义。"五四"反传统主义的特点在于对传统文化的整体的理解方式，这涉及两种理论预设："第一，必须把过去的社会—文化—政治秩序视为一个整体；第二，这种社会—文化—政治秩序必须作为一个整体而予以否定。"〈1〉形成这一"整体观"的思维模式的原因曾是许多学者关心的论题，概括言之，主要有三个方面：

首先，中国文化的价值重估是以西方文明入侵、西方现代社会对于中国社会的历史性优势为背景的，因此现代西方社会的价值体系和制度方式成为衡量中国文化的参照系；鲁迅及其同伴不是对中国文化的形成过程进行分析，而是从中国文化的整体功能来考察中国社会现实落后的原因，考察这一文化传统对现实进程和现实人的实际心理状态的影响。所以，他们是从社会发展的现实结果和经典文化的实际效果这两方面，寻找传统文化与现代生活的不适应性。王富仁《对古老文化传统的现代化调整》一文认为，鲁迅的思考方法是"由果溯因"，注重的是"整体功能"。他的分析是符合当时鲁迅及其同伴的历史实际的。

在中国文化史上，本土文化与外来文化的相互渗透、冲突、吸纳、排拒由来已久，但"把中国文化或东方文化与西方文化作为对立着的两大文明体系来进行比较、分析、评判、论辩，却是近代的事"。无论是传入的印度佛教文化、阿拉伯文化，还是明末清初的"西学东渐"，都没有构成两种性质的文化的整体性对立，没有因此而引起中国社会和文化的大震动、大变革，"总之，当时并没有形成用一种文化取代另一种文化，以改变国家民族命运的严重

〈1〉［美］本杰明·史华慈：《序》，《中国意识的危机》，第2页。

局面"。^{〈1〉}"东方文化""西方文化"的说法并不准确，任何一种文化传统都包含着复杂的、多层次的内涵，又经历着历史的变迁。因此，真正深入的文化理论应当坚持对文化的分析性态度，这在当时也有人做过论述。例如常乃惪说：

> 就是从有史以来，除过埃及加尔底亚不算，没有一个时代是二元对峙的文明……没有一个静的文明与动的文明对抗的时期……一般所谓东洋文明和西洋文明之异点，实在就是古代文明和现代文明的特点。不过西洋文明已从古代进入现代，而东洋文明还正在迟迟不进的时候，所以就觉得东洋的空气是如此，西洋的空气是如彼，其实在几百年以前欧洲的所谓思想界，何尝也不是顽固、迟顿、萎缩、狡诈，诸习并存。^{〈2〉}

常的理论引入了时间性与历史性的内容，但他在没有建立起对文化关系的历史分析的情况下，简单地把东/西关系看作一种时间关系。

在五四激烈的文化斗争中，无论是五四以前讨论两大文明的对立，还是五四以后讨论中西文化能否"调和"，斗争的双方都把"二元对峙"作为一种基本的预设。"东西洋民族不同，而根本思想亦各成一系，若南北之不相并，水火之不相容也。"^{〈3〉}在《新青年》与《东方杂志》的大论战中，双方都把两种文明的异质性作为论战

〈1〉 参见陈崧编：《五四前后东西文化问题论战文选》，中国社会科学出版社，1985年，第2—3页。

〈2〉 常乃惪：《东方文明与西方文明》，《国民》第2卷第3号，1920年10月1日。引自陈崧编：《五四前后东西文化问题论战文选》，第271—273页。

〈3〉 陈独秀：《东西民族根本思想之差异》，《青年杂志》第1卷第4号，1915年12月15日，第1页。

前提，因此，论辩的方式也是整体对比式的。[1]

五四以后对于"新旧调和论"的讨论实质上是"中体西用"观的又一次抬头而引发的。章士钊等人的"调和"理论既没有简单地赞美旧文化，也没有简单地否定新文化，"逐渐改善，新旧相衔"[2]的"调和论"确实触及了一个具有相当理论深度而又为当时思想界未能认识清楚的大问题。对于这一"中体西用论"的兴起，新文化运动者从新与旧的异质性、不调和性和文化发展必然经历的"质变"等方面给予反击，陈独秀等人力图把文化的延续性看作一种"自然现象"，而非"思想文化本身上新旧比较的实质"[3]，从而把中西对峙转化为新旧对峙。

新文化阵营以进步的时间观念为依托，批判"调和论"的保守、复古的取向，但在理论上没有建立起对文化的历史分析，其关键在于没有深入理解文化传统的延续性，不承认新旧文化存在继承关系，从而把传统文化作为应当完全摒弃的封建文化——"反传统"在当时起到了重大的启蒙作用，却也为后来的文化讨论留下复杂的问题。

对于鲁迅等人来说，"反传统"的意识趋向与他们对传统的体认之间的内在矛盾，不仅是一个理论问题，而且也将造成自身的心理分裂。一方面，鲁迅、胡适、周作人、刘半农、钱玄同对中国传统文化进行了深入的、卓有成效的研究与总结，例如鲁迅的《中国小说史略》，胡适的《中国章回小说考证》和《中国哲学史大纲》，

〈1〉 参见《敬告青年》（《青年杂志》第1卷第1号，第1—6页）、《东西民族根本思想之差异》（《青年杂志》第1卷第4号，第1—4页）和《静的文明与动的文明》（《东方杂志》第13卷第10号，第1—8页），等等。

〈2〉 章行严：《新时代之青年》，《东方杂志》第16卷第11号，1919年11月，第162页。

〈3〉 陈独秀：《随感录（七十一）：调和论与旧道德》，《新青年》第7卷第1号，1919年12月，第116页。

钱玄同、刘半农的古代音韵和古代语言研究等。鲁迅在创作过程中也不由自主地想到中国的旧戏和传统的意境，从而在实践上体现了对传统的可分性理解，即认为中国传统文化并非等同于封建文化，其中包含着肯定性因素，存在着"延续"的可能性和必然性；但另一方面，在思维方式上，在总体的价值体系方面，他们对传统持否定性的整体观，其原因就在于他们认为中国传统的政治、文化、军事、制度……已经形成了一个不可分割的整体，而这个整体的现实功能相对于西方社会文化体系而言是否定性的，并导致了中国的落后。

> 所谓中国的文明者，其实不过是安排给阔人享用的人肉的筵宴。所谓中国者，其实不过是安排这人肉的筵宴的厨房。[1]
> 任凭你爱排场的学者们怎样铺张，修史时候设些什么"汉族发祥时代""汉族发达时代""汉族中兴时代"的好题目，好意诚然是可感的，但措辞太绕弯子了。有更其直捷了当的说法在这里——一，想做奴隶而不得的时代；二，暂时做稳了奴隶的时代。[2]

因此，鲁迅在这"不但使外国人陶醉，也早使中国一切人们无不陶醉而且至于含笑"的文明中看到的不是这个文明的个别方面的诱人之处，而是"吃人"的整体功能。[3]

鲁迅把传统的历时意义转化在一种共时的空间状态中，他的许

〈1〉 鲁迅：《灯下漫笔》，《鲁迅全集》第1卷，第228页。
〈2〉 同上书，第225页。
〈3〉 同上书，第229页。

多分析也都是把"过程"或"历史"作为一种环绕现实人的状态来看待的。这样，他的否定锋芒便指向"一切传统思想和手法"。[1]实际上，对于鲁迅来说，"反传统"的内在动力还不是对某种价值信仰的追求，而是一种更为深沉也更为基本的危机感——生存危机：

> 保存我们，的确是第一义。只要问他有无保存我们的力量，不管他是否国粹。[2]
>
> 现在许多人有大恐惧；我也有大恐惧。许多人所怕的，是"中国人"这名目要消灭；我所怕的，是中国人要从"世界人"中挤出。[3]
>
> 倘使不改现状，反能兴旺，能得真实自由的幸福生活，那就是做野蛮也很好。[4]

把"现实生存"与传统文化相联系，并以生存的危机来表达对传统文化的否定，也即以人与民族的危机状态这个"果"回溯传统文化之"因"，其结果便是在思想方式上将"传统"作为一种有碍生存的整体结构而予以否定。鲁迅在指出"不论中外，诚然都有偶像。但外国是破坏偶像的人多；那影响所及，便成功了宗教改革，法国革命"的背景下，甚至认为"与其崇拜孔丘关羽，还不如崇拜达尔文易卜生；与其牺牲于瘟将军五道神，还不如牺牲于Apollo"。[5]

〈1〉 鲁迅：《论睁了眼看》，《鲁迅全集》第1卷，第255页。
〈2〉 鲁迅：《随感录·三十五》，《鲁迅全集》第1卷，第322页。
〈3〉 鲁迅：《随感录·三十六》，《鲁迅全集》第1卷，第323页。
〈4〉 鲁迅：《随感录·三十八》，《鲁迅全集》第1卷，第330页。
〈5〉 鲁迅：《随感录·四十六》，《鲁迅全集》第1卷，第348—349页。

在《老调子已经唱完》中，他也从现实结果上承认西方现代文化对于中国古代文化的整体优势。

其次，五四反传统主义以"西学"（西方资本主义文化）反"中学"（中国封建传统文化），在思维内容上直接承续了谭嗣同对封建纲常的沉痛攻击，严复关于中西文化尖锐对比的精辟分析，以及梁启超大力提倡的"新民"学说[1]，但形成对中国传统文化的整体性理解的更为重要的原因，还是中国近代社会变革的历史过程对于中国先进知识分子的启示。陈独秀说："自西洋文明输入吾国，最初促吾人之觉悟者为学术，相形见绌，举国所知矣；其次为政治，年来政象所证明，已有不克守缺抱残之势，继今以往，国人所怀疑莫决者，当为伦理问题。此而不能觉悟，则前之所谓觉悟者非彻底之觉悟，盖犹在惝恍迷离之境。"[2]

从19世纪40年代起，魏源在他的《海国图志》中就提出了"以夷制夷"和"师夷长技以制夷"两大主张。尽管对西方长技的内容的认识还完全停留在武器和"养兵练兵之法"的狭隘范围内，但"窃其所长，夺其所恃"的"师长"主张一直是以后许多先进人士为挽救中国、抵抗侵略而寻求真理的思想方向。[3]从洋务派的"船坚炮利""中体西用"，到冯桂芬等人要求"博采西学"，努力学习资本主义工艺科学的"格致至理"和史地语文知识，从龚自珍、魏源、冯桂芬对内政外交军事文化的改革要求，到康有为、梁启超等资产阶级改良派的"托古改制""君主立宪"，总之，由认识和要求学习西方资本主义经济制度进到认识和要求学习西方资本主义政

〈1〉 参见李泽厚：《中国现代思想史论》，东方出版社，1987年，第8页。
〈2〉 陈独秀：《吾人最后之觉悟》，《青年杂志》第1卷第6号，1916年2月，第4页。
〈3〉 李泽厚：《中国现代思想史论》，第57页。

治制度，由要求发展民族工商业进到要求有一套政治法律制度来保证它的发展，这种思维的逻辑发展的必然过程正反映着历史发展的必然过程，"任务本身，只有当它所能借以得到解决的那些物质条件已经存在或至少是已在形成过程中的时候，才会发生的"[1]。

如果说龚自珍、魏源、冯桂芬还多少停留于"修身齐家治国平天下"的传统圈子内打转，王韬、马建忠、薛福成、郑观应、陈炽实行资产阶级代议制的政治学术还带着极端狭隘的地主资产阶级自由派的阶级特征[2]，上述资产阶级改良派为了维护地主商人的权利而害怕和反对任何较彻底的资产阶级民主，如宋育仁《采风记》："举国听于议院，势太偏重愈趋愈远，遂有废国法均贫富之党起于后。"[3]郑观应《盛世危言》："君主者，权偏于上，民主者，权偏于下，君民共主者，权得其平。"[4]那么康、梁、谭、严等后期改良派开始产生了一整套的资产阶级性质的社会政治理论和哲学观点作为变法思想的巩固的理论基础，显示了对"传统"更为彻底的批判和对西方社会文化更为彻底的肯定。[5]

与曾经留洋的早期改良派不一样，这些"传统"的更加坚决的反叛者只是读了一些"新学"著作而未出过洋的人（康、梁出洋是变法失败后的事），因此他们的改革激情首先起源于对现实与传统的否定态度。然而，正如他们在政治上对封建统治者的妥协态度一

〈1〉　马克思：《政治经济学批判序言》，《马克思恩格斯选集》第2卷，人民出版社，1972年，第83页。

〈2〉　参见李泽厚：《中国近代思想史论》，第57、74页。

〈3〉　宋育仁：《泰西各国采风记》，岳麓书社，2016年，第26页。（清代原版字迹漫漶不清，此处引文用2016年的简体字重排本代替。）

〈4〉　郑观应：《盛世危言·议院下》，《郑观应集》（上册），上海人民出版社，1982年，第316页。

〈5〉　参见李泽厚：《中国近代思想史论》，第57、74页。

样，他们的"革命性"理论也装在今文经学、公羊三世说、大同空想、仁等传统外衣中。五四反传统主义所包含的各种内容在辛亥革命前后的理论宣传与实践中已基本具备，然而，邹容、孙中山所宣传的民主、自由、平等、独立等观念，并没有彻底战胜传统的意识形态。"当时真正深入人心起了实际作用的，倒只有陈天华宣传的为富强、为救国而革命的道理，加上章太炎竭力宣扬的反满光复，这二者共同构成当时整个革命思潮主要的和突出的部分，人们一般都只是把打倒满清皇帝、推翻清朝政府和在形式上建立共和政体，作为革命的主要甚至唯一的目标。"[1]应当指出的是，实际上邹容的《革命军》较陈天华的《猛回头》等影响大，但邹容的学说中较为完整的资产阶级启蒙思想并没有因此而深入人心，民族主义的浪潮冲淡了启蒙主题。

因此，从梁启超到孙中山都没有在思想方法上形成"反传统"的整体观，而采取了一种传统"中庸"的思维方式。梁启超说："偏取其一，未有能立者也。有冲突则必有调和，冲突者调和之先驱也。善调和者，斯为伟大国民。"[2]孙中山由于"于圣贤六经之旨……则无时不往复于胸中"[3]，因而主张"取欧美之民主以为模范，同时仍取数千年旧有文化而融贯之"[4]；蔡元培后来明确指出三民主义与中庸之道的关系，他说：

> 三民主义虽多有新义，为往昔儒者所未见到，但也是以中庸

〈1〉 李泽厚：《中国近代思想史论》，第305页。
〈2〉 梁启超：《释新民之义》，《壬寅新民丛报汇编》，第4页。
〈3〉 孙中山：《上李鸿章书》（1894年6月），《孙中山全集》第1集，中华书局，1981年，第16页。
〈4〉 孙中山：《在欧洲的演说》（1911年11月中下旬），《孙中山全集》第1集，第560页。

之道为标准。例如，孙氏的民族主义，既谋本民族的独立，又谋各民族的平等，是为国家主义与世界主义的折中；民权主义，人民有权而政府有能，是为人民与政府权能的折中；民生主义，一方面以平均地权，节制资本，防资本家的专横，又一方面行种种社会政策，以解除劳动者的困难，这是劳资间的中庸之道。其他还有：国粹与欧化的折中，集权与分权的折中，等等。〔1〕

这时期鲁迅也持"外之既不后于世界之思潮，内之仍弗失固有之血脉，取今复古，别立新宗"〔2〕的主张。这种"综合的"或"中庸的"思维模式与五四反传统主义的整体观之间的差别是明显的，但这差别的形成却不是纯粹思维逻辑的演进，而是现实社会的发展促成了人们对传统的态度变化。

"《新青年》的开始出版正是在袁世凯极力巩固其卖国统治，准备扮演帝制丑剧，日本帝国主义对中国的侵略日益深入，中国的民族危机极为深重的时候。辛亥革命在人们心里燃起的短暂的虚妄的希望已经幻灭了，建立了四年的'中华民国'不仅没有真正走上富强之道，连'民国'的招牌都有岌岌不可保之势。"于是，《新青年》的第一个结论是："辛亥革命并没有在中国建立起民主政治，还需要大张旗鼓地宣传资产阶级民主思想，争取实现名副其实的民主共和国。"〔3〕这种政治性结论直接引导了"五四"知识者对思想文

〈1〉 蔡元培：《中华民族与中庸之道》（1930年11月20日），《蔡元培哲学论著》，河北人民出版社，1985年，第397页。关于近代思想史的"中庸"思维方式，参见黎红雷的《中法启蒙哲学之比较》（《哲学研究》1987年第5期，第65—72页）一文第4节。

〈2〉 鲁迅：《文化偏至论》，《鲁迅全集》第1卷，第57页。

〈3〉 《五四时期期刊介绍》第一集上册《新青年："新青年"与反封建的新文化运动》，中共中央马克思、恩格斯、列宁、斯大林著作编译局研究室编，生活·读书·新知三联书店，1978年，第1页。

化的重视。袁世凯称帝前便已在提倡祭天祀孔，以便从思想体系上
为帝制作张本；《新青年》在袁世凯称帝时发表的文章中也便开始
具体地反对儒家的"三纲"和"忠、孝、节"等奴隶道德。[1] 1916
年秋，保皇党康有为上书黎元洪、段祺瑞，主张定孔教为"国教"，
列入"宪法"，《新青年》便陆续发表了许多文章，从反对康有为扩
大到对整个封建伦理道德的批判。[2] 这一方面是因为这个复古逆流
确与帝制复辟的阴谋有密切的关系，而更重要的是，当时进步的思
想界有一种比较普遍的认识，即认为要想在中国实现民主政治，便
必须有一个思想革命，或者如当时所说的"国民性"改造[3]，从而
断言"伦理之觉悟为最后之觉悟"[4]。从"中体西用"到"托古改
制"，从政治革命到文化批判，"传统"的各个层面至此被想象为
一种具有必然联系的整体而遭到彻底的否定，其标志便是普遍皇权
与社会文化传统的内在关联得到深刻的揭示，而"中庸"的思想模
式，"折中""公允"的生活态度被激烈的、否定性的、整体观的思
维模式所代替。[5]

　　第三，五四反传统主义把改变民族精神作为中心问题，对"传
统"的反叛首先表现为对儒学的否定。"由于儒学是一个系统的社
会伦理学，它强调社会义务，强调国家和家庭的礼法，并注重对
传统礼仪和习俗的观察，因此，它无疑比道家更适宜于为皇帝治下的

〈1〉　陈独秀：《一九一六年》，《青年杂志》第1卷第5号，1916年正月号。
〈2〉　参见陈独秀《新青年》2卷2号《驳康有为致总统总理书》，2卷3号《宪法与孔教》，
　　　2卷4号《孔子之道与现代生活》《袁世凯复活》，2卷5号《再论孔教问题》，4卷3号
　　　《驳康有为共和平议》，4卷6号《尊孔与复辟》诸文。
〈3〉　同上。
〈4〉　陈独秀：《吾人最后之觉悟》，《青年杂志》第1卷第6号，1916年2月，第4页。
〈5〉　鲁迅对"中庸"的批判可参见邱存平《关于鲁迅对中庸思想的批判》，《鲁迅研究动
　　　态》1987年第10期。

臣民提供思维的框架。在漫长的岁月里，儒学实际上成为一种普遍的权威力量"，儒家著作被制度化为人们——尤其是追求功名者的必读经典。换言之，"儒学不仅成为中国传统社会的保护伞，而且为帝王的统治提供了较为满意的道德世界观"。[1]儒学的官方哲学化过程，也是中国文化伦理体系与政治体系日趋一体化的过程。作为一种以文化危机为前提的文化的哲学，儒学确实重视思想文化的优先性，"在孔子眼里，中国社会所需要的改革首先是道德改革。社会的和谐与稳定（无论是家庭还是群体），取决于组成这个动荡社会的每个个体的道德素质"。[2]这种思维方法直接地"引导出对家庭纽带及家庭义务优先性的强调，这不仅反映出家庭在农业化的中国生活中的地位，而且孔子的理想国家的构想不过是一个大写的家庭"[3]，从而个人与社会的关系被深刻地伦理化了。

这是否意味着，当五四反传统主义者把实际政治斗争看成不是根本之图[4]，而把文化伦理批判即思想革命置于首位时，他们在思维模式上又回到了传统？

这里至少有两个问题值得注意。其一，五四反传统主义作为近代思想发展的一个阶段，是在近代社会变革一次次失败的基础上产生的，它体现了对洋务运动、戊戌变法、辛亥革命的经验总结，思想革命的前提是科学技术、政治体制变革的充分必要性，而这个革命的直接政治背景（袁世凯称帝）表明了它的政治性含义。

其二，中国社会伦理秩序与政治秩序的高度一体化过程，实际

〈1〉［英］F. C.科普勒斯东：《漫议儒、释、道——中国哲学的特点》，李小兵译，《国外社会科学》1987年第7期，第58页。

〈2〉同上书，第56页。

〈3〉同上。

〈4〉《青年杂志》第1卷第1号通信栏第2页，答王庸工信："批评时政非其旨也。"

上不仅使政治伦理化、社会结构伦理化，同时也使伦理道德体系政治化、制度化、实体化。如果说在孔子那里把个体的道德素质作为社会稳定和谐的前提还只是一种思维模式，那么五四反传统主义者面对的恰恰是一种政治与伦理文化相一致的现实社会结构。因此，对文化伦理体系的批判和否定同时包含了对社会政治结构的批判和否定。这就又回到了前文所说的，鲁迅及其同伴的文化批判是一种整体功能批判，也即从这种文化对于维护等级制度、形成奴隶道德的现实结果着眼的。[1] 所谓"整体性反传统"实际上就是从功能角度做出的判断。既然强调的不是传统文化本身，而是传统文化的否定性现实功能，那么这种"反传统主义"就不会排斥其他变革手段。[2]

最后，我想特别指出，鲁迅把改造"国民性"提高到根本性的位置，这与他的文化哲学，尤其是与个体性原则有着紧密的关联。就其预设的"己"或"我"的肯定性前提而言，个体性原则是建立在"无"之上的，即人的自性是和一切外在力量相对立的，从观念体系、习惯道德、义务法律到国家、社会、群体，都将作为笼罩于个人之上，并使之迷失于"大群"的幻影而遭到否定。而这种保持了精神的独立性与自由的个体恰恰是"群之大觉""中国亦以立"的前提。这种思维逻辑不是来自中国的固有传统，而是来自西方近代哲学，这里的个体及其独立性对于旧有群体秩序和文化传统而言，始终是一个否定性的或恶的力量，而在儒学体系中，个人的道德素质则是和整体的伦理秩序相一致的"善"的力量。

---

[1] 参见《坟·灯下漫笔》《坟·春末闲谈》《集外集拾遗·老调子已经唱完》《且介亭杂文二集·在现代中国的孔夫子》等文。

[2] "改革最快的还是火与剑"，鲁迅：《两地书·十》，《鲁迅全集》第11卷，第40页。

功能分析、由果溯因、启蒙需要、现实发展、主体论哲学形成了鲁迅激烈的反传统倾向，旧有的社会-政治秩序、伦理-文化体系、心理-行为方式，以至语言文字都作为一种导致中国落后的"传统"或"旧轨道"而遭到批判否定。但是，这种明确的、决绝的反传统精神趋向恰恰使鲁迅陷入了逻辑上的悖论和实际上的两难困境，而对这种逻辑悖论和两难处境的自省，必然打破文化心理上的统一与平衡。"反传统"所呈示的主体与传统的对抗关系由此转化为人与其自身心理上的关系，它将涉及人的显示或隐示的行为与精神文化或心理事实的关系。

　　这是一种历史与逻辑的悖论。"反传统"一词所表达的含义不仅是一种主观态度，而且是一种理解世界、理解历史、理解文化的特殊方式。对于鲁迅等新文化创造者来说，"反传统"是他们存在的基本模式，而不仅仅是主体理解或认识客体的一种一般的意识活动，因为在新旧交替中，他们就是作为旧的或传统的对立物而出现于历史舞台的。然而，如果承认传统有其基于特定历史和社会处境的历史结构，传统文化及其创造者总是一定地处于一个世界，总有其不容忽视的历史性，那么从中得出的逻辑结论是：传统的批判者也是以自己的方式处于一定的世界上，他的历史特殊性和历史局限性也是无法消除的。[1] 这正如伽达默尔指出的，"历史性是人类存在的基本事实，无论是理解者还是文本，都内在地嵌于历史性中，真正的理解不是去克服历史的局限，而是去正确地评价和适应这一历史性。我们总是以一种特殊的方式在世，有特殊的家庭和社会的视界，有一个有着悠久历史、先于我们存在的语言，这一切构成了我们无法摆脱的传统，我们必然要在传统中理解，理解的也是我们传

_____

〈1〉　参见张汝伦：《意义的探究》，第175—176页。

统的一部分。理解的历史性具体体现为传统对理解的制约作用"〈1〉。

因此，现代释义学的下述结论恰好构成"反传统"的存在模式的悖论："构成我们存在的与其说是我们的判断，不如说是我们的前见。"〈2〉在伽达默尔看来，启蒙运动在强调理性的绝对地位时，忘了理性必须在具体的历史条件下实现自己，因而也无法看到自己也有成见，自己也要接受权威——理性的权威。启蒙运动在强调理性的绝对权威时，没有看到理性只有在传统中才能起作用。〈3〉传统的确是不管我们愿意不愿意就先于我们，而且是我们不得不接受的东西，是我们存在和理解的基本条件。因此，不仅我们始终处于传统中，而且传统始终是我们的一部分。是传统把理解者和理解对象不可分割地联系在一起。理解者不可能走出传统之外，以一个纯粹主体的身份理解对象。理解并不是主观意识的认识行为，它先于认识行为，它是此在的存在模式。

五四新文化运动赋予科学与民主的理性精神以至高无上的地位，并在这一绝对权威下对"传统"进行价值重估，其实际内容是指专制统治和礼教对人们的精神控制，从而为历史的变革与发展做出了不可磨灭的功绩。但是，当这一运动形成了人们心理上的"反传统"趋向时，恰恰又使人们陷入了逻辑上的悖论："反传统"作为一种对世界或传统的理解方式就在传统之中，因而在逻辑上是不成立的。

鲁迅的深刻之处就在于：他在"反传统"的过程中同时洞悉了自身的历史性，即自己是站在传统之中"反传统"。但是，这种

〈1〉 张汝伦:《意义的探究》，第175—176页。
〈2〉 ［德］伽达默尔:《诠释学Ⅱ：真理与方法》，洪汉鼎译，商务印书馆，2011年，第279页。
〈3〉 张汝伦:《意义的探究》，第179—180页。

对理解的历史性的洞悉并没有像伽达默尔那样直接引申出对"传统""成见"的本质价值的辩护,相反,对"传统"的否定性的价值判断导致了对自身的否定性的价值判断,因此,自我否定恰恰构成了鲁迅"反传统"的基本前提。

鲁迅用"自我否定"来解决"反传统"与主体的传统性之间的悖论关系,从而使"反传统"最深刻的体现,或者说,与"传统"决裂的最终极标志,不是他犀利的社会文明批评,而是他的自我审判,更确切地说,是对自身与无法摆脱、割舍不开的传统之间的联系的自省与否定。因此,愈对传统进行尖锐、彻底的剖析与反叛,也就愈对自我进行痛楚的、毫不留情的解剖与否定:

> 别人我不论,若是自己,则曾经看过许多旧书,是的确的,为了教书,至今也还在看。因此耳濡目染,影响到所做的白话上,常不免流露出他的字句,体格来。但自己却正苦于背了这些古老的鬼魂,摆脱不开,时常感到一种使人气闷的沉重。就是思想上,也何尝不中些庄周、韩非的毒,时而很随便,时而很峻急……〈1〉

> 但我对人说话时,却总拣择那光明些的说出,然而偶不留意,就露出阎王并不反对,而"小鬼"反不乐闻的话来。……就因为我的思想太黑暗……〈2〉

> 我自己总觉得我的灵魂里有毒气和鬼气,我极憎恶他,想除去他,而不能……〈3〉

〈1〉 鲁迅:《写在〈坟〉后面》,《鲁迅全集》第1卷,第301页。

〈2〉 鲁迅:《两地书·二四》,《鲁迅全集》第11卷,第81页。

〈3〉 鲁迅:《240924致李秉中》,《鲁迅全集》第11卷,第453页。

这样，在鲁迅的精神中便构成了悖论式的趋向，即以新的、现代的眼光观察传统文化与现实秩序，又把自己放入传统文化与现实秩序的范畴加以分析，从而鲁迅世界形成了两大悖论式的主题：批判主题与自知主题。

把自我纳入否定对象之中加以否定：这就是鲁迅"反传统"思想最彻底的体现。对于个体来说，这种深刻自知无疑赋予自身巨大的精神痛楚，没有强大的精神力量是难以将自身作为否定性前提的。自知主题标示着鲁迅"反传统"的激烈程度，同时又引申出"罪"与"绝望"这两大精神特点。"罪恶感"来自鲁迅对自我与传统的关系的自省：既然中国的历史传统是"吃人"，中国的文明是食人者的厨房，那么自我作为一位无法摆脱传统的反叛者，同时也就成为"吃人者"的同谋，于是——

> 我发现了自己是一个……是什么呢？我一时定不出名目来。我曾经说过：中国历来是排着吃人的筵宴，有吃的，有被吃的。被吃的也曾吃人，正吃的也会被吃。但我现在发见了，我自己也帮助着排筵宴。……中国的筵席上有一种"醉虾"，虾越鲜活，吃的人便越高兴，越畅快。我就是做这醉虾的帮手……〈1〉

这里当然包含了愤激之意，但这种思维逻辑却是从《狂人日记》即已发端的。"罪"的自觉是一种残酷的真实感，它把自我从传统之外纳入传统之内，从而也就把"反传统"的社会活动纳入自身的精神历程，并使之具有了"赎罪"的意义：传统的罪恶也是"我"的

〈1〉 鲁迅：《答有恒先生》，《鲁迅全集》第3卷，第454页。

罪恶，对传统的批判和否定也是对"我"的批判与否定。换言之，只有对自我进行无情的审判，才能表达对新的价值理想、新的世界与未来的忠诚。当鲁迅把自身与未来的关系做了这样的理解时，他对自身的个体存在就不抱希望，从而对于个体来说，他的全部奋斗与努力永远是一种"绝望的抗战"，因此他对自身的命运不能不持悲观的看法：

> 至于"还要反抗"，倒是真的，但我知道这"所以反抗之故"，与小鬼截然不同。你的反抗，是为了希望光明的到来罢？我想，一定是如此的。但我的反抗，却不过是与黑暗捣乱……[1]

"与黑暗捣乱"和"绝望的抗战"是鲁迅人生哲学的核心内容，同时也是他的"反传统"主义最深刻的体现。只有当我们理解了鲁迅对自身的"绝望"来源于自身与传统的联系，理解了鲁迅对传统的否定性判断来源于对民族新生的期望，我们才能理解鲁迅关于个体的悲剧人生观为什么没有把他引向虚无哲学，而是以"反抗"为核心、以"绝望"为出发点，建构了他的人生哲学。对于鲁迅来说，"反传统"已经是一种内在的需要，一种"赎罪"的活动，因为他已经把自己与传统相联系，并判定"传统"是有"罪"的，只有赎清了"传统"的"罪恶"，才能赎清自己的"罪恶"——对于置身于"传统"中的个体来说，这是一个无望却又是不得不为的努力。

但是，自知主题与社会批判主题同属"反传统"的启蒙运动，因而个体悲观主义是作为理性启蒙主义的必要补充而出现的。鲁迅把"改造国民性"作为他的反传统主义的核心内容，实际上也就意

〈1〉 鲁迅：《两地书·二四》，《鲁迅全集》第11卷，第80—81页。

味着人的解放的可能性；而鲁迅思维过程中人的改造与社会改造的密切关联，正说明鲁迅对民族与社会改造的内在的乐观——虽然他也时时表露着失望与愤激。当鲁迅把自己作为传统的人格化身而加以否定的时候，不正是说存在着真正属于未来的人么？不正是期望伴随自我的毁灭而诞生一种全新的世界么？从这个意义上说，鲁迅的自我否定和由此产生的悲剧人生观恰恰建立在理性主义和乐观主义之上，因为个体的悲剧命运不过是历史发展的一种必要的代价，自我毁灭的意识恰恰隐含了社会"进步"的内容。于是，在鲁迅谈论着"绝望""虚无""黑暗""坟墓"的时候，他又会说到"希望"，说到"人道主义终当胜利"，从而，个体的悲观与社会群体的乐观以一种悖论的方式存在于他的世界里，"绝望的"斗士从广阔的、无限的生活领域汲取着永不枯竭的"反抗"的力量。但与众不同的是，他对社会与人类发展的理性主义信念，并没有妨碍他对个体命运的悲剧性的深沉把握。

这样，由传统与反传统所构成的历史和文化的悖论形成了鲁迅社会思想和文化心理中的个体与群体、悲观与乐观、绝望与希望的悖论式的并存结构。而在思维逻辑上，这两个方面又与他的主体论哲学的理性主义与非理性主义的悖论结构遥相吻合。

第二节　重新诠释"历史／价值"的二分法
——创建民族国家的历史愿望为什么表现为民族自我批判的现代工程？

列文森曾这样论述近代中国知识分子的角色："梁启超的著述是对另一文化的技术、制度、价值和态度进行移植、置换和修订的过程记录。存在着进行这种文化涵化的四个条件：变更需求、变更榜样、变更手段、变革的合理性。"〈1〉与梁启超等人不同，鲁迅的这种以民族文化改造为根本目的的文化引入主要是以否定性的方式进行的，即是以抨击与批判传统文化的方式进行，而不是以系统的介绍方式引入。正是经由鲁迅及其同伴的努力，西方现代文化的一些基本价值观念以各种不同的方式逐步改变了传统文化的内部结构，从而在根本上影响了中国现代文化思想的历史发展。

按照列文森的观点，"每个人对历史有一种情感性的承担，同时又对价值有一种智性的承诺，而每个人也都会力求平衡二者。在一个稳定的社会，其成员基于普遍原则选择其所继承的独特文化"。对于19世纪中国近现代知识分子来说，历史与价值的这种内在统一性被无情地撕裂：由于看到其他文化的价值，在理智上与自己的文化传统产生疏离；但受到历史的牵制，在感情上仍然与中国传统相联系。〈2〉历史与价值的悖论关系最深刻地体现为：他们对西方思想和价值的追求以深厚的民族主义与爱国主义为基础，而后者则主要起源于对西方入侵与掠夺的憎恨。这就形成了如本杰明·史华慈所指出的近代中国知识分子所处的一种思想状态，即民族主义与那种对于传统价值的真实和内在的信仰的分离："对保存和发展那个作为民族的社会实体的承诺优先于对所有其他价值和信仰的承诺，所有价值和信仰只能在与这一最终目的的关联中加以评判，而不是相反，准确地说，民族主义就已经在场。"〈3〉

〈1〉 Joseph R. Levenson, *Liang Ch'i chao and the Mind of Modern China*, p. 34.

〈2〉 Ibid., p. 1.

〈3〉 Benjamin Schwartz, *In Search of Wealth and Power, Yen Fu and the West*, Cambridge, MA.: Harvard University Press, 1964, p. 19.

但是，列文森提出的"历史 - 价值""感情 - 理智"的二分模式实际上是把中国近代文化发展简单地理解为中西之争，这种二分法也明显地建立在西方中心论的现代性叙事之上。失败的现实命运迫使中国人以"西方"作为自身的参照系，重新评估自身与现代生活的关系和在世界文化体系中的地位。这样，中国近代文化意识的变迁也就包含了双重意义：民族文化的现代抉择过程呈现为两种不同体系的文化意识相互关联、相互作用的活动，两种不同体系的文化意识的相互关联、相互作用的活动实质上又是民族文化演进的内部运动。如果不理解中国近代文化运动过程的这种双重意义，就势必陷入"民族化"与"西方化"的简单论争，就势必把"五四"开创的新文化传统纳入"非民族文化"的范畴。这种思维模式实际上是把民族文化看成一种静态的、"纯粹的"文化，而看不到文化也如世界一般是一些动的关系，是一个过程，一个运动着、变化着、具有未完结的可能性的存在，是尚未终结的过去和可能出现的未来之间的不断分化的中介。这样一种被理解为过程的文化，包含着传统、现在与未来——许许多多可能实现的未来的特殊关系。

从这种观点来看，历史与价值的冲突，以及由此导致的感情与理智的矛盾，就不仅仅是中国传统与西方价值的分裂，而且更是民族文化变迁与发展的内在变动过程。价值理想作为民族文化与未来的一种独特联系方式，一种现实民族文化的超越性形态不断地构成对过去与现在的文化形态的批判和扬弃。在资本主义的全球性扩张之中，任何民族文化的变革都被强制性地纳入所谓"现代性"的逻辑之中。

鲁迅说过，他"正因为绝望于孔夫子和他的之徒，所以到日本"〔1〕去寻找别样的东西，这显然意味着鲁迅是绝望于中国的传统而去寻找西方的价值理想。但是，这种对西方价值理想的追求却又基于一种更为强烈、更为根本的拯救民族的献身精神。"灵台无计逃神矢，风雨如磐暗故园；寄意寒星荃不察，我以我血荐轩辕"（《自题小像》）。反帝民族主义追求的是与西方社会的平等和自身的独立性，而这种平等与独立性需要通过向西方学习才能获取。也就是说，它需要以现实的精神承认两种文明的不平等状态。民族的独立与平等意识和对西方文化的认同构成了一种内在的精神压力。当鲁迅意识到这一点时，他必然会以各种方式来缓解这种心理上的紧张：在这一过程中，鲁迅不断地修正自己的思想以适应这一内在的需要。从日本时期到五四时期，鲁迅对待西方价值与中国传统的态度发生了深刻的、不容忽视的变化，但这种变化过程中却始终存在着一种"个人同一性"：在历史与价值之间的徘徊与抉择。〔2〕

追求民族的独立与平等的意识深藏于鲁迅日本时期的文化理论中。这就形成了他在接受西方社会的价值观以改造和批判中国文化传统过程中耐人寻味的思维特点：

第一，鲁迅把民族、国家与文化区别开来，在承认西方现代文明优越性的前提下接受科学、理性、进化、个人等价值观，从而对中国的文化传统予以捣击扫荡；但在精神归趋上又忠于民族（而不是文化），坚守着民族的平等与独立的原则。〔3〕这种思维方法上的双重性使得鲁迅抛弃了价值体系的逻辑一致性，而在对民族自身的

〔1〕 鲁迅：《在现代中国的孔夫子》，《鲁迅全集》第6卷，第326页。

〔2〕 个人同一性（personal identity）的概念源自怀特海（Alfred North Whitehead）对柏拉图的相关论述的阐述和发展。Joseph R. Levenson, *Liang Ch'i ch'ao and the Mind of Modern China*, pp. 4-5.

〔3〕 Joseph R. Levenson, *Liang Ch'i ch'ao and the Mind of Modern China*, pp. 4-5.

关系和对民族与西方关系的不同方面，对同一价值原则做不同的解释。例如，关于"物竞天择""适者生存"的原则。在对民族自身的关系中，鲁迅强调了"进化"的必然性，为他的传统变革提供理论上的依据。"进化"观念实际上把西方现代文化作为一种先进的价值体系和现实状态，从而也为他引入西方文化的实践找到了充足的理由。"科学"的发展、"共和"的建立、理性的时代……是作为人类演化过程的较高阶段，作为中国文明必然的未来趋向而出现在鲁迅和其他中国近代思想家的文化理论中的。

"进化"观念在面对民族自身的传统时延伸出两种思想：其一，中国的文化传统和中国的政治传统以"不撄人心"和复古为特征，从而与"进化"的史实相违背：

> 吾中国爱智之士，独不与西方同，心神所注，辽远在于唐虞……其说照之人类进化史实，事正背驰。[1]
>
> 老子书五千语，要在不撄人心；以不撄人心故，则必先自致槁木之心，立无为之治；以无为之为化社会，而世即于太平。[2]
>
> 中国之治，理想在不撄……[3]
>
> 然奈何星气既凝，人类既出而后，无时无物，不禀杀机，进化或可停，而生物不能返本。使拂逆其前征，势即入于苓落，世界之内，实例至多，一览古国，悉其信证。若诚能渐致人间，使归于禽虫卉木原生物，复由渐即于无情，则宇宙自

〈1〉 鲁迅《摩罗诗力说》,《鲁迅全集》第1卷，第69页。

〈2〉 同上。

〈3〉 同上书，第70页。

大，有情已去，一切虚无，宁非至净。而不幸进化如飞矢，非堕落不止，非著物不止，祈逆飞而归弦，为理势所无有。此人世所以可悲，而摩罗宗之为至伟也。人得是力，乃以发生，乃以曼衍，乃以上征，乃至于人所能至之极点。[1]

这样，"进化"观念同时暗含了传统落后与西方"进步"的观念，现实的变革要求与"进化"观念的内在逻辑获得了统一。

其二，"进化"观念内含的"物竞天择""适者生存"的"天演公例"是一种绝对的自然与历史的准则，因此，缺乏内在冲力的"平和"的民族传统必然导致文明的衰落。这一思想一方面构成了对中国政治传统、文化传统和民族心理特点的否定[2]，另一方面也就以历史发展的自然法则来激励中国人为"自强保种"而打破"平和""不争""实利""恶进取"[3]的历史状态：

况吾中国，亦为孤儿，人得而挞楚鱼肉之；而此孤儿，复昏昧乏识，不知其家之田宅货，凡得几许。盗据其室，持以赠盗，为主人者，漠不加察，得残羹冷炙，辄大感叹曰："若衣食我，若衣食我。"而独于兄弟行，则争锱铢，较毫末，刀杖寻仇，以自相杀。呜呼，现象如是，虽弱水四环，锁户孤立，犹将汰于天行，以日退化，为猿鸟虫藻，以至非生物。况当强种鳞鳞，蔓我四周，伸手如箕，垂涎成雨，造图列说，奔走相议，非左操刃右握算，吾不知将何以生活也。[4]

〈1〉 鲁迅：《摩罗诗力说》,《鲁迅全集》第1卷，第69—70页。
〈2〉 同上书，第68页。
〈3〉 同上书，第69—70页。
〈4〉 鲁迅：《中国地质略论》,《鲁迅全集》第8卷，第5—6页。

问题在于，用"汰于天行"的危机激励人们接受现代西方的科学、文化，同时也就把民族竞争杀伐的现实变成了一种合乎自然法则的现实，对文化传统的否定恰恰引申出民族的自我否定——这当然是鲁迅的民族主义立场无法接受的逻辑。于是，鲁迅在处理中国文化传统的变革、中国传统文化与现代西方文化的关系时，引入了"进化"观念，而在中国民族和国家与西方民族和国家的关系中，他把"物竞天择""适者生存"的"自然法则"替换为"道德法则"，以道德的观念对"爱国主义"或"民族主义"加以限定，从而把"进化"观念及其内含的"生存竞争"学说与他对民族平等、独立的追求统一起来，这种"统一"不是指"逻辑一致性"，而是心理上的平衡。

在《破恶声论》中，鲁迅无情地批判了"执进化留良之言，攻小弱以逞欲"[1]的"兽性爱国之士"和"奴子性"，他确实试图从"进化"的逻辑中找到自己的批判依据，即认为"嗜杀戮侵略之事"乃是人类"自虫蛆虎豹猿狄以至今日，古性伏中，时复显露"[2]，从而把现代人类社会的侵略杀伐视为人类进化的不完善或原始遗存的表现。但从"适者生存"的普遍法则着眼，这种辩护在逻辑上仍然不能成立。真正构成对这种现实状态的理论批判的，是另一种法则，那就是道德的法则，鲁迅用"恶喋血，恶杀人，不忍别离，安于劳作"的"人之性"来对抗"进化留良之言"[3]，呼唤人们像贝姆之辅匈牙利，拜伦之助希腊，"为自繇张其元气，颠仆压制，去诸两间，凡有危邦，咸与扶掖，先起友国，次及其他，令人间世，自繇具足"[4]。

〈1〉 鲁迅：《破恶声论》，《鲁迅全集》第8卷，第35页。
〈2〉 同上书，第33页。
〈3〉 同上书，第35页。
〈4〉 同上书，第36页。

这是一个复杂的、悖论式的现象：鲁迅把"生存竞争"的"进化"学说引入了社会生活领域，但也正是他，同时又把它逐出社会生活领域。有人根据前者而判定鲁迅是社会达尔文主义者，也有人根据后者而认为鲁迅根本没有形成社会"进化观"。但人们似乎都没有从中国历史的两难困境、鲁迅的双重历史任务和由此形成的历史与价值冲突的角度来把握鲁迅的内在矛盾，没有从这种理论逻辑上的悖论现象背后寻找形成这种逻辑悖论的文化心理，从而也就无法把握这一现象的内在的"个人同一性"。

第二，在鲁迅的叙事中，中国的悲剧命运不是来自传统文化的断裂，不是来自对经典著作权威的抵制，而正是来自中国的文化传统，因此，变革首先是对自身历史文化的变革。[1] 但是，既然作为民族智慧的中国文化又是这个民族得以生存发展所积累下来的内在因素和文明，那么追求民族的平等与独立也就不能不对自身的历史传统有所肯定。变革自身传统的外来的价值理想必须在自身的历史中找到某种契合点，同时，对西方价值的认可和推崇必须是对西方文明的一种有目的的选择，而不能导致西方文明对中国历史文化的整体性优势——总之，历史与价值的冲突必须被视为暂时性现象，不能构成两种文明的不平等关系。

由于这样一种内在的文化／心理需要，鲁迅在接受西方价值和批判中国传统的过程中形成了两种分析方式：其一，他将欧洲的生机与欧洲的危机进行比较，从而不是简单地把欧洲的生机与中国的

〈1〉 列文森曾这样描述梁启超："中国的灾难并非来自对中国文化精神的背叛，或对经典权威的任意抵制；而是来自对其权威性的坚持。必须从各种'伪经''真经'中解放出来，从过去的一切死亡之手的控制中解放出来。"Joseph R. Levenson, *Liang Ch'i ch'ao and the Mind of Modern China*, pp. 92-93. 鲁迅并没有集中讨论那些经典本身，也从未将精力集中于经书之辨伪，他的矛头所向毋宁是日常生活世界本身及其习俗中的传统和习惯，即所谓祖传老例。

危机加以比较。他把欧洲历史视为一个接一个的"偏至"的社会形态，把他所推崇的"新神思宗"视为对欧洲"偏至"的一种校正和改革，于是，当"改革"不再仅仅被解释为适合于中国时，中国就不再是一种唯一需要变革的落后文明，而是人类各种文明中的一个平等的文明，因而也就能坦然地承受吸纳变革的思想。同时，既然欧洲文明并不等于先进的文明，先进的价值是对现存欧洲文明的反叛，那么，中国也就能够在与欧洲平等的前提下接受这些来自西方的价值。这也就是以文化发展形式的类似（变革作为文化发展的普遍形式既适合于中国也适合于西方）来缓解由历史与价值的冲突造成的心理紧张。[1]

其二，文化发展形式的类似尚不足以对鲁迅所肯定的现代西方的价值形态给予充分的肯定，于是，他又在对自身文化传统的分析中寻找文化价值之类似。"吾广漠美丽最可爱之中国兮！而实世界之天府，文明之鼻祖也。"[2]中国古代文明有着独立的价值，只是在特定的时期内迷失了自身[3]，因此，由于接受西方价值而"破迷信""崇侵略""尽义务""同文字""弃祖国""尚齐一"[4]，从而把价值与历史对立起来的观点是无法接受的。在一篇未完的论文里，鲁迅把中国原始宗教与海克尔以科学与宗教结盟的"一元论宗教"相提并论，把在"理性的宫殿"里供奉的真善美三位一体的女神和

〈1〉 在这一方面，我们也不妨比较一下列文森笔下的梁启超与鲁迅的同与异。Joseph R. Levenson, *Liang Ch'i ch'ao and the Mind of Modern China*, pp. 41-42.

〈2〉 鲁迅：《中国地质略论》，《鲁迅全集》第8卷，第5页。

〈3〉 "夫中国之立于亚洲也，文明先进，……及今日虽雕苓，而犹与西欧对立，此其幸也。顾使往昔以来，不事闭关，能与世界大势相接，思想为作，日趣于新，则今日方卓立宇内，无所愧逊于他邦，荣光俨然，可无苍黄变革之事，又从可知尔……"鲁迅：《摩罗诗力说》，《鲁迅全集》第1卷，第99页。

〈4〉 鲁迅：《破恶声论》，《鲁迅全集》第8卷，第28页。

第二章 自我的困境与思想的悖论——"在"而"不属于"两个社会（1920—1936） | 115

尼采的超人学说，与中国的人文传统共同作为适合于现代文化发展的价值形态。

> 顾吾中国，则夙以普崇万物为文化本根，敬天礼地，实与法式，发育张大，整然不紊。覆载为之首，而次及于万汇，凡一切睿知义理与邦国家族之制，无不据是为始基焉。……顾瞻百昌，审谛万物，若无不有灵觉妙义焉，此即诗歌也，即美妙也，今世冥通神之士之所归也，而中国已于四千载前有之矣；斥此谓之迷，则正信为物将奈何矣。^{〈1〉}

鲁迅坚持认为如果"借口科学，怀疑于中国古然之神龙者，按其由来，实在拾外人之余唾"^{〈2〉}，民族的凝聚力是悍然不可动摇的。在鲁迅看来，"科学"作为一种价值形态是欧洲文明的特定阶段的产物，它并不代表最先进的文化并造成了"偏至"的后果，因此，对这一具体观念的贬低不应妨碍对西方价值的接受。于是，鲁迅把欧洲思想文艺的发达同神话的关系与中国的古代宗教迷信做文化价值的类比，把"国势"强弱与文化价值区别开来，既接受西方的价值，又尊重自身的历史，并力图在民族共同的价值基础上选择西方的价值。

列文森认为"对过去的自豪感与对过去的拒绝在逻辑上不能并存，却是梁启超早期民族主义必然的成分"；他将这一困境描述为以下两者的矛盾，即"抽象而言的历史与价值的逻辑冲突与在实践中、历史上必然同时坚守两者"^{〈3〉}。这同样也是鲁迅的困境，但他的

〈1〉 鲁迅：《破恶声论》，《鲁迅全集》第8卷，第29—30页。
〈2〉 同上书，第32页。
〈3〉 Joseph R. Levenson, *Liang Ch'i ch'ao and the Mind of Modern China*, pp. 135, 136.

处理方式与梁启超十分不同。细致地观察可以发现，鲁迅在对待西方价值的态度上不断地出现相互矛盾的思想。例如，鲁迅深刻地批评"言非同西方之理弗道，事非合西方之术弗行，掊击旧物，惟恐不力"的"维新"人物[1]，并责问说："第不知彼所谓文明者，将已立准则，慎施去取，指善美而可行诸中国之文明乎，抑成事旧章，咸弃捐不顾，独指西方文化而为言乎？"[2]但实际上当他批评别人唯新是务之时，他也以西方文化之至新者作为解决中国问题的最佳药方，并把从《诗经》、老子、屈原到中国政治和一般社会的精神传统视为否定的或无法引导中国前进的文化传统。鲁迅对当时各派主张的批判有其深刻的文化哲学和政治选择的背景，但他把中国改革道路问题纳入"取今复古"的范畴内考虑，正说明他深深地关心着历史与价值的冲突，并努力获取两者的平衡。当我们看到科学、进化这类价值观念在中国传统文化面前遭到怀疑，我们便立刻理解了这种冲突的严重性，理解了民族的平等观念、生存需求和文化传统对于鲁迅强大的制约力量。这是一种来自鲁迅内心的力量。

这种矛盾不是偶然的现象，而是鲁迅所处的历史环境造成的。诚如列文森所言，对于一个思想家来说，他对世界的认识方式是一个不稳定的描述，一个假定的"终极"认识，一旦客观内容变动，潜在的矛盾将促使思想家改变自己的认识。五四运动对于鲁迅而言具有不言而喻的重大意义，它不仅改变了鲁迅的生活方式，而且改变了他思考问题的方式。第一次世界大战极度动摇了西方人对自己传统价值的信任感，许多中国人也因此"摆脱"了"历史-价值"的冲突：西方的物质进步引起了道德的衰败，中国文化的精神传统

〈1〉 鲁迅：《文化偏至论》，《鲁迅全集》第1卷，第45页。
〈2〉 同上书，第47页。

无须向西方低首致意了，"西方物质-中国精神"的二分法为人们找到了平衡内心的虚幻模式，而袁世凯与日本签订的"二十一条"也大大地激发了民族主义情绪。

然而，鲁迅似乎没有从这两大社会背景中寻找民族"平等"或文化"平等"的依据。按照《文化偏至论》的逻辑他本来是会这样寻找的。从辛亥革命、二次革命、张勋复辟、袁世凯称帝等一系列中国社会政治变迁过程中，鲁迅对中国传统失望至极，改造"国民性"的艰苦前景，也使他对民族的未来持悲观的看法，这一切，使他在理智上摆脱"历史-价值"的冲突而全身心地献身于他的价值理想——即便这种价值理想的实现意味着民族的灭亡：

> 历观国内无一佳象，而仆则思想颇变迁，毫不悲观。盖国之观念，其愚亦与省界相类。若以人类为着眼点，则中国若改良，固足为人类进步之验（以如此国而尚能改良故）；若其灭亡，亦是人类向上之验，缘如此国人竟不能生存，正是人类进步之故也。大约将来人道主义终当胜利，中国虽不改进，欲为奴隶，而他人更不欲用奴隶；则虽渴想请安，亦是不得主顾。止能侘傺而死。如是数代，则请安磕头之瘾渐淡，终必难免于进步矣。此仆之所为乐也。[1]

以"人类"的眼光来代替"民族"的眼光，内心里深藏的仍然是"民族"的命运。但是，"人类"眼光的建立实际上也意味着鲁迅不再以对"民族"平等的内在要求来限定"价值"的普遍性。科学、民主、进化、个人，作为民族传统的对立物，作为无可怀疑的价值

〈1〉 鲁迅：《180820致许寿裳》，《鲁迅全集》第 11 卷，第 366 页。

形态，出现在鲁迅的社会文明批评之中。

> 近来所谓新思潮者，在外国已是普遍之理，一入中国，便大吓人；提倡者思想不彻底，言行不一致，故每每发生流弊，而新思潮之本身，固不任其咎也。
>
> 要之，中国一切旧物，无论如何，定必崩溃；倘能采用新说，助其变迁，则改革较有秩序，其祸必不如天然崩溃之烈。而社会守旧，新党又行不顾言，一盘散沙，不法粘连，将来除无可收拾外，殆无他道也。
>
> 今之论者，又惧俄国思潮传染中国，足以肇乱，此亦似是而非之谈，乱则有之，传染思潮则未必。中国人无感染性，他国思潮，甚难移植；将来之乱，亦仍是中国式之乱，非俄国式之乱也。而中国式之乱，能否较善于他式，则非浅见之所能测矣。
>
> 要而言之，旧状无以维持，殆无可疑；而其转变也，既非官吏所希望之现状，亦非新学家所鼓吹之新式：但有一塌胡涂而已。〈1〉

与五四时期的"国粹家"不同的是，鲁迅不是以"西方物质-中国精神"的二分法来解决"历史-价值"的冲突，而是以对"历史"的否定强固了价值的逻辑一致性。但是，如果由此认为鲁迅就此避开了"民族"或"历史"问题，那就是莫大的误解。问题的关键恰恰在于，鲁迅思考问题的方式是否定性的，即不是通过对历史的肯定来建立民族的信心，而是通过对历史的否定来重建自己的文明。对于中国而言，"价值"追求已是一种"生存"需要，在"生存"

〈1〉 鲁迅：《200504致宋崇义》，《鲁迅全集》第11卷，第382—383页。

危机之下，中国无须为维护虚假的"自尊"去重新"发现"传统的价值，无须为寻求心理上的平衡去用"历史"限定"价值"的适用范围。在"生存"的名义下，传统不再具有神圣的意义，西方的价值理想作为一种可能拯救民族生存的东西而被推到了第一位。

正由于此，鲁迅在五四时期的反传统理论较之早期有更完整的逻辑一致性。例如当他再次以"进化"观念解释民族生存时，认为"民族根性造成之后，无论好坏，改变都不容易的"〈1〉，中国民族的衰败早在几百代的祖先那里就种下了"昏乱"的种子，如果民族不"扫除了昏乱的心思，和助成昏乱的物事（儒道两派的文书）"〈2〉，那么进化的自然法则"便请他们灭绝，毫不客气"。〈3〉鲁迅不再用"道德的法则"来缓解历史与价值的冲突，因为进化的原则对于人类来说正是人道的原则和进步的原则，从人类进化的观点看，中国的文化"没一件不与蛮人的文化恰合"：吃人，劫掠，残杀，人身买卖，生殖器崇拜，灵学，一夫多妻，拖大辫，吸鸦片，缠足……而"自大与好古，也是土人的一个特性"。〈4〉于是，鲁迅彻底摆脱了"中学为体，西学为用"或"西方物质-中国精神"的思维框架，摆脱了由"历史-价值"冲突构成的逻辑矛盾，建立了反传统主义的价值体系。由此可见，否定性本身是鲁迅试图解决历史与价值冲突的一种不得不为的方式。

但是"历史-价值"的冲突并没有消逝。对"历史"的理性否定并不意味着人真正摆脱了"历史"。鲁迅对价值的逻辑一致性的追求几乎把民族、国家的未来完全付诸"自然法则"，在"必然

〈1〉 鲁迅：《随感录·三十八》，《鲁迅全集》第1卷，第329页。
〈2〉 同上。
〈3〉 同上书，第330页。
〈4〉 鲁迅：《随感录·四十二》，《鲁迅全集》第1卷，第343页。

性"面前一切都变得可以坦然承受，但这恬淡乐观的语调里透出的却是极度的悲观和无法解除的忧虑：说到底，鲁迅那样急切地抨击旧物，不遗余力地否定传统，却无非是追求民族的新生——追求民族在人类民族之林中的平等位置。但是，当鲁迅把民族的自我否定作为价值的逻辑一致性的前提，他在思考中国问题时也就必然形成否定性的思维方式。他不再费力地去寻找民族内部蕴含着的肯定性素质，不再在民族的远古传统与现代价值之间寻找契合点，更不会以今人的所谓"创造性转化"去重新阐释民族的传统，"取今复古，别立新宗"的平和之论不复出现——民族的过去与现在，旧的和新的，都由于与"新思潮"（价值理想）相背离而遭到否定。

把民族作为价值理想的对立物而加以否定，这就是"历史-价值"冲突的最激烈的体现。对于鲁迅来说，这种否定性的思维方式给他带来了巨大的精神痛楚，试想：如果民族真的无可救药，鲁迅又能在哪儿汲取反抗的勇气和力量呢？"否定性"的思维方式在这里同样引申出"罪"与"绝望"两大精神主题，但这里的"罪"与"绝望"不再是个体的"罪"与"绝望"，而是"民族"的"罪"与"绝望"。"罪"的感觉来源于自身与"绝对者"的悖逆，无论这个"绝对者"是上帝，还是永恒的价值理想。当鲁迅分析中国历史与现状的黑暗时，他把科学、人性、民主、进化……推至至上权威的位置，他已经不是在说明民族历史与现实的不合理，而是在分析一种难以摆脱又悠久漫长的"罪恶"。个体的罪恶感不是来自个体自身，而是来自民族的"罪恶"历史：

> 我们现在虽想好好做"人"，难保血管里的昏乱分子不来作怪，我们也不由自主，一变而为研究丹田脸谱的人物：这真是

大可寒心的事。〈1〉

　　这是一个"罪恶的"民族，一个在远古即已种下了坏根子的无望的民族。鲁迅用"吃人"、用"梅毒"这类充满罪恶感的语词来形容中国的历史，虽竭力想救治却又觉得希望渺茫。鲁迅不再关心"平等"问题，倒是希望外国人"能疾首蹙额而憎恶中国"〈2〉，倘若如此，"我敢诚意地捧献我的感谢，因为他一定是不愿意吃中国人的肉的！"〈3〉对中国的"憎恶"正出于拯救的愿望，虽然"但有一塌胡涂而已"，却仍要作"绝望的抗战"——对"价值"的追求仍然是对民族生存的一种深切的关怀。

　　但是，以民族的自我否定或对民族历史的深恶痛绝来表达对民族未来的深沉忧患，这怎能不使以民族拯救为己任的鲁迅感到深刻的悲凉凄怆？既然鲁迅早已决心献身于民族，那么当他又不得不承认这个民族的"罪恶"的时候，他又怎么来保持心理上的平衡？"历史"与"价值"的冲突不再以逻辑悖论的形式出现，却在人的价值理想与人的情感和行为方式的内在矛盾中呈现出来。甚至可以说，越是彻底地、无条件地认同价值，由历史与价值的冲突所形成的理智与情感、观念与行为的分裂就越加突出，从而这种冲突在理论逻辑上的缓解反而愈益深化了一种个人性的痛苦。从人的自由解放，从进化论，从人道的立场，鲁迅谈论应该怎样做父亲，倡导婚姻爱情的自主，真实大胆地看取人生，反对封建节烈观，他对传统的理智思考斩钉截铁，言之成理，但是一旦涉及他自己的行为、生

〈1〉　鲁迅：《随感录·三十八》，《鲁迅全集》第 1 卷，第 329 页。
〈2〉　鲁迅：《灯下漫笔》，《鲁迅全集》第 1 卷，第 226 页。
〈3〉　同上。

活，又常常陷入无奈的痛苦。

鲁迅在《二十四孝图》一文中追溯了童年时代对这部"孝道"故事的内心反感，但他在家庭生活中始终是"孝子"的角色，这种对母亲的"孝"使他违背自己的理性判断而背负起传统婚姻的重担。有人注意到这样一个事实：鲁迅写《我们现在怎样做父亲》，却不写"我们现在怎样做子女"，他指出"中国现在，正须父范学堂"[1]，但不写"怎样做子女"和办"子范学堂"。除了鲁迅所解释的"省却许多麻烦"等原因外，这是否还因为后一个问题对他个人来说过于痛苦而敏感呢？ 1910年祖母（蒋氏）大殓，鲁迅做了旧规矩要求一个"承重孙"必须做的礼仪，"一是穿白，二是跪拜，三是请和尚做法事"。[2]1903年暑期自日本度假归家的鲁迅竟装起假辫子，《自题小像》的激情被隐藏到对于家人的照顾之情中。"倘使我那八十岁的母亲，问我天国是否真有，我大约是会毫不踌躇，答道真有的罢。"[3]——这篇题为《我要骗人》的文章表明鲁迅"不爱看人们失望的样子"的一贯态度，内中不又潜伏着不得不对旧道德有所承担的隐痛么？ 1919年发表于《新青年》第6卷第1号的《随感录·四十》谈到对旧式婚姻的态度，自由的要求与殉情的道德观，令人惊讶却又合乎情理地纠合在一起："但在女性一方面，本来也没有罪，现在是做了旧习惯的牺牲。我们既然自觉着人类的道德，良心上不肯犯他们少的老的的罪，又不能责备异性，也只好陪着做一世牺牲，完结了四千年的旧账。""做一世牺牲，是万分可怕的事；但血液究竟干净，声音究竟醒而且真。"[4]这种道德上的自我完善与

〈1〉 鲁迅：《随感录·二十五》，《鲁迅全集》第1卷，第312页。
〈2〉 周遐寿：《鲁迅小说里的人物》，人民文学出版社，1957年，第118页。
〈3〉 《我要骗人》，《鲁迅全集》第6卷，第487页。
〈4〉 鲁迅：《随感录·四十》，《鲁迅全集》第1卷，第338页。

鲁迅的现代道德观念（"道德这事，必须普遍，人人应做，人人能行，又于自他两利，才有存在的价值"^{〈1〉}）相互冲突，却表明了急剧变迁时代的道德困境。鲁迅终于以实际的选择而冲破了内心的矛盾，但在他与许广平的爱情之中，尤其是当他感觉到自己确可以有一种更为美好的生活时，他的欢欣、雀跃之情随即转化为更加深刻的痛苦、更加激烈的冲突。他对"流言"的敏感绝非心造的幻影，却也透露了一种沉重的内心压力。所有这一切，当然都有着生存与战斗的考虑，但不能忽视鲁迅身不由己地对旧道德的某种心理承担与妥协。

鲁迅自喻为放别人"到宽阔光明的地方去"而肩起"黑暗的闸门"的人，说自己终将是随光阴偕逝、逐渐消亡的"中间物"，那种不愿放弃对价值理想的信念，又无法摆脱过去阴影的感觉，几乎有几分"宿命"的味道——这一切倘若是一种"必然"，一种人类生活的"规律"，那么由此而引起的价值与情感的冲突或可以在心理上有所平衡吧？但是，这种心理平衡不是消极地认命，而是以自我否定、自我牺牲的态度献身于未来和自己的价值理想。鲁迅说自己是抽了鸦片而劝人戒除的醒悟者，是"思想较新"的"破落户"^{〈2〉}，但又说："中国之可作梯子者，其实除我之外，也无几了"^{〈3〉}，"也时常想到别人和将来，因此也比较的不十分自私自利而已"。^{〈4〉}鲁迅竭力地从个人生活中跳出来"俯视"个人，"必然"的自我否定引导着个体对于"必然"的献身的激情——这是自贬呢，还是自重？个体面临死亡与孤独的"绝望的抗战"，在这里却又获得了一种并非"个体"所能说明的意义。

〈1〉 鲁迅：《我之节烈观》，《鲁迅全集》第1卷，第124页。
〈2〉 鲁迅：《350824^②致萧军》，《鲁迅全集》第13卷，第528页。
〈3〉 鲁迅：《300327致章廷谦》，《鲁迅全集》第13卷，第226页。
〈4〉 鲁迅：《350824^②致萧军》，《鲁迅全集》第13卷，第528页。

较之他人，鲁迅对现代价值体系的追求如此坚韧执着，以至不惜以自我否定（个人的和民族的）来表达献身于价值理想的激情，但也正由于此，他才更加痛楚地感到了自己与价值理想的深刻距离，与"历史"不可分解的联系。这种切身的思索与追求，使他的那些小说、杂文、散文诗浸淫着一种挣扎、抗争的精神意蕴。那些个体所面临的惶惑、孤独、死亡、绝望和反抗，就不再是抽象的个体生命体验，而包含着极其现实的文化内容。肩住"黑暗的闸门"的人、"中间物"——这些对于个体生存及其意义的概括，由此在鲁迅的世界里成为一种具有独特文化内涵的概念。这些概念本身就标示一种内在的矛盾与悖论的存在，这些矛盾与悖论总是以不同的方式呈现着历史与价值的冲突。

　　鲁迅以否定性的方式表达他与历史的关系，从而深深地体验着一个"现代人"的孤独。因为每当他要向意识领域作更进一步的迈进时，他就距离那无处不在的、原始的、包含着整个社会心理的"历史"越来越远。对现代价值理想的认同使他获得了现代知觉性，发现了生活于其中的生存方式的无聊和荒谬。"除了它的历史价值之外，过去的价值和奋斗故事已经再也不能引起他的兴趣，所以他已经是一位道道地地最'不历史的人'，而且是一位和完全生活在传统中的群众疏远的人。事实上，只有当他已经漫步到世界边缘，他才算是一位名符其实的现代人。他必须把前人遗留下来的一切腐朽之物全部抛弃，并承认，他现在仍伫立在一片会长出万物的空旷原野"。[1]然而，正如荣格所说：

〈1〉　参见［瑞士］C. 荣格：《探索心灵奥秘的现代人》，黄奇铭译，社会科学文献出版社，1987年，第188页。

第二章　自我的困境与思想的悖论——"在"而"不属于"两个社会（1920—1936）　|　125

倘若我们把否认传统与肯定现在的意识等同起来的话，那完全是自欺欺人的勾当。"今天"处于"昨天"和"明天"之间，是过去和未来的桥梁，除此之外，不能再做别种解释。"现代"代表着一个过渡的程序，而只有认识到这一点的人才能自称为现代人。[1]

"中间物""黑暗的闸门"所体现的与历史和未来（价值理想）双重的悖论关系表达的正是一种现代人的自觉。鲁迅的"非历史性"同时表明了他的历史性。因此，他的孤独既是一种"非历史性的"孤独，又是一种历史性的孤独。简言之，一种自觉的现代孤独。

第三节　轮回的心理经验为何瓦解了进化的时间观念？

鲁迅对世事确有一种阴郁却又无比深刻的把握方式，这种方式来自他那铭心刻骨的童年经验和对实际生活的感受。然而，"看透造化的把戏"付出的是更为剧烈的内心痛楚，从中鲁迅体味着"黑暗与虚无"。这种感性经验惊心动魄地摇撼着鲁迅通过理论的学习而形成的一整套关于世界与历史的理解。感性经验与理性观念的持久冲突终将形成理智自身的分裂，因为积久的经验总要构成人对世界新的理性把握。

> ……于浩歌狂热之际中寒；于天上看见深渊。于一切眼中看见无所有；于无所希望中得救……

---

〔1〕〔瑞士〕C. 荣格：《探索心灵奥秘的现代人》，第188—190页。

> ……有一游魂，化为长蛇，口有毒牙。不以啮人，自啮其身，终以殒颠……
>
> ……离开！……⟨1⟩

那种透过一切迷人的梦幻、一切喧闹的表象把握住冰冷现实的方式，却往往把自己抛入深渊般的孤独之中。这就是鲁迅为他的"深刻"付出的精神代价。从童年时代对"冷漠""侮辱""蔑视"的体验，到日本时期看幻灯片的震撼，从辛亥革命以后的现实颓败，到五四之后的分化瓦解，从《二十四孝图》、野史、笔记中看到的一幅幅毛骨悚然的"吃人"图景，到万头攒动观看被杀女尸的报道……你根本不必指望在这样的阴暗而真实的经验基础上建立神采飞扬的大厦，却可以看到对"地狱"的深刻洞悉。鲁迅自言对自然美无甚感触，倒是对阴间的无常和女吊存着隐秘的爱恋，童年的记忆如此长久地缠绕着他灵魂的丝缕，正可见他是以怎样的创伤体味远比阴间更为可怖的世界。

历史、现实、人伦关系给鲁迅一种肉体上的压迫感，现实生活在他心头唤醒的常常是"气闷""被吃""自啮"，伴随着的常常是无处不在的吃人的、攫取的眼睛和狰狞的光，还有诸如"小鲫鱼似的一层一层积叠着，快要和坛沿齐平"的"一坛盐渍的眼睛"。⟨2⟩《狂人日记》写道：

> 这历史没有年代，歪歪斜斜的每页上都写着"仁义道德"几个字。我横竖睡不着，仔细看了半夜，才从字缝里看出字

⟨1⟩ 鲁迅：《墓碣文》，《鲁迅全集》第2卷，第207页。
⟨2⟩ 鲁迅：《论照相之类》，《鲁迅全集》第1卷，第190页。

来，满本都写着两个字是"吃人"！

　　书上写着这许多字，佃户说了这许多话，却都笑吟吟的睁着怪眼睛看我。〈1〉

这固然是小说主人公的狂想，却又真切体现了鲁迅把握世界的一种方式：不是依据理论逻辑的推论，而是依据人的活生生的感悟，不是按照时空的正常状态把握世界，而是进行跨越时空的飞行与叠合，形成一种切身的、不脱离感性经验的判断。

　　鲁迅的这种不脱离感性经验的判断体现了一种怀疑的思维方法和"多疑"的个人气质。〈2〉他说：

　　我怀疑过我自己，怀疑过中国和外国人，怀疑过人类为之而奋斗的一切事物和价值。〈3〉

"怀疑"的方法与"多疑"的气质来自事实的教训，所谓"我向来是不惮以最坏的恶意来推测中国人的，然而我还不料，也不信竟会下劣凶残到这地步"〈4〉，所谓"见过辛亥革命，见过二次革命，见过袁世凯称帝，张勋复辟，看来看去，就看得怀疑起来"〈5〉，所谓"在未有更确的证明之前，我的'疑'是存在的"。〈6〉追溯鲁迅对笛卡

〈1〉　鲁迅：《狂人日记》，《鲁迅全集》第1卷，第447页。
〈2〉　参见钱理群：《鲁迅思维方式与中外文化关系的随想》，1986年"鲁迅与中外文化"国际学术讨论会（北京）大会论文，《复印报刊资料·鲁迅研究》1988年第2期，第24页。
〈3〉　［美］斯诺：《鲁迅——白话大师》，佩云译，《鲁迅研究年刊1979》，西北大学鲁迅研究室编，陕西人民出版社，1982年，第540页。
〈4〉　鲁迅：《记念刘和珍君》，《鲁迅全集》第3卷，第291页。
〈5〉　鲁迅：《〈自选集〉自序》，《鲁迅全集》第4卷，第468页。
〈6〉　鲁迅：《关于〈三藏取经记〉等》，《鲁迅全集》第3卷，第407页。

儿的称赞，对易卜生"伟大疑问号"的欣赏，对现代科学的高度重视，那么，这种以经验与事实为基础的怀疑方法的确与西方启蒙传统有着内在的联系。

但是，鲁迅在运思过程中并不是严格按照归纳或演绎的逻辑程序，而是在经验的基础上做自由、感性的联想；唯其是自由、感性的联想，个人的心理定式和对过去的暗淡记忆才会在整个思维与判断的过程中呈现重要的意义。鲁迅这样描述自己思想的形成过程：

> ……动起笔来，总是离题有千里之远。即如现在，何尝不想写得切题一些呢，然而还是胡思乱想，像样点的好意思总像断线风筝似的收不回来。忽然想到昨天在黄埔……忽而想到十六年前……忽而又想到香港《循环日报》上所载……[1]

在另一处又说：

> 我一面剪，一面却忽而记起长安，记起我的青年时代，发出连绵不断的感慨来……[2]

正如论者所言，这样"连绵不断"的联想既是时间的开拓（"昨天"——"十六年前"；现在——"青年时代"），又是"空间"的延伸（"黄埔"——"香港"；北京——"长安"），这是对处于不同时间与空间下极不相同的事物的内在联系的一种发现，是作家观照

〈1〉 鲁迅：《庆祝沪宁克复的那一边》，《鲁迅全集》第8卷，第196页。
〈2〉 鲁迅：《说胡须》，《鲁迅全集》第1卷，第183页。

范围的空前拓展。^{〈1〉}

但是，我所关注的还不是这种"联想"体现的"对互相联系的世界整体性的把握"，而是运思过程所呈现出的鲁迅顽强的心理定式和由此展现的心理结构方面的特征：无论时间与空间如何重叠、渗透、交融与转化，对问题的判断总是与对历史和过去的经验的追忆相交织，这种历史与经验在鲁迅的心理感觉上常常是阴郁的，以至于引起深入骨髓的痛楚。"在精神分析理论中，我们曾十分肯定地认为，心理事件经历的过程是受唯乐原则自动调节的。也就是说，我们相信，这些心理事件经历的过程所以会发生必定是由某种不愉快的紧张状态引起的。这种过程的发展方向是要达到最先使这种紧张状态消除的结果，即达到避免不愉快或产生愉快的结果。"^{〈2〉}对此，弗洛伊德争辩说：

> 我们至多只能说，在人心中存在着一种趋向于实现唯乐原则的强烈倾向，但是它受到其他一些力或因素的抵抗，以致最终产生的结果不可能总是与想求得愉快的倾向协调一致。^{〈3〉}

因此，他认为"要求重复以前的状态，要求回复过去"的重复原则是一种更符合人的本能的原则。

鲁迅抑制不住地将"被压抑在记忆里的东西当作眼下的体验来重复"，而不是像人们通常期望的那样，"把这些被压抑的东西作为

〈1〉 参见钱理群：《鲁迅思维方式与中外文化关系的随想》，《复印报刊资料·鲁迅研究》1988年第2期，第21页。

〈2〉 ［奥］弗洛伊德：《弗洛伊德后期著作选》，林尘、张唤民、陈伟奇译，上海译文出版社，1986年，第3页。

〈3〉 同上书，第6页。

过去的经历来回忆"——支配着隐在心理的不是"唯乐"原则，不是一般的重复原则，而是一种无法抹去的创伤感。鲁迅的这种联想常常使他感到"现实中出现的东西，事实上不过是一段早已忘怀或永远不能忘怀的过去生活的反映"〈1〉，而这些往事即便在很久以前也从未给他带来过真正的快乐。鲁迅把自己的两本杂文集命名为《华盖集》《华盖集续编》，除了现实的批判意义外，在心理上他确有一种仿佛被某种厄运追随着，或者被某种"魔力"控制着的感觉。

无论是在鲁迅的个人生活中，还是在他的思维过程中，那种一次又一次的重复与循环的感觉对于形成他的思维方式无疑起了重要作用。在幼年失怙所遭受的冷眼与国人的看客心理之间，在做大清国的"奴隶"与做中华民国的"奴隶"之间，在兄弟失和与高长虹们的叛卖之间，在历史书上的字与民众笑吟吟的眼光之间，在耶稣受难与自己的孤独之间，鲁迅有一种总是被欺骗的感觉，一种无法挣脱循环的感觉，一种对世界的失望与愤激的感觉，正是这种创伤感使他在思维过程中经常超越时空的变迁所形成的实际区别，而去把握世事之间的内在循环与重复。鲁迅由此获得了一种"看透造化把戏"的深刻与自信，而在这背后，又凝聚着多少撕人心肺的阴暗记忆和痛苦经验。

当然，并不仅仅是阴暗与痛苦，还有"发现"的快乐和智慧的愉悦。1918年8月，鲁迅致书许寿裳，谈到偶阅《通鉴》，乃悟中国人尚是食人民族，从而把现实的民族伦理状态与对历史的体悟联系起来，"此种发见，关系亦甚大，而知者尚寥寥也"〈2〉。鲁迅不信任事物表面的、外在的形态，总要去追究隐藏在表象下的真实，他

〈1〉［奥］弗洛伊德：《弗洛伊德后期著作选》，第17、18页。
〈2〉鲁迅：《180820致许寿裳》，《鲁迅全集》第11卷，第365页。

那著名的正面文章反面看的"推背法"、"证伪法"、归谬法，常常使他对现实事物的认识达到常人难以企及的深度，也使他在这种超人的深刻把握中产生理性上的优越感和自信心，在他洞若观火的杂感中荡漾着的幽默、机智、讽刺的笑声撕开了现实的表象。

但是，对于一个思想家或精神战士来说，那种由精神的创伤和阴暗记忆所形成的深刻的不信任感，那种总是把现实作为逝去经验的悲剧性循环的心理图式，也常常会导致思想者自身的分裂：对感性经验的信任不仅动摇了现实的表层结构，而且也会动摇自身所信奉的价值理想；对于一个新文化倡导者来说，后一方面常常使自己陷入矛盾境地，也更加重了内心的悲观、失望和与"黑暗"对立的情绪。"挖祖坟""翻老账"的历史比较的思考方式赋予鲁迅无比深沉的历史感，但历史与个人经验的刻骨铭心的创伤，又常常使他忽视历史演进的方面。鲁迅内心对阴暗经验的独特、异常的敏感，导致他不像同时代人那样深、那样无保留地沉浸于某一价值理想之中，而总是以自己独立的思考不无忧郁、不无怀疑地献身于时代的运动。

这种由对现实的"经验循环"导致的理智分裂最突出地表现于他对历史进程的理解。鲁迅在调整自己的文化认知的过程中，"进化"学说曾是导致他的理性自觉的一个重要因素。从1898年怀着别有洞天的感觉捧读《天演论》开始，鲁迅从未停止对这一理论的思索和实践性阐释。进化论使他获得了一种人类历史有规律、有方向、有目的的发展的乐观信念，而在五四思想革命的过程中，进化论由于与伦理批判、人的生存放在一起讨论，因而在深刻的伦理化过程中成为人的解放的重要理论依据。鲁迅对传统全面的价值重估，对旧文明的深刻批判，都是基于他对历史进化"规律"的理论思考。新的与旧的，青年与老人之间那种乐观的交替关系表达的是一种关于历史"进化"的理性观念。鲁迅对"进化论"的价值认同及由此产生的文化批判代表了五四时代的价值理想，但在他的文化批判体系中，"进化"观念却又是较为肤浅，并不能体现其深度的思想。

真正惊心动魄、令人难以平静的，也许恰恰是那种对于历史与经验的悲剧性的循环与重复，历史的演进仿佛不过是一次次重复、一次次循环构成的，而现实——包括自身所从事的运动似乎并没有标示历史的"进化"或进步，倒是陷入了荒谬的"轮回"。对时代的理性认识与对事实的感性经验无可挽回地分裂了。在《我之节烈观》里，他觉得时代变迁虽然也使人们慨叹"世道浇离，人心日下"的实际内容发生了变化，内在的准则却在无尽地重复。由此想到《新青年》对康有为"虚君共和"和灵学派的批判恰恰是"最可寒心的文章"，因为

> 时候已是二十世纪了；人类眼前，早已闪出曙光。假如《新青年》里，有一篇和别人辩地球方圆的文字，读者见了，怕一定要发怔。然而现今所辩，正和说地体不方相差无几。将时代和事实，对照起来，怎能不教人寒心而且害怕？[1]

著名的《灯下漫笔》提出了"想做奴隶而不得的时代"与"暂时做稳了奴隶的时代"的历史"循环"论，这种"循环"的感觉并不只是针对过去，倒是把"现实"当作一种历史上曾经有过的经验来体悟。于是，"现在入了那一时代，我也不了然"，"总而言之，复古的，避难的，无智愚贤不肖，似乎都已神往于三百年前的太平盛

〈1〉 鲁迅：《我之节烈观》，《鲁迅全集》第1卷，第121页。

世，就是'暂时做稳了奴隶的时代'了"⟨1⟩。鲁迅对黑暗经验的特殊敏感总是使他在变迁的历史中发现内在的延续与重复，更重要的是，这种延续与重复不只是对过去、对历史的认识，而且是对现实——被称为"现代""民国""新思潮"的一种心理上和认识上的"经验循环"，这对于他的进化观念不能不构成严峻挑战：

> 我想，我的神经也许有些瞀乱了。否则，那就可怕。
>
> 我觉得仿佛久没有所谓中华民国。
>
> 我觉得革命以前，我是奴隶；革命以后不多久，就受了奴隶的骗，变成他们的奴隶了。
>
> 我觉得……⟨2⟩

鲁迅对历史与现实的这种"似是而非，似非而是"的重复感，确实触及了中国历史文化的深层结构。比之于他对价值理想的追求，他的认识倾向更趋向于对"历史"和"经验"的信赖。"历史上都写着中国的灵魂，指示着将来的命运"⟨3⟩，正史固然涂饰太厚，

> 正如通过密叶投射在莓苔上面的月光，只看见点点的碎影。但如看野史和杂记，可更容易了然了，因为他们究竟不必太摆史官的架子。
>
> 秦汉远了，和现在的情形相差已多，且不道。元人著作寥寥。至于唐宋明的杂史之类，则现在多有。试将记五代，南

⟨1⟩ 鲁迅：《灯下漫笔》，《鲁迅全集》第1卷，第225页。

⟨2⟩ 鲁迅：《忽然想到（三）》，《鲁迅全集》第3卷，第16、17页。

⟨3⟩ 鲁迅：《忽然想到（四）》，《鲁迅全集》第3卷，第17页。

宋，明末的事情的，和现今的状况一比较，就当惊心动魄于何其相似之甚，仿佛时间的流驶，独与我们中国无关。现在的中华民国也还是五代，是宋末，是明季。〈1〉

"地大物博，人口众多"，用了这许多好材料，难道竟不过老是演一出轮回把戏而已么？〈2〉

对现实生活的这种无法摆脱的"古已有之"〈3〉的心理经验，确实强化了鲁迅对"黑暗"的洞察力和异样的敏感。即使在晚年，他也自称是"爱夜的人"——"爱夜的人要有听夜的耳朵和看夜的眼睛，自在暗中，看一切暗"〈4〉，这种心理经验使鲁迅总能在白天的光耀中找到黑暗的影子，甚至"现在的光天化日，熙来攘往，就是这黑暗的装饰，是人肉酱缸上的金盖，是鬼脸上的雪花膏"〈5〉。他那王道与霸道相续的观点不仅承接了两种奴隶时代的说法〈6〉，而且并无王道、霸道永存的论点就类似他内心里体验着的白天与黑夜的关系。但是，如果"造化的把戏"就是这表层变迁下的永恒的重复，那么改革者又从哪儿汲取改造世界的力量呢？我们所可以自慰的，想来想去，也还是所谓对于将来的希望……世界上的事物可还没有因为黑暗而长存的先例。黑暗只能附丽于渐就灭亡的事物……只要不做黑暗的附着物，为光明而灭亡，则我们一定有悠久的将来，而且一定是光明的将来。〈7〉

〈1〉 鲁迅：《忽然想到（四）》，《鲁迅全集》第3卷，第17页。

〈2〉 同上书，第18—19页。

〈3〉 同上书，第18页。

〈4〉 鲁迅：《夜颂》，《鲁迅全集》第5卷，第203页。

〈5〉 同上书，第204页。

〈6〉 鲁迅：《关于中国的两三件事》，《鲁迅全集》第6卷，第10页。

〈7〉 鲁迅：《记谈话》，《鲁迅全集》第3卷，第378页。

但就在同一篇文章里，他仍在重复中国的文明无非是"破坏了又修补"的循环论，而把希望当作"存在"的必然属性多少有些自勉之意吧。鲁迅在《呐喊·自序》里曾用个人经验的局限性来说明希望的存在；另一次则说，在"不可知"中既存在"破例"的"灭亡的恐怖"，也可以"有破例的复生的希望，这或者可作改革者的一点慰藉罢"。〈1〉但这种未尝"经验"的"希望"的"慰藉"，"也会勾消在许多自诩古文明者流的笔上，淹死在许多诬告新文明者流的嘴上，扑灭在许多假冒新文明者流的言动上，因为相似的老例，也是'古已有之'的"。〈2〉

　　这种对世事循环的经验把握直接导致了两种结果：

　　其一，对于中国"永远免不掉反复着先前的运命"〈3〉的感觉，加强了鲁迅对于黑暗存在的破坏反抗的欲望，支撑他战斗的，恰恰主要是那种对历史的深刻的"绝望"，而不是那种乐观的理性观念。鲁迅多次把自己的反抗说成是"与黑暗捣乱""绝望的抗战"，内蕴的正是对于黑暗现实的决绝的精神力量。因此，鲁迅自己实际上是把"唯'黑暗与虚无'乃是实有"的个人经验作为自身反抗的前提，而这个前提恰恰与他的进化观念相悖谬。

　　其二，把现实作为一种过去经验的重复来把握，实际上也就在思维过程中避开世界外部的物质性变迁，寻找一种内在的、不可触摸的、非物质性的文化精神实质。因此，改变中国的"轮回"与"循环"的命运，就必须改变这种内在的民族劣根性——"改造国民性"、改变民族精神的要求紧密地跟随着鲁迅对于中国历史经验

〈1〉　鲁迅：《忽然想到（四）》，《鲁迅全集》第3卷，第18页。

〈2〉　同上。

〈3〉　同上。

的独特把握方式。

> 最要紧的是改革国民性，否则，无论是专制，是共和，是什么什么，招牌虽换，货色照旧，全不行的。[1]

专制、共和……的政治变迁在"国民性"不变的前提下仍然是一种重复与循环。因此，尽管鲁迅深知"改革最快的还是火与剑"[2]，1925年五卅惨案发生后，鲁迅反对"空手鼓舞民气"的"民气论者"，而同意"民力论"，"倘有敌人，我们就早该抽刃而起，要求'以血偿血'了"[3]，并不反对物质变迁的力量；但是，对于中国历史与个人经验的"轮回"与"循环"的感觉，总会引导他把内在的、难以改变的精神实质看得更重。鲁迅多次把中国喻为"黑色的染缸"，"每一新制度，新学术，新名词传入中国，立刻乌黑一团，化为济私助焰之具"[4]，结果总是"皮毛改新，心思仍旧"[5]，所以"中国历史的整数里面，实在没有什么思想主义在内。这整数只是两种物质，——是刀与火，'来了'便是他的总名"[6]。"刀与火"的循环恰恰隐藏着深刻的不变——对于这种"不变"来说，外在的物质变迁确乎是一种枝叶之求。

对"国民性"的思考必然触及鲁迅对民众的认识。正是在这个问题上，鲁迅的感性经验与理性观念的分裂显得尤为突出。这种分裂并不像人们想象的那样，是一个逐渐消解于鲁迅思想发展过程中

---

〔1〕 鲁迅：《两地书·八》，《鲁迅全集》第11卷，第32页。

〔2〕 鲁迅：《两地书·一〇》，《鲁迅全集》第11卷，第40页。

〔3〕 鲁迅：《忽然想到（十）》，《鲁迅全集》第3卷，第95页。

〔4〕 鲁迅：《偶感》，《鲁迅全集》第5卷，第506页。

〔5〕 鲁迅：《随感录·四十三》，《鲁迅全集》第1卷，第346页。

〔6〕 鲁迅：《随感录·五十九·圣武》，《鲁迅全集》第1卷，第372页。

的问题，即不是由对民众怀疑否定到对民众的肯定的合乎"逻辑"的过程，而是自始至终贯注于鲁迅的意识和心理中的。对于鲁迅来说，人的普遍解放不仅是他的批判思想的核心内容，而且也是自身社会实践的根本目的，如果从根本上否定了民众觉醒的可能性，那么也就失去了自身全部理论与实践的历史依据。鲁迅诚然是重视个人与天才的，但在一次演讲中他分明地说到天才的生长需要民众的扶持，就如同花木与土地的关系一样。[1] 从早年的"人各有己""朕归于我""群之大觉"[2] 到五四以后的"发展各各的个性"[3]，都隐含了对民众普遍觉醒的期待。以后则明确地说：

> 古人说，不读书便成愚人，那自然也不错的。然而世界却正由愚人造成，聪明人决不能支持世界，尤其是中国的聪明人。[4]

晚年更是将明末苏州人民击败魏忠贤派来拘捕周顺昌的缇骑的史实，与北平百姓慰劳示威学生的现实两相比较，他说：

> 老百姓虽然不读诗书，不明史法，不解在瑜中求瑕，屎里觅道，但能从大概上看，明黑白，辨是非……谁说中国的老百姓是庸愚的呢，被愚弄诓骗压迫到现在，还明白如此。[5]

但是，这种对于历史的理性认识，却又并不能阻止他以一种切身

〈1〉 鲁迅：《未有天才之前》，《鲁迅全集》第1卷，第174页。
〈2〉 鲁迅：《破恶声论》，《鲁迅全集》第1卷，第26页。
〈3〉 鲁迅：《两地书·四》，《鲁迅全集》第11卷，第20页。
〈4〉 鲁迅：《写在〈坟〉后面》，《鲁迅全集》第1卷，第302页。
〈5〉 鲁迅：《题未定草·九》，《鲁迅全集》第6卷，第449页。

的心理感受来表达他对中国民众的"绝望"以至"复仇"的情绪。"暴君的臣民""愚民的专制",以至于"这样的风气的民众是灰尘,不是泥土"[1]——这些愤激之词表达的恰恰是全部历史所加于改革者心头的沉重经验:

> 群众——尤其是中国的——永远是戏剧的看客。牺牲上场,如果显得慷慨,他们就看了悲壮剧;如果显得觳觫,他们就看了滑稽剧……对于这样的群众没有法,只好使他们无戏可看倒是疗救。[2]

直至晚年,他在《略论中国人的脸》、《我谈堕民》、《观斗》和《谈金圣叹》等大量的文章里,仍然把现实中的病态人心当作一种久已存在的历史经验来体验品味,"中国百姓一向自称'蚁民'……如果肯放任他们自啮野草,苟延残喘,挤出乳来将这些'坐寇'喂得饱饱的,后来能够比较的不复狼吞虎咽,则他们就以为如天之福"[3],这也就是绍兴"堕民"的"出钱去买做奴才的权利"。[4]

重要的是,鲁迅对民众的奴隶心理和麻木怯弱的敏感,不仅仅是对一种现实的现象的理解,而且是一种对漫长久远的历史状态和无法抹去的个人经验的当下现在的重复体验,这种深刻的文化批判包容着鲁迅本人独特而又沉痛的心理倾向。在隐意识里,鲁迅对民众精神病态的认识始终纠缠着他在日本时看幻灯片的强烈印象,从未离开过张献忠、义和团给他留下的阴影。反过来,这种历史经验

〈1〉 鲁迅:《未有天才之前》,《鲁迅全集》第1卷,第176页。
〈2〉 鲁迅:《娜拉走后怎样》,《鲁迅全集》第1卷,第170—171页。
〈3〉 鲁迅:《谈金圣叹》,《鲁迅全集》第4卷,第543页。
〈4〉 鲁迅:《我谈"堕民"》,《鲁迅全集》第5卷,第228页。

又促使他更加敏感地发现现实民众的令人失望的状态。虽然鲁迅在理智上越来越重视奴化教育与政治高压对人民心理的戕害，但那种重复以至"永远"的感觉，却几乎使他陷入绥惠略夫式的复仇。1926年，鲁迅在谈论《阿Q正传》的成因时说：

> 民国元年已经过去，无可追踪了，但此后倘再有改革，我相信还会有阿Q似的革命党出现。我也很愿意如人们所说，我只写出了现在以前的或一时期，但我还恐怕我所看见的并非现代的前身，而是其后，或者竟是二三十年之后。其实这也不算辱没了革命党，阿Q究竟已经用竹筷盘上他的辫子了；此后十五年，长虹"走到出版界"，不也就成为一个中国的"绥惠略夫"了么？〈1〉

鲁迅本以为自己所写有"太过"之处，但即刻又加以否定，原因就在于他常常在"grotesk"（德语：古怪的，荒诞的）与"相类的事实"之间发现内在的叠合。〈2〉他列举《世界日报》所载刀铡强盗的情形及受害人家属"报了仇"的痛哭，慨叹道：

> 假如有一个天才，真感着时代的心搏，在十一月二十二日发表出记叙这样情景的小说来，我想，许多读者一定以为是说着包龙图爷爷时代的事，在西历十一世纪，和我们相差将有九百年。〈3〉

〈1〉 鲁迅：《〈阿Q正传〉的成因》，《鲁迅全集》第3卷，第397—398页。
〈2〉 同上书，第399页。
〈3〉 同上书，第400页。

鲁迅正是这样一个"天才",他对现代生活的描绘与感受包容着一种对于"相类的"过去的重复感,这就更使他悲观绝望于民众的愚昧和历史变迁的外观中深藏着的"轮回"。鲁迅对民众的这种反复而深刻的观察无疑强化了他对中国历史的一种既深刻又痛苦的理解,他以一种心理的、感觉的经验触到了黑格尔说过的那个命题:中国是一个最古老的却又没有历史的国家,这个国家至今仍像远古时代一样存在着。在这个意义上,中国没有历史。在《狂人日记》里,鲁迅分明写道,中国的历史书上没有时间的标记(年代),个人的生命经验(三十多年)与全部历史的经验(四千多年)在心理感觉上完全可以趋于同一。这种感觉所包容的深刻的心理内容及由此规定的把握历史与现实的方式远未受到重视。鲁迅显然把中国作为世界历史的例外来看待,因为中国是一个没有时间的或轮回的空间国家。在这里,反进化论的历史描述恰好是对直线进化的时间观念的承诺。因为,如果没有这种观念,怎么可能把中国历史看作没有时间的呢?

鲁迅对民众的认识的二重性很难被理解为整体与部分、本质与现象的辩证统一。认识的两个方面分别地联系着对待历史与现实的相互对立的把握方式。把民众当作一种真正属于未来的力量而加以肯定必须有一个基本前提:历史是一个朝向人的解放的合目的的进步过程。这种预设对于历史与现实的不断重复以至"轮回"的历史感觉来说,在理论上是相悖的。

鲁迅既深信历史进步的必然性,又痛感中国的"无历史性",他试图把中国与人类区分开来寻找内心的平衡。前引1918年给许寿裳的信,认为即便中国人不改奴隶性,中国不进步,人类仍是要前进的,中国的灭亡恰恰证明"人道主义终当胜利"。这种"达观"的态度实际上是同时对自己的理性观念和感性经验持信任态度,其方法是在认识上限定自己的经验范围。

1930年代，鲁迅接受马克思主义并努力从事无产阶级文学运动，他对民众的理论肯定伴随着他对"无阶级社会"的信念和对奴隶翻身的苏联的认识与期望而愈益增强。但是，这种自觉的理性认识并没有排除掉对于中国历史、中国群众精神病态的经验。事实上，感性经验不断地要上升为一种理性的认识，理性的观念也并非凭空虚构。鲁迅对于民众的肯定性认识、对于历史进步的观念同样据有经验事实。例如，鲁迅在《黄花节的杂感》中就分析说："中国经了许多战士的精神和血肉的培养，却的确长出了一点先前所没有的幸福的花果来，也还有逐渐生长的希望。"[1]因此，问题的关键更在于鲁迅在把握同一对象时可能存在两种态度，一种联系着他对历史进程的发展观念和对未来的期望，另一种则联系着他自幼养成又在后来的岁月中不断强化的对于世事的悲观体验。从这个意义上说，所谓感性经验与理性观念的矛盾实际上既是理性本身的分裂，又涉及经验事实本身的不统一或非一致性。[2]

但是，无论是对"轮回"的经验，还是对进化的信念，在现实变革的态度上却构成一种实践上的统一。鲁迅希望"急进的猛士"读些野史杂说：

> 知道我们现在的情形，和那时的何其神似，而现在的昏妄举动，胡涂思想，那时也早已有过，并且都闹糟了。
>
> ……

---

〔1〕 鲁迅：《黄花节的杂感》，《鲁迅全集》第3卷，第428页。

〔2〕 关于鲁迅思想中经验与判断的关系，王晓明在《现代中国最苦痛的灵魂——论鲁迅的内心世界》一文中曾做过分析，该文见《未定稿》1985年第19期第1—7页、第20期第13—20页。

但我并不是说古来如此，现在遂无可为，劝人们对于"过去"生敬畏心，以为它已经铸定了我们的运命。Le Bon 先生说，死人之力比生人大，诚然也有一理的，然而人类究竟进化着。

总之：读史，就愈可以觉悟中国改革之不可缓了。虽是国民性，要改革也得改革，否则，杂史杂说上所写的就是前车。一改革，就无须怕孙女儿总要像点祖母那些事。[1]

"似非而是，似是而非"的历史变迁毕竟"大差其远了"。显然，鲁迅意识到了自己的两种思维逻辑之间的矛盾，意识到了这种矛盾的逻辑推衍可能导致的悲观态度，从而特别强调了"似非而是"的经验事实的"似是而非"——对"非"的重视是对"是"的补充，只有强调这一点才能给"改革"提供前景与动力。

承认相类的经验的外部形式的差异，也就承认了变革外部世界对于"国民性"变革的意义，从而把"人"的问题置于根本位置的鲁迅同时表达了对"革命"、对政治、对战争的重视。但这是一种实践态度上的统一，却并未消除内在的逻辑矛盾，更不能消除由这种矛盾而构成的鲁迅深刻的心理紧张。对于民族历史过程的"似非而是""似是而非"的理解，一方面使鲁迅在现实中对一切旧物的外部变革给以认真关注，从而不断地与中国近现代革命的政治性发展发生关联，另一方面又使鲁迅不可能舍弃对于"国民性"、民族劣根性的思索，因为它涉及了外部物质性变迁所难以变更的东西，也就是"循环""轮回"所以形成的根本原因。这说明鲁迅终其一生无法摆脱对"精神"问题的寻找，也说明了鲁迅心灵深处挥之不去的梦魇：倘若这种"根性"不变，一切将陷入无限的、如鬼推磨似的重复。

〈1〉 鲁迅：《这个与那个》,《鲁迅全集》第3卷，第149页。

惟有民魂是值得宝贵的，惟有他发扬起来，中国才有真进步。但是，当此连学界也倒走旧路的时候，怎能轻易地发挥得出来呢？〈1〉

鲁迅所从事的启蒙与救亡的事业就其本性而言是一种集体性的事业，从辛亥前后与革命党人的关系到五四前后与新文化运动的关系，从北伐时期的政治态度和实际的社会联系到30年代成为"左联"的盟主，鲁迅与政治生活的联系从未使他在实际运动中处于决然的孤立地位。但是，在鲁迅的心灵深处却始终摆脱不掉那种对于孤独个人的心理体验，从早年推崇争天拒俗的撒旦诗人，到晚年慨叹自己"'独战'的悲哀"〈2〉，这一面联系着鲁迅所处的实际处境，另一面又与他的主体论哲学及其与现代文化思潮的关联相呼应，但在文化心理的深处，这种"独战"又和他对世事的上述把握方式有着内在的联系。

首先是对于"新人"的失望而感到历史的流逝未必引起真正的进步，倒有可能走入新的循环。鲁迅始终把自己的希望寄托于年轻的、革新的一代。但是，从民国初年对于革命党人的失望，到五四之后又开始"攻击青年"，以至30年代他对某些年轻共产党人的不满，鲁迅感到自己既不属于旧的阵营，也不属于新的阶级或青年一代，那种隐然存在的不断"做奴隶"的感觉不能不使他染上深深的"独战"的悲哀。

从这个意义上说，鲁迅对孤独个人的心理体验部分地来自他对"青年"的双重态度——由理性观念与感性经验的冲突而形成的主

〈1〉 鲁迅：《学界的三魂》，《鲁迅全集》第3卷，第222页。
〈2〉 鲁迅：《341206²致萧军、萧红》，《鲁迅全集》第13卷，第280页。

观分裂。按照他的理性观念，青年必胜于老年，"所以新的应该欢天喜地的向前走去，这便是壮，旧的也应该欢天喜地的向前走去，这便是死；各各如此走去，便是进化的路"[1]。然而另一方面，"但看中国进化的情形，却有两种很特别的现象：一种是新的来了好久之后而旧的又回复过来，即是反复；一种是新的来了好久之后而旧的并不废去，即是庞杂"，"进化"之慢足以使人有"一日三秋之感"。[2]"杀戮青年的，似乎倒大概是青年，而且对于别个的不能再造的生命和青春，更无顾惜"[3]——这种惨痛的事实引起的震动其实不过是使鲁迅"又经验了一回"，对血的"恐怖"加重了历史的阴影。鲁迅自言"进化"的思路从此"轰毁"，但实际上无论是早年还是晚年，他对青年的态度都是双重的，只是感性的经验使他更难以一种乐观的态度面对现实，分析性的、辨识性的思维强化了对现实的复杂性的理解。

其次是对真正的革命者的看法。历史既然是一种"似非而是，似是而非"的变迁过程，因此任何一次政治的变革都并不能真正引导历史走向"第三样时代"。革命和革命家们通常都有具体的革命目标，一旦大功告成，革命既已成功，革命者也就不再是革命者。"曾经阔气的要复古，正在阔气的要保持现状！"[4]因此，这样的革命者终将陷入历史的重复与轮回。真的革命者应当是永远的革命者，他不满足于具体的政治目标和外部的物质变迁，而心里永远关注着历史深处的那种恒久不变的东西。对于革命者来说，这种东西无疑是根本性的、难以变更的东西，从而真正的革命者不仅是永远

〈1〉 鲁迅：《随感录·四十九》，《鲁迅全集》第1卷，第355页。
〈2〉 鲁迅：《中国小说的历史变迁》，《鲁迅全集》第9卷，第311页。
〈3〉 鲁迅：《答有恒先生》，《鲁迅全集》第3卷，第473页。
〈4〉 鲁迅：《小杂感》，《鲁迅全集》第3卷，第555页。

的革命者，而且必然是失败的革命者。

竹内好在分析鲁迅与政治的关系时，曾特别注意鲁迅关于"革命无止境"〈1〉和孙中山"是一个全体，永远的革命者"〈2〉的思想，他认为《战士和苍蝇》《中山先生逝世后一周年》《黄花节的杂感》等文贯注着的思想，即"真正的革命是'永远革命'"，"只有自觉到'永远革命'的人才是真正的革命者。反之，叫喊'我的革命成功了'的人就不是真正的革命者，而是纠缠在战士尸体上的苍蝇之类的人"。〈3〉

我要强调的倒是另一面，即只有"永远革命"才能摆脱历史的无穷无尽的重复，而始终保持"革命"态度的人必然会成为自己昔日同伴的批判者，因为当他们满足于"成功"之时，便陷入了那种历史的循环——而这种"循环"正是真正的革命者的终极革命对象。1927年4月10日，就在"四·一二"政变前夕，鲁迅以大乘佛教的流传作比，说：

> 革命也如此的，坚苦的进击者向前进行，遗下广大的已经革命的地方，使我们可以放心歌呼，也显出革命者的色彩，其实是和革命毫不相干。这样的人们一多，革命的精神反而会从浮滑，稀薄，以至于消亡，再下去是复旧。〈4〉

这使人想起他关于阿Q"革命"的议论，更使人体会到鲁迅这里的独特思考方式和心理趋向还是：

〈1〉 鲁迅：《黄花节的杂感》，《鲁迅全集》第3卷，第428页。
〈2〉 鲁迅：《中山先生逝世后一周年》，《鲁迅全集》第7卷，第306页。
〈3〉 ［日］竹内好：《鲁迅》，第117页。
〈4〉 鲁迅：《庆祝沪宁克复的那一边》，《鲁迅全集》第8卷，第198页。

……于浩歌狂热之际中寒；于天上看见深渊。于一切眼中
看见无所有；于无所希望中得救……〔1〕

鲁迅特别重视"不和众嚣，独具我见"的先觉者的意志力量，号召
"个人的自大""独异""对庸众宣战"〔2〕，其英雄主义的外观背后正
隐藏着上述感性经验带给他的深沉的悲观和由此而产生的独特的思
考方式。无论是慨叹"中国一向就少有失败的英雄，少有韧性的反
抗，少有敢单身鏖战的武人，少有敢抚哭叛徒的吊客"〔3〕，还是称颂
"有确信，不自欺"，"一面总在被摧残，被抹杀，消灭于黑暗中"，
一面"前仆后继的战斗"的"中国的脊梁"〔4〕，鲁迅强调的始终是那
种不畏失败、永远进击的革命者。对于这些永远的革命者个人而
言，他们无可逃脱地陷于孤独与绝望的反抗，但正是这种孤独与绝
望的反抗使他们在无尽的痛苦中超越了"革新—保持—复古"的历
史性重复与轮回。

　　在"独战"的过程和体验中，鲁迅的个体性原则以及由此生发
的对于人的独立性、自由的理解，鲁迅对于"庸众""群体""团
体"的不信任感起了很大作用。但在实践上，这种对个体的独立自
主的重视，正埋伏着对代代相沿的"愚民的专制"的深刻认识。无
论是1925年对许广平分析加入国民党于个人的思想自由的损害，还
是1927年在暨南大学演讲"文艺与政治的政途"，自由独立的战斗始
终是内在的尺度。他所分析的文艺家的永恒的不满与"政治家"的
"维持现状"的矛盾，其实也是永远的革命者和那些暂时的革命者或

---

〔1〕　鲁迅：《墓碣文》，《鲁迅全集》第2卷，第207页。
〔2〕　鲁迅：《随感录·三十八》，《鲁迅全集》第1卷，第327页。
〔3〕　鲁迅：《这个与那个》，《鲁迅全集》第3卷，第152—153页。
〔4〕　鲁迅：《中国人失掉自信力了吗》，《鲁迅全集》第6卷，第122页。

未来的保守者和复古者的冲突。[1]1926年，鲁迅南下前夕，又重新校订《工人绥惠略夫》，深感不仅"民国以前，以后"，而且"便是现在——便是将来，便是几十年以后，我想，还要有许多改革者的境遇和他相像的"。[2]"改革者的被迫，代表的吃苦"在中国的"受破坏了又修补，受破坏了又修补"[3]的文明中，是一种不断重复的现象。洞悉了改革者与中国社会的这种关系，鲁迅也就洞悉了自己的命运。

"独战"既是一种境遇，又是一种态度和心境。在理性认识上，在实际运动中，鲁迅不可能真正无视"群体"战斗对于社会变革的重大的、决定性的意义，但是那种对历史的"轮回"或非进化的心理经验，却使他在精神上成为一个单独面对历史的个人——鲁迅无法回避这种心理上的重压。鲁迅在内心深处激烈地、痛楚地思考着、纠缠着那个外部历史变迁中隐藏着的内在的不变性，他感到必须改变那个恒久不变的东西才能使外部的变迁不致沦为"又经验一回"的"重复"。这种"重复"既与实际历史过程相联系，又是对于当下现在的事实的一种主观感受。"似非而是，似是而非"的"经验循环"既有现实依据，又是一种由深刻的创伤感、被欺骗感所形成的把握世事变迁的独特思维模式。

因此，鲁迅殚精竭虑地反抗着历史的"重复"与"循环"，同时也就是在反抗着内心深处积淀着的对于世事"轮回"的不祥预感。这种预感就是鲁迅所说的"鬼气"吧？

> 即使是枭蛇鬼怪，也是我的朋友，这才真是我的朋友。倘

〈1〉 鲁迅：《文艺与政治的歧途》，《鲁迅全集》第7卷，第115—124页。

〈2〉 鲁迅：《记谈话》，《鲁迅全集》第3卷，第376页。

〈3〉 同上书，第378页。

使并这个也没有，则就是我一个人也行。〈1〉

鲁迅深感自己的灵魂中有一种"酷爱温暖的人"无法忍受的阴郁的"冷气"，以至他对惯于夜行的"枭蛇鬼怪"（鲁迅曾以猫头鹰自比）有着特殊的爱恋——这"鬼气"不正来自对世事与个人命运的悲观看法么？

以这样的心境面对历史无疑是极其沉重和痛苦的，尤其是鲁迅以改革者自任。他试图从另外一个角度看待问题：把对世事的这种认识与自己的经验、年龄相联系，从而"跳"出自身来观察自身及其与历史的关系，通过对自身经验的有限性的认识，通过宣布自己不属于未来而属于旧世界，来表达历史进步的必然性。这种自我牺牲、自我否定的态度实际上是以否定的方式来证明自己心理经验的有限性和历史进步的必然性，从而在对"进步"的信念中汲取奋斗的信心，平衡因感性经验而显得过于悲观的心理。鲁迅把自己的作品作为标志着"死亡"的坟墓，渴念着自己的文字早日"与时弊同时灭亡"〈2〉，又说自己是"转变中"的"中间物"，虽然对从中而来的旧垒看得分明，却"仍应该和光阴偕逝，逐渐消亡"〈3〉。其实不过是期望后来者"更有新气象"〈4〉。这种心理上的需求与鲁迅对历史发展的理性的进化观念相互吻合，对于"必然"的信念，借助于把自己摒除于未来（倘若"未来"仍属于"我"的话，那么这"未来"也即同于"现在"，岂不又是"重复""循环""轮回"？），鲁迅终于找到了突破那种"重复"感的希望。他自己固然丧失了"未来"而只能执着于"现在"，但

〈1〉 鲁迅：《写在〈坟〉后面》，《鲁迅全集》第1卷，第300页。
〈2〉 鲁迅：《热风·题记》，《鲁迅全集》第1卷，第292页。
〈3〉 鲁迅：《写在〈坟〉后面》，《鲁迅全集》第1卷，第302页。
〈4〉 同上。

在他的文字中，他终于能够并不违心地、真诚地昭示中国新生的希望——这种希望就存在于一切旧物的必然灭亡的深刻揭示之中。

对于鲁迅来说，感性经验和理性观念的冲突构成了心理分裂和理性的矛盾，但是，这种分裂和矛盾恰恰也是鲁迅不断地探索、寻找历史真理的内在动力。鲁迅怀疑自己的个人经验，于是他试图从更为广阔的理论视野观察世界、历史、个人；他迷惘于自己的理性观念，于是他不断地从自身的和历史的经验中寻找理性与历史更为真实的契合点。他迷惘、惶惑，甚至绝望，于是他开始了新的求索。对于一个充满活力和生命的创造者，内在的矛盾性正是创造性的源泉。从进化论到阶级论、从个性主义到集体主义——这样的线性描述包含了深刻的洞见，却没有展示鲁迅精神结构演变的充分复杂性。鲁迅是一个独特的思想家，他的思想不仅表现为他的哲学观念、政治态度，而且表现为全部人格及其与时代、民族的深刻联系。甚至可以说，鲁迅就是一种思想性的存在。这个存在充满了各种复杂的矛盾与悖论，但矛盾与悖论的相互作用又推动着鲁迅对真理、对民族、对人类、对人生的不懈寻找。任何一种真理性观念的达致都不意味着鲁迅完全解除了矛盾，彻底告别了过去，恰恰相反，他全部的痛苦和惶惑并没有简单地消逝，而是由于新的因素的进入而改变了旧有的文化心理结构。关于这一点瞿秋白说得很好：鲁迅是"从痛苦的经验和深刻的观察之中，带着宝贵的革命传统到新的阵营里来的"〈1〉。

〈1〉 何凝（瞿秋白）:《〈鲁迅杂感选集〉序言》,《鲁迅研究学术论著资料汇编》(1),中国社会科学院文学研究所鲁迅研究室编,中国文联出版公司,1985年,第828页。

第二编

鲁迅的文学世界：阴暗而又明亮

历史的"中间物"

第一节 "中间物"概念

　　罗曼·罗兰把高尔基称为联系着过去和未来、俄国和西方的一座高大的拱门。鲁迅也曾把自己看作"在转变中"或"在进化的链子上"的历史"中间物"。鲁迅明确提及"中间物"一语是在《写在〈坟〉后面》[1]一文中，当时论及的是白话文问题。他认为自己受古文的"耳濡目染，影响到所做的白话上，常不免流露出它的字句，体格来"，因而把自己及新文化运动者看作"不三不四的作者"和"应该和光阴偕逝"的"中间物"。[2]但实际上，这种"中间物"思想是和他对自身与传统的联系的认识相关联的，其意义远远超出文字问题；正如他在论述"中间物"时说的，"就是思想上，也何尝不中些庄周韩非的毒，时而很随便，时而很峻急"，这种深刻的自我反省显然已涉及整个人生态度和对自身的历史评价。联系同文

〈1〉　鲁迅：《写在〈坟〉后面》，《鲁迅全集》第1卷，第302页。
〈2〉　关于鲁迅的自我反省所蕴含的自我否定逻辑，参见［日］山田敬三：《鲁迅世界》，山东人民出版社，1983，第181—182页。

中所说的"我的确时时解剖别人，然而更多的是更无情面地解剖我自己"等思想，我认为"中间物"一语包含着鲁迅对自我与社会的传统和现实之间的关系的深刻认识。[1]鲁迅在《我们现在怎样做父亲》《两地书·二四》《影的告别》《墓碣文》等许多文章和作品中都曾表述过类似的思想，只是没有用"中间物"一语而已。由于"中间物"一语比较恰切地概括了鲁迅在这些作品中表述的思想，我借用它来作为本章的题目。

相似的表述经常体现着完全不同的文化的、心理的和历史的内涵。罗曼·罗兰的比喻象征着高尔基的生命同旧世界灭亡和新世界在暴风雨中诞生这一伟大时代的历史联系，充满了豪迈和乐观的激情。鲁迅的自喻却是一种深刻的自我反观，历史的使命感和悲剧性的自我意识、对人类无穷发展的最为透彻的理解与对自身命运的难以遏制的悲观相互交织。"在有些警觉之后，喊出一种新声"的先觉者的自觉，"从旧垒中来，情形看得较为分明，反戈一击，易制强敌的死命"的叛逆者的自信，与"仍应该和光阴偕逝，逐渐消亡，至多不过是桥梁中的一木一石，并非什么前途的目标，范本"的自我反观和自我否定，构成"中间物"的丰富历史内涵。[2]这无疑是一种鲜明对比：罗曼·罗兰把历史的发展同对作为历史人物的高尔基的价值肯定相联系，而鲁迅却把新时代的到来与自我的消亡或否定牢固地拴在一起。

不能忽视这一深刻的历史差别，它一方面反映了处于历史和文化的动荡和碰撞中的中国知识分子复杂的内心状态，同时也是中国现代化进程的内在矛盾的心灵折光。当我们考察包括鲁迅在内的中国先觉知识分子的思想状态时，必须注意中国现代化进程的独特

〈1〉 鲁迅：《写在〈坟〉后面》，《鲁迅全集》第1卷，第300页。
〈2〉 同上书，第302页。

性：这一进程不是在传统社会内部逐步产生，而是在外部世界的刺激下首先在一部分先觉知识分子的意识形态领域中开始的。当鲁迅从文化模式上，用人的观点研究西方社会自路德宗教改革运动到法国大革命、从18世纪工业革命到20世纪重个人和精神的现代化进程时，整个中国社会在各个方面实际上都还缺乏进入"现代"的准备，自给自足的自然经济和与此相适应的意识形态和上层建筑，仍然是这个西方现代化理论中所说的传统社会的总的特征。按照马克思的说法，农业的经营方式决不能唤醒农民去寻求解放，因为这种经营方式本身不能使积极革命的阶级形成起来，因此从整体上说，当时中国人民的精神状态没有也不可能提供使现代社会意识得以深入人心的条件；而社会的知识进展（包括经济能力和科学技术水平）——这是社会变革的重要源泉——并没有把现时代与早先的时代区别开来；与此同时，在儒家传统支配之下的政治、经济和社会的体制，实际上限制了人们把本民族的价值传统和制度传统调节到适应"现代化"需要的可能性，从而无法自觉地、有选择地借用其他更发达的社会价值观、制度以至知识进展。

因此，在鲁迅等先觉知识分子的自我意识中，现代意识与传统社会之间存在着无法调和的整体性对立。中国革命资产阶级首先在政治解放中寻求消灭这种对立的途径，但辛亥革命的失败立即证明了：政治解放有着自身的局限性，即当人尚未获得真正的自由解放的时候，当人还不是自由人的时候，国家却可以成为共和国。因此，深刻的社会变革必须伴随持久的思想文化变革。[1]当鲁迅用"中间物"来自我界定时，这一概念的含义就在于：他们一方面在

〈1〉［德］马克思：《论犹太人问题》，《马克思恩格斯全集》第1卷，人民出版社，1956年，第426页。

第三章　历史的"中间物"｜　155

中西文化冲突过程中获得"现代的"价值标准，另一方面又处于与这种现代意识相对立的传统文化结构中；而作为从传统文化模式中走出又生存于其中的现代意识的体现者，他们自觉或不自觉地对传统文化存在着某种"留恋"——这种"留恋"使得他们必须同时与社会和自我进行悲剧性抗战。

在这个意义上，"中间物"意识体现着通过现代意识的觉醒而从传统中分离出来的一代知识者灵魂的某种"分裂"。正是这种"分裂"，使鲁迅能够跳出古老的生活方式，而又对这种生活方式充满强烈的印象和痛苦；他念念不忘地要创造一种属于未来的原则，一种能够使他从盘根错节的社会牵绊中解脱出来的激情，而又不得不把这种内在要求首先通过对旧生活的感受表现出来。鲁迅在中国现代文学史上不可替代的宗师地位，部分地应归因于他对凝聚着众多历史矛盾的"中间物"意识的自觉而深刻的感受。当我们把鲁迅小说放在乡土中国的现代转变的背景上时，我们发现，《呐喊》《彷徨》展示的正是"中间物"对传统社会以及自我与这一社会的联系的观察和斗争过程。狭小的社区造成的孤立隔膜状态，调节"群己""人我"关系的传统道德和教化，具有政治、经济、宗教等复杂功能的家族系统，以及与"法制"相对的"礼治"——鲁迅小说深刻而全面地反映了乡土中国的上述几大文化特征及其与现代知识分子的悲剧性矛盾。这种矛盾的整体性又决定了它的悲剧性，因为鲁迅明确地意识到觉醒知识分子虽然是中国现代化进程的最初体现者，但他们无法成为这一进程的胜利的体现者——这正是"中间物"意识在小说中的体现。

意识到自己与社会的悲剧性对立以及由此产生的孤立处境，并不足以形成主体的自我否定理论，相反倒会产生自我肯定的浪漫主义精神。罗素精辟地指出："孤独本能对社会束缚的反抗，不仅是了解一般所谓的浪漫主义运动的哲学、政治和情操的关键，也是了解一直到如今这运动的后裔的哲学、政治和情操的关键。"〈1〉"浪漫主义运动从本质上讲目的在于把人的人格从社会习俗和社会道德的束缚中解放出来。"〈2〉20世纪初年，早期鲁迅在欧洲近代哲学和西方浪漫主义文学的影响下，把自我发展、个性张扬宣布为社会变革发展的根本途径和伦理学的基本原理，他对物质、民主、众治、大群和独夫的反叛都可以在他关于"自我""个性""个人""主观"的论述中找到解释。鲁迅激烈抨击"以众虐独""灭裂个性""灭人之自我"〈3〉，认为人必须"朕归于我""人各有己"〈4〉"独具我见""不和众嚣""不随风波"〈5〉……他热情颂扬主观原则，认为它可以使人的"思虑动作，咸离外物，独往来于自心之天地，确信在是，满足亦在是，谓之渐自省其内曜之成果可也"。〈6〉这种强烈的个人意识正是把自身从愚昧的现实存在中独立出来的结果；与社会传统的整体性对立不是削弱而是加强了孤独战士作为人类历史现代化进程的体现者的自信和力量。鲁迅对卢梭、尼采、施蒂纳、拜伦、易卜生等个人主义大师们的推崇恰好体现出他那孤独而又自信的浪漫主义精神和英雄主义气质。

只有意识到自身与社会传统的悲剧性对立，同时也意识到自身与这个社会传统难以割断的联系，才有可能产生鲁迅的包含着自我否定理论的"中间物"意识。经过十年沉默的思考，《呐喊》《彷徨》时期的鲁迅反复地谈到"坟"和"死"、"绝望"与"希望"、"黑暗"与"光明"等主题，这些主题就其潜在内涵而言无不与对

〈1〉［英］罗素：《西方哲学史》（下卷），第222页。

〈2〉 同上书，第224页。

〈3〉 鲁迅：《破恶声论》，《鲁迅全集》第8卷，第28页。

〈4〉 同上书，第26页。

〈5〉 同上书，第27页。

〈6〉 鲁迅：《文化偏至论》，《鲁迅全集》第1卷，第55页。

自身灵魂中的"毒气"、"鬼气"和"庄周韩非的毒"的自我反观相联系。相对于早期的与社会传统的分离意识和浪漫主义的孤独精神，20年代鲁迅却再一次把自己与传统相联系，从而产生第二次觉醒：独立出来的自我不仅不是振臂一呼聚者云集的英雄，而且实际上并未斩断与历史传统的联系；自我的独立意识仅仅是一种意识。正是以这第二次觉醒为起点，鲁迅的"中间物"意识，尤其是其中的自我反观、自我解剖、自我否定理论才得以建立。《墓碣文》中所表现的那种"抉心自食，欲知本味"的令人"不敢反顾"的自我解剖，只有在主体认识到传统的落后而自身又难以摆脱这落后的传统之后才可能产生。

> 我不过一个影，要别你而沉没在黑暗里了。然而黑暗又会吞并我，然而光明又会使我消失。
> ……
> 我独自远行，不但没有你，并且再没有别的影在黑暗里。只有我被黑暗沉没，那世界全属于我自己。[1]

"影"不仅把自己看成"黑暗"与"光明"之间的"中间物"，而且以这种自我反省为基础，他把"光明"的到来与自我连同"黑暗"的毁灭联系起来。用鲁迅的话说就是：

> 你的反抗，是为了希望光明的到来罢？我想，一定是如此的。但我的反抗，却不过是与黑暗捣乱。[2]

〈1〉 鲁迅：《影的告别》，《鲁迅全集》第1卷，第169—170页。
〈2〉 鲁迅：《两地书·二四》，《鲁迅全集》第11卷，第81页。

自己背着因袭的重担，肩住了黑暗的闸门，放他们到宽阔光明的地方去，而自己却只能葬身在"黑暗的闸门"之下。[1]

很明显，同样地呈现出历史的孤独感和寂寞感，早期思想更接近于拜伦、易卜生等作家笔下的孤立的斗士，孤独感和寂寞感来自对自我与社会的分离并高于社会的自我意识，充满着先觉者的优越感和改造世界的激情；而1920年代鲁迅的孤独感和寂寞感却更多地来自意识到自身与历史、社会、传统的割不断的深刻联系，即意识到在理论上与社会传统对立的自我仍然是这个社会的普通人，从而浸透着一种中国现代知识分子特有的"负罪感"（即如狂人所谓"有了四千年吃人履历的我"的自省）和由此产生的蕴含丰富的悲剧情绪。

然而，如果仅仅把"中间物"的自我否定理论看成一种悲观消极情绪（有人正是这么看的），那将是莫大的误解。对于鲁迅来说，这种"中间物"的自我否定实际上是对整个传统的否定的最高也是最彻底的形式，因为在鲁迅看来，只有当仍然残留着"黑暗的阴影"的"中间物"消亡了，真正的光明才会到来。因此，"中间物"的自我否定理论是一种以否定性形式出现的创造性理论，其哲学基础则是鲁迅独特的历史进化观。鲁迅曾对有岛武郎那"觉醒的"而又"免不了带些眷恋凄怆的气息"的《与幼小者》大加称赏，他引用道：

> 时间不住的移过去。你们的父亲的我，到那时候，怎样映在你们（眼）里，那是不能想象的了。大约像我在现在，嗤笑可怜那过去的时代一般，你们也要嗤笑可怜我的古老的心思，

---

〔1〕 鲁迅：《我们现在怎样做父亲》,《鲁迅全集》第1卷，第135页。

也未可知的。我为你们计，但愿这样子。你们若不是毫不客气的拿我做一个踏脚，超越了我，向着高的远的地方进去，那便是错的。[1]

把历史看成无穷发展的锁链，把自我看作这个锁链上的一个环，这种观念的着眼点显然是未来和发展，因而对自我的否定和悲观之中蕴含着的是对新时代的渴望和对人类发展必然性的乐观主义认识。无论是对社会的认识还是对自我的认识，"中间物"意识的产生都是鲁迅思想的一种深化和前进。

由于鲁迅不仅把自我（知识者）看作社会传统的异己力量，而且同时也注意到这种异己力量与社会传统的悲剧性联系，因此觉醒的知识者的"孤独本能"并没有产生浪漫主义文学中超越整个社会伦理和行为规范的"孤独英雄"及其反社会倾向，相反，倒产生了挣扎在社会伦理和行为规范中的、兼有改革者和普通人双重身份的寂寞的知识分子，以及他们对社会传统的细致观察和理性审视。正是在这个意义上说，鲁迅的"中间物"意识的确定，即第二次觉醒，从总体上改变了早期鲁迅浪漫主义的文艺观，并成为他"清醒的现实主义"文学创作的起点——这当然不是说早期文艺观中不包含现实主义因素，《呐喊》《彷徨》中没有浪漫主义成分。"中间物"这个概念本身就意味着众多现实矛盾的凝聚：觉醒的知识者与统治阶级、与不觉醒的群众、与自我的复杂矛盾都可以从中找到解释。作为一种基本的人生观念，鲁迅的使命感和责任感、悲剧感和乐观主义都是"中间物"的历史地位和基本态度所决定的。因此，如果把鲁迅小说看作一座建筑在"中间物"意识基础上的完整的放射性

---

〔1〕 鲁迅：《随感录·六十三"与幼者"》，《鲁迅全集》第1卷，第380页。

体系，我们将能更深入也更贴合鲁迅原意地把握鲁迅小说的基本精神特征：鲁迅小说的整体性将不仅体现为它对中国社会的各个阶层和各个生活领域的整体性反映，即不再依赖于外部的社会联系，而且也找到了联结自身的内在纽带。

第二节　灵魂的分裂与流动

鲁迅小说不仅是对近代中国社会生活和精神体系的认识论映象，而且也是鲁迅作为历史"中间物"的心理过程的全部记录。由于鲁迅的"中间物"意识"出现在社会危机尖锐的时代，即是在各种互相矛盾的强大社会潮流影响之下，俗语叫做'灵魂'的那个东西分裂成为两半或好几部分的时代"[1]，因而这种"中间物"意识在一定意义上又是我们民族现代意识觉醒过程中的全部精神史的表现。

这也就意味着，鲁迅小说作为一个完整的系统包含着两个层次体系：比较外部的层次体系乃是对近代中国各个社会生活领域和传统精神体系的认识论映象，而更深的层次体系则是鲁迅（一定程度上也是中国现代化进程的最初体现者）在感受社会生活时表现出的内部精神系统或内部趋向。这种内部趋向首先体现为对被反映的现象的评价，而小说的基调或总的情绪则是这种评价的最高结果；同时，当鲁迅从文化模式上，用人的观点观照乡土中国的社会生活和历史传统时，他不仅把自我作为反映者，而且把自我同时作为被反映者，因此，他的精神特征和心理过程已不只是回荡在鲁迅小说中

〈1〉［苏联］卢那察尔斯基：《论文学》，蒋路译，人民文学出版社，1978年，第198页。

的一种情绪和音调，而且像血液一样流淌在某一类人物的血管里，从而使得这群在不同时空中活动的、具有各自个性特点的人物拥有了某种与作家相一致的精神特征；如果我们把这些人物在不同情境中产生的心理状态加以综合的考察，那么，它们又构成了一个贯穿鲁迅小说的完整的、动态的心理过程。正是在此意义上，我把鲁迅小说中那些兼有改革者与普通知识分子双重身份的精神战士（即"中间物"）的孤独、悲愤，由爱而憎，终至趋于复仇的心理过程，看作《呐喊》《彷徨》的内在精神线索。

狂人、夏瑜、N先生、吕纬甫、疯子、魏连殳和《头发的故事》《在酒楼上》《孤独者》《故乡》《祝福》等小说中的"我"，显然是个性各异、生活道路也不相同的人物。但从作品正面、侧面或隐含的内容看，他们都经历了从传统的地面升到理性的天空，而后又从个人的自觉状态转向现实的运动。在这个螺旋过程中，他们几乎无一例外地从自我的觉醒和与传统的分离开始，经由对外部世界即现实社会结构和传统伦理体系的观察、反叛和否定，最终又回归到自我与现实传统的联系之中，从而达到自我否定的结论。即使个别人物，如夏瑜，未及走完这一心灵历程，渗透在作品中的作家的精神却同样完成了这一精神之圈。这个过程实质上是现代观念的体现者与传统观念支配下的社会结构的斗争和失败的过程，变革社会的改革者的激情与对自身悲剧命运的深切体验，构成了这一过程的基本调子。这种使命感与悲剧感互为因果、相互并存的精神结构来自他们对历史必然要求的深刻理解和意识到自身难以成为这种历史必然要求的胜利的体现者的痛苦感受，或者说，这种特殊的精神结构建立在主体的"中间物"意识的心理基础上。

作为历史的"中间物"，他们的第一个共同精神特征便是这种与强烈的悲剧感相伴随的自我反观和自我否定。《狂人日记》包含着狂人对社会的发现和改造与对自我的发现和否定的双向过程。狂人在"月光"启示下的精神觉醒以及由此产生的社会审视和历史发现，必须以意识到自身与现实世界和历史传统的对立和分离为前提。但一旦他以独立于旧精神体系的新观念去改造或"劝转"旧体系中的人，他就必然或必须重新与这个旧体系及其体现者发生联系；这种联系的逻辑结论就是"我是吃人的人的兄弟"！因而"我"也在这个"吃人"世界中"混了多年"。由此，狂人的自我反观达到了自我否定：

> 有了四千年吃人履历的我，当初虽然不知道，现在明白，难见真的人！[1]

这种自我否定是"中间物"的自我否定，它以"真的人"是"没有吃过人的人"和"我是吃过人的人"这两个基本判断为前提。

《药》对社会生活尤其是老栓们的精神状态的客观描绘和理性审视过程，同时也是先觉者对自身的行动价值、自身的悲剧命运和自身与社会联系的深刻的自我反观过程。但这一自我反观过程不是通过具体人物夏瑜的心理发展来表现，而是作为鲁迅的内心感情渗透在小说独特的艺术结构和描写中。小说以人血馒头为连接点，同时推动"群众的愚昧"与"革命者的悲哀"两条线索：这两条线索从分离状态到合二为一状态的发展过程，同时也是改革者（既是夏瑜，也是鲁迅）从独立于现实传统的自我意识高度审视现实，进而把自我与现实联系起来观照的过程，因此小说前三章的描写基调是严峻和憎恶，其心理前提是自我与描写对象的对立状态；而第四章

〈1〉 鲁迅：《狂人日记》，《鲁迅全集》第1卷，第454页。

的描写基调却是悲哀和苍凉,其心理前提却是自我与描写对象无法割断的联系。那并列的双坟和两位母亲相似的内心状态,把革命者的世界与传统的世界连成一片,整个场面渗透着的那种"悲哀"最深刻地体现了作家对改革者命运的反观。而小说的悲剧感也在这种"悲哀"之中得到了最终的表达。

如果说《呐喊》中狂人、夏瑜是在积极的、正向的历史行动中体现了某种反向意识,那么《彷徨》中吕纬甫、魏连殳却在消极的、反向的行动中呈现了某种自我否定的心理。《在酒楼上》与其说是表现知识者精神的颓唐,倒不如说是表现知识者对这种精神状态的自我反观和自我否定。这种自省的基点乃是吕纬甫审视废园时眼中"忽然闪出"的"在学校时代常常看见的射人的光"。他叙述两个悲哀的小故事,虽然也流露了对某些传统伦理的留恋,但在根本上是用自我反观和自我否定的态度来回顾走过的道路。他把自己说成"绕了一点小圈子"的"蜂子或蝇子","深知自己之讨厌,连自己也讨厌",其衡量生活的价值标准显然就是一种与整个历史进程相一致的现代意识。因此吕纬甫在更深的心理层次上体现了历史的正向要求,而这一点却往往为人所忽视。

孤独者魏连殳在当了"顾问"之后,反复诉说自己的"失败","自己也觉得不配活下去",请求友人"忘记我罢";这种痛苦呻吟与吕纬甫的自我反观和自我否定完全一致,都体现了知识者对历史进程和新的价值标准的深刻理解及意识到自身与这一进程和价值标准的背离的心理矛盾。其实,魏连殳以及狂人、疯子的"孤独"和"决绝"始终包含两个层次:其一体现为他们与现实的关系,即孤独的历史处境和面对这种处境的决绝的战斗态度;其二则体现为他们对"孤独"和"决绝"的人生态度的强烈而敏感的自我意识——这种孤独感和决绝感显示着意识到自身与传统的联系和与未来脱节的悲剧精神。正是从这种悲剧精神中，我们找到了狂人、夏瑜与魏连殳、吕纬甫的不同形态的心理现象中贯穿着的那种内在精神完整性：这些心理现象都是"中间物"紧张的心灵探索的表现。

作为历史的"中间物"，他们的第二个共同精神特征是对"死"（代表着过去、绝望和衰亡的世界）和"生"（代表着未来、希望和觉醒的世界）的人生命题的关注；他们把生与死提高到历史的高度来咀嚼体验，在精神上同时负载起"生"和"死"的重担，从而以某种抽象或隐喻的方式表达自己的"中间物"的历史观念。正像鲁迅在《野草》中把"光明"寄托于自身之沦于"黑暗"（《影的告别》），把"希望"寄托于"无所希望"，把新生理解为"抉心自食"（《墓碣文》），把"鲜花"种植在"墓场"（《过客》），……《呐喊》和《彷徨》也把"生"和"死"看作互相转化而非绝对对立的两种人生形式。当狂人把"被吃"的死的恐怖扩展到整个社会生活领域时，他就从"死"的世界中独立出来获得了"生"（觉醒）；但当他从"生"者的立场去观察世界和自我时，他就发现"生"与"死"的世界的联系，从而又在"生"中找到"死"（吃人）的阴影。这样一来，狂人的"救救孩子！"的呼唤实际上意味着对含混着地狱和天堂气味的"中间物"的否定，这种否定同时包含了对整个传统的最彻底的摒弃和对光明未来的最彻底的欢迎。日本学者把狂人的死称为"终末论"的死（即在必死中求生），认为"小说主人公的自觉，也随着死的恐怖的深化而深化，终于达到了'我也吃过人'的赎罪的自觉高度"[1]，这确是深刻之论。

《孤独者》"以送殓始，以送殓终"的结构体现了深刻的哲学意

〔1〕［日］伊藤虎丸：《〈狂人日记〉——"狂人"康复的记录》，《国外鲁迅研究论集》，第477页。

味和象征意义。"以送殓始"意味着祖母的死并非一个生命的终结，而是以"死"为起点的一个旅程的开始。仿佛原始森林中回荡着的、越来越密集的鼓点纠缠着琼斯皇，埋葬在连殳灵魂中的祖母以一种无形的力量决定连殳的心理状态和命运。祖母，作为全部旧生活的阴影，象征着连殳与传统割不断的联系。"我虽然没有分得她的血液，却也许会继承她的运命。然而这也没什么要紧，我早已豫先一起哭过了……"连殳终于逃不脱"亲手造成孤独，又放在嘴里去咀嚼的人的一生"的命运之圈。生者无法超越死者，他生活在现在，又生活在过去；死者无法被真正埋葬，他（她）生活在过去，又生活在现在。"一切是死一般静，死的人和活的人"，小说反复写道。中国社会的历史长河就在这生死并存、生死更替之中吞没了一代又一代儿女，而未来——至少是"我"这一代，也仍将这样持续下去。生者与生者的隔膜映衬着生者与死者的联系，生者与死者的联系决定着生者与生者的隔膜——孤独者的全部心理内涵都隐藏在这联系与隔膜的两极之中。连殳的大哭是给死者送葬，又是为生者悲悼；而他死后的冷笑既是对过去的生者的嘲讽，又是对现在的生者的抗议。生者与死者在"死一般静"中变得无法分辨，而"我"却在无声之中听到了过去的生者的狼嗥和现在的死者的冷笑，于是挣扎着、寻找着走出死亡陷阱的路。在这里，"以送殓终"同样不是一个结局，而是一个漫长而艰难的旅程的开始。历史，就这样一环套一环地无穷演进着。"我的心地就轻松起来，坦然地在潮湿的石路上走，月光底下。"鲁迅沟通了死与生的界限，把绝望、虚无、悲观与希望、信念、乐观糅合在一起，用沉重的音符奏响着历史发展的乐曲——像《药》中坟头（死）的花环（生）一样，深刻地揭示着"绝望之为虚妄，正与希望相同"的道理。这种生死共存而又互相转化的观念正是"中间物"意识的集中表达。

作为历史的"中间物",他们的第三个共同精神特征是建立在人类社会无穷进化的历史信念基础上的否定"黄金时代"的思想,或者说是一种以乐观主义为根本的"悲观主义"认识。狂人、疯子、魏连殳等人的孤独、决绝的精神状态和交织着绝望与希望的内心苦闷,都以情绪化的方式体现了这种思想或认识,但更为明确的表述却在《头发的故事》中:

> 我要借了阿尔志跋绥夫的话问你们:你们将黄金时代的出现预约给这些人们的子孙了,但有什么给这些人们自己呢?[1]

N先生愤激的反问与鲁迅在《娜拉走后怎样》《影的告别》《两地书》等作品中表达的关于"黄金时代"的思想完全一致,包含着两个层次的内容。比较外在的层次是对无抵抗主义的否定,《工人绥惠略夫》《沙宁》等小说对托尔斯泰主义和基督教的批判是其直接的思想渊源。阿尔志跋绥夫认为,"黄金时代"的梦想一方面用"永久幸福的幻影"唤醒人们对自己处境的自觉,如同"使死骸站立起来,给他能看见自己的腐烂"(《工人绥惠略夫》)。另一方面又"反对争斗","催使人类入于甜蜜的睡眠,宣讲着一个对于暴行无抵抗的宗教"(《沙宁》)。N先生借助这种思想对当时某些空谈"改革"、"工读"或"爱与美"的理想家进行了深刻的批判,强调的正是一种执着于现实斗争的思想。在更深的层次上,这种否定"黄金时代"的思想又扩大为对人类历史过程的认识,成为历史进化观的一种独特表述。阿尔志跋绥夫认为,"生存竞争"是人类永恒的,并且是不断给人类带来痛苦的规律和本能,据此,他得出结论说:

---

〔1〕 鲁迅:《头发的故事》,《鲁迅全集》第1卷,第488页。

"假使石器时代的人能在梦中看见我们的世界，他们会以为是地上的天国。而我们现在正活在他们的梦中，即使并没有比他们更加不幸，却也不过如此……我不信黄金时代。"（《工人绥惠略夫》）鲁迅摒除阿尔志跋绥夫用人的自然本能解释历史过程的方法，又把这位俄国作者关于历史发展相对性的思想抽象出来，认为历史是一个辩证发展的过程，从而"推翻了一切关于最终的绝对真理和与之相应的人类绝对状态的想法"[1]。

不错，狂人也呼唤过"真的人"和"容不得吃人的人"的社会。但这一"理想"并无绝对意义。按照狂人的历史观念，从"野蛮的人"到"真的人"乃是一个经历无数"环"的无穷进化的锁链，"真的人"作为这一锁链上较高级的一环，同样只具有相对意义。"我知道的，熄了也还在……然而我只能姑且这么办"——把扑灭长明灯作为唯一意念和要求的疯子并不把长明灯的熄灭看作完美的理想。由于N先生等知识者是从"中间物"的角度看待历史发展，在他们否定"黄金时代"的思想中包含着自我否定的思想（即便有"黄金时代"，我也不配），因而在表述过程中不免浸渍着沉重的音调。

但诚如高尔基论述莱蒙托夫时所说，这种"悲观主义是一种实际的感情。在这种悲观主义中清澈地传出他对当代的蔑视与否定，对斗争的渴望与困恼，由于感到孤独、感到软弱而发生的绝望"[2]。知识者把自己看作过渡时期的"中间物"，只不过是要求把在他们内心已经诞生的新的社会原则和价值标准，即把未经真正属于未来

<hr>

〈1〉［德］恩格斯：《路德维希·费尔巴哈和德国古典哲学的终结》，《马克思恩格斯选集》第4卷，第213页。

〈2〉［苏联］高尔基：《俄国文学史》，缪灵珠译，上海译文出版社，1979年，第285页。

的阶级或人们实行、只是作为社会的否定结果而体现在他们灵魂深处的东西，提升为整个社会的原则。由于"中间物"的精神特征反映了作家观照现实和自我时的基本人生态度，因而它实际上奠定了《呐喊》《彷徨》的基调：这是一曲回荡在苍茫时分的黎明之歌，从暗夜中走来的忧郁的歌者用悲怆、凄楚和嘲讽的沉浊嗓音迎接着正在诞生的光明。鲁迅以向旧生活诀别的方式走向新时代，这当中不仅有深刻严峻的审判，热烈真诚的欢欣，而且同时还有对自身命运的思索，以及由此产生的既崇高又痛苦的深沉的悲剧感。以至你会觉得，这首黎明之歌浸透黄昏的色调。

"基调是作为一种完整的统一体的文学作品所固有的"，但它"不仅不排斥，而且还必须以文学作品中存在各种不同的调子为前提"。[1]就鲁迅小说而言，决定其基调的"中间物"的精神状态不仅是一种十分复杂的现象，而且伴随"中间物"与社会生活的关系的发展，这种精神状态又呈现为一种动态的过程。如果把狂人、夏瑜、N先生、吕纬甫、疯子、魏连殳等人各自独立的心理状态看作体现在时间上间断与不间断的辩证统一过程，而不只是孤立的结果或总结，那么我们就会发现这种动态过程主要是在改革者与群众的相互关系的发展中形成的：群众对觉醒知识分子的态度决定了"中间物"在社会改造中的心理状态和精神生活的强度，而这种心理状态和精神生活的强度又重新调节或改变着知识者对群众的态度。鉴于知识分子主题和群众（主要是农民）主题在《呐喊》《彷徨》中贯穿始终的中心地位，我把改革者与群众的关系视为鲁迅小说的中心线索，把伴随这一线索的发展而发展的改革者的心理过程看作决

〈1〉［苏联］米·赫拉普钦科：《作家的创作个性和文学的发展》，上海人民出版社，1977年，第142—143页。

定小说基调演变的内在感情线索。

　　鲁迅小说对于中国社会的历史、现实和未来的思考，正是从先觉者与"庸人世界"，尤其是与群众关系的独特发展和感受开始的。狂人从赵家的狗、赵贵翁的眼睛中感受到一种"吃人"的恐怖，而后他发现这种"吃人"眼光遍及全社会，甚至那些饱受知县、绅士、衙役、债主凌辱压榨的群众和孩子，"也睁着怪眼睛，似乎怕我，似乎想害我"。"书上写着这许多字，佃户说了这许多话，却都笑吟吟的睁着怪眼睛看我。我也是人，他们想要吃我了！"小说通过狂人的怪诞目光，把历史书上的字、统治者的眼色、群众的脸色幻化为一种"吃人"的"怪眼睛"，从而用象征和隐喻的方式揭示了奴隶世界的吃人原则与奴隶主的"仁义道德"的内在联系，发现了"真的人"即富于自觉精神的个性与丧失这种"个性"的奴隶亦即尚未变成"人"的"虫豸"的对立，并萌发了思想革命——"你们立刻改了，从真心改起！"——的要求。鲁迅显然不是一般地表现群众的奴隶意识及其在中国历史上扮演的被吃者与吃人者的双重角色，而是从狂人的角度，从自觉了的个性的心灵痛苦与恐怖中去感受和思考这一残酷的历史真实。因此，《狂人日记》的意义不仅在于"暴露家族制度和礼教的弊害"，也不仅在于揭示了中国社会从肉体到精神领域普遍存在的"人吃人"的事实，而且还在于第一次从自觉的"人"与非自觉的"奴隶"的深刻矛盾中提出思想革命的任务。

　　如果说狂人的主导心理特征是恐怖和发现，那么夏瑜的主导心理特征则是发现之后的抗争和不被群众理解的悲哀。《狂人日记》以狂人对外部世界的眼光和感受作为视点，它的全部发现因而也就体现为主体的心理过程。《药》则以群众对革命者的眼光作为视点，夏瑜的"因群众的愚昧而来的改革者的悲哀"不是通过具体人物的心理来表现，而是作为作家的内心感情体现或渗透在具体的场景之中。与小说前三章动态的场景形成对比，第四章的场景是静态的，仿佛一支哀婉的抒情曲。但演奏这支曲子的显然不是两位母亲，作品的叙述角度决定于一个不出场的叙述者。那萧条的坟场，那永远隔开两个青年的小路，那丝丝直立的枯草，那愈颤愈细直至死寂的声音，那铁铸着似的乌鸦和它的"哑——"的大叫……人们追索这些描写的象征意义也许常常显得过于实在，但不可否认，它们的确是一种"灵性"的存在，是改革者的内心"悲哀"的独特显现。改革者与群众的隔膜不再以峻切的方式体现为茶客们的敌视，而体现为深沉的母爱：

> 瑜儿，他们都冤枉了你，你还是忘不了，伤心不过，今天特意显点灵，要我知道么？[1]

正由于此，改革者对群众的愚昧的感受只能表现为"悲哀"，而不是谴责或讽刺。这"悲哀"多么沉重呵：甚至连深爱儿子的母亲也不能理解儿子的事业。

《头发的故事》在格调和风格上与《药》形成很大差别。在《药》中，作者始终作为一个不出场的叙述者将他的主观感情渗透到小说的画面和构思中去，从而赋予小说一种主客观水乳交融的独特抒情气质。《头发的故事》则不然，作者与主人公的联系不是以渗透方式，而是以代言人的方式出现，这就赋予小说以独白的性质，主观色彩异常强烈；同时，作品的视点也由群众心理或眼光转移到知识者的心理和眼光。"他们忘却了纪念，纪念也忘却了他

---

〔1〕 鲁迅：《药》，《鲁迅全集》第1卷，第471页。

们！""他们都在社会的冷笑恶骂迫害倾陷里过了一生；现在他们的坟墓也早在忘却里渐渐平塌下去了。""他们"的忘却与被忘却的"他们"所构成的对比已不再体现为"悲哀"，而体现为失败的改革者对于落后群众愤激的谴责和憎的火焰，沉重的失望和失落的爱流溢在峻急的语气氛围之中。

用生命和热爱换来死寂般的冷漠和忘却，"中间物"的内心免不了虚无、悲观、压抑，不胜伤怀。然而欲哭不能，欲罢又不休，人类历史进程在先觉者心头点燃的理性火炬就在这虚无、悲观的心理气氛中燃烧。这就有了《长明灯》。这篇作品在很大程度上再现了《狂人日记》的特点。李大钊在当时就指出："我看这是他要'灭神灯''要放火'的表示，这是他在《狂人日记》中喊了'救救孩子'之后紧紧接上去的战斗号角。"〈1〉不过，《狂人日记》以狂人眼光作视点，而《长明灯》却以群众眼光作视点。狂人在惊惧之中流露着对美好生活的向往和博大的爱，而疯子的"闪烁着狂热的眼光"却"钉一般"严冷，"悲愤疑惧的神情"中闪现着"阴鸷的笑容"。从狂人到疯子，不仅战斗态度趋于沉着，而且经历了一个从恐惧、悲哀、愤激至幽愤的心理过程。疯子的"放火"要求的直接目标虽然是祖传老例，但引起的"紧张"却是全社会的，"他们自然也隐约知道毁灭的不过是吉光屯，但也觉得吉光屯似乎就是天下"。在这种整体性对立之中，"疯子"对群众的爱不能不被包裹在冷峻的态度里。

这种以严冷表现火热、以憎恨表现挚爱、以复仇和毁灭表现内心极度悲哀的独特方式，在《孤独者》中得到更为细致和深刻的描写。魏连殳内心的热爱和悲哀隐藏在"冷冷的"外表中。小说反复

〈1〉 刘弄潮：《李大钊和鲁迅的战斗友谊》，《百科知识》1979年第2期，第16页。

描写连殳"素性这么冷","两眼在黑气里发光",神态是"冷冷的",说话显出"词气的冷峭",走路仿佛悄悄的"阴影";他生前的笑是"冷冷的笑",即使死后口角间也"仿佛含着冰冷的微笑"。但这悲愤到室人程度的"冷"却导源于他那改造社会的热情和对群众的爱。小说以"我"这一旁观者的眼光作为视点,在"冷冷的"外表中同时透视着主人公内心炽热的爱:"常喜欢管别人的闲事","一领薪水却一定立即寄给他的祖母","很亲近失意的人",一见孩子"却不再像平时那样的冷了"——这种深沉的爱更深刻地体现在他自觉地承受着那些不自觉地在受苦的群众的痛苦,这就使得他精神上的孤独、苦闷包含着比他个人的不幸命运远为深广的历史内容。小说写道:

> 大家都怏怏地,似乎想走散,但连殳却还坐在草荐上沉思。忽然,他流下泪来了,接着就失声,立刻又变成长嚎,像一匹受伤的狼,当深夜在旷野中嗥叫,惨伤里夹杂着愤怒和悲哀……[1]

"深夜"、"旷野"、"受伤的狼"、凄厉的"嗥叫":这阴森、悲凉、伤惨的画面把置身于历史荒原的觉醒者的内心矛盾写得何等深刻呵!

但人们在体味魏连殳的"长嚎"时,往往只强调这"悲哀""受伤""精神创伤之痛苦"的一面,却没有意识到这种心灵痛苦正导源于觉醒者改造社会、挽救群众的强烈渴望,而这种渴望又由于群众的冷漠和敌视转化为对"中间物"的悲剧命运的伤悼,并从中诞生出"憎"和复仇的情绪:这是一匹受伤的狼,惨伤的嚎叫中燃烧着愤怒和复仇的火焰!正是在这个角度上,我们发现魏连殳的"当

---

〔1〕 鲁迅:《孤独者》,《鲁迅全集》第2卷,第90—91页。

顾问"以及他对社会，尤其是大良、二良祖母之流的戏弄态度，与他在祖母大殓时的大哭有着内在一致性：它们都是蔑视和反抗社会黑暗、宣泄内心悲愤的独特方式，是一种以自我毁灭的方式进行的精神复仇。这在"我"的感受中得到确认：

> 我快步走着，仿佛要从一种沉重的东西中冲出，但是不能够。耳朵中有什么挣扎着，久之，久之，终于挣扎出来了，隐约像是长嗥，像一匹受伤的狼，当深夜在旷野中嗥叫，惨伤里夹杂着愤怒和悲哀。[1]

"以送殓始，以送殓终"的结构又是"以长嗥始，以长嗥终"的过程，历史"中间物"的命运和精神状态在这之中得到了多么耐人寻味的表现！

狂人的恐惧和发现、夏瑜的奋斗和悲哀、N先生的失望和愤激、吕纬甫的颓唐和自责、疯子的幽愤和决绝、魏连殳的孤独和复仇，以及《伤逝》在象征意义上表述的"新的生路自然还很多"，"然而我还没有知道跨进那里去的第一步的方法"[2]的绝处逢生的希望和彷徨，这是历史"中间物"在社会变革过程中间断与不间断相统一的完整心理过程，它构成了《呐喊》《彷徨》的一条内在感情线索。

所谓"间断"的含义，即这些心理状态都是相对独立的作品和相对独立情境中的相对独立人物的独特心理状态，这种心理状态与具体小说中的其他因素构成的特殊世界和系统方向有着不同于其他作品的独特内涵，而把上述作品呈现的心理状态看作延续的过程，

〈1〉 鲁迅：《孤独者》，《鲁迅全集》第2卷，第110页。
〈2〉 鲁迅：《伤逝》，《鲁迅全集》第2卷，第132页。

这些心理状态也确实构成了这一过程相对独立的阶段并有着各自不同的特点。

所谓"不间断"的含义，即这些心理状态都是鲁迅从未停息的精神探索过程的艺术反映，它们在时间顺序上呈现的每一次演变，都体现着鲁迅在从事"思想革命"的实践中对客观世界和主观世界认识的日趋深化，以及由此导致的感情特征上的发展。这不仅是指这些作品经常"用第一人称的自传体写成。许多地方都由作者自己比拟着写"[1]，也不仅是指这些小说中作者与人物"在情感和性格上完全混为一体，难以分辨"，"人物的遭遇，实际上就是作者的遭遇"，人物的悲愤"混杂着写此小说当时鲁迅自己底悲愤"[2]，而且是说，即使没有那些具体事件的相关或相似，这些心理状态也是鲁迅完整的精神过程在一定阶段上的文学化的产物。如果我们把《野草》中的《秋夜》、《影的告别》、《求乞者》、《复仇》（一、二）、《希望》、《过客》、《墓碣文》、《颓败线的颤动》等直接反映鲁迅内心的作品看作一个特定阶段的心理过程，并以之与相应阶段的鲁迅小说中的知识者的心理过程加以比较，你不难找到其中的吻合和联系。当然，这种心理状态上的相似并不证明鲁迅与小说中的人物站在同一水平线上，事实是鲁迅在意识上高于他的人物。

"不间断"的含义还在于，这些心理状态有着统一的基点："中间物"的历史地位和自我意识；而它们的每一次变化又都有着共同的社会原因："中间物"与"庸人世界"，尤其是群众的关系发展；因此这一心理过程最深刻、最集中地体现了历史的前进要求和社会的滞顿状态的巨大矛盾，揭示了中国现代进程初期现代意识的体现

〈1〉 钦文（许钦文）：《祝福书》，《新文学史料》1979年第2期，第214页。
〈2〉 欧阳凡海：《鲁迅的书》，华美图书公司，1947年，第312页。

者与传统社会的悲剧性对立，同时也艺术地表现了中国知识分子在中国现代化进程中历史地位和精神状态的演变。如果说《呐喊》《彷徨》是乡土中国走向现代中国的历史进程，尤其是人的观念和思想进程的审美显现，那么这一进程的深刻意义、主要力量、主要任务、主要对象和面临的矛盾在这一心理过程中得到最富于哲理意义的反映。"中间物"越来越激化的内心矛盾恰好是他们强烈的社会责任感与必然的悲剧命运相结合的产物。在这种使命感、责任感、崇高感与悲剧感、孤独感、愤世感互为因果的心理结构中，我们甚至可以发现从屈原、司马迁到嵇康、阮籍，从李白、杜甫到苏东坡、辛弃疾，从魏源、龚自珍到孙中山、鲁迅这无数代中国知识分子所共同拥有的精神特征。换句话说，"中间物"的心理状态积淀着漫长而深厚的中国知识分子的精神史。

那么，"中间物"的精神史是如何体现或渗透到《呐喊》《彷徨》的小说中的呢？

第三节 "爱憎不相离"与诗意的潜流

恩格斯说过："世界体系的每一个思想映象，总是在客观上被历史状况所限制，在主观上被得出该思想映象的人的肉体状况和精神状况所限制。"[1]当我们研究鲁迅小说对近代中国的社会生活，尤其是农民群众的生活状态与精神状态的描写时，不能不注意研究这种描写的主观视角，以及由此产生的精神特征。

〈1〉［德］恩格斯：《反杜林论》，《马克思恩格斯选集》第3卷，人民出版社，1972年，第76页。

着眼于改革者（"中间物"）与群众的关系，透视改革者孤独、悲愤、由爱而憎终至趋于复仇的心灵历程——这是鲁迅小说观察现实、表达感情的主观视角和特殊方式；而把这一心灵历程的全部复杂感情渗透到对群众的描写中去，从而使得作品对群众的描写也呈现为一个动态的过程，则是这种主观视角和特殊方式的必然结果。换言之，鲁迅小说描写群众时的情感演变过程以及由此导致的美学风格的变化过程，是和"中间物"孤独、悲愤、由爱而憎，终至趋于复仇的心理过程完全一致的；或者说，鲁迅是从在当时体现着历史要求的先觉战士的心理发展中，提出改造群众精神的深刻命题的——这种一致性和独特角度也是"五四"思想革命实际状况的反映，它提供了表现社会精神状态以及包蕴在这种状态中的历史内容的最佳视角。与此相应，鲁迅小说对群众的描写呈现出一种"爱憎不相离，不但不离而且相争"[1]的感情特点和悲喜"不相离，不但不离而且相争"的美学境界。

"在诗的作品中，思想是作品的激情。激情是什么？激情就是热烈地沉浸于、热衷于某种思想。"[2]作为"激情的果实"，鲁迅小说的深刻思想意义首先体现为自始至终交织在对群众，尤其是农民的描写中的截然相反、相互对立又辩证统一、相互转化的"爱"和"憎"的复杂感情。更有意义的是，伴随先觉知识分子孤独、悲愤、由爱而憎，终至趋于复仇的心理发展，这两个侧面的表现方式也产生了相应变化："爱"的感情逐渐包裹在"憎"的冰水之中；愤怒、憎恶、复仇的情绪渐渐取代了善意的讽刺和忧郁的抒情；作为不幸

〈1〉 鲁迅：《〈现代小说译丛〉〈幸福〉译者附记》，《鲁迅全集》第10卷，第188页。
〈2〉 《别林斯基全集》第7卷，莫斯科：苏联科学院出版社，1955年，第657页，转引自［苏联］米·赫拉普钦科：《作家的创作个性和文学的发展》，第28页。

者的个体形象慢慢从画面中心退出，而代之以作为社会保守力量的群体形象或群体形象中的具体人物——自然，这只是就总体趋向而言，并不是直线发展，但如果把《呐喊》《彷徨》加以比较，这种差异还是相当明显的。《呐喊》《彷徨》虽然拥有各自的特点，但总的说来，仍然是一个不停顿的发展过程。我这里将它们分开论述是注重它们的总的趋向，并不否定它们的一以贯之的特征；"分开"本身也只是为了论述的方便。

《呐喊》中有两类群众形象，一类如《药》中的茶客，《孔乙己》中的酒客，《明天》中的蓝皮阿五、红鼻子老拱、王九妈，《故乡》中的杨二嫂，另一类则如华老栓夫妇、单四嫂子、闰土、阿Q等；而占据中心位置的无疑是后一类人物。鲁迅痛心于他们精神的麻木，又同情他们的命运，严肃的批判与含泪的温情融为一体。以张勋复辟为背景的《风波》，围绕着七斤辫子的被剪，把七斤的愁闷，七斤嫂的担忧，九斤老太的"一代不如一代"的慨叹，赵七爷的顽固一一展现，深刻地揭示了辛亥革命后农村社会的沉滞状态。小说中回荡着时代的风波，渗透和表现着作家对农民们愚昧状态的机智的讽刺和幽默，但这一切被安排在那恬静、动人的风俗画中，从而构成小说抒情喜剧的格调。《故乡》深情地述说着"我"与童年闰土的真诚情谊，描写了成年闰土的善良、质朴和不幸的命运，同时在抒情的笔调中表现着对闰土精神上的麻木的责备，但这种深沉的责备最终消融在全篇作品若有所失的怅惘气氛中，没有形成峻急的"憎"的色调。茅盾说："我觉得这篇《故乡》的中心思想是悲哀那人与人之间的不了解，隔膜。造成这不了解的原因是历史遗传的阶级观念。"[1] 需要补充的是，这种不了

〈1〉 郎损（沈雁冰）：《评四五六月的创作》，《小说月报》第12卷第8期，1921年8月，第4页。

解、隔膜主要体现为致力于打破这种隔膜的觉醒者的内心感受，从而包含着对于知识者的命运与农民的命运这两个相互交织的问题的思考。

与上述两篇作品相比，《阿Q正传》更突出地体现着"爱憎不相离，不但不离而且相争"的复杂感情。鲁迅从社会革命和思想革命的角度，对阿Q耽于幻想、自我欺骗、惊人的健忘、向更弱者泄恨的卑怯等由精神胜利法派生出的病态，给予严峻的批判。但同时，鲁迅又描写他质朴的品性和饱受欺压以至连"姓"都不能有的社会地位和不幸命运。更重要的是，这种地位和命运最终使阿Q从精神胜利的永恒境界中走向现实。我这里指的还不是阿Q的"革命"，因为这一"革命"尽管发自他的自身地位，但在精神上阿Q仍然处于"本能"的阶段。阿Q的"觉悟"在于他临刑前的瞬间。当他把"喝彩的人们"同四年之前要吃他的肉的饿狼的眼睛联结起来时，阿Q第一次体会到了"人"的恐怖，喊出"救命"，从而打破了"精神胜利法"之圈。有人说这表明阿Q开始由"奴隶"变成了"人"，但可悲的是，阿Q的"觉悟"直到面临死亡恐怖才真正出现。如果说，《阿Q正传》是悲剧性的喜剧或喜剧性的悲剧，那么，从总体上说它又体现着由喜而悲的过程；如果说，《阿Q正传》是在爱中见憎或憎中见爱，那么，从总体上说，它的叙述过程又体现着由憎（"怒其不争"）而爱（远不止为"哀其不幸"）的过程。罗曼·罗兰读了这篇小说之后，先是觉得可笑，继而又觉可悲，恰好说明了这一点。总之，在《呐喊》中，鲁迅对群众，尤其是农民形象的描绘始终交织着"憎"与"爱"这两种情愫，而"爱"的一面构成了小说的基本感情背景。

与《呐喊》相比，《彷徨》中的群众形象除个别篇章外基本上是作为群像之一员的身份出现。他们与《呐喊》中的茶客、酒客、蓝皮阿五等有更直接的血缘关系。他们当中有《祝福》中的卫老婆子、柳妈，《在酒楼上》中的长庚，《长明灯》中的居民和他们的代表三角脸、方头、阔亭、庄七光、灰五婶，《示众》中的看客，《孤独者》中的大良、二良的祖母……这些人物构成了旧中国令人窒息的环境，不自觉地成为扼杀先觉者和不幸者的帮凶。鲁迅对他们投以轻蔑、憎恶、复仇的火焰，却很少或者说没有流露出温情。作为《彷徨》开篇的《祝福》基本承袭了《呐喊》的特点，深刻的同情和悲剧的形象占据小说的主要地位。但小说对鲁镇冷漠世态的描绘却透露着作者内心的愤激。《长明灯》《孤独者》则把觉醒者战斗的失败和悲剧的命运同冷漠、愚昧的群众联结起来，从而揭示出落后群众的精神状态乃是中国社会革命的巨大障碍。小说中的群众虽然有名有姓，但真正引人注目的却是他们对祖传老例的崇拜和对先觉者的本能仇恨这种共同的精神状态。"那灯不是梁五弟点起来的么？不是说，那灯一灭，这里就要变海，我们就都要变泥鳅么？你们快去和四爷商量商量罢，要不……"[1]当鲁迅把目光投向不幸者的命运时，我们看到的是阿Q、祥林嫂与赵太爷、鲁四老爷这两个本质上对立的世界，而当这种目光投向群众的精神状态时，我们却发现了这两个世界的"融合"及其与另一世界——觉醒者的世界的对立。

这种"转换"的关键在于"中间物"的介入。前者表现的对立是传统世界内部的矛盾，作为"中间物"的审视者自身没有直接进入他们的观照对象之中；后者表现的对立则是传统世界与现代文明的精神对峙，作为"中间物"的审视者直接进入矛盾并成为一方的代表，他重视的显然是传统世界的总体性特征，而不是个别人

〔1〕 鲁迅：《长明灯》，《鲁迅全集》第2卷，第61页。

物的命运和品格。后一重矛盾当然并不排斥前一重矛盾，但鉴于中国现代化进程在其初期主要不是在封闭社会内部产生，而是西方文化涉入的结果，因而作为现代意识承担者的"中间物"与整个社会传统的整体性对立实际上比其他矛盾更能体现中国社会面临的迫切问题。

"中间物"介入的直接后果是作品描写群众时的基本感情态度由爱向憎的转变。《示众》在这方面有典型意义。小说以群众作为描写中心，但它描写的群众不是某一个人物，而是一群人；作者关注的不是他们的命运，而是他们的言行所体现出的社会精神状态。看客们围观示众者，又面面相觑；工人问了一句话，大家都愕然地看；巡警将脚一提，大家又愕然地赶紧看他的脚；他们并不关心犯人是谁，为何示众，只是为了"看"。鲁迅紧扣首善之区热浪滚滚的寂寞街头上的这出悲喜剧，把看客们渴望刺激的痴呆，对别人痛苦无动于衷的残酷，缺乏"个性"特征的单调面孔，以及在这些描写后面表现出的作者的凛然身影异常强烈地凸显出来。小说描写的仅仅是"庸人世界"或"精神的动物世界"，即马克思所谓"庸人世界"和"精神的动物世界"，"庸人社会所需要的只是奴隶，而这些奴隶的主人并不需要自由"，"庸人所希望的生存和繁殖，也就是动物所需求的……"〈1〉，但在情感上却呈现着觉醒世界与这个世界的严峻对立。非常明显，《彷徨》对群众的描写主要体现为冷峻的批判，"憎""复仇""愤激"则构成了作品的基本感情背景。但这"憎，又或根于更广大的爱"〈2〉，只是潜藏得更深而已。早在20年代就有人指出：《示众》中巡警与白背心之间的一条绳，推广而至于其余看

<hr>

〈1〉〔德〕马克思：《摘自"德法年鉴"的书信》，《马克思恩格斯全集》第1卷，第409页。
〈2〉 鲁迅：《〈医生〉译者附记》，《鲁迅全集》第10卷，第192页。

客间相互的种种关系，就是他确信的人道主义的根据。[1]

伴随"中间物"心理过程的发展而发展，又与鲁迅小说基本感情背景的演变密切相关的，是《呐喊》《彷徨》的美学风格，尤其是悲喜剧风格的变化。

悲剧和喜剧是两个对立的、截然相反的，有时又相互渗透、辩证联系的审美范畴。这两个范畴反映了现实本身中性质不同的矛盾。在鲁迅小说对群众，尤其是农民的描绘中，悲剧与喜剧这两个对立的范畴恰如爱与憎这两种对立的感情一样，达到了"不但不离而且相争"的境界。同时，伴随觉醒知识者心理过程的发展和爱憎情感的演变，这种悲喜交织的风格和方式同样也呈现为动态的过程。我当然无意讨论悲剧与喜剧的"主观性"问题，而只想说，鲁迅小说的悲剧和喜剧不仅存在于下层群众的生活和命运之中，而且存在于观察这些群众生活的主体之中，即悲剧和喜剧的产生同时也是由于"发现"悲剧或喜剧的人的主观机智，因而这里的悲剧性和喜剧性又是"被意识到了"的悲剧性和喜剧性——这个"发现者"或"意识主体"只能是作为历史"中间物"的知识者，而他们"意识"或"发现"这些悲剧性喜剧或喜剧性悲剧的方式也将决定后者的不同表现形态。

在《呐喊》中，鲁迅笔下的华老栓、闰土、阿Q往往抱着毫无根据的虚假希望，用幻想来自慰，总是寻求一种违反生活进程的解决他们面临的矛盾的办法；这种目的与手段的相乘以及目的本身的虚幻显示出他们的喜剧性格。华老栓把儿子的命运寄托于人血馒头之上，闰土把香炉当作给他的生活带来希望的象征，而阿Q则用"精神胜利法"来对待自己窘迫、凄凉的处境和屡受欺凌的命运。

---

〔1〕 孙福熙：《我所见于〈示众〉者》，《京报副刊》1925年5月11日。

在《风波》当中，这种喜剧性矛盾则表现为七斤、九斤老太、七斤嫂们陈旧的生活观念与时代总的进程完全隔膜以及由此导致的一系列喜剧动作。由于鲁迅把深沉忧郁的目光投向了这些人物的悲惨命运和无望挣扎，因而他们的喜剧性是被包裹在更广大的悲剧性中的喜剧性，即便像《阿Q正传》这样的作品也呈现了上述那种由喜而悲的过程。刑车上的阿Q看到的"狼的眼睛"与《狂人日记》中狂人发现的"狗的眼睛"的吻合，恰恰说明作家已带着自己固有的悲剧感来体验阿Q的悲剧了。"从伟大的人类悲剧出发，创造了自己的喜剧体系"〈1〉，在爱的基本感情背景上演绎悲剧与喜剧的相互转化，把被嘲笑的人与被同情的人，甚至准备去爱的人统一起来——《呐喊》描写群众时的这一基本美学性质决定它在表现人物的喜剧性时，虽然兼用滑稽、幽默、讽刺等喜剧手法，却往往以幽默以及与之相邻的善意嘲讽作为主要调节机制——在鲁迅看来，幽默是对生活的含笑又含泪的批评和讽刺，他在论及马克·吐温时说，"他的成了幽默家，是为了生活，而在幽默中又含着哀怨，含着讽刺，则是不甘于这样的生活的缘故了"〈2〉，说的正是这意思。

《呐喊》对群众的笑声里蕴含着深沉的忧患意识，赋予作品以强烈的悲剧性。这种悲剧性首先归因于华老栓、闰土、阿Q们老实、善良、质朴的个人品格和合理的生活要求及其毁灭，但这并不是悲剧性的唯一根源。作为悲剧人物，他们自身并不具备悲剧性的自我意识，并不了解悲剧的真正意义，而他们与环境的虚幻斗争不仅没有导致对他们的力量或自豪意识的肯定，恰恰相反，导致的是

〈1〉　此系借用卓别林语。转引自［苏联］库卡尔金：《查利与卓别林》，芮鹤九译，《电影艺术译丛》1979年第3期，第81页。

〈2〉　鲁迅：《〈夏娃日记〉小引》，《鲁迅全集》第4卷，第341页。

对他们解决矛盾的方式和由此表现出的精神状态的否定。实际上，不了解悲剧的真正意义正是悲剧的真正意义——这种深刻的悲剧性体现为他们的现实处境与精神状态的严重脱节，他们的"被吃者"与"吃人者"双重身份，也体现为他们在不自觉中成为自身阶级利益的反对者。这显然不仅是悲剧人物本身的悲剧性，而且也已是在历史的高度上"被意识到了"的悲剧性。具体地说，真正理解并承担着这种悲剧意义的正是那些历史的"中间物"——狂人、夏瑜、N先生，当然更是作者鲁迅。

这便赋予《呐喊》以崇高感。因为这些作品中的悲剧性和喜剧性都显示出处于孤立弱小状态的知识者在理性上所处的优越地位，无论是从悲剧的痛感还是喜剧的快感中获得的审美愉悦，都使人感受到某种伦理道德力量即主观精神力量对现实世界的胜利，在小说里爆发的笑声和流出的泪水中诞生着属于未来的社会本质。黑格尔认为"崇高是观念与形式的矛盾，有限的感性形式容纳不住无限的理性内容，因而引起感性形式的变形和歪曲，显示了在有限形式中理性的无限的力量"[1]。知识者对群众的理性审视便具有这种特点。

站在历史的自觉高度审视现实，这种优越的历史地位产生着"中间物"精神上的优越感。当这种优越感体现为对自我精神力量的肯定时，便诞生了"中间物"的崇高感；当这种优越感体现为对周围世界的否定和蔑视时，便诞生了"中间物"审视生活现象的喜剧感。伴随这种优越感的减弱或消逝，这种崇高感和喜剧感也将减弱或消逝。狂人、夏瑜体现着一种在有限的、弱小的形式中被夸大和深化了的巨大的思想意志和感情的力量；由他们的灭亡或失败而产生的痛苦，则因为他们的精神力量所带来的崇高感而减轻。《彷

---

[1] 王朝闻主编：《美学概论》，人民出版社，1981年，第48—49页。

徨》中的疯子、吕纬甫、魏连殳却有所不同，他们的毁灭给人带来持久的从怜悯和恐惧的感情中产生的痛苦。这种差异首先表现为悲剧意识中心的转移。在《呐喊》中，知识者作为悲剧人物虽然也有一定程度的悲剧体验，但就整个《呐喊》而言，悲剧的意识中心不在"中间物"而在群众，尤其是农民的命运。群众的悲剧性作为一种"被意识到了"的悲剧意义，同时肯定着"中间物"的先觉意义。

《彷徨》则不同，先觉者在审视群众时，首先把他们作为一种严重的敌对力量，或者说一种阻碍社会变革的保守的习惯势力来对待；他们的命运，他们的个人品格，他们的某些合理的生活要求已经不在"中间物"的意识中心（当然不是没有例外的篇章，只是就总体而言），因而小说是在"憎"的基本感情背景上表现群众对先觉者的戕害。这是问题的一方面。另一方面，从整体上说，小说的悲剧意识中心已经从群众的悲剧命运转移到"中间物"自身的悲剧命运，理性上的优越感被严酷的命运所逼退和减弱，也由于自身弱点的发展而呈现逐渐消失的状态，这就大大增强了悲剧的痛感；峻急、复仇、毁灭的调子上升为作品主调。从"中间物"的自我悲剧意识出发，创造小说中的悲喜剧体系，在"憎"的感情背景上表现悲剧与喜剧的相互转化与融合，把被嘲笑的人与被憎恶的人，甚至准备去复仇的人统一起来——《彷徨》描写群众时的这一基本美学性质决定它在表现群众的喜剧性时，虽然也兼用滑稽、幽默、讽刺等喜剧手法，但主要的手段却是那种无情撕毁无价值东西的毁灭性的讽刺。

按照柏格森的说法，喜剧人物往往具有类型的特征。在《彷徨》中，鲁迅常常把群众作为一种落后、保守的社会精神状态的体现者来描写，而忽视这些人物独特的性格、品性或命运，因此他们便都成了某种"类型人物"。《长明灯》中的三角脸、方头、灰五婶统属于"阔亭们"的范畴,愚昧的图腾主义和对新事物的恐惧是这群人的共同特征;《示众》中的秃头、赤膊的红鼻子胖大汉、胖孩子、工人似的粗人、长子、猫脸的人以及《孤独者》中的亲丁、闲人、近房、村人统属于"看客"的范畴,把无聊当成有趣的麻木的"看"和对"异类"的惊奇感是这群人的共同特征。这些人物并不具有闰土、阿Q、祥林嫂等悲剧人物那样的鲜明个性和独特命运。这种转变不能仅仅归因于鲁迅或小说中知识者的观察对象的转变或改变,而应主要地归因于观察者自身的观察眼光的转变。英国著名作家霍勒斯·沃波尔(Horace Walpole)在一封信中说:"在那些爱思索的人看来,世界是一大喜剧,在那些重感情的人看来,世界是一大悲剧。"〈1〉当鲁迅从历史的角度去思考群众的精神状态及其对历史进程的阻碍作用时,这些人物便作为反面的喜剧性格产生在小说之中;而在"中间物"的憎恨、复仇的情感中也难以诞生那种温和、同情和从容的幽默,更毋宁说那种充满博大的爱的悲剧眼光中的悲剧人物和情节了。

美学的和感情的风格是艺术作品和作家的整个创作的一个组成部分,同时它又是一个复杂的体系。"这种复杂性是作家加以深入研究的主题、问题的多样性以及他在描绘事件、性格、生活冲突时的情绪投影的繁复性所决定的。然而这种复杂性或差异性是在作家风格中所表现出来的首要因素和倾向的基础上发生的。"〈2〉托尔斯泰把这首要因素和倾向称为"焦点",赫拉普钦科则称之为"基调"。托尔斯泰说:"艺术品中最重要的东西,是它应有一个

〈1〉 转引自陈瘦竹:《论悲剧与喜剧》,上海文艺出版社,1983年,第40页。
〈2〉 [苏联]赫拉普钦科:《作家的创作个性和文学的发展》,第146页。

焦点才行，就是说，应当有这样一个点：所有的光集中在这一点上，或者从这一点放射出去。这个焦点万不可用话语完全表达出来。实在，使得优秀的艺术品显得重要的，正是因为那艺术品的完整的基本的内容只能由那艺术品本身表现出来。"[1]赫拉普钦科说："主题、思想、形象，只有在一定的语气氛围中，在对待创作对象及其各个不同侧面的这种或那种情绪态度的范围内才会得到阐发。叙述、戏剧行动、感情抒发的情绪系数，首先表现在基调中，这种基调是作为一种完整的统一体的文学作品所固有的。……在作品的构造中，在对主人公们的描绘的性质中，基调决定着许多东西。……基调的选择，在一位作家的创作工作中是一个非常重要的因素。"[2]

　　正是根据上述原因，我把《呐喊》《彷徨》看作一个整体，又是一个过程。鲁迅小说在觉醒知识分子的心理发展中发现了中国社会和历史的"吃人"本质，批判了落后群众，尤其是农民的严重精神缺陷，提出了改造"国民性"的历史课题。同时又把否定的锋芒指向知识者自身。鲁迅小说现实主义的这一内在发展过程正是一个否定的过程：它从知识者的自我觉醒开始，经由对外部世界的认识和否定，归结到对自我的再认识和否定。鲁迅的精神探索、鲁迅小说的现实主义就在这否定的过程中深化了、发展了；而这种深化和发展同时伴随着小说的中心线索、内在精神线索、基本感情背景、美学风格、语气氛围的内在演化。这就是所谓"过程"的意义。与此相应，所有这些发展和变化都是从"中间物"的精神特征

〈1〉　高登维奇：《L. 托尔斯泰论契诃夫》，见《恐怖集》，契诃夫著，汝龙译，上海译文出版社，1982年，第1—2页。
〈2〉　［苏联］赫拉普钦科：《作家的创作个性和文学的发展》，第142页。

这一"焦点"放射出来,而深刻的悲剧感自始至终流荡在《呐喊》《彷徨》之中,成为小说的基调。鲁迅小说的悲剧感虽然也可以说是民族悲剧感的体现,但在更恰切的意义上说则是具有历史"意识"的"中间物"的悲剧感,如同西班牙作家乌纳穆诺(Miguel de Unamuno)在《生活的悲剧意识》(*Tragic Sense of Life*)中呈现的那样,对于个人信念的陈述和探索总是联系着人民,在其深厚的个人化的表述中同时表达着民族的灵魂。因此,对民族灵魂和命运的呈现总是联系着关于死亡和个人命运的沉思。[1]这种"忧思"的深广内容当然不是"个人"所能解释的。同时,小说美学风格和感情背景的变化也没有离开悲喜、爱憎"不相离,不但不离而且相争"的总体特征。这就是所谓"整体"的意义。

人们喜欢按照题材的不同(如农民题材、知识分子题材)来分类论述鲁迅小说的现实主义,而常常忽视这些不同题材小说间的内在联系,忽视鲁迅小说内在的整体性。事实上,鲁迅小说正是一个完整的发展过程,它的史诗性质正是通过这些作品间不可分割的联系来体现的。作为中国现代化进程的审美显现,鲁迅小说主要不是以其题材的广泛而是以这种不可分割的联系、不断发展的过程来体现它的深度和广度,来揭示中国社会的巨大矛盾,而这种联系,这一过程自始至终都伴随着致力于改造中国人及其社会的伟大思想家内心的悲剧感、"爱与憎的纠纷"和反抗绝望的意志。高尔基在谈到《万尼亚舅舅》和《海鸥》时说:契诃夫创造了一种崭新的艺术,他把"现实主义提高到一种精神崇高和含义深刻的象征境

〈1〉 Geoffrey Brereton, *Principles of Tragedy: A Rational Examination of the Tragic Concept in Life and Literature*, Coral Gables, Florida: University of Miami Press, 1970, pp. 56-58.

地"^{〈1〉}；我个人理解，这里所说的"象征境地"不是作为艺术手法或创作方法的象征或象征主义，而是说，契诃夫把他的精神探索，他对生活的哲理性认识，他对美的渴求，不着痕迹地注入他所描绘的平凡、真实而又琐碎的俄罗斯生活中去，构成了一种诗意的潜流。我认为，鲁迅的《呐喊》《彷徨》的现实主义也达到这样"一种精神崇高和含义深刻的象征境地"，在那一幅幅真实、客观、灰暗、冷静的平凡的生活画面中，我们感受到一种湍急、深沉、执着的诗意的潜流，那是鲁迅作为历史"中间物"对生活和命运的哲学体验，对人民群众社会自觉和随之而来的社会革命的渴望，对于"老中国儿女"的含泪的批判，以及并非简单明确的思想或理性所能达到的境界——渗透着每个角落的悲剧感。这一切汇集为作为"中间物"的鲁迅在探索道路过程中交织、发展的爱与憎、悲与喜、悲观与乐观的感情河流。鲁迅小说纷繁多样的艺术画面正是在这诗意潜流的奔涌之中构成了一个不可分割的整体——它是充分现实主义的，但显然是一种具有崭新特点的现实主义。

第四节　否定性与鲁迅小说的三种意象

从人的个体性的角度审视中国社会关系是鲁迅的基本认识方式。这种认识方式同时决定了鲁迅小说的基本冲突或基本主题：揭示奴性意识与人的形成之间、精神被压抑状态与人的自由意识和理性要求之间的历史性冲突。作为用感觉形式表现的人生观，这一基

〈1〉［俄］高尔基：《给安·巴·契诃夫》（1898年12月6日以后），《文学书简》（上卷），
　　曹葆华、渠建明译，人民文学出版社，1962年，第19页。

本主题通过三组相互关联的基本意象表现出来，我把它们称为"缄默"意象、"吃人"意象和"荒原"意象。

"缄默"是传统社会的一种特殊精神气氛。人的个体性的丧失是这种精神气氛的内在本质。马克思在论述封建社会的基本精神特点时对此做过精辟分析："无论是奴隶或主人都不可能说出他们想要说的话；前者不可能说他想成为一个人，后者不可能说在他的领地上不需要人。所以缄默就是摆脱这个僵局的唯一办法。"〈1〉鲁迅小说集中地描绘了农民群众的奴性意识：他们迷失于传统伦理关系中，无法通过对现实生活的认识达到对自身的认识。他们也许天性善良，却没有自己的独立意志；他们是经历各不相同的个体，却只能在毫无个体性可言的"群"的氛围中体现自己的现实本质。闰土的一声"老爷！"，从人物的精神深处反映了他对现存秩序的承认态度。这种态度是以对等级隶属观念的肯定和自我的主体地位的否定为前提的。

童年与成人，自然状态与奴性状态，这正是鲁迅在《摩罗诗力说》中描绘的从蛮荒时代人的野性状态向文明时代人的束缚状态过渡的中国历史的象征和缩影。而人的自由精神如何突破历史沉疴，从奴隶状态走向自由状态，从而打破人与人之间的隔膜，则构成叙述者关于"路"的思考的哲学内蕴。阿Q以惊人的健忘和精神的胜利应付现实的挑战，以凌弱畏强作为自己的处世态度；这种奴隶主义的精神状态决定了他的"革命"只能以奴隶主的"理想"为"理想"。即便《离婚》中那位敢于大骂"老畜生""小畜生"的爱姑，也真诚地相信"知书识礼的人什么都知道"，从而把个人命运的裁决权完全交给那个旧秩序的代表七大人。"意志只有作为能思维的

〈1〉［德］马克思：《摘自"德法年鉴"的书信》，《马克思恩格斯全集》第1卷，第414页。

理智才是真实的、自由的意志。奴隶不知道他的本质，他的无限性、自由，他不知道自己是作为人的本质。"〈1〉农民阶级找不到认识自己的反省视角和价值尺度，无法形成真正的自我意识，因而也丧失了说出自己语言的能力。

所以，当作家的审视目光从个人命运扩展开去，个人的挣扎过程消失，代之而起的是一个难以具体分辨的"群"。群体通过对个人的教化与对异己者的迫害，维护旧秩序、旧伦理的基本规范；也就是说，"群"的形成以否定个体自身特点以适应既定规范为前提，因而必然地构成对人的主体性的否定。这样一来，自由意识就必然通过对"群"的否定和批判拓展自己的道路。《呐喊》《彷徨》以纷繁多样的方式不断重构鲁迅早年在仙台得自那个著名"幻灯事件"的意象：痴呆麻木的"群"在"缄默"中注视着逆境中的个体。路人向狂人射出"吃人"的目光（《狂人日记》），黑暗中看客们伸长了如同鸭子般的颈项品味夏瑜的就义（《药》），咸亨酒店旁酒客们讪笑着孔乙己的凄凉与迂腐（《孔乙己》），蓝皮阿五们享受着单四嫂子的不幸（《明天》），鲁镇的人们赏鉴着祥林嫂的遭遇（《祝福》），吉光屯的人们对疯子心怀恐惧而施以迫害（《长明灯》），村人、族人以异样的目光注视着沉默的连殳（《孤独者》）……与这一意象结伴而行的往往是呆滞的目光，冷漠的态度，麻木的表情，迟钝的动作，而这一切又以杀头、吃人、大疫、病痛、示众、墓场为聚合点，构成一种难以捉摸的威胁，一种无影无形的压力，一种无从拂去的阴影，永恒凝固的气氛，一种无始无终、淹没一切人的挣扎和呼号的静悄悄的波浪。无论对于觉醒的个人，还是对于混沌的"大群"，"自由"作为人的一种最高本质，作为人的主体性的体现，

〈1〉［德］黑格尔：《法哲学原理》，范扬、张企泰译，商务印书馆，1982年，第31页。

在"缄默"中惨遭否定。

鲁迅小说的"吃人"意象最初得自狂人对"缄默"意象的内心体验：一路上的人"都睁着怪眼睛，似乎怕我，似乎想害我"，"他们会吃人，就未必不会吃我"。〔1〕然而，鲁迅很快便从一般的感觉体验深入到对中国历史和伦理秩序的"吃人"本质的理性分析。马克思称封建社会为"精神的动物世界"，认为这个世界的关系是"靠兽性来维持"的"兽的关系"〔2〕，因为"决定他们之间关系的不是平等，而是法律所固定的不平等。世界史上不自由的时期要求表现这一不自由的法，因为这种动物的法（它同体现自由的人类法不同）是不自由的体现"。〔3〕同样以自由为尺度衡量封建社会关系，鲁迅的特点在于：当他用"吃人"来概括宗法社会关系时，他更侧重于传统伦理关系而不是法律对人的压抑和戕害。因此，"吃人"的主要意义是指人的自主意识、自由精神的丧失而不单是肉体的"被吃"。

乡土中国的重大文化特征之一是用"礼治"，而不是用国家权力所确立的规则和法律来维持社会秩序。当鲁迅从人的自由意识角度审视作为"礼治"社会的乡土中国时，《呐喊》《彷徨》便呈现了两个思想特点。第一，鲁迅小说深刻地揭示了礼治秩序是一种对人的设计方式，其特点是在日常人伦关系的基础上，将人的主体性、个体性消融在尊卑贵贱的等级名分之中，从而以人伦关系的网络取代个体的独立价值。而"主奴根性"的形成亦即人的自由意识丧失则是这种设计方式的必然结果。

---

〔1〕 鲁迅：《狂人日记》，《鲁迅全集》第1卷，第445—446页。
〔2〕 ［德］马克思：《摘自"德法年鉴"的书信》，《马克思恩格斯全集》第1卷，第414页。
〔3〕 ［德］马克思：《第六届莱茵省议会的辩论》，《马克思恩格斯全集》第1卷，第142—143页。

这一思想特点又有两种表现形态。一方面，它从农民阶级和下层知识分子的命运着眼，观察这一伦理体系如何将人的要求统摄于一种固定的人生模式和思维模式，从而"使人不成其为人"（马克思语）。《狂人日记》"意在暴露家族制度和礼教的弊害"，狂人的命运是和封建家长大哥的强大存在紧密联系着的。孔乙己、陈士成的悲剧则在于，他们把个人的全部追求都纳入封建伦理秩序为他们规定的人生模式中。"隽了秀才，上省去乡试，一径联捷上去"——这是传统社会为知识分子规定的基本人生模式。孔乙己"读过书，但终于没有进学"，一贫如洗，却不愿脱下他那象征着"上等阶级"的长衫。陈士成的全部希望和失望，他的愤然与幻觉，全都维系于能否实现上述人生模式。陈士成的唯一"个性"便是对那一时代为之规定的普遍性人生模式的追求。如果说孔乙己、陈士成自觉自愿地成为这种人生模式的奴隶，那么闰土、阿Q、祥林嫂、爱姑则被强制性地纳入到尊卑贵贱的等级格局中，成为等级关系的隶属品。祥林嫂"逃婚""撞香炉""捐门槛""问地狱之有无"，体现了劳动者的基本生存要求和以此为动力的原始反抗，却无法通过这种反抗达到对自己所处的奴隶地位的独立认识。恰恰相反，她的每一次反抗都隐含着对封建伦理秩序的充满恐惧的承认：对改嫁的反抗中包含了她对夫权和从一而终观念的承认，对阴司的疑问则建立在她对这种秩序的恐惧之上。连姓都不准有的阿Q也正是在隶属等级关系的压抑下丧失了任何自主意识。鲁迅从自由意识发展的角度审视封建伦理秩序，他对弱小者的深切同情出自对他们的人生价值和自由在等级隶属关系之中惨遭否定这一基本认识。

另一方面，鲁迅又从传统秩序的维护者和体现者的角度揭示这一秩序的荒谬性、虚伪性。《肥皂》表现四铭潜意识中卑琐的性兴趣与他从封建伦理观念出发表彰"孝女"的自觉要求的内在矛盾，并通过"肥皂"这一小道具凸现出这一矛盾的喜剧性内容。"一来可以表彰表彰她,二来可以借此针砭社会"——"道学家"四铭对维护这一套伦理规范有着强烈的"社会责任感",而不幸的是,他那位需用肥皂洗洗的不洁净的太太却看出了这种"责任感"背后压制不住的卑琐心理:"'咯支咯支',简直不要脸!"封建伦理秩序的虚伪性和这一秩序的维护者自身的精神变态在这里昭然若揭。比之四铭,《风波》中的赵七爷,《阿Q正传》中的赵太爷,《祝福》中的鲁四老爷是更为复杂的人物。他们对伦理关系的维护直接地同对政治秩序的维护紧密地联系为一体。赵七爷对七斤的恫吓联系着对皇帝坐龙廷的欣喜,赵太爷对阿Q的态度联系着对"革命"的恐惧和仇恨,鲁四老爷对祥林嫂本能的蔑视与他对"新党"的本能憎恶有内在的关联。这恰好说明:中国宗法伦理关系以家族观实践国家观,以伦理方式维护政治统治,以与"法治"相对的"礼治"调节社会秩序,而这一关系的最高体现乃是皇权。《风波》中七斤在人们心目中地位的升降完全取决于他和皇权的关系:没有辫子就意味着对皇权的背叛。中国家族制度与皇权的同构关系,整个中国社会思想体系与中国政治结构的一体化程度,决定了鲁迅对中国伦理关系的批判必然地发展为对皇权的否定,从而使鲁迅小说同中国社会的政治革命产生必然联系。

中国社会秩序作为"不自由的体现"首先表现为决定人与人关系的"不是平等,而是法律所固定的不平等";因此,从人的自由意识或主体地位的角度,把"平等"要求与政治革命联系起来,是礼教"吃人"这一基本意象必然引申出的第二个思想特点。狂人庄严宣告:"将来容不得吃人的人活在世上",夏瑜自信地宣称:"这大清的天下是我们大家的!"前者从对"吃"与"被吃"的"兽的关系"的批判引出自由平等的未来理想,后者则直接从平等的尺度上提出了对专制政治的否定。"政治解放当然是一大进步；尽管它不是一般人类解放的最后形式，但在迄今为止的世界制度的范围内，它是人类解放的最后形式。"⟨1⟩

《药》《头发的故事》《风波》《阿Q正传》等一系列小说深刻反映了辛亥革命前后的中国现实。鲁迅深入地发掘阿Q、祥林嫂、爱姑等农民身上的反抗性和革命要求，特别是细致地描绘了阿Q从一般生存权利的平等要求发展为"革命"要求的全过程，这是无可否认的事实。但是，鲁迅的观察视角决定了他不可能把目光停留在"平等权利"和"政治解放"的范围内，因为这还不能构成人的真正解放的最后形式。鲁迅小说的特点在于，它在肯定政治革命的必要性和必然性的前提下，从更深的层次上提出了政治解放的局限性：辛亥革命推翻了皇权，却并未真正解决人的自由或主体性问题。《阿Q正传》令人信服地表现了阿Q这个远离政治的农民不由自主地被卷入中国近代革命的政治风潮的必然性：这场政治革命一度动摇了以"法律所固定的不平等"为特征的社会秩序，从而投合了农民阶级自发的平等要求。阿Q对"使百里闻名的举人老爷有这样怕"的"革命"如此神往，正出自他对"革命"与农民阶级自发的"平等"要求⟨2⟩之间的某种必然联系的直觉感应。然而，这种对"革命"的"神往"远未上升到自觉的高度，远未使阿Q成为一个真正自觉的人：他的未来理想与价值尺度无法越出封建等级关系的樊篱，后者就像那个"使尽了平生的力"也未画圆的圆圈一样限制

⟨1⟩ ［德］马克思：《论犹太人问题》，《马克思恩格斯全集》第1卷，第426页。

⟨2⟩ 这实际上是一种朴素的"均贫富""等贵贱"思想，不同于资产阶级的自由平等思想，前者要求改变农民阶级眼前的政治、经济地位，不构成对等级制度的根本否定，后者在理论上以人的自由权利为前提，是对封建等级关系的否定。但在中国近代政治革命的过程中，这两种"平等"要求却在摧毁清朝专制制度这一点上得到一定程度的吻合。

了他的自由精神的发展。

如果说《阿Q正传》表现了辛亥革命本身的不彻底性和复杂性，那么《风波》《头发的故事》以及所有以辛亥革命之后的中国现实为背景的小说，则表现了人的自觉意识并未伴随政治变革而建立起来。《呐喊》《彷徨》以形象的画面证实了马克思关于封建社会政治变革的论断："政治解放的限度首先就表现在：即使人还没有真正摆脱某种限制，国家也可以摆脱这种限制，即使人还不是自由人，国家也可以成为共和国"[1]，因此，"必须唤醒这些人的自尊心。即对自由的要求……只有这种心理才能使社会重新成为一个人们为了达到崇高目的而团结在一起的同盟，成为一个民主的国家"[2]。正是由于鲁迅把"自由人"或人的自觉意识作为考察中国社会"吃人"历史与现状的基本尺度，因而他的批判锋芒必然主要地指向摧残和压抑人的主体性的一整套伦理观念和全部等级关系；政治革命的要求被纳入鲁迅关于人的自由解放的思考中。这种思考和表达方式以否定性形式体现了鲁迅的精神理想：每个人都得以自由发展的联合体——"人国"。鲁迅的历史文化意识，包括他衡量生活的价值尺度和他的精神理想内在地规定了他从人的自由的高度来考察生活；他和中国传统关系的对立是整体性的。但由于中国传统文化，尤其是儒家传统在中国政治生活和人民心理结构中无处不在的巨大影响力，这种整体性对立必然更为深刻地体现为鲁迅的自由意识与中国传统的思想体系（特别是伦理道德观念、等级隶属观念以及其他封建主义价值观念）的根本性冲突。

如果说"缄默"意象和"吃人"意象是鲁迅从他的价值角度，

〈1〉［德］马克思：《论犹太人问题》，《马克思恩格斯全集》第1卷，第426页。
〈2〉［德］马克思：《摘自"德法年鉴"的书信》，《马克思恩格斯全集》第1卷，第409页。

并通过经验和感性观察到的封建社会的精神本质，那么，"荒原"意象[1]则体现了鲁迅和他笔下的先觉者力求把所有外界感觉经验同时转化为内在心理事件的趋向。对他们来说，仅仅认识"缄默"和"吃人"这一社会精神特征是不够的，这种外界观察必须同时也是一种心理活动，就是说，这一观察过程应当联系着观察者与对象的联系，而且归根到底这一过程还必须存在于人的灵魂之中。狂人之于他所生存的世界，疯子之于吉光屯，连殳之于村人、族人——当"现代"的体现者置身于奴隶及其主人之中并体会到"缄默"的可怖与"吃人"的残酷时，他们内心深处必然弥漫着一种不可抑制的身处荒原旷野之感。历史的重负，内心的孤独，焦灼的苦闷，复仇的愿望——面对"缄默"的世界和"吃人"的传统，先觉者的全部心态在"荒原"感中得到最为深刻的体现。"荒原"意象从根本上说是作家的一种内心体验，这在《野草》的《复仇》《颓败线的颤动》等散文诗中曾以象征的方式直接表现过。

《孤独者》中两次出现受伤的狼"当深夜在旷野中嗥叫，惨伤里夹杂着愤怒和悲哀"的描写，这两次描写伴随着两次大殓的场面和两位不同主人公如同置身荒原的复杂感受。实际上小说把大殓的现实场面转化为人物的心理事件："荒原"感恰恰来自主体在人群中极为复杂的内心体验。因此，"荒原"意象首先体现为"孤独"和对"孤独"的深切体验。"孤独"来自人物个体意识的觉醒，即从混沌的"群"中分离出来获得个体性自觉。"孤独"是"独醒"的别名，是构成个体对中国社会进行历史性批判的心理前提，"孤

---

[1] 《呐喊·自序》："……凡有一人的主张，得了赞和，是促其前进的，得了反对，是促其奋斗的，独有叫喊于生人中，而生人并无反应，既非赞同，也无反对，如置身毫无边际的荒原，无可措手的了，这是怎样的悲哀呵，我于是以我所感到者为寂寞……"《鲁迅全集》第1卷，第439页。

独者"与社会群体的对立背后隐藏着一种内在精神本质：自由意识通过狂人、夏瑜、疯子、连殳等人的"孤独"找到了自己的表达方式。觉醒的人是孤独的："荒原"意象同时联系着"觉醒"与"孤独"，既给人以击浪于荒海波涛似的解放感，又给人以孤灯一盏孑行于无边旷野似的寂寞与悲凉。

> 今天晚上，很好的月光。
> 我不见他，已是三十多年；今天见了，精神分外爽快。才知道以前的三十多年，全是发昏；然而须十分小心。不然，那赵家的狗，何以看我两眼呢？
> 我怕得有理。[1]

《狂人日记》第一章引起许多争议。在我看来，这段描写的深层含义正是狂人从"发昏"状态挣脱出来的精神解放感和自觉到自己成为整个世界的异化物而必遭迫害的恐惧。《呐喊》《彷徨》以"荒原"意象为其开端意味深长。因为失去这一"荒原"意象便不能有对中国宗法社会"缄默"与"吃人"的精神本质的认识。"荒原"上站立着"个人"：鲁迅把自觉的人与不自觉的人的对立强调到如此尖锐的程度，"这倒不是因为他看不起群众，而是因为他相信他们是仍然沉睡着的力量。他要求人的个性能有最高的发展，也不是想以此否认人民大众的活动，而是希望人们的活动能结出更丰硕的果实，希望个人的高度的精神道德价值能提高人们整体的起作用的力量"。[2]

〈1〉 鲁迅：《狂人日记》，《鲁迅全集》第1卷，第444页。
〈2〉 ［德］蔡特金：《蔡特金文学评论集》，傅惟慈译，人民文学出版社，1978年，第9—10页。

然而，"荒原"意象呈现给我们的还不只是先觉者的"孤独"，更深层的意蕴在于他们对"孤独"的体验和感受。一方面，这种体验和感受体现为他们对自我与"荒原"及其内在灵魂——历史传统的关系的思考，从而发现独立的自我并未真正独立，在精神上仍然存在着与历史传统难以割断的联系，因此，自由的意识在他们身上不仅体现为反对封建伦理关系的外部斗争，而且体现为他们与漫长历史投射在他们心灵深处的阴影的斗争；另一方面，这种体验和感受表现为对于"荒原"的"复仇"情绪和行动，但这种"复仇"情绪与行动往往并不能扰乱"荒原"的沉寂，倒强化了内心的"孤独"和"苦闷"。因此，复仇的情绪和行动在一定意义上说仍然是一种心理事件。

上述两方面往往同时发生。魏连殳在祖母大殓时的大哭便包含多重内容。大殓的仪式集中体现了传统伦理关系，周围麻木的看客则使主人公如坐荒原。这场面不仅使连殳"将她的一生缩在眼前了，亲手造成孤独，又放在嘴里去咀嚼的人的一生"，而且使他意识到自身命运与历史传统的联系："我虽然没有分得她的血液，却也许会继承她的运命。然而这也没有什么要紧，我早已豫先一起哭过了……"[1]这无疑加深了主人公内心的"孤独"和焦灼。同时，连殳的沉默与大哭都是"老例上"没有的，因而使看客们感到讶异和无聊；连殳便在内心如同《野草·复仇》中的主人公那样，"赏鉴这路人们的干枯，无血的大戮"[2]，而体会到一种复仇的快意。这种复仇情绪在小说的结尾表现得更清楚：他违背自己内心的意愿当了师长顾问，用玩世不恭的态度戏弄大良、二良的祖母，"借自己

〈1〉 鲁迅：《孤独者》，《鲁迅全集》第2卷，第100、98页。
〈2〉 鲁迅：《复仇》，《鲁迅全集》第2卷，第176页。

的升沉，看看人们的嘴脸的变化"〈1〉，"将无赖手段当作胜利，硬唱凯歌，算是乐趣"。〈2〉过多地纠缠于连殳当顾问的行动是否是"投降军阀"并无必要，重要的是这种描写自身仍然是一种心理趋向：置身"荒原"的"孤独者"对于落后群众和传统伦理的精神"复仇"。自由意识的现代体现者与历史传统的悲剧性矛盾构成"荒原"意象的精神本质。这种矛盾不仅体现为先觉者与传统秩序、落后群众的毁灭性冲突，而且还体现为先觉者灵魂深处的激烈搏斗。自由意识发展的艰巨性通过一代知识者的命运和心灵在"荒原"意象中得到最充分的表现。

"缄默"意象、"吃人"意象、"荒原"意象构成鲁迅小说的基本材料。这些材料在一个层次上是客观的行为经验，在另一层次上是作家的思想态度。文学的语言服从于审美目的把这两个层次交织在一起。《呐喊》《彷徨》如此强烈集中地表现和重构这三大基本意象，显然与作家衡量和摄取素材时的主观视角与眼光密切相关：中国社会通过"缄默"的精神气氛、"吃人"的社会关系和"荒原"般广阔无边的心理压力，从各方面阻扼人的主体性的生成。鲁迅的进化论、个性主义和人道主义始终没有脱离开鲁迅关于人的个体性自觉的思考，或者说，正是关于后者的思考生发出形态不尽相同的思想因素。这种思考方式更近于现代人本主义思潮，特别是尼采、基尔凯廓尔等人的思考方式，与同代许多其他小说家的那种温和的人道主义和个性解放思想有着深刻的区别。

个体性本身是一种纯粹的理论抽象，因为个体一旦降生于世，他就不是独自的存在，就不能仅仅与自身发生关系。弗洛伊德指

〈1〉 鲁迅：《两地书·七十三》，《鲁迅全集》第11卷，第204页。
〈2〉 鲁迅：《两地书·二》，《鲁迅全集》第11卷，第16页。

出：相对于他们一直就是的主体来讲，个体永远是抽象的，只要注意一下围绕着期望"孩子出生"这桩"喜事"的意识形态仪式就不难明白这一点（试想想鲁迅的《立论》）。鲁迅小说揭示的正是各种宗法的意识形态如何把个体变成一个俯首称臣的人，他屈从于一个更高的权威——伦理的、宗教的、政治的……——因而除了可以自由地接受自己的从属地位外，他被剥夺了全部自由；无论是阿Q、闰土、祥林嫂，还是四铭、高老夫子、鲁四老爷，他们一切主动的、自觉的举动都在这种意识形态之内，或者说，封建宗法制的意识形态使这些个体变成了一种"角色"：他将"完全自行"做出俯首帖耳的仪态和行为。细致地观察可以发现：鲁迅小说中的许多人物只有处于病狂、幻觉、梦境等非自觉的潜意识或非常态的状态，才具备某种个体的、非意识形态的特征。狂人、疯子自不待言，甚至当阿Q糊里糊涂跪下去向吴妈求爱时，他表达的恰恰是一种属于他自己的寻找归宿的需要，而一旦他"清醒"过来，这种个体性的需要便成为可耻和可笑的东西。《肥皂》《高老夫子》表现的不是对于"性心理"的蔑视与嘲弄，而是道德体系对于人的严重扭曲与压抑。

第五节　鲁迅小说的激情类型

　　把《呐喊》《彷徨》的丰富内容和深刻意义全部归结为"中间物"的心灵发展既不现实，也不可能。"体现在某个有才华的作家创作中的完整的艺术体系，按照它源于作家特点的内在规律，可以具有它多方面的内容。从而表现这种内容的形式也可以具有它的风格多样性，这就是表现在某些作品或某几组作品的风格中的显著区别。"[1]鲁迅内心生活的丰富性和复杂性，鲁迅面临的问题的多样性和差异性，都不能要求在这两方面影响下产生的作品呈现出一种单一的特点。鲁迅小说艺术体系与"中间物"的那种内在的、不可分割的联系，丝毫没有掩盖这些小说作为单个作品所具有的独立意义。《呐喊》《彷徨》包含着不同的层次和方面，而这些不同的层次和方面与"核心"的关系自然也有近有远，有亲有疏，从而在作品的题材、体裁与激情类型方面显现出多样性的特点。

然而，一个作家在思想和创作方面越有才能，那么在他的意识中越能产生和表现出要实现他的构思的内在思想创作规律的必要需求，虽然他自己往往并未意识到这一点；而文艺学家也就越能明确地断定这些体现在他的作品中的艺术体系的内在规律。作家的真正的创作才能总是表现在他对艺术可能性的认识和实现上，这种艺术可能性是融化在作家所接受的、考虑成熟的、渗透着他们社会信念的、从未脱离其具体感受的世界观中的。认识和创造性地实现这些可能性的意愿乃是一个作家最高度的精神自由，他的个性的最高度的表现。[2]

历史"中间物"意识作为一种在个人意识中产生、具有自己的本质特性的、从未脱离个人具体感受的世界观，并不是个人意识造成的，而是民族社会生活中一定的客观关系和条件的产物。同时，"中间物"意识虽然是鲁迅理解自身与世界及其相互关系的独特的世界观，但这种世界观却不同于那种抽象的概念体系，它依赖于作为独特个体对世界、历史、时代，尤其是生存于其中的各不相同

〈1〉［苏联］波斯彼洛夫：《文学原理》，王忠琪等译，生活·读书·新知三联书店，1985年，第405页。

〈2〉参见上书，第406—407页。

的人的生活方式和命运的感受、体悟和具体的思考。因此，历史"中间物"意识一方面是鲁迅小说艺术体系的内在形成基础或内在规定性，而另一方面，它又给予这个艺术体系在呈现方式上的丰富的可能性，这种丰富的可能性渊源于作家与社会生活不同方面的复杂关系。

《呐喊》《彷徨》所认识和再现的生活特征本身，体现了过渡时代中国社会城乡生活的面貌，这些既繁复又统一的民族生活内容赋予鲁迅小说艺术体系以某种由外在力量所规定的风格特点。从某种意义上说，这也构成了鲁迅小说艺术体系之不同于其他民族、其他时代作家的艺术体系的独特性。但是，外在的生活特征并不足以说明一个艺术体系的内在联系。在鲁迅小说的艺术体系中，当作家把民族生活的固有特点转化为自己的艺术描写风格，以便表达肯定或否定的思想情感时，不同的生活内容恰恰以各自的方式与作家主体的特点发生了无法分解的关系，那些从表面看是严格非己的、他者的生活内容的呈现方式恰恰体现了主体的某种激情状态。这种激情状态是经由鲁迅的"中间物"意识在面对不同的对象时的具体感受而产生的。因此，当我们探讨鲁迅小说艺术体系的不同方面或层次时，不是根据小说的题材，而是根据该题材与作家主体的关系，该作品所属的激情类型而展开分析。对于鲁迅而言，自觉而强烈的"中间物"意识来源于他对自我与世界的关系的沉思，并以"意识"的方式体现了他在20世纪中国所处的客观历史位置。鲁迅小说艺术体系的不同方面无不标示着主体的这种历史地位和处于这一历史地位的作者的生活和艺术的态度。对现实的感情关系不明确，作家对事物的评价就不能深化到激情的高度，而这种对现实的感情关系对鲁迅来说取决于他的历史"中间物"意识；正是有赖这一独特的感知世界的方式，他才能通过个人和偶然的东西，把自己富有感情的思想深入到人的关系、行为、感受的本质和规律性中去。

悲剧性和崇高的激情、感伤的激情和讽刺幽默的激情——这些不同类型的激情由于体现了"中间物"与社会生活不同方面的关系而获得内在的同一性,而现实主义的激情作为鲁迅小说的构成基础,使得上述激情类型在呈现过程中始终保持着与具体现实生活的真实联系。艺术作品的激情类型不是依据作家的思想"随意性",而是根据被他们正确理解和描绘的性格本身客观存在的特点和矛盾而做出的,因而具有某种深度和明确性。也正由于这种深度和明确性,他们对读者说来才是有说服力的,才能在他们的意识中唤起相应的反响。鲁迅小说艺术体系的激情是一种非常复杂而多方面的现象,虽然各种激情属于现实中的人和艺术作品中的人物的生活和活动的不同方面,但它们并不是互不相关的。因此,它们组成了单独的但常常是互相渗透的组合。从"中间物"与群众的关系的发展,尤其是伴随这一发展而呈现的情感变化,我们已经看到,即便这一单一关系也已包含了肯定性激情如崇高、悲剧性,和否定性激情如讽刺、讥嘲和幽默。而所有这些激情的多方面内容都来自历史"中间物"对于自身与同一对象的不同方面关系的明确认识。诞生在"中间物"与群众关系中的激情方式最深刻地体现了"中间物"在现代历史进程中的历史地位与心理特点,"先觉的精神战士"与悲剧性的历史人物正是在他们清醒地意识到,并试图去改变民众悲惨的物质状况与愚昧的精神状态的过程中,获得了对自身状况的认识。历史"中间物"在理解自身与群众关系过程中表现出的悲剧性激情和喜剧性激情,构成了"中间物"心理与情感方式的基本内容(这一点已如前述),却不是全部内容。这里,我将侧重分析鲁迅小说艺术体系的另三种激情类型:感伤性(对自我分裂的意识)、讽刺与幽默(以及所谓"油滑"与"怪诞")、现实主义。

鲁迅小说中的感伤激情不能与18世纪中叶和后半叶西欧文学中出现的感伤主义相提并论，也不同于郁达夫、郭沫若等小说家面对穷愁与乏爱的人生状况时的感伤主义。那毋宁说是一种善感性，一种由于人的神经感应性和脆弱性而产生的个人心理现象，而感伤性则具有概括性认识的意义。"感受中的感伤性产生于这种时候：人能从他人或自己生活的外部细节中洞察到某种内在意味深长的东西，从这种生活的外部缺陷中洞察到代表最朴实无华的人生真谛的内在美质。这样的洞察力能唤起触动心灵的感情，深刻同情的感情。"[1] 因此，感伤性主要是由于对人的社会性格中某种矛盾的思想认识所引起的一种更为复杂的状态。作为对人的性格矛盾性的一种思想感情评价和进而作为从生活的这一方面来认识生活的激情，感伤性要求这种评价的主体本身不只是具有比较高水平的精神修养，而且还要求他具有可称之为"感情的内省这种思想上和心理上的能力"。[2]

人物本身，特别是它的作者的感情内省是鲁迅小说感伤性激情的一个重要方面。在第二节，我们分析了历史"中间物"的三个基本精神特点，即与强烈的悲剧感相伴随的自我反观和自我否定，对于"死"与"生"的人生命题的关注和对于"黄金世界"的否定。这三种精神特征体现的正是人物和他们的作者的深刻感情内省和充分的自知能力。事实上，不仅狂人、吕纬甫、魏连殳，而且包括鲁迅小说中几乎所有的第一人称叙述者（《孔乙己》中的"我"是唯一的例外）和其他觉醒知识分子，无不以内省的眼光观察自己和外在的生活。《祝福》中的"我"以内省的态度对待祥林嫂的悲剧，

〈1〉［苏联］波斯彼洛夫：《文学原理》，第266页。
〈2〉 同上。

他克制不住地追寻着自己的道德责任；史涓生对爱情及其破灭的追忆是以那样一种自责、忏悔、内省的感伤语调叙述出来；《在酒楼上》《孤独者》中的"我"也是和小说主人公一样充满了忧郁和感伤，他们在岁月的流逝与他人的败亡中内省着自己的人生道路。感情内省是在专制的封建社会里出现了进步的资产阶级关系以后，在个性的道德与思想自决过程中产生的。无论在西方还是中国，内省的能力总是产生于比较有文化的阶层，产生于从顽固的和合法的专制秩序那里解放个性的时期；这时期，"发生了个性的思想解放过程从盲从权威的思想准则和相应的感情与表现方式下解放出来的过程。在中国民族生活的这一阶段，在先觉的知识者中逐渐产生了新的特性，即对自己个性的道德状况及其内在世界发生思想上的兴趣，对感情的自我观察和自我分析发生爱好"〈1〉。鲁迅的"中间物"意识正是这种"自我观察"和"自我分析"的结果，而这种自我观察与分析的过程同样体现在他的小说中，他的人物身上。鲁迅和他笔下的人物共同地感受着自己在反传统过程中与传统的联系，在对人民苦难的关注中潜藏着的道德责任，在与未来生活的深刻联系中体现出的与未来的遥远距离。这一特点在小说中并不是自在地存在着，而是在内省的、自知的主观感情中获得呈现，从而使鲁迅的小说内藏着深刻而丰富的感伤性激情。

另一方面，鲁迅小说的感伤性激情并不仅仅来自鲁迅与他笔下的知识者的自我观察，而且还来自他们对下层人物的内在矛盾的发现，来自他在这些人物"生活的外部缺陷中洞察到代表最朴实无华的人生真谛的内在美质"。如果说鲁迅小说中下层民众与知识分子的悲剧性来自对他们悲惨的生活境遇和命运的理解，来自对他们的

〈1〉［苏联］波斯彼洛夫：《文学原理》，第266—267页。

麻木愚昧的精神生活与他们现实处境之间的内在矛盾的发现，那么感伤性则来自对人物在愚昧麻木的生活缺陷中保留着的那种朴素、优美、自然、善良的品性的沉思，来自由于感到现实生活的堕落腐化并在道德上与之对立的知识者为自己寻求思想上和精神上的寄托的努力。闰土、孔乙己、祥林嫂、华夏两家的母亲……——这是一些属于社会底层的人和保留了宗法制残余的社会阶层，他们在自己的生活、相互关系、挣扎与感受中，程度不同地表现出道德的纯洁和素朴、谦逊与真诚、勤劳和善良。对他们生活的这些方面的认识和思想肯定，是希望从琐碎的当代生活的缺陷与虚伪而缺乏真诚的道德状态中逃脱出来的作家的一种艺术发现。在《故乡》《社戏》等作品中，平凡的普通人的朴素和自然的生活和道德状态，成为作家及其笔下的觉醒知识分子感情内省的对象，在他们心中唤起了敏感性和悠长的忧伤。

鲁迅小说中的感伤激情意味深长，并没有漫无节制地发展。当鲁迅表现知识者的内在矛盾时，他那自觉的使命感、对于知识者与旧秩序的悲剧性冲突的强烈冲动、对于知识者自身的脆弱和其他精神缺陷的严峻态度，使得鲁迅小说的感伤性总是和崇高、悲剧性、自我批判的强烈激情组合在一起。当他在故乡的童年时代和纯朴的人民身上寻找和发现大自然的真趣和朴实无华的人性美的时候，他丝毫没有在这样一种生活状态中吁求崇高的超人的理想，丝毫没有西方浪漫派和感伤主义者那种由厌弃城市文明而把田园生活加以美化的忧郁情调。恰恰相反，当他越是趋近于对故乡与闰土们的纯朴品性的理解时，他越是不能忍受故乡陈腐、落后、愚昧的道德秩序，越是严峻地审判着闰土、阿Q、祥林嫂们自身严重的精神病症，越是义无反顾地"告别"故乡（《祝福》《故乡》）。而这种否定性激情在强度上远远超过了那种肯定的感情内省。但是，感伤性仍然是鲁迅小说艺术体系特别重要的激情类型之一。感情的内省不仅反映了创作主体自身的精神特点，而且也是鲁迅预期的艺术效果之一，他在《答〈戏〉周刊编者信》中，就把"开出反省的道路"[1]作为自己艺术方法的最终目的。

历史"中间物"作为从旧垒中来又反戈一击的先觉者，他与"旧垒"的关系显然是对抗性的。当先觉者站在理性自觉的高度观察旧秩序的时候，他发现，那些在历史上起过程度不同的进步作用的国家机构、社会阶级、社会生活方式极为迅速地失去了它们的内在正义性和进步意义，那些反映以往客观的公民和道德的美德、高尚的气度、荣誉、气节等等人的关系和感受，已成了失去本身内容的生活形式，成为人们主观上的精神寄托，成了人们在道德上高度自我评价和奢望他人同样给以高度评价的基础。而在这样没有公共意义的生活形式、特权和特征中，某些个别的人，如四铭、高老夫子、赵七爷、鲁四老爷……希望自我肯定得越多，臆造的重要性与他们荒谬无聊的生活现实之间的矛盾也就表现得越突出。正如波斯彼洛夫说的，人在对抗性阶级社会里生存的这种内在矛盾性，乃是它客观的喜剧性。[2]

但是，这种客观的喜剧性的发现总来自人对客观现象的概括性思考，对社会生活缺陷的认识，对社会生活中卑劣关系的愤怒，对某些社会阶层、社会机构、团体、运动的代表人物而不是对个别人的个性的敌对感情。"幽默与讽刺是一种激情"[3]，他们体现着发笑的主体与嘲笑的对象之间独特的现实关系。《孔乙己》《白光》《高

〈1〉 鲁迅：《答〈戏〉周刊编者信》，《鲁迅全集》第6卷，第150页。
〈2〉 ［苏联］波斯彼洛夫：《文学原理》，第282—283页。
〈3〉 同上。

老夫子》《肥皂》等小说以幽默与讽刺的形式揭示了旧秩序及其代表人物的荒谬性，但这"揭示"也显现了先觉者对于旧生活的洞悉与憎恶，以及他在与旧生活的关系中所处的理性优势。果戈理关于笑能深化对象、具有"穿透力"的思想，恰可说明鲁迅小说的喜剧性不仅来自艺术对象本身，而且也来自主体对于喜剧性事物的含有讥笑意味的否定之中。别林斯基认为有"幽默的两种形式"，一种是"平静的幽默，在愤怒中保持平静，在狡猾中保持仁厚的幽默"，"另一种严峻而露骨的幽默，它咬得你出血……用鞭子前后左右地抽打你，一种苦辣的、恶毒的、无慈悲的幽默"[1]，这也可称之为讽刺。《孔乙己》《白光》描绘的是落第知识分子的潦倒与狂想，小说主人公本人既认识不到由于自己的理想与实际生活不相适应而产生的自己活动的全部喜剧性，更认识不到这种理想本身在当代生活中的荒谬。

鲁迅从道德的立场审视着旧的秩序对人的生活状态的戕害，他在人物生活状态的内在矛盾中首先看到的是人的正常发展和天性如何在这个秩序中不由自主地扭曲以至毁灭。人物性格的喜剧性内容就这样与"毁灭"的悲剧性内容相交织。在《孔乙己》中，人们还发现了落魄知识者长衫下隐藏着的善良与真诚，于是人们一边嘲笑着孔乙己的迂腐，嘲笑着他那永远放不下的"读书人"架子中掩不住的窘陋，一边又叹息着这个"苦人"所遭受的凉薄。当人们看到这个"站着喝酒而穿长衫的唯一的人"的时候，看到这个在科场连遭失败却带着读书人的优越感频频发问的时候，听到他那"窃书不算偷"的辩解的时候……人们笑了，却又满怀着辛酸和同情。这是

〈1〉［俄］别林斯基：《别林斯基选集》第1卷，满涛译，上海译文出版社，1979年，第191页。

一种幽默的激情。

高老夫子、四铭、鲁四老爷、赵七爷的特点即在于：他们以庄严的姿态捍卫着那些反映旧的生活关系的道德、气节和气度，并以此作为在道德上高度自我评价和奢望他人同样给以高度评价的基础。四铭精神"感奋"地意识到自己挽救社会道德的"使命"，"吁请贵大总统特颁明令专重圣经崇祀孟母以挽颓风而存国粹文"；高老夫子"在《大中日报》上发表了《论中华国民皆有整理国史之义务》这一脍炙人口的名文"，并为女学堂的道德状态而"深感忧虑"；鲁四老爷则以"事理通达心气和平"为自己的座右铭，并长久地供奉着《近思录》和《四书衬》等理学著作……然而，所有这一切已完全丧失实在意义，只不过是失去了自己内容的形式。在鲁迅小说里，这种"失去自己内容的形式"总是由具体的个人来体现的。"而个人，不论他在社会中的地位如何，永远是以自己私人的方式生活的，有主观的自由意志，有自己特殊的精神世界"，"有自己个人的道德命运"。[1] 在这些小说里，鲁迅把对旧的道德与社会秩序的内在矛盾的揭示，同对于那些维护旧道德的个人的卑琐道德状态与他们徒有其表的庄严和高度的自我评价之间的内在矛盾的剥露，交织在一起。这里没有温情，只回荡着反戈一击的历史"中间物"欲致敌于死命的惊心动魄的笑声。这是一种讽刺的激情。

鲁迅小说描写先觉者高度的历史自觉和为社会解放而斗争时的崇高激情，没有导致英雄精神，却引发了深刻的感性内省的感伤性激情；鲁迅小说的感伤性激情没有引导鲁迅的艺术世界进入感伤浪漫主义的王国，没有使小说的内容停留在充满对现实的忧怨与对离群索居的田园生活的向往的秘而不宣的内心世界里，却引发了告别

─────────────

〈1〉［苏联］波斯彼洛夫：《文学原理》，第290页。

"故乡"、执着现实，以自我否定的方式更彻底地否定旧生活的激情；鲁迅小说对于旧秩序的神圣的讽刺幽默的火焰，没有引导他以夸诞、变形的方式去嘲弄对手，却引发他以客观、真实、冷静的方式去分析人的性格和关系本身的喜剧性；鲁迅小说的悲剧性激情表现了现代生活进程与传统秩序的深刻对抗和冲突，但这种冲突的戏剧性内容总是隐于幕后，从而显示了普通日常生活的内在悲剧性。崇高与英雄精神、感伤性与浪漫主义、讽刺幽默与夸诞变形、悲剧性与戏剧性，这些在西方传统中几乎是密不可分的激情组合方式似乎完全不适合于鲁迅的小说。鲁迅的精神中有一种对于日常的、非戏剧化的生活的巨大关注，对于自身与他人的真实生存状态的真切凝视，任何超越常态的生活现象都难以进入他的艺术视野。这里隐藏着鲁迅对深刻的历史真实的理解，潜伏着历史"中间物"与现实存在的生活的内在联系。

现实主义，对于鲁迅来说，不仅仅是艺术地反映生活的原则，而且是一种激情，一种对他所描写的生活特征的理解而产生的遏制不住的内在力量。

> 中国人向来因为不敢正视人生，只好瞒和骗，由此也生出瞒和骗的文艺来，由这文艺，更令中国人更深地陷入瞒和骗的大泽中，甚而至于已经自己不觉得。世界日日改变，我们的作家取下假面，真诚地，深入地，大胆地看取人生并且写出他的血和肉来的时候早到了；早就应该有一片崭新的文场，早就应该有几个凶猛的闯将！[1]

〈1〉 鲁迅：《论睁了眼看》，《鲁迅全集》第1卷，第254—255页。

《论睁了眼看》历来被视为鲁迅的现实主义宣言。应当强调的是，"睁了眼看"不仅仅是鲁迅对艺术真实性的要求，而且是对"国民性的怯弱，懒惰，而又巧猾"的否定性激情，对于"非礼勿视"的传统文学价值观的批判和挑战，也是正视"人生"和"社会现象"的"勇气"。

然而，仅仅指出这一点还是不够的，鲁迅现实主义的起点是正视自己或使自己回到现实，从而在自己与现实的真实联系中理解现实，并在对现实的理解中深化对自身的认识。"回到现实"，意味着作家不是以外在于中国社会现实的伟大挽救者的姿态，不是以冥想的、脱俗的精神漫游者的心态，而是以自己所观察和批判的现实中的普通人的身份与对这种身份的自觉，来描绘环绕自身，甚至规定了自身的赤裸裸的真实。历史"中间物"意识的诞生标志着鲁迅从振臂一呼、应者云集的英雄梦想回到了现实，从而使他获得了自己与自己的批判对象——漫长的历史传统、落后的社会生活、愚昧的民众、残酷的道德体系——之间的实际上并未彻底斩断的联系的认识。正是由于这种深刻的"中间物"意识，鲁迅不再以早年的那种"英雄"心态面对现实，而是以来自旧垒、反戈一击的"普通人‐中间物"的心态去描绘那些与自己处于同一现实的人民。

鲁迅小说所描写的社会历史性格始终包含两个方面内容，一个是意识的方面，即作家内心世界的形成过程；一个是存在的方面，即中国社会各个主要阶层的生活、命运和他们的日常生活环境。人们可以从作品的主题、观念体系、情感趋向等主观的方面，也可以从作品的题材、人物序列、风俗描写、民族风尚、社会生活等客观的方面，还可以从作品的叙事方式的方面，来研究鲁迅小说艺术体系的多样性与统一性。我从鲁迅小说的激情及其种类来研究其体系性，则包含了对上述诸方面的理解。按照黑格尔的观点，激情"不是本身独立出现的，而是活跃在人心中，使人的心情在最深刻处受到感动的普遍力量"，"激情是艺术的真正中心和适当领域，对于作品和对于观众来说，激情的表现都是效果的主要来源"，"激情能感动人，因为它自在自为地是人类生存中的强大的力量"〈1〉，而在别林斯基看来，激情不仅是人的活动的感情范围，而且是一种思想，"激情是什么？激情就是热烈地沉浸于、热衷于某种思想"〈2〉。但是，艺术作品的激情总是根据作家对他所描绘的性格本身客观存在的特点和矛盾的理解而产生的。例如，鲁迅小说的崇高激情发生于作家描绘历史"中间物"的崇高的历史自觉和思想行为的时候，在此过程中，作家"在自己的感情认识中肯定主人公的性格，因而使作品的形象具有相应的倾向性"。"在这种情况下，崇高就不仅是作品中人物活动的激情，而且是决定作品的风格特点和表现在作品中的作家本人创作思维的激情。"〈3〉同样，鲁迅小说的悲剧性、感伤性和幽默讽刺等激情总是产生于鲁迅对客观的社会历史性格及其关系的充满肯定或否定的感情的理解，因而它们既反映了社会历史的存在方面，又反映了作家的主观精神趋向即意识方面，而鲁迅小说艺术形式的多样性总是和作品的激情种类的多样性相一致的。当我们从艺术激情的角度分析鲁迅小说体系时，我们发现，这个艺术体系的多样性与完整性不仅体现为它所反映的中国社会生活的多方面性与有机统一性，而且体现为作为历史"中间物"的作家与他所描绘的社会生活关系的多样性与有机统一性：多样的激情类型从各自的方面

〈1〉 ［德］黑格尔：《美学》第1卷，朱光潜译，商务印书馆，1979年，第288页。参见波斯彼洛夫：《文学原理》，第242页。

〈2〉 转引自［苏联］米·赫拉普钦科：《作家的创作个性和文学的发展》，第28页。

〈3〉 ［苏联］波斯彼洛夫：《文学原理》，第248页。

体现了历史"中间物"在复杂的社会关系中的客观地位，以及基于"中间物"的文化心理特点而生发的对于社会生活不同方面的情感评价。

第六节　鲁迅小说的语言特征

韦勒克在《文学理论》中谈到："特别是在那几种语言传统相互争据主导地位的时代与国家中，诗人对某种语言的使用、态度以及忠诚不仅对这一语言体系的发展是重要的，而且对理解他的艺术也是重要的。"〈1〉《呐喊》《彷徨》作为中国现代白话小说的开山之作，反映了中国现代文化变革过程中语言形式的变迁，而这种形式变迁的方式、程度显然体现了作家的文化选择。

五四白话文运动从一开始就不是一个单纯的文学形式的变革问题。在"文的形式"的变革背后，隐藏着的，是先觉知识分子对改造中国的民族文化心理以至政治制度和道德秩序的内在要求。"这一次中国文学的革命运动，也是先要求语言文字的解放……形式上的束缚，使精神不能自由发展，使良好的内容不能充分表现。若想有一种新内容和新精神，不能不先打破那些束缚精神的枷锁镣铐……"〈2〉"政治界虽经三次革命，而黑暗未尝稍减……盘踞吾人精神界根深蒂固之伦理道德文学艺术诸端，莫不黑幕层张，垢污深积……今欲革新政治，势不得不革新盘踞于运用此政治界精神界之

〈1〉［美］韦勒克、沃伦：《文学理论》，刘象愚、邢培明、陈圣生、李哲明译，生活·读书·新知三联书店，1984年，第187页。

〈2〉胡适：《谈新诗》，《胡适文存》第1集，亚东图书馆，1940年，第233—234页。

文学。"〈1〉五四语言革命所蕴含的深刻的文化与政治内容正是使这一"文的形式"变革获得巨大社会影响的原因。

鲁迅从中国古典语言与落后的民族文化心理、非科学的民族思维形式、民族的愚昧以及由此产生的社会文化等差的永久性等历史现象的关系着眼，把语言变革的重要性与彻底性视为中国社会文化改造的关键问题之一。从五四时代与《甲寅》《学衡》论战并以其白话创作对文言文施行冲击，到30年代"支持欧化文法"和提倡拉丁化，鲁迅终其一生对民族语言的改造发表了许多极其尖锐的言论，其激烈的程度足以使当代人感到震撼以至困惑。比之刘半农文言"直无一字有存在之价值"（《我之文学改良观》）的言论，鲁迅甚至把汉字也一同给予否定："汉文终当废去，盖人存则文必废，文存则人当亡，在此时代，已无幸存之道。但我辈以及孺子生当此时，须以若干精力牺牲于此，实为可惜〈2〉，"倘不首先除去它（指汉字。——笔者注），结果只有自己死"〈3〉，"汉字不灭，中国必亡"〈4〉，它使"全中国大多数人民，永远和前进的文化隔绝，中国的人民，决不会聪明起来"〈5〉，"方块汉字真是愚民政策的利器"，"也是中国劳苦大众身上的一个结核，病菌都潜伏在里面"。〈6〉为了改变民族的简单、混沌、模糊、非理性、非逻辑的思维形式，鲁迅在翻译上主张"宁信而不顺"〈7〉，在文法上强调复杂、难懂却更为精确

〈1〉 陈独秀：《文学革命论》，《独秀文存》第1卷，亚东图书馆，1922年，第137—139页。

〈2〉 鲁迅：《190116致许寿裳》，《鲁迅全集》第11卷，第369页。

〈3〉 鲁迅：《关于新文字》，《鲁迅全集》第6卷，第165页。

〈4〉 芬君（陆诒）:《鲁迅先生访问记》，《鲁迅访问记》，登太编，上海长江书店，1936年11月，第133页。

〈5〉 同上。

〈6〉 鲁迅：《关于新文字》，《鲁迅全集》第6卷，第165页。

〈7〉 鲁迅：《关于翻译的通信（并J. K. 来信）》，《鲁迅全集》第4卷，第391页。

的欧化的语言结构。〈1〉鲁迅认为现有的文字已不能代表中国的整个文化，参见《且介亭杂文·中国语文的新生》。他从"自身受汉字苦痛很深"〈2〉的经验中感到艰深的汉字是"我们的祖先留传给我们的可怕的遗产"。〈3〉

鲁迅不只把语言变革简单地视为"文的形式"的变革，而是从他深刻的文化批判意识和"改造国民性"的一贯主张出发，把他的语言实践纳入对传统文化和政治制度的批判与决裂的过程中。然而，也正是这样一种理性上的激烈的批判意识，使鲁迅自身陷入了两难困境：一方面，中国语言体现了中国社会文化的保守性质，因而对传统文化的否定导致了对中国语言形式的否定；另一方面，甚至这种自觉的否定过程也必须借助中国的特有语言形式。

语言无论什么时候都是每个人的事情；它流行于大众之中，为大众所运用，所有的人整天都在使用着它。在这一点上，我们没法把它跟其他制度做任何比较。法典条款，宗教仪式，以及航海信号等等，在一定的时间内，每次只跟一定数目的人打交道。相反，语言却是每个人每时都在里面参与其事的。因此它不停地受到大伙儿的影响。这一首要事实已足以说明要对它进行革命是不可能的。在一切社会制度中，语言是最不适宜于创制的。它同社会大众的生活结成一体，而后者在本质上是惰性的，首先就是一种保守的因素。语言的变化过程中，"总是旧有材料的保持占优势；对过去不忠实只是相对的。所以，变化的原则是建立在连续性原则的基础上的"〈4〉。

〈1〉 参见《且介亭杂文·答曹聚仁先生信》（《鲁迅全集》第6卷，第78—81页）、《花边文学·顽笑只当它顽笑》（《鲁迅全集》第5卷，第547—555页）等文。

〈2〉 芬君（陆诒）：《鲁迅先生访问记》，《鲁迅访问记》，第133页。

〈3〉 鲁迅：《无声的中国》，《鲁迅全集》第4卷，第11页。

〈4〉 ［瑞士］索绪尔：《普通语言学教程》，高名凯译，商务印书馆，1980年，第110—112页。

五四白话文运动用新鲜的口头语变革僵化的书面语，变革本身依赖的正是旧有的语言结构和语汇系统，只是使得这种传统的语言结构和语汇系统改变了其在总体文化结构中的地位。欧化的语法结构和语汇对这一在新的时代眼光下呈现异彩的"口语"文进行多方面的渗透，但实际的趋势却是为原有的语言所吸收和改造，进而被纳入自己的系统。鲁迅等人对汉语言的革命性变革不仅没有消灭汉字，相反却丰富了汉语言。面对积淀着漫长的历史文化传统并在千百万民众中流传的语言，知识者的意志固然不起决定作用，相反，立意改革的知识者的意志、思想、情感、观念……却不得不受这一语言传统及其包蕴的民族文化积淀的影响，并通过它来表达自身。对于鲁迅这样深受中国古典文化耳濡目染的人来说，甚至他以自觉的变革态度写下的白话文学也无法摆脱旧文言的语言方式、语言习惯和语汇系统的浸染。

鲁迅正是在自己与传统的语言对抗中发现了自己的行为模式、思想方法、情感态度与传统的联系，获得了关于"中间物"的"清醒的文化自我意识"。对历史的反叛恰恰显示了反叛者的历史性，对传统的理解同时也是对自身的理解。

> 别人我不论，若是自己，则曾经看过许多旧书，是的确的，为了教书，至今也还在看。因此耳濡目染，影响到所做的白话上，常不免流露出它的字句，体格来。但自己却正苦于背了这些古老的鬼魂，摆脱不开，时常感到一种使人气闷的沉重。就是思想上，也何尝不中些庄周韩非的毒，时而很随便，时而很峻急。[1]

---

〔1〕 鲁迅：《写在〈坟〉后面》，《鲁迅全集》第1卷，第301页。

由自己语言的文白交杂看到的，是自己自觉的变革态度和结果无法摆脱自己的变革对象；这种语言变革的自觉性越高，越能显示出自己从思想感情到语言模式在传统与现代之间的挣扎。鲁迅的"中间物"概念起源于他对自己语言的自我省察，这在一个更为基本的方面展现了鲁迅观察现实与自我的开阔的文化眼光，同时也说明了鲁迅艺术语言的深刻的"中国"性质。

语言，是文化传统中最具稳定性的因素，也是一种社会文化得以延续发展的基本条件。鲁迅从语言角度对自己的文化心理结构的自省，深刻地显示了一个在观念上认同现代的知识者对自己与传统关系的思考和忧虑。鲁迅在语言问题上的偏激言论在另一个范围内，即对中国文化传统的特点及其与自我关系的反省之中，却显示了独特的历史眼光。正是意识到了这种实际上无法摆脱的联系，鲁迅对传统，特别是传统的语言采取的不是全面的否定，而是从西方、民间吸取精密的、生动的语言成分，对中国传统语言进行创造性的转化。

值得注意的是，五四白话运动并不是对中国语言本身的革命，而是对中国上层文化的语言习惯的革命，其批判否定的矛头是：模仿古人、无病之呻吟、用典、对仗、滥调套语[1]、雕琢阿谀、陈腐铺张、迂晦艰涩[2]；其倡导的原则是：言之有物、讲求文法、俗字俗语[3]、平易抒情、新鲜立诚、明了通俗；其基本的趋向是：准确精密、生动活泼、通俗规范。在这里，问题的关键不是摧毁语言本身，而是建立和形成现代的语言规范。

---

[1]　胡适：《文学改良刍议》，《新青年》第2卷第5号，1917年1月1日，第1页。

[2]　陈独秀：《文学革命论》，《独秀文存》第1卷，第136页。

[3]　胡适：《文学改良刍议》，《新青年》第2卷第5号，1917年1月1日，第1页。

作为五四白话运动的产物，鲁迅小说的历史任务不仅仅在审美的、思想的方面，而且是在建立新的语言规范：它们讲究语法，运用白话，吸取欧化句法却力求平易通俗，采用民间语汇却力避狭隘的方言，既能精确地描写与抒情，又不失中国语言固有的含蓄蕴藉、形象和诗意。鲁迅在创作实践过程中，显然没有对中国语言传统做单一的理解，而是把这个传统理解为集合体：书面的、口头的、阶层的、地方的、僵死的、生动的，从而鲁迅的态度是择取与转化，而非凭空的创制。但是，把鲁迅小说创作视为建立新的语言规范的过程，并不意味着艺术作品形式上的"规范化"，恰恰相反，新的语言规范为鲁迅的艺术个性提供了形式的多种可能性。正像托斯卡尼尼或卡拉扬指挥下的辉煌乐曲一样，艺术的形式中融会了主体的个性气质和精神风貌。因此，新的语言形式规范恰恰是艺术风格多样化的必要条件。

鲁迅小说文白交杂兼容欧化语法的语言特征显示的，正是从传统向现代转变，并与西方社会文化相交会的过渡的时代特点。鲁迅小说语言的这种"中间性"与鲁迅小说所描绘的时代生活的"过渡性"之间的对应关系，使得鲁迅能够进退自如、灵活多变地根据描写对象的不同而调整自己的语言方式，从而作品的"素材"完全"同化"到"形式"之中。

成功的艺术作品总是把语言，人类的行为经验、思想态度按照审美目的组成为复调式的联系。因此离开小说的文体，离开这种文体与小说内容的联系，孤立地研究语言成分是语言学家的事，却不能说明小说语言的特别关系，并从这种关系之中发现鲁迅小说语言的独特性——这是研究鲁迅小说文体与语言的适当途径。这里我将从词汇与对其要表达的事物的关系、词汇之间的关系、词汇与整个语言系统的关系、词汇对作者的关系四个方面，对鲁迅小说的文体进行抽样分析。

根据词汇与对其要表达的事物间的关系，鲁迅小说文体体现了简洁与冗长、明确与模糊、低级与高级、纯朴与修饰、简练与夸大、沉静与激昂的对立统一。中国传统语言由于定语、状语和被动语式、虚拟语气的不发达，语言风格往往短促而简洁。鲁迅小说的文体继承了中国语言的这种简洁特点，同时又吸收欧化语法的句型结构，特别是在表现知识分子的复杂心态时，呈现了简洁与冗长的结合。试看下面几句：

> A.如果我能够，我要写下我的悔恨和悲哀。
>
> 会馆里的被遗忘在偏僻里的破屋是这样地寂静和空虚……〈1〉
>
> B.就如蜻蜓落在恶作剧的坏孩子的手里一般，被系着细线，尽情玩弄，虐待……〈2〉
>
> C.我要遗忘；我为自己，并且要不再想到这用了遗忘给子君送葬。〈3〉

A、C两句先是短促、突兀、激昂的句子，却继以冗长的、缓慢的句子，长长的定语和状语显示了主人公复杂的、起伏的心态；A句与B句以虚拟的、被动的句式表达主人公情不能已的愿望与联想，展现了涓生深刻的内心悸动：追悔、失落、无奈、悲哀……再看这样两个句子：

〈1〉 鲁迅：《伤逝》，《鲁迅全集》第2卷，第113页。

〈2〉 同上书，第128页。

〈3〉 同上书，第133页。

屋子和读者渐渐消失了，我看见怒涛中的渔夫，战壕中的士兵，摩托车中的贵人，洋场上的投机家，深山密林中的豪杰，讲台上的教授，昏夜的运动者和深夜的偷儿……子君——不在近旁。[1]

四围是广大的空虚，还有死的寂静。死于无爱的人们的眼前的黑暗，我仿佛一一看见，还听得一切苦闷和绝望的挣扎的声音。[2]

第一个句子是一系列经过修饰的名词叠加，外现的形式是明确、简洁的，然而这些似乎不相干的名词不加中介地连接在一起，却近于中国古典诗歌与词赋的特点（如"枯藤老树昏鸦"），名词的铺陈构成了一种模糊的、内蕴的意境：一种对动荡却富有生气的生活的想往，而后续一句，"子君——不在近旁"，表达的则是对子君的失望。第二句采用倒置的语序，把有着三个定语的宾语置于主谓语之前，后续一句则又采用顺序结构，完全吻合人物骚动不宁的心态，而在语法构成上明显吸取了欧洲句法的结构形式。同时在"空虚""寂静""黑暗""声音"这四个或虚或实的名词之间，由于语法结构的变化又似乎成为四种不相关联的状态的组合，其效果与中国古典诗文的上述特点又颇有相通之处。

上述两例在一个方面显示了鲁迅小说文体的词汇与词汇之间的关系：紧凑与松散、造型与音乐性、平滑与粗糙、素淡与色彩斑斓的结合。在上述两例中修饰语与名词的结合紧凑而明确，名词与名词间的关系却显得松散，短长相继使语句富有音乐性，短句与铺陈

〈1〉 鲁迅：《伤逝》，《鲁迅全集》第2卷，第124页。

〈2〉 同上书，第131页。

排比使语句十分流畅平滑，而语词表达的意境的大跨度跳跃则显现了立体感，中间语的省略使语句变得粗糙。一般而言，鲁迅小说的语言以白描著称，但细心的人不难发现经过缜密修饰的描写和斑斓的色彩：

> 倒塌的亭子边还有一株山茶树，从暗绿的密叶里显出十几朵红花来，赫赫的在雪中明得如火，愤怒而且傲慢，如蔑视游人的甘心于远行……⟨1⟩

暗绿、雪白与火红交相辉映，"愤怒""傲慢""蔑视"等主观感觉性的词汇增强了艺术气氛，而三个起定语作用的装饰语远远而松散地拖在"红花"的后面，句法结构是欧化的。

> 五年前的花白的头发，即今已经全白，全不像四十上下的人；脸上瘦削不堪，黄中带黑，而且消尽了先前悲哀的神色，仿佛是木刻似的；只有那眼珠间或一轮，还可以表示她是一个活物。⟨2⟩

这里也存在着暗淡的色彩，却完全是白描式的，形容词与名词紧密相联，语句平易流畅。

从词汇与整个语言系统的关系看来，鲁迅小说把口语与书面语、白话文与文言文相结合，深刻显示了鲁迅小说的语言系统在中国语言变革中的历史性，也生动地表现了鲁迅文体富有生命力的艺

⟨1⟩ 鲁迅：《在酒楼上》，《鲁迅全集》第2卷，第25页。
⟨2⟩ 鲁迅：《祝福》，《鲁迅全集》第2卷，第6页。

术个性。鲁迅这样谈论自己的文体："没有法子，现在只好采说书而去其油滑，听闲谈而去其散漫，博取民众的口语而存其比较的大家能懂的字句，成为四不像的白话。这白话得是活的，活的缘故，就因为有些是从活的民众的口头取来，有些是要从此注入活的民众里面去。"[1]鲁迅把语言的"活"作为根本目标，以民众口语为基准，融会中外古今雅俗，形成了富于变化、内蕴丰富的文学语言体系。

> 沉默像一声清磬，摇曳着尾声，周围的活物都在其中凝结了。[2]
> 我在这繁响的拥抱中，也懒散而且舒适，从白天以至初夜的疑虑，全给祝福的空气一扫而空了，只觉得天地圣众歆享了牲醴和香烟，都醉醺醺的在空中蹒跚，豫备给鲁镇的人们以无限的幸福。[3]

——这是白话语言，却雅而不俗，并不口语化。

> "阿Q，你的妈妈的！你连赵家的用人都调戏起来，简直是造反。害得我晚上没有觉睡，你的妈妈的！……"[4]
> "我实在喜欢得了不得，知道老爷回来……"
> "阿，你怎的这样客气起来，你们先前不是哥弟称呼么？……"

〈1〉 鲁迅：《关于翻译的通信（并 J. K. 来信)》，《鲁迅全集》第4卷，第393页。
〈2〉 鲁迅：《长明灯》，《鲁迅全集》第2卷，第63页。
〈3〉 鲁迅：《祝福》，《鲁迅全集》第2卷，第21页。
〈4〉 鲁迅：《阿Q正传》，《鲁迅全集》第1卷，第528页。

"这一点干青豆倒是自家晒在那里的,请老爷……"〈1〉

——这是纯粹的白话口语,"喜欢得了不得""怎的""自家"等语则带有地方色彩。

　　　这百无聊赖的祥林嫂,被人们弃在尘芥堆中的,看得厌倦了的陈旧的玩物,先前还将形骸露在尘芥里,从活得有趣的人们看来,恐怕要怪讶他何以还要存在,现在总算被无常打扫得干干净净了。魂灵的有无,我不知道;然而在现世,则无聊生者不生,即使厌见者不见,为人不已,也还都不错。〈2〉

——文言书面语词,复杂的装饰关系,欧化的句法结构,和白话语言相互渗透交织、难以分解。至于鲁迅小说语言中如"辛苦恣睢"〈3〉等难解的语词和《狂人日记》的文言小序等,更明白地呈现了鲁迅小说与旧的语言系统的关系。

　　从词汇与作者的关系来看,鲁迅小说常把客观的摹写、叙述与主观的象征、隐喻、意象和意境相配合。关于鲁迅小说的意境及其与中国古典散文、唐宋传奇的关系已有人做了专门的探讨,这种意境中形、神、情、理的统一和中国古典语言及其语句构成显然有着内在关联。象征、隐喻、意象等修辞方法无论古今中外均很发达,但中国语言中象征、隐喻、意象一般较为具体并主要通过视觉来表现,如《长明灯》中的"灯"象征着传统老例等等,而鲁迅小

〈1〉　鲁迅:《故乡》,《鲁迅全集》第1卷,第508页。
〈2〉　鲁迅:《祝福》,《鲁迅全集》第2卷,第10页。
〈3〉　鲁迅:《故乡》,《鲁迅全集》第1卷,第510页。

说中的象征、意象往往对应着某种心理感觉，并且在小说构思中这些修辞方法获得了系统性，成为小说的构成基础。即如《长明灯》，"灯"的象征的对应关系极为明确，但整个小说构思是"疯子扑灭长明灯而遭迫害"这一系统的隐喻性象征。

《狂人日记》采用的是一种系统的象征性隐喻。一般说来，象征具有重复与持续的意义，在这个意义上说，狂人及其一系列心理幻觉都不构成持续的意义，而只是在这篇小说中才显示了独特的意义。鲁迅小说中许多感觉性意象如孤独寂寞的意象、挣扎前行的意象、吃人的意象、重压的意象……把有关过去的感受上、知觉上的经验在心中重现或回忆，并通过语言表达出来。中国语言特有的含蓄与模棱两可使得中国小说和诗文特别富于隐喻、转喻的特点，而西方文学系统的心理分析和象征主义，对于鲁迅创造性地利用中国语言的这一特色显然起了重要的作用。其最为突出的表现就是鲁迅创造了一种背离正常用法的语言来表现背离正常的精神生活引起的精神激动。例如《狂人日记》《白光》《高老夫子》《弟兄》等，那种断续的、不连贯的、跳跃的、松散的、变形的、扭曲的语言，表现了主人公不受理性控制的变态的心理逻辑，这种人物的心理流动造成的不合规范的文体显然深受西方现代文学的影响。

细致全面地分析鲁迅小说的语言艺术不是我的主要目的。我想说明的是，鲁迅作为历史文化的"中间物"，他的语言，他的思维形式和内容，既是对中国传统语言与思维形式和内容的挑战、反叛，又是以本国语言传统的整个发展——文人传统与民间传统两方面为基础的，以社会文化关系的语言形式以及思维方式和内容为基础的；同时，鲁迅对本国语言传统的革新本身深刻地体现了东西两大文明的渗透和冲撞。欧化的语法结构和欧化的语词的出现，不仅是中国现代语言规范形成过程的必然现象和革新因素，而且意味着伴随语言方式的变化而必然发生的思维方式的变化。鲁迅小说语言确实体现了半文半白、亦文亦白、半中半西、亦中亦西的特点。但其基本内容却是现代普通口语。鲁迅小说语言"混合的"、"过渡的"和"中间的"特点,既是作家"混合的"、"过渡的"和"中间的"文化心理结构的体现,又是近现代中国"混合的"、"过渡的"和"中间的"社会文化特点的产物,更是人类文化相互影响渗透而趋于一体化的历史趋势使然。对于本文更有意义的是,鲁迅正是通过对自己在语言上与自己的叛逆对象之间无可奈何的联系的认识,获得了"中间物"的自我意识,而这种自我意识又奠定了他对世界、人生、自我及其相互关系的理解方式和情感态度。鲁迅小说作为作家对世界、人生、自我及其相互关系的读解,是以这种深刻而复杂的"中间物"意识作为起点的,而其丰富多样的艺术形态也从各个方面体现了"中间物"的精神特征。

第四章

"反抗绝望"的人生哲学

　　鲁迅小说的重要特点，就在于它对社会悲剧状态的理解和认识不仅不超越于个体之外，而且正是以个体的命运、个体的思虑、个体的全部心理悲欢来承担和体验。因此，在小说客观的、独立自足的故事和人物背后，还存在一种形而上的意味：一种深刻的人生体验和"反抗绝望"的人生哲学——一种不同于人道主义、个性主义、进化论或民主主义等普遍性的意识趋向的东西。那是一种对生命的非理性的把握，一种属于人生"态度"范畴的精神现象。从这个意义上说，《野草》所表达的那种与人的忧虑感相结合的形而上学经验论同样存在于《呐喊》《彷徨》的活生生的、具体可感的真实画面中。

第一节　《野草》的人生哲学

　　面临自己孤独人生旅程的不可挽回的归宿——坟，"过客"说出了震动人类心灵的古老格言："我只得走。我还是走好罢……"（《过客》）把"死亡"与"走"联结起来的，是一种相当复杂的人生哲学，那种关于个体及其与世界关系的忧虑与探索，不论就其给予现实人面对现实人生的启示，还是就其关于生存的哲学体验的深度和思维的丰富复杂性，都达到了较高的思维水平。因此，我对《野草》的研究不是就具体篇章做现实性的还原，以说明这些文字在鲁迅生活中、在当时的现实状况中体现怎样的意义（这当然是绝对必要的），而是把《野草》当作一种思想性著作、一种完整的人生哲学体系去阐释。解释学代表人物、德国哲学家 F. 施莱尔马赫说过："一个作者的词汇和所属时代历史作为一个整体相互关联，他的当代写作必须被理解为这一整体的局部，而整体反过来又需要从局部加以理解"；"完整的知识总是处于这一明显的循环之中，每一个独特的局部都必须通过整体加以理解，反之亦然。只有经由这一方式形成的每一条知识才是科学的"。[1]《野草》的整体性正体现在它的众多局部保持着一种循环联系，而我也就把它作为一个完整的人生哲学体系去追索该书关于生存的思考的推衍过程，只是在这之后才对这个思维整体的文化哲学背景和社会心理根源进行分析。换言之，我不把《野草》作为一般的、如鲁迅谦称的"随时的小感想"，而作为凝聚了鲁迅深刻体验与哲思的思想著述来研究——卓越的和成熟的思想家的小感想也可以构建出庄严的思维大厦。人类文化史上不是已有许多闪耀着天才之光的例证吗？从中国的孔孟到西方的苏格拉底、柏拉图，还有对《野草》产生深刻影响的《查拉图斯特拉如是说》。

竹内好曾说，《野草》的24篇短文与《呐喊》《彷徨》中的小说的每个系统多少有点联系。不论这种联系是否可以确证，《野草》

〈1〉 Friedrich Schleiermacher, *Hermeneutics and Criticism, And Other Writings*, Translated and edited by Andrew Bowie, Cambridge University Press, 1998, p. 24.

都构成了对小说的解释或缩图。[1] 竹内实际上是把《野草》的具体篇章作为小说原型来看待的，而我则试图从总体上把握两者的精神联系，即《野草》的"反抗绝望"的形上经验论如何与小说的生活画面获得一种"隐秘的融合"。

一　无家可归的惶惑

《野草》关于生存的思考起源于一种根本性的情绪：深刻的焦虑与不安——一种找不到立足点而飘浮于空中的惶惑心态。这种焦虑与不安不是对于某种确定的东西——例如其中提到的"牢笼""地主""眶外的眼泪"的恐惧，恰恰相反，这种情绪似乎没有具体的对象，也不来自某一方面的原因，却如深山迷雾，如远海伏波，无处不在。这是一种置身于"无地""无物之阵"以及《过客》中的"空间上表现的时间上的两难困境"时，"我"对自身的根本性忧虑：

> 我不过一个影，要别你而沉没在黑暗里了。然而黑暗又会吞并我，然而光明又会使我消失。
>
> 然而我不愿彷徨于明暗之间，我不如在黑暗里沉没。
>
> 呜呼呜呼，我不愿意，我不如彷徨于无地。[2]

时间的自然流逝在这里变得模糊不清（"不知道时候的时候"），而空间也成为虚无（"影"并无实体意义）。选择不是在生死之间，而是面对惶惑的生命存在本身。"影"摒弃天堂、地狱、黄金世

〈1〉[日]竹内好：《鲁迅》，第96页。

〈2〉鲁迅：《影的告别》，《鲁迅全集》第2卷，第169页。

界，并深信自己将既不容于黑暗，也不容于光明，终于彷徨于"无地"——自此，"我"与世界的关系可归结为绝对的无依托性，因为在这里受到威胁的不是人的一个方面或对世界的一定关系，"而是人的整个存在连同他对世界的全部关系都从根本上成为可疑的了，人失去了一切支撑点"〈1〉，一切乐观主义的信仰都土崩瓦解。甚至连那些熟悉的、从未分离的事物（"人"）也将消逝于缥缈的远方，留下的只是绝对孤独和绝望的自我。于是，《野草》诞生了一种类似于"被抛入世界"（海德格尔）、被投入毫无意义或荒诞的存在之中的感觉（基尔凯郭尔、卡夫卡、萨特、加缪）的东西——我称之为"无归宿感"：

> 翁——客官，你请坐。你是怎么称呼的。
>
> 客——称呼？——我不知道。从我还能记得的时候起，我就只一个人，我不知道我本来叫什么。我一路走，有时人们也随便称呼我，各式各样地，我也记不清楚了，况且相同的称呼也没有听到过第二回。
>
> 翁——阿阿。那么，你是从那里来的呢？
>
> 客——（略略迟疑）我不知道。从我还能记得的时候起，我就在这么走。
>
> 翁——对了。那么，我可以问你到那里去么？
>
> 客——自然可以。——但是，我不知道。从我还能记得的时候起，我就在这么走，要走到一个地方去，这地方就在前面。〈2〉

〈1〉［德］施太格缪勒：《当代哲学主流》（上卷），王炳文等译，商务印书馆，1986年，第182页。
〈2〉鲁迅：《过客》，《鲁迅全集》第2卷，第194—195页。

"我"既不知道自己是谁，从何处来，到何处去，只是处于一种先天决定了的机械运动即"走"之中，从而深刻地体验到自身"被抛入世界"的特点：当"我"被置入这个身体、这个性格、这个历史场面、宇宙中的这个位置、这个属于"我"的机械运动中时，"我"既未经征询，亦未经自己同意[1]，因此"我"的存在本身便具有荒诞的意味。

二　走向死亡的生命

从个体观点看，这种对"自我"的认识不仅加强了人的偶然性感觉，而且还强化了人的必死性感觉："走"向死亡，走向鲜花覆盖的坟墓——这种"必死性"恰恰构成了"我"的生存状态的根本性因素。在《野草》中，死亡主题不仅占有中心地位，而且对死亡的阐释和态度构成了《野草》哲学的重要内容和基本逻辑。

死亡是人类借以反省自身及其与世界关系的重要窗口。"如果没有死亡问题，恐怕哲学也就不成为哲学了。"[2]古代的苏格拉底把哲学定义为"死亡的准备"，当代的加缪则宣称："只有一个真正严肃的哲学问题，那就是自杀。"[3]死亡问题或者判断人值得生存与否，正是一切关于个体生存的哲学的基本问题，因为恰恰是在这种终极关切中，人对自身与世界的怀疑达到了空前深刻的高度，而人面对自身命运和世界的态度又以这种怀疑的深刻性为前提。中国传统人生思想在死亡问题上大致区分为两种。庄子及其后继者用"其生若浮，其死若休"的观念沟通生与死，从而掩盖了人生的悲凉

〈1〉　参见［德］施太格缪勒：《当代哲学主流》（上卷），第182页。
〈2〉　［德］叔本华：《爱与生的苦恼》，陈晓南译，中国和平出版社，1986年，第149页。
〈3〉　［法］加缪：《西西弗的神话》，《文艺理论译丛》（3），第311页。

与短暂，在弃绝一切个体生存的感情和考虑的冷静外观之中，隐藏着追求人的无限性和永恒的激情。孔子则把"闻道"与"死"联结起来，从而引申出中国文人把"死亡"当作道德态度的思路。所谓"志士仁人，无求生以害仁，有杀身以成仁"（《论语·卫灵公》）。所谓"不知生，安知死"，都是由生观死，把死作为一种生的延续，一种面对绝对道德、命令的态度。屈原《离骚》"首尾二千四百九十言，大要以好脩为根柢，以从彭咸为归宿。盖宁死而不改其脩，宁忍其脩之无所用而不爱其死"〈1〉；然而正是意识到自己的道德理想必须在死亡之中获得最深刻、最辉煌的体现，他才把个体的生命表现得那样高洁、美丽，才那样充满爱恋与焦灼地往观四荒，上下求索，奄忽神游，延伫逍遥。对于屈原来说，死亡与其说是个体生命的永恒消逝，毋宁说是一种个体生命的情感化了的道德态度，是对一种永恒与绝对的价值理想的充满感性生命的肯定。

鲁迅的死亡观不仅摆脱了道家文化中的那种对无限性的激情，而且也不再把死亡视为对超越个体生存之外的绝对物的肯定。在《野草》中，死亡不是作为把人引向生命顶峰，并使之第一次获得充分意义的东西出现的（如屈原）；相反，死亡进入并存在于现实人的生命活动中，从而深化了认知死亡、想到死亡的人对生命过程的自觉意识。恩格斯这样谈论现代的死亡观："今天，不把死亡看作生命的重要因素，不了解生命的否定实质上包含在生命自身之中的生理学，已经不被认为是科学的了。因此，生命总是和它的必然结果，即始终作为种子存在于生命中的死亡联系起来考虑的"，"生

〈1〉 蒋骥语，转引自《先秦文学史参考资料》，中华书局，1962年，第535页。

就意味着死".[1]而人则以这种意识为基础紧张地思考生命的意义和生命的抉择问题。

加缪在谈到生命意义问题时说："现代处世态度与传统处世态度的区别就在于，传统处世态度蕴含着道德问题，而现代处世态度充满玄学问题。"[2]《野草》关于死亡的描绘如此集中，如此尖锐，如此紧紧地附托于生命过程，实质上体现了鲁迅就死亡在生命本身中的功能阐释和认识死亡的态度，以及从生命终点（未来）反顾生命意义（现在）的追问：

> 过去的生命已经死亡。我对于这死亡有大欢喜，因为我借此知道它曾经存活。死亡的生命已经朽腐。我对于这朽腐有大欢喜，因为我借此知道它还非空虚。
>
> 野草，根本不深，花叶不美，然而吸取露，吸取水，吸取陈死人的血和肉，各各夺取它的生存。当生存时，还是将遭践踏，将遭删刈，直至于死亡而朽腐。
>
> 但我坦然，欣然。我将大笑，我将歌唱。[3]

生命的流逝意味着死亡与腐朽，因而人与死亡有着一种持续不断的联系，生命无非是"趋向死亡的存在"（海德格尔）。然而，死亡与朽腐同时也证明了生命的存在，这样就超越了对死亡本身的恐惧：死亡并不等于空虚，而是意识到死亡的人的生命历程本身。由于死不再仅仅被理解为生命的终结，而且也是自始至终贯注于生命流程

〈1〉［德］恩格斯：《自然辩证法》，《马克思恩格斯全集》第20卷，人民出版社，1971年，第639页。

〈2〉 王忠琪等译：《法国作家论文学》，生活·读书·新知三联书店，1984年，第305页。

〈3〉 鲁迅：《野草·题辞》，《鲁迅全集》第2卷，第163页。

的，因而"死亡"意象实际上也就是凝结了的生命意象——《野草》把死亡转化为对生命形态和生命意义的思考，这绝不是一般的艺术方法（如象征）的需要，而是以这种深刻的哲思为基础的：

> 这是死火。有炎炎的形，但毫不摇动，全体冰结，像珊瑚枝；尖端还有凝固的黑烟……这样，映在冰的四壁，而且互相反映，化为无量数影，使这冰谷，成红珊瑚色。[1]

这是如何的精彩绝艳，如何的神圣庄严！"快舰激起的浪花，洪炉喷出的烈焰"[2]——这些生命形态息息变幻，永无定形，而"死去的火"才呈现了生命的本然意义。

在《死火》中，死亡并不是真正的、通常理解的生命终点，并不是一条生命道路的尽头，相反，它进入并存在于生命之中，使人在生命的有限性的认识中，确立一种投入的、创造的态度：当复活的火面临或者烧完、或者冻灭的必死性局面，他选择了前者：

> "那我就不如烧完！"
>
> 他忽而跃起，如红慧星，并我都出冰谷口外。有大石车突然驰来，我终于碾死在车轮底下，但我还来得及看见那车就坠入冰谷中。
>
> "哈哈！你们是再也遇不着死火了！"我得意地笑着说，仿佛就愿意这样似的。[3]

〈1〉 鲁迅：《死火》，《鲁迅全集》第2卷，第200页。
〈2〉 同上。
〈3〉 同上书，第201页。

死亡在这里越过了终结性的东西，而赋予生命以另一种性质——死亡在生命过程中成为一种创造性的力量，成为促使生命实现的内在动因。换言之，由于死亡和生命活动存在着无可分割的持续联系，因而《野草》对死亡的探讨毋宁说是对个体生命趋向死亡与超越死亡的过程的探讨，其独特性正在于从未来的死亡中把握现在的生命形式和意义。

鲁迅对死的思考以及由死的思考而生发出的创造精神在思路上与尼采有相似处。尼采说，人人期待着未来，"死和死的寂静是属于这未来的唯一之物，确定无疑的、大家共有之物！但是，这唯一的确定性和共同性对人几乎不起任何作用，人们居然远离那种感觉，即感觉不到他们是死神的弟兄，这是多么奇怪呀！看到人们坦然赴死，根本无所顾虑，真叫我乐不可支！我愿意有所作为，以便使他们懂得对于生的思索有着百倍的价值"[1]。这样，他似乎由对死的思考而引向由死看生，摆脱了悲观主义的梦魇："从自身要求健康、渴求生命的愿望出发，我创立了我的哲学……因此，我提请诸位注意：我生命力最低下之日，也就是我不再当悲观主义者之时。"[2]"最富有精神的人，前提为，他们是最勇敢的人，也绝对是经历了最痛苦之悲剧的人；不过，他们之所以尊敬生命，正是因为生命以最大的敌意同他们对抗。"[3]

在无边的旷野上，在凛冽的天宇下，闪闪地旋转升腾着的是雨的精魂……

〈1〉〔德〕尼采：《快乐的科学》，第267—268页。
〈2〉〔德〕尼采：《看哪，这人》，张念东、林素心译，中央编译出版社，2000年，第8页。
〈3〉〔德〕尼采：《偶像的黄昏》，卫茂平译，华东师范大学出版社，2007年，第132页。

是的，那是孤独的雪，是死掉的雨，是雨的精魂。〔1〕

《雪》自有其独立意义，这里只就两个意象本身进行分析。雨的意象是流动的、难以捕捉的，而雪则是雨的可触摸的凝结形态。《雪》把"死掉的雨"描绘得如此辉煌蓬勃，宛若包藏火焰的大雾——这里流露的不正是对生命的流动婉转的爱恋么？然而，死亡毕竟是人的生存的根本性的、无法逆转的威胁，是人永远希图超越而又无可超越的界限，是无法取代、随时降临、真正属于个体的东西，因此，死亡不仅仅是生命过程的无法分割的形态，而且也意味着个体生存与全部世界的关系完全失落，从而使生命陷入无边的孤独之中："过客"是孤独的，"影"是孤独的，"雪"也是孤独的……在这里，"孤独"并不仅仅来自人与现实世界的关系，而且也来自这种关系的完全断裂。

三　荒诞与反讽

生命的全部意义只能在与世界的关系中才能体现，个体只有通过他者才能实现自己。枣树只有在秋夜中表现自己坚韧的个性，求乞者只有通过布施者才能获得体现，复仇者倘若失去了对象便不复存在……然而，在《野草》中，个体与世界的这种关系面临着严峻的断裂甚至完全的脱落，从而构成了一系列荒谬的主题。

"荒诞本质上是一种分裂。它不存在于对立的两种因素的任何一方。它产生于它们之间的对立。"〔2〕"荒谬在作为一种事实，作为一种主要的境况时有什么含义呢？它不过意味着人与世界的关

---

〔1〕　鲁迅：《雪》，《鲁迅全集》第2卷，第186页。
〔2〕　[法]加缪：《西西弗的神话》，《文艺理论译丛》(3)，第333页。

系。荒谬的基本之点表现为一种割裂，即人们对统一的渴望与心智同自然之间不可克服的二元性两者的分裂，人们对永恒的追求同他们生存的有限性之间的分裂，以及构成人本质的'关切心'同人们徒劳无益的努力之间的分裂，等等。机遇、死亡、生活和真理的不可归并的多元性，现实的不可知性——这些都是荒谬之极端。"[1]

《求乞者》中布满了沉重的"灰土"，把外在事物、他人和自我莫名其妙地搅在一种普遍的冷漠之中，这种冷漠彻底斩断了求乞者与布施者之间的联系——真正的悲戚与真诚的同情，从而构成对"求乞者"与"布施者"存在的怀疑。不仅"不见得悲戚"，却"追着哀呼"的乞儿和"也不见得悲戚，但是哑的"孩子在"近于儿戏"地求乞，而且"我"自己也设想着"将用什么方法求乞：发声，用怎样声调？装哑，用怎样手势？"；不仅"我不布施，我无布施心，我但居布施者之上，给与烦腻、疑心、憎恶"，而且"我将得不到布施，得不到布施心；我将得到自居于布施之上者的烦腻，疑心，憎恶"。其实何止于"我至少将得到虚无"呢？任何求乞都将得到虚无。这便构成反讽与荒谬的主题：求乞者与布施者的存在都令人怀疑，由此则带来了"烦腻、疑心、憎恶"的心理状态。[2]

《这样的战士》在对战士的韧性和冷峻的描绘中，同时隐藏了对自我及其与世界的关系的深切忧虑。"战士"只有通过对"敌人"的关系才能实现自己，如果"敌人"的存在消失了，那么"战士-敌人"的关系也随之消失，从而"战士"自身便不复存在。不

〈1〉［法］萨特：《〈局外人〉的诠释》，《萨特文学论文集》，施康强等译，安徽文艺出版社，1998年，第32页。
〈2〉鲁迅：《求乞者》，《鲁迅全集》第2卷，第171—172页。

幸的是，"这样的战士"正陷于"无物之阵，所遇见的都对他一式点头"，"他终于在无物之阵中老衰，寿终。他终于不是战士，但无物之物则是胜者"〈1〉。"无物之阵"正是鲁迅所说的那种"无主名无意识的杀人团"〈2〉，但也蕴含着深刻的反讽意味。正是在这种反讽之中，我们重又体会到文章开头谈到的焦虑、不安以至恐惧：对自我构成威胁的什么也不是，只是"无物之阵"，但"无物"又不意味着无，因为其中已存有了整个中国社会文化的独特形态——然而，焦虑与不安的核心还在于对自我与世界的关系感到惶惑：既然如此，"我"（战士）的存在究竟有何意义呢？

《过客》在"走"与"死"之间构成荒诞的主题：结局（坟）否定了过程（走）的意义。命运迫使"过客"以"走"的方式与终局奋斗，但奋斗无非意味着靠近终局，而不存在超越（坟场）的可能。悲剧与荒诞都意味着人在面临无可抗拒的失败时的选择，但悲剧的失败仅仅说明选择的时机、方式限制了选择，而荒诞则意味着无论在什么条件下，以何种方式进行选择，都无法改变失败的命运，"荒谬和任何事物一样是随着死亡而告结束"〈3〉。"过客"的选择有悲剧意味，但更有荒诞的性质：休息，自杀，或是走，无论选择哪一种，都无法扭转整个局势。正是在这个意义上，荒诞比悲剧更残酷。

《死后》呈现的荒诞性局面甚至更为惨烈：不仅"生"是被"抛入世界"，而且"死"也无可选择，虚无的死亡构成了对人的否

〈1〉　鲁迅：《这样的战士》，《鲁迅全集》第 2 卷，第 219—220 页。

〈2〉　"社会上多数古人模模糊糊传下来的道理，实在无理可讲；能用历史和数目的力量，挤死不合意的人。这一类无主名无意识的杀人团里，古来不晓得死了多少人物。"鲁迅：《我之节烈观》，《鲁迅全集》第 1 卷，第 129 页。

〈3〉　[法]加缪：《西西弗的神话》，杜小真译，第 38 页。

定，但如果死亡既不是终结性的东西，又不能避免"生"的痛楚，而是更深刻的悲剧的延续，那么痛苦也就真正成了人永恒的、无可逃遁的宿命：

> 我梦见自己死在道路上。
> 这是那里，我怎么到这里来，怎么死的，这些事我全不明白。总之，待到我自己知道已经死掉的时候，就已经死在那里了。
> …………〈1〉

"过客"的无家可归的生的惶惑在这里转化为对于偶然的、无可选择的死的困扰。"我先前以为人在地上虽没有任意生存的权利，却总有任意死掉的权利的。现在才知道并不然，也很难适合人们的公意。"〈2〉鲁迅把死理解为"只是运动神经的废灭，而知觉还在"〈3〉，从而死成为人在无可奈何的状态下体验生的痛苦——死既不是生命形态的虚无化（如存在主义所言），也不是转世轮回或羽化登仙（如佛教和道教），而是个体生存的更为荒诞、更为痛苦、更为可怕的延续。鲁迅对死后无法把握的悲剧状态的体验，显示了他对中国社会加于死者的种种歪曲的憎恶，更表达了一种"唯'黑暗与虚无乃是实有'"的人生感受。对死后的荒诞推衍斩断了解脱人生痛苦的最后一条通道，这是真正的、无路可退的"绝望"："战士"面对着"无物之阵"，"过客"走向暮色苍茫的坟场，"影"徘徊于不明不

〈1〉 鲁迅：《死后》，《鲁迅全集》第2卷，第214页。
〈2〉 同上书，第216页。
〈3〉 同上书，第214页。

暗之间，却拒绝了一切关于"天堂""地狱""黄金世界"的未来构想，或许只有"死"才是唯一的逃路？但《死后》却证明了"死"像"生"一样沦于无可选择、更为残酷的荒诞局面。因此，"自杀"在鲁迅的人生哲学中也不可能构成重要主题。

四 自我选择和反抗绝望

意识到荒诞，意识到生命过程与死亡的持续联系，意识到不明不暗、充满灰土、敌意、冷漠的世界对自己的限制，意识到死甚至比生更为偶然与残酷，终于把个体置于彻底而深刻的"绝望"境地。但"绝望"仅仅是《野草》哲学的出发点，由此鲁迅将引申出面对作为难以理解的和限制自己的力量而被体验到的世界的行动准则，引申出对自我的生存态度的种种调整。

"过客"和"影"拒绝一切有关永恒的假说（"天堂"）或虚幻的未来（"黄金世界"），拒绝以消极的方式结束生命的历程（拒绝"地狱"或回转、休息），从而将生命同唯一的永恒性即"现在"相联系——对死亡的意识没有导致对任何绝对价值或神等超越实体的肯定，相反，生命的"现在性"无往而不使人处于一种自我选择之中：这种选择首先通过"拒绝"来表达。只有"拒绝"和"选择"才能使"我"成为"我"——"过客"拒绝布施，拒绝休息，拒绝回转去，时时感到"有声音常在前面催促我，叫唤我，使我息不下"：这声音并不是某种外在于个体的"理想"或超越实体，而是一种发自内心的呼唤——呼唤自己成为真正经过自己理性选择的、拒绝并试图超越旧世界的、负有社会责任与义务的自我。这呼唤听起来如此神秘、遥远而陌生，这并不奇怪，因为对于淹没在"各式各样"的"称呼"（令人想起"学者""战士""青年导师""权威"……）等"纸糊的假冠"中的"我"来说，又有什么能比真正的、摆脱了各种假面的自我更陌生呢？呼唤与"过客"的独特的心灵感应，"过客"在徘徊沉思中对"呼唤"的惊惧，小女孩和老翁对呼唤的茫然和无知，正说明了呼唤与被呼唤者之间的独有的精神联系。

对于"过客"来说，那"呼唤"不是空洞的精神许诺和自我安慰，不是对于一种未来生活的美妙设想，而是自愿地面对自我与世界的无可挽回的对立和分离的执着态度，是确认了自我的有限性和世界的荒诞性之后的抗战——绝望的抗战。鲁迅曾说："《过客》的意思不过如来信所说那样，即是虽然明知前路是坟而偏要走，就是反抗绝望，因为我以为绝望而反抗者难，也因希望而战斗者更勇猛，更悲壮。但这种反抗，每容易蹉跌在'爱'——感激也在内——里，所以那过客得了小女孩的一片破布的布施也几乎不能前进了。"[1]

于是，我们看到了种种按一般逻辑难以理解的选择：

> 我愿意这样，朋友——
>
> 我独自远行，不但没有你，并且再没有别的影在黑暗里。只有我被黑暗沉没，那世界全属于我自己。[2]
>
> 然而我不能！我只得走。我还是走好罢……（即刻昂了头，奋然向西走去……夜色跟在他后面。）[3]
>
> 在这样的境地里，谁也不闻战叫：太平。
>
> 太平……

〈1〉 鲁迅：《250411致赵其文》,《鲁迅全集》第11卷，第477—478页。
〈2〉 鲁迅：《影的告别》,《鲁迅全集》第2卷，第170页。
〈3〉 鲁迅：《过客》,《鲁迅全集》第2卷，第199页。

但他举起了投枪！〔1〕

对"绝望"的反抗并不意味着肯定希望，而是意识到了无可挽回的结局后的现实选择。"我"把"我"的过去、"我"的现实命运、"我"的未来结局全部当作一种一直渗透到"我"的"现在"里来的势力而坦然承受下来，"我"不会因为过去的重负而消沉，不会因为世界的冷漠而屈服，不会因为想到死亡而恐惧，更不会因为这些而丧失我的"现在"，相反，我"反抗绝望"，永不停息地从事实践和抗战，从而赋予"我"的"现在"以一种更为鲜明的意义。

何为"现在"？鲁迅追问道："我看一切理想家，不是怀念'过去'，就是希望'将来'。而对于'现在'这一个题目都缴了白卷……'将来'这回事，虽然不能知道情形怎样，但有是一定会有的，就是一定会到来的，所虑者到了那时，就成了那时的'现在'……"〔2〕现在在这里是一种"过渡"，一种在"过渡"中展开自己的历程。这一历程的每一瞬间"是指这样的一种实践了的瞬间，它一去不复返，不能替代，它即是现实自身在消逝中的当下现在，它对于在其中生存着的人来说是有决定意义的……"〔3〕"过客"拒绝"过去"，"影"拒绝"将来"，实质上不过是将对过去的追忆（如《风筝》）和对未来的展望（如《好的故事》）纳入人的变动不居的现实选择之中——绝望的反抗中流溢着对生命的珍惜和紧迫感，这要求着人对自己的每一行动负责——历史正是人在时间中的抉择过程。把历史理解为抉择过程，理解为流动的与主体息息相

---

〔1〕 鲁迅：《这样的战士》，《鲁迅全集》第2卷，第220页。
〔2〕 鲁迅：《两地书·四》，《鲁迅全集》第11卷，第20页。
〔3〕 ［德］雅斯贝尔斯：《生存哲学》，引自《存在主义哲学》（内部读物），中国科学院哲学研究所西方哲学史组编，商务印书馆，1963年，第183页。

关的"现在",已蕴含了"反抗绝望"的哲学的内在逻辑,即在人的生命流动中消解绝望或希望的绝对性。

这一点在鲁迅翻译的厨川白村的《出了象牙之塔5·诗人勃朗宁》中有更明确的表述:

> 因为有黑暗,故有光明,有夜,故有昼。……现在的缺陷和不完全,在这样的意义上,确是人生的光荣。勃朗宁这样地想。对于人生的事实,始终总不是静底地看,而要动底地看的人,不失信于流动无碍的生命现象的勇猛精进的人,所当达到的结论,岂非正是这个吗?……正因为在"现在"有缺陷,大家嚷着"怎么办"这一点上,有着生活意义的。〈1〉

五 罪感、寻求、创造

《野草》呈现了一个昏暗、冷漠、敌意、憎恶的世界,甚至时间和空间都是暧昧不明的。自我来到这个世界里,并非出于自己的意愿,而是身不由己地被抛进这个世界,从而自始至终与这个世界保持着紧张的关系:"我"或者以"无所为和沉默"抗拒世界的冷漠〈2〉,或者"默默地铁似的直刺着奇怪而高的天空,一意要制他的死命"〈3〉,或者"以死人似的眼光,赏鉴这路人们的干枯"〈4〉,在"复仇"的快意中"较永久地悲悯他们的前途,然而仇恨他们的现在"……〈5〉

〈1〉 [日]厨川白村:《出了象牙之塔》,《鲁迅译文全集》第3卷,人民文学出版社,1958年,第122—124页。

〈2〉 鲁迅:《求乞者》,《鲁迅全集》第2卷,第172页。

〈3〉 鲁迅:《秋夜》,《鲁迅全集》第2卷,第167页。

〈4〉 鲁迅:《复仇》,《鲁迅全集》第2卷,第177页。

〈5〉 鲁迅:《复仇》(其二),《鲁迅全集》第2卷,第178页。

但是，尽管自我与世界处于如此紧张的对立之中，却不得不面对这个无可奈何的事实："我"正是这个令人恶心的世界里的存在，并且在最深的根底里充满了与这个自己厌恶的世界的联系。在《狗的驳诘》中，当"我"指斥"狗"的"势利"之时，"狗"的回答是："我惭愧：我终于还不知道分别铜和银；还不知道分别布和绸；还不知道分别官和民；还不知道分别主和奴；还不知道……"〈1〉由此，对世界的憎恶与这种意识到的与世界的联系便构成了"我"的内在分裂："我"不得不把对世界的否定态度同时指向自身。

这种分裂在心理上的体现便是有罪感。鲁迅不是把这种有罪理解为一种历史上的实际罪责，而是理解为人的自我选择的局限性或存在的二律背反性质："过客"或"影"一方面必须自己选择自己的存在方式，从而在自我与世界的关系中获得自身的独立性，但另一方面，他们发现自己的存在（作为"过客"或"影"）已先天注定，不得不徘徊于生与死、光明与黑暗的两极之间，无法摆脱世界对自己的限制。

当意识进入这一层次，"过客"在倾听呼唤时的紧张心态和由此产生的"走"的行为，便不仅意味着对充满了"名目""地主""驱逐和牢笼""皮面的笑容""眶外的眼泪"的世界的憎恶和拒绝，而且也意味着对自己的诅咒和否定：

> 倘使我得到了谁的布施，我就要像兀鹰看见死尸一样，在四近徘徊，祝愿她的灭亡，给我亲自看见；或者咒诅她以外的

一切全都灭亡，连我自己，因为我就应该得到咒诅。……〈1〉

在另一篇作品中，"影"无可奈何地"终于彷徨于明暗之间"：

> 呜乎呜乎，倘若黄昏，黑夜自然会来沉没我，否则我要被
> 白天消失，如果现是黎明。〈2〉

世界是黑暗和空虚的，而我呢，"则仍是黑暗和虚空而已"〈3〉，因而
并不属于真正的光明。无论是"过客"的"走"，还是"影"的
"独自远行"，都不仅是对世界的态度，而且也是对自我的态度；不
仅是被世界"放逐"，而且也是"自我放逐"：在此意义上，这些行
为也是对自己的"有罪感"的救赎。

正是由于鲁迅带着"负罪"的态度寻找生命的意义，我们才能
见到诸如《墓碣文》那样对生命本原的充满痛苦的追索：

> ……抉心自食，欲知本味。创痛酷烈，本味何能知？……
> ……痛定之后，徐徐食之。然其心已陈旧，本味又何由
> 知？……
> ……答我。否则，离开！……〈4〉

墓中人对内心的虚无与黑暗的创痛酷烈的体验，正是催促"我疾

〈1〉 鲁迅：《过客》，《鲁迅全集》第2卷，第197页。
〈2〉 鲁迅：《影的告别》，《鲁迅全集》第2卷，第169—170页。
〈3〉 同上书，第166页。
〈4〉 鲁迅：《墓碣文》，《鲁迅全集》第2卷，第207页。

走，不敢反顾，生怕看见他的追随"〈1〉的内在动因。

自我是分裂的，自我是有限的。正由于此，人必须对现实负责，必须对绝望的世界和绝望的自我进行抗战，否则你便"有罪"——"罪"的意识使"我"的一切反抗成为一种绝对不可推卸的内心需要，由此，内心的虚无与黑暗恰恰成为"我"的自我选择、自由创造的根据。这个自我选择、自由创造的过程经过"寻找"与"创造"两个阶段，终于豁然开朗。从寻找到创造的转移构成了《希望》的基本思维逻辑："我"鲜明地感觉到青春、生命的消逝，又忧伤地发现他满心爱恋的青年的衰老，于是对（我的和世界的）未来产生了深重的虚无和绝望：

> 希望，希望，用这希望的盾，抗拒那空虚中的暗夜的袭来，虽然盾后面也依然是空虚中的暗夜。〈2〉

然而，他仍然眷恋着那种不断消逝的东西，以至不能相信"绝望"的真实性。他试图说服自己："绝望"与"虚无"仅仅是"我"的内心体验，真正的青春和希望正存活于"我"的"身外"——由此，他把希望、青春作为一种外在于自我的东西，从而以"寻找"的姿态来表达自己的信念和追求：

> 倘使我还得偷生在不明不暗的这"虚妄"中，我就还要寻求那逝去的悲凉漂渺的青春，但不妨在我的身外。因为身外的

〈1〉 鲁迅：《墓碣文》，《鲁迅全集》第2卷，第208页。
〈2〉 鲁迅：《希望》，《鲁迅全集》第2卷，第181页。

青春倘一消灭，我身中的迟暮也即凋零了。[1]

但是，既然个体经验的局限性限制着个体对身外的认识，因而"寻求"的结果仍然可能是虚妄的。"我"不得不问：倘果真如此，"我"该怎么办呢？答案只能是："我"不再把青春、希望视为身外的"自在之物"去发现、寻找，而要通过自己的行动去"创造"一种可以抵御"绝望"的东西（"于无所希望中得救"[2]）：

> 我只得由我来肉薄这空虚中的暗夜了，纵使寻不到身外的青春，也总得自己来一掷我身中的迟暮。但暗夜又在那里呢？现在没有星，没有月光以至笑的渺茫和爱的翔舞；青年们很平安，而我的面前又竟至于并且没有真的暗夜。[3]

"创造"过程表现为对自我的扬弃，其结果内在于"创造"的行动之中而不在此之外。这样，"希望"这类属于未来的、属于身外的东西就被摒除于"创造"活动之外，而一旦"希望"本身的意义遭到怀疑，"绝望"也便随之消失，因为它也属于未来，属于"寻找"与其"结果"的悖逆。由此，《野草》达到了其哲学的顶峰：

> 绝望之为虚妄，正与希望相同！[4]

鲁迅以"虚妄"的真实性同时否定了"绝望"与"希望"，把生命

〈1〉 鲁迅：《希望》，《鲁迅全集》第2卷，第182页。
〈2〉 鲁迅：《墓碣文》，《鲁迅全集》第2卷，第207页。
〈3〉 鲁迅：《希望》，《鲁迅全集》第2卷，第182页。
〈4〉 同上书，第182页。

的全部意义归结为人的现实抉择："肉薄这空虚中的暗夜"，从而构建了一套即便面对双重的"绝望"和"虚无"也能据以生存和抗战的哲学——"反抗绝望"的人生哲学。是的，既然连"绝望"都不可依托，那还有什么是可依托的呢？现在，一切都要由"我"自己决定，"我"别无选择。

六 超越自我与面对世界

"反抗绝望"的人生哲学来自对自我的沉思与反省。但这种反省并不意味着孤立于外部世界，尤其是社会。当"我"终于意识到自我，意识到"我存在"的实际状况的时候，恰恰说明"我"意识到了自己也是存在的一部分，自然界的一部分，生命的一部分，社会文化的一部分。〈1〉对"自我"状况的洞悉，实际上使得"过客"和"影"通过自身最深的核心牢牢地扎根于存在的最深层次，连接着整个世界。自我通过内在本身而引向世界和生命的其余部分，从而使它紧密地联系着客观现实。越是对自身的存在状况体验得深刻，那么也就越加趋近于对自我存在与世界存在的无法分割的联系的理解。

"反抗绝望"的人生哲学作为对自身存在状态的挑战，因而也趋向于走出自身，超越自身，表现自身，传播自身，而不可能停留于自身。正是在这里萌动着社会性和群体性的萌芽，所以说群体性、社会性深深地植根于自我的存在方式本身。〈2〉这样，"反抗绝望"作为一种自我存在方式必然表现为两种相互关联的趋向：一方

〈1〉 参看［罗］利·卢苏：《论艺术创作》，收入《世界艺术与美学》第4辑，中国艺术研究院外国文艺研究所编，文化艺术出版社，1985年，第77页。
〈2〉 同上书，第78页。

面，它倾向于走出自身，超越自身，传播自身于社会中间；而另一方面，在"走出"的过程中，它也可能汲取从外部积累的经验，进行自我反省和自我反映。因此，自我反省并不是为了孤立于世界，不是使自己超越于世界之外而对之进行批判，而是在自我深化的同时使自己与世界的内在联系彻底呈现。通过深深的过滤，与世界真正连接在一起。〈1〉

"反抗绝望"的人生哲学使我们理解了鲁迅艺术世界的双重品性：它由于对自我本质的深刻理解而必然走出自身，热烈地关注社会和群体的问题。因为艺术的社会问题主要不是存在于社会将自己加诸艺术家这样一个事实，而是存在于在加诸艺术家之前，它被艺术家所要求，被自我的内在性本身所要求这样一个事实。而在自我走出自身，传播自身，希望得到理解，寻求与公众会合〈2〉的过程中，社会性的经验同时深化了对自我的认识。鲁迅的艺术世界包含了外倾与内倾两种倾向，而外倾是自我的固有本质，它起源于存在的普遍联系，又由于对这种普遍联系的认识而成为"我"的自觉追求。理解这一点对于理解鲁迅的文学生涯至关重要：当鲁迅在沉默中拿起笔来呐喊的时候，并不仅仅由于社会及时代对他提出了要求，而且还由于鲁迅自身的存在方式以及他对自身存在的愈趋深刻的理解，必然使他走出自身，面向包含着自身存在的更广阔的存在。"反抗绝望"的人生哲学必然会体现为他对社会存在的改造与批判。在这里，"反抗绝望"作为鲁迅对自我生存方式的理解构成了他的文学生涯的更为内在的动力。

鲁迅深深地沉浸于自我存在的最深层次，却不由自主地发现了

〈1〉 参看［罗］利·卢苏《论艺术创作》，《世界艺术与美学》第4辑，第78页。

〈2〉 同上书，第78—79页。

自我正通向外在的生命之流。当他在对自身生命的沉思中体悟到"反抗绝望"的人生哲学时，他同时也意识到这种"反抗"必然会外倾于外部世界：社会、历史与文化。而在他"走出"自身的过程中，他更清晰地洞见了自身。于是，我们在《野草》对自身存在的理解中，还看到了他对社会生活的理解。在他确认和建立"反抗绝望"的人生哲学的时候，同时确认并建立了一套社会批判的准则。于是，我们在读到了《影的告别》《过客》《希望》《死火》等对自身存在的探究的同时，还读到了《复仇》《狗的驳诘》《失掉的好地狱》《立论》《聪明人和傻子和奴才》等社会批判作品——内倾与外倾之间存在着必然的联系。

　　"反抗绝望"的人生哲学把个体生存的悲剧性理解与赋予生命和世界以意义的思考相联系，从而把价值与意义的创造交给个体承担。因此，面对"绝望"与"虚无"的世界，个体生存的根本性的道德准则就是坚强的意志，直面人生的勇气，反抗与创造的精神，独立自强的自我，承担痛苦的能力和拯救世界的大爱……

　　　　叛逆的猛士出于人间；他屹立着，洞见一切已改和现有的废墟和荒坟，记得一切深广和久远的苦痛，正视一切重叠淤积的凝血，深知一切已死，方生，将生和未生。他看透了造化的把戏；他将要起来使人类苏生，或者使人类灭尽，这些造物主的良民们。

　　　　造物主，怯弱者，羞惭了，于是伏藏。天地在猛士的眼中于是变色。[1]

〈1〉 鲁迅：《淡淡的血痕中》，《鲁迅全集》第2卷，第226—227页。

当"叛逆的猛士"以"自己的"洞见并作为价值的自我立法者面对天地的时候，那个暗暗地使天地变异、以时间的流逝来洗涤旧迹的"造物主"成了真正的怯懦者——猛士以自己的眼光赋予世界以新的意义（"天地在猛士的眼中于是变色"），他成了价值的创造者，成了真正的造物主，而旧的造物主却隐遁伏藏了。

旧的造物主体现了人类的怯弱，他"用废墟荒坟来衬托华屋，用时光来冲淡苦痛和血痕"⟨1⟩。借助于这个身外的造物主，人们"也如醒，也如醉，若有知，若无知，也欲死，也欲生"⟨2⟩，既不敢以独自的眼光打量世界，又把生存的责任推给了虚构的造物主——这就是"奴隶道德"：怯弱，虚伪，虚假的同情，未来的许诺，势利与自私，麻木而安于现状。"反抗绝望"的人生哲学作为个体的生存态度和准则，恰恰构成了对这种"奴隶道德"的深刻否定。它包含了这样几层含义：

第一，"反抗绝望"的人生哲学把价值与意义的创造归结为个体的选择与创造，面对"黑暗与虚无"，人必须以自己的生命力量承担起存在的责任，而"奴隶"则怯懦，随遇而安，没有个性，逃避责任，承认现状，不把自己当作独立的个体，因而也无力在反抗与选择中赋予生活以意义。《立论》表现了三种人生态度："说要死的必然，说富贵的说谎"，而"既不谎人，也不遭打"的则说，"啊呀！这孩子呵！你瞧！多么……阿唷！哈哈！Hehe！he，hehe hehe！"⟨3⟩宁愿遭打而道出死的必然显示的是对责任的主动承担，而说谎与含糊其词既是对责任的逃避，又深深地陷于虚伪。《聪明

⟨1⟩　鲁迅：《淡淡的血痕中》，《鲁迅全集》第2卷，第226页。

⟨2⟩　同上。

⟨3⟩　鲁迅：《立论》，《鲁迅全集》第2卷，第212页。

人和傻子和奴才》呈现了另三种道德原则：奴才用哀诉乞得同情，却严格地恪守奴隶地位，并把奴隶主的道德变成自己的道德；聪明人以虚假的同情表达对奴才的关切，却默认了不合理的现实；傻子则以自己的自觉行动力图改变现实，从而把自己的命运与自己的反抗相联系，由自己承担人生和改造现实的责任。

第二，"反抗绝望"的人生哲学强调孤独个体的"绝望的抗战"，从而个人面对无可挽回、极端痛苦的失败反而产生了"更勇猛、更悲壮"的人生尊严，而"奴隶道德"却用"同情"来消解个人人生旅程的无法回避的艰难处境，从而泯灭了独立自强的人格。鲁迅从心理和效果两方面分析了"同情"的含义。这与尼采对奴隶道德的分析甚为相近。从心理上看，同情是一种弱者心理。"过客"作为一个承受痛苦的绝望的反抗者，他以自己坚强的意志"走"向坟墓，而老翁与小女孩却缺乏承受绝望痛苦的能力，他们或者颓丧，或者幻想，对"现实"的残酷怀有异常而又力图趋避的敏感。因而他们或者劝止，或者布施，以"同情"摧折反抗者的意志。其次，"同情"颠倒了强者与弱者的位置，使弱者以怜悯者的姿态自居于强者之上，完全不能理解强者的痛苦之中隐含的价值。因此，"同情"又意味着对他人的不尊重。

这种不尊重背后隐藏着虚伪与不真诚。《求乞者》表现着人与人之间无法相通的隔膜和痛苦，"求乞"与"布施"之间的关系本应以真诚、以痛苦的相通为桥梁，然而不论是"求乞者"还是"布施者"，都"并不悲哀，近于儿戏"。在这"四面都是灰土"的冷漠中，"求乞"与"布施"之间的"同情"关系实质上不过是"烦腻，疑心，憎恶"。从效果上说，"同情"泯灭强者的意志，增加强者的负担，使之无法前行。"过客"得到小女孩的布施，即刻"颓唐地退后"：

客——但这背在身上，怎么走呢？……

翁——你息不下，也就背不动。——休息一会，就没有什么了。

客——对咧，休息……（默想，但忽然惊醒，倾听。）不！我不能！我还是走好。[1]

鲁迅说："过客"的"绝望的反抗"，"每容易蹉跌在'爱'——感激也在内——里，所以过客得了小女孩的一片破布的布施也几乎不能前进了"[2]，"凡富于感激的人，即容易受别人的牵连，不能超然独往"[3]。正因为"同情"戕害强者的自强意志，因而"过客"拒绝布施。在《狗的驳诘》中，那个"衣履破碎"的"我"正是一个依靠"同情"的"乞食者"，但他的势利的奴隶道德却把"同情"建立于人类的等级制度之上，狗因此对人说：

我惭愧：我终于还不知道分别铜和银；还不知道分别布和绸；还不知道分别官和民；还不知道分别主和奴；还不知道……

我逃走了。[4]

"求乞者"与"乞食者"对待人生的态度的最重要特点就是以"同情"掩盖虚伪，如同尼采所说，他们是"高雅的铸造假币者和表演者"，"他们在自己面前也虚伪起来，乜斜着眼，粉饰虫咬的伤口，以强硬的言辞、道德告示、闪光的虚伪工作掩饰自己"。这是一个

〈1〉 鲁迅：《过客》，《鲁迅全集》第2卷，第198页。
〈2〉 鲁迅：《250411致赵其文》，《鲁迅全集》第11卷，第477—478页。
〈3〉 同上书，第477页。
〈4〉 鲁迅：《狗的驳诘》，《鲁迅全集》第2卷，第203页。

群氓的世界：他们无从分辨"什么是伟大、渺小、正直和诚实；他们无辜歪曲，他们总是说谎"〈1〉。怯弱、谦卑、驯良的表现下隐藏着的是冷漠、自私，缺乏诚和爱。

因此，第三，奴隶道德的另一种表现就是"愚民的专制"，"同情"的背面就是冷漠与憎恨的"看客心理"——《野草》的复仇主题就是对于这种"愚民的专制"和"看客心理"的严峻否定：

> 然而他们俩对立着，在广漠的旷野之上，裸着全身，捏着利刃，然而也不拥抱，也不杀戮，而且也不见有拥抱或杀戮之意。
>
> ………
>
> 路人们于是乎无聊；觉得有无聊钻进他们的毛孔……终至于面面相觑，慢慢走散；甚而至于居然觉得干枯到失了生趣。
>
> 于是只剩下广漠的旷野，而他们俩在其间裸着全身，捏着利刃，干枯地立着，以死人似的眼光，赏鉴这路人们的干枯，无血的大戮，而永远沉浸于生命的飞扬的极致的大欢喜中。〈2〉

在《野草》哲学里，可以隐约地感受到一种尼采式的伟大的爱和伟大的蔑视，那不是"同情"，不是自我宣称的人道主义，而是复仇的精神激情。在死亡与钉杀的痛楚的感觉中，在孤独的、被背弃和憎恶的情境中，"人之子"以精神的复仇而沉酣于大欢喜和大悲悯中（《复仇其二》）。

对人类的神圣的大爱不是表现为平庸的、小市民式的甜言蜜语，而是表现为大憎和复仇；在个体面对死亡，面对孤独，面对敌

〈1〉［德］尼采：《札拉图斯特拉如是说》，第467—468页。
〈2〉鲁迅：《复仇》，《鲁迅全集》第2卷，第176页。

视，面对倾陷……总之，面对无可挽回的绝望之境时，他以一种独特、宁静而又狂暴的复仇与反抗的激情表达了对人类的较永久的悲悯；在无边的旷野、无尽的高天、无穷的深夜之中，他（她）从饥饿、苦痛、惊异、羞辱、欢欣、发抖、害苦、委屈、带累、痉挛、歼除、决绝……的境遇中体验到了生命的悲剧性存在，于是：

> 当她说出无词的言语时，她那伟大如石像，然而已经荒废的，颓败的身躯的全面都颤动了。这颤动点点如鱼鳞，每一鳞都起伏如沸水在烈火上；空中也即刻一同振颤，仿佛暴风雨中的荒海的波涛。

> 她于是抬起眼睛向着天空，并无词的言语也沉默尽绝，惟有颤动，辐射若太阳光，使空中的波涛立刻回旋，如遭飓风，汹涌奔腾于无边的荒野。[1]

连无词的言语也沉默尽绝，这是怎样复杂的情感体验：这是伟大的憎？神圣的复仇？无边的爱？粗暴的灵魂？这种复杂的人生体验使人达到对于生命最为深刻的理解：面对着个体的荒废、颓败，面对世界的黑暗与虚无，"她"以沉默的绝望的反抗，赋予自己的生命以如此悲壮、激烈又如此精彩绝艳、气冲寰宇的形态！"反抗绝望"的人生哲学在极其现实的人生体验中，在对奴隶道德的严峻的否定中，使个体生命达到了"生命的飞扬的极致的大欢喜"！绝望与希望都是虚妄的，唯有反抗才创造了人生的意义，才体现了生命的庄严和壮丽！

---

〔1〕 鲁迅：《颓败线的颤动》，《鲁迅全集》第2卷，第211页。

七 《野草》与现代文化思潮

熟悉西方当代哲学的人不难发现《野草》与存在哲学先驱的许多重要的共同点：其一，它们把个人面临复杂的世界时的感情、情绪、体验置于思维的出发点和中心，试图从主观的方面找到人的自由的、创造性的活动和人的真正存在的基础和原则，并通过它们去寻找环绕自身的世界的意义和作用；其二，在它们对生命的非理性的思考过程中，孤独、寂寞、惶惑、苦闷、死亡、焦虑、不安、绝望、反抗……不仅作为生命过程的伴随物呈现，而且构成了生命过程本身。在深刻的危机意识中，人感到自身与世界的关系处于一种紧张的对立之中，感到自己正处于一种无家可归的状态，面临死亡、罪过以及各种情绪的威胁。存在主义不是一个统一的体系；恰恰相反，从基尔凯郭尔、尼采到海德格尔、雅斯贝尔斯，再到萨特、加缪，他们在许多方面不仅相异而且对立。因此，我也只能从一些具有普遍意义的共同方面对之进行比较，同时在对《野草》哲学的阐释过程中，借鉴了上述哲学家的思维成果。

那么，这里的阐释和比较是否意味着《野草》是一部存在主义作品呢？我们不妨先简要地讨论存在主义的一般特征。不管西方存在主义内部有多大分歧，他们在这样两个方面不仅完全一致，而且使之成为存在主义哲学的根本特征：其一，存在主义哲学家认为，传统理性主义哲学体系忽视人的生活需要，忽视个人生活的最重要尺度，从而无法帮助个人面对复杂的世界，因此，他们把个人及其情感体验上升到本体论的高度来研究，这样也就把个人置于历史条件之外而成为"纯粹的"个人，个人的命运和情绪也就成为普遍的世界命运。当海德格尔描述人的无家可归状态时，他感到的是"连人的本质都惶然迷惘","无家可归状态变成了世界的命运"。〈1〉其二,存在主义哲学研究孤独的个体,研究个人的存在和个人存在的基本状态,并认为孤独个体是世界的唯一实在,是一种孤独的非理性的心理体验,这种对孤独个体的强调一方面深化了人对自身命运的责任感,另一方面则把个体的经验绝对化,过分地强调个体的不可替代性,从而否定了"类"通过个体的消亡而延伸发展的必然趋势。

《野草》确如雅斯贝尔斯所说的"生存哲学"一样,是"从本原上去观察现实,并且通过我在思维中对待我自己的办法,亦即通过内心行为去把握现实"〈2〉,但是,《野草》中的"我"及其内心体验具有深刻的文学特点,而不甚关心抽象的哲学命题。鲁迅说,"我自爱我的野草","我希望这野草的死亡与朽腐,火速到来"〈3〉,丝毫没有将个人的生命体验夸大为世界命运的企图。鲁迅显然没有把"不能证实"的内心体验和现实感受描绘为世界的普遍状态〈4〉;他在《〈野草〉英文译本序》中又把《野草》称为"随时的小感想",并举例说:"因为憎恶社会上旁观者之多,作《复仇》第一篇,又因为惊异于青年之消沉,作《希望》。《这样的战士》,是有感于文人学士们帮助军阀而作……"〈5〉

我们不应当把《野草》的内容归结为创作的契机,却应由此引发出《野草》内容的历史具体性。《野草》是以个体的内心体验为中心和出发点的,但这个个体却保留着对未经证实的"身外的青

〈1〉 [德]海德格尔:《论人道主义》,引自《存在主义哲学》(内部读物),第111页。
〈2〉 同上书,第152页。
〈3〉 鲁迅:《野草·题辞》,《鲁迅全集》第2卷,第164页。
〈4〉 鲁迅:《两地书·四》,《鲁迅全集》第11卷,第21页。
〈5〉 鲁迅:《〈野草〉英文译本序》,《鲁迅全集》第4卷,第365页。

春"的寻求，从而确认了个人经验的有限性和世界的无限性。作为一个相信历史进化观点的人，鲁迅认为"进化的途中总须新陈代谢。所以新的应该欢天喜地的向前走去，这便是壮，旧的也应该欢天喜地的向前走去，这便是死；各各如此走去，便是进化的路"。[1]又说："人类的灭亡是一件大寂寞大悲哀的事；然而若干人们的灭亡，却并非寂寞悲哀的事"，"生命不怕死，在死的面前笑着跳着，跨过了灭亡的人们向前进"。[2]当鲁迅把"类"的内容引入个体面对死亡和空虚时的人生抉择之后，这种抉择本身便具有了"为他人"或"自我牺牲"的含义。正由于此，我们才会在《影的告别》中读到这样的诗句："我独自远行，不但没有你，并且再没有别的影在黑暗里。只有我被黑暗沉没，那世界全属于我自己。"[3]对自我的悲观和否定引出了"独自远行"的选择，而这一选择的目的却是"没有别的影在黑暗里"，从而个体的无可替代的悲剧命运恰恰暗示了"类"的乐观前景。

　　1970年代中期，日本学者山田敬三在《鲁迅世界》一书中，以《鲁迅世界——〈野草〉的存在主义》为题，从"无为与沉默""深渊的描写""梦和彷徨""他所失去的东西"等四个方面分析《野草》；他没有具体论述《野草》与存在主义的关系，而是把《野草》的内容和情绪当作一种不言而喻的存在主义的艺术表现加以分析。[4]美国研究者薇娜·舒衡哲在《自愿面对历史的必然——鲁迅、布莱希特和沙特》[5]一文中，从另外一个角度涉及了鲁迅与萨特的

〈1〉 鲁迅：《随感录·四十九》，《鲁迅全集》第1卷，第355页。
〈2〉 鲁迅：《随感录·六十六·生命的路》，《鲁迅全集》第1卷，第386页。
〈3〉 鲁迅：《影的告别》，《鲁迅全集》第2卷，第170页。
〈4〉 参见［日］山田敬三：《鲁迅世界》，山东人民出版社，1983年。
〈5〉 ［美］薇娜·舒衡哲：《自愿面对历史的必然——鲁迅、布莱希特和沙特》，《国外鲁迅研究论集》，第80—99页。

关系，把他们视为背叛了本阶级的马克思主义者。威斯康星大学教授林毓生在他提交给"鲁迅与中外文化"学术讨论会的论文《鲁迅思想的特征——兼论其与中国宇宙论的关系》中，强调"我们必须面对着一个关于鲁迅的虚无主义与存在主义之性质的问题"，同时又认为在中国文化的经验范围内，"一个真正欧洲格调的存在的认同危机是不能出现的"。显而易见的分歧隐藏了一个显著的事实，我们不能不考虑：鲁迅与存在主义之间是否存在着某些共同的思想渊源和文化背景？

这是一个众所周知的事实：鲁迅对尼采、基尔凯郭尔曾投以极大的热情；但人们很少这样考虑，这两位公认的存在主义理论先驱恰恰可能成为《野草》与存在主义之间的桥梁。德国存在主义代表人物雅斯贝尔斯声称"基尔凯郭尔和尼采使我们睁开了眼睛"[1]，他们"看清了时代的改变"，"给西方哲学带来了颤栗"[2]；美国哲学家 W. 考夫曼写道："在存在主义的演进过程中，尼采占着中心的席位：没有尼采的话，雅斯培、海德格尔和萨特是不可思议的……"[3]海德格尔认为，"尼采的思想行进在'什么是存在者'这个古老的哲学主导问题的漫长轨道上"[4]，萨特的《存在与虚无》提到的第一个名字便是尼采，加缪的《西西弗的神话》听起来像是尼采遥远的回声。[5]另一方面，已有论者指出，没有一个存在主义哲学家直接继承了尼采的权力意志、超人等论点。因此，当我们寻找尼采与存在主义的共同点时，不能执着于某些特殊命题，而必须透

〈1〉 徐崇温主编：《存在主义哲学》，第41页。
〈2〉 同上书，第80页。
〈3〉 ［美］W.考夫曼：《存在主义哲学》，陈鼓应译，台湾商务印书馆，1987年，第16页。
〈4〉 ［德］海德格尔：《尼采》（上卷），孙周兴译，商务印书馆，2015年，第4—5页。
〈5〉 徐崇温主编：《存在主义哲学》，第81页。

过表层的相似去探寻尼采所关心的主要问题和解决问题的基本方式对存在哲学的深刻启示：他们都把人生的意义置于哲学思考的中心，用非理性主义对抗近代的理性主义哲学，从而建立他们以人为中心的"本体论"；他们从人的立场重估和背叛传统文明，要求个人承担起存在的责任，并试图通过某种情绪状态来解决存在的意义问题。基尔凯廓尔把"人新置于生活的中心，把主观性、内在性、时刻都要做出决定等放在第一位，并在肯定个人主观性的独立性和真理性时，把人类经验中诸如恐惧、战栗、绝望、危机、理性的崩溃、信仰的飞跃这样一些方面再次呈现在人们面前，据此而去分析人的困境"[1]。

我在分析鲁迅的早期思想时已经指出，鲁迅对尼采、基尔凯廓尔等人的接受与认识，恰恰以19世纪末20世纪初欧洲思维由"外"向"内"的转换为背景，个人、个人的主观性和自由，以及由此出发对一切传统观念和物质的反叛构成了鲁迅对当代文化思潮的认识的核心内容。施蒂纳、叔本华、尼采、基尔凯廓尔关于个体生命的一系列内在原则不仅引导了20世纪生命哲学和存在哲学，而且也深刻地影响了鲁迅的主体论哲学。安德列耶夫、厨川白村、陀思妥耶夫斯基恰恰又在人生哲学、个人的非理性生命体验等方面引导鲁迅把他的主体论哲学引入到人生哲学复杂的运思过程中去。因此，《野草》的人生哲学作为20世纪的产物，它与现代人本主义思潮，尤其是以存在哲学的名字出现的现代非理性主义确实有着共同的文化背景和思维渊源。

但是，这种深刻联系只有被置于鲁迅独特的精神结构和中国社会文化的复杂状态中才是真正有效的。鲁迅那深刻的"绝望"来

〈1〉 徐崇温主编：《存在主义哲学》，第72页。

自他对中国传统文化的深刻认识，来自他对民族历史状况的冷峻观察，来自他对自我与自身的否定对象的无法割断的联系的惊人洞见，他感到了传统、民族与自我负荷着的难以宽恕的罪恶，因而他以一种绝望的、近乎赎罪的态度进行反抗与挣扎。因此，"反抗绝望"的人生哲学所表达的种种情绪，如绝望、希望、恐惧、不安、惶恐、复仇、反抗、憎恶、恶心……都不是纯然抽象的个体的心理现象，而是"在"而"不属于"两个社会的"历史中间物"的深刻而具体的人生体验。无论是"绝望"，还是"绝望的反抗"，都是在中国文化激烈冲突的氛围中诞生的。但鲁迅的特点恰恰就在于，他以深刻的"中间物"意识把对个体"和光阴偕逝，逐渐消亡"的命运的思考，同普遍存在的人生状况和绝望的世界图景的批判火焰紧密地交织起来，从而通过个体的命运、个体的生存、个体面临的冲突来体验和承担现实世界的悲剧现状。鲁迅通过其独到的思考方式和深刻的现实体验，创造性地构建了一套面对"双重绝望"的人生哲学。

鲁迅说过，中国聪明的知识分子面对黑暗有两种选择：

> 一、是对于世事要"浮光掠影"，随时忘却，不甚了然，仿佛有些关心，却又并不恳切；二、是对于现实要"蔽聪塞明"，麻木冷静，不受感触，先由努力，后成自然……还有一种轻捷的小道，是：彼此说谎，自欺欺人，从而"依然会从血泊里寻出闲适来"。[1]

《野草》哲学恰好相反，它把"无路可走"的境遇中的"绝望抗战"

---

〔1〕 鲁迅：《病后杂谈》，《鲁迅全集》第6卷，第175页。

作为每一个人无可逃脱的历史责任，把义无反顾地执着于现实斗争作为人的生存的内在需要，从而使人通过反抗而体验并赋予人生与世界以创造性的意义。这对彷徨苦闷于漫漫长夜中的知识者来说，又是多么宝贵的精神财富。

　　　绝望之为虚妄，正与希望相同！〔1〕

那么，这种"反抗绝望"的人生哲学又是怎样体现在《呐喊》《彷徨》的现实描绘中的呢？

第二节　明暗之间的"绝望的抗战"

　　在另一个不同于《过客》的、并非象征的世界里，"我"在魏连殳死后的冷笑中又一次体会到觉醒者命定的孤独和寂寞的死亡，但终于经历内心的挣扎而"轻松起来，坦然地在潮湿的石路上走，月光底下"〔2〕——"轻松"与"走"都不是来自对"希望"的信念和追求：在《孤独者》的世界里从未显露任何真正属于"未来"的有力因素。

　　耐人寻味的是，"我"是通过内心难以平息的痛苦"挣扎"，通过对孤独者命运的深切体悟与反省，才获得这种"轻松"与"走"的生命形态；因此，这"轻松"与"走"恰恰是经过心灵的紧张思辨而产生的对于世界与自我的"双重绝望"的挑战态度，是意识到

---

〔1〕　鲁迅：《希望》，《鲁迅全集》第2卷，第180页。
〔2〕　鲁迅：《孤独者》，《鲁迅全集》第2卷，第110页。

了无可挽回的悲剧结局后的反抗与抉择，是深刻领会了"过去"、"未来"与"现在"的有机性而采取的现实性的人生哲学——正如"过客"一样，"走"的生命形式是对自我的肯定，是对"绝望"的抗战；世界的乖谬，死亡的威胁，内心的无所依托，虚妄的真实存在，自我与周围环境的悲剧性对立，由此而产生的焦虑、恐惧、失望、不安……不仅没有使"我"陷入无边无涯的颓唐的泥沼，恰恰相反，却使"我"在紧张的心灵挣扎和思辨中摆脱随遇而安的态度，坦然地"得到苦的涤除，而上了苏生的路"[1]——尽管从客观情势看，这月下小路的尽头依然是孤独的坟墓。

弗吉尼亚·伍尔夫说得好："一部作品的意义，往往不在于发生了什么事情或说了什么话，而是在于本身各不相同的事物与作者之间的某种联系，因此，这意义就必然难以掌握。"[2]鲁迅的艺术力量似乎有一种罕见的品性，他能够把一股强烈的生命气息灌注到作品描绘的那些独特而真实的性格和情境中，使他们超越了自身的现实状况而达到一种形而上的境界；他可以使作品表现的人生摆脱它所依赖的事实，寥寥数笔，或是一条小路（《孤独者》），或是几缕寒风或雪片（《在酒楼上》），或是一声呼唤（《狂人日记》），或是默默的沉思（《伤逝》）……他把一种现实的描绘转化为一种深邃的人生思考，只要他提起这些并不令人惊异的情境，我们便听到了久久回荡在"过客"心灵深处的神秘的呼唤，便看到了一个孤独的、拒绝了一切过去与未来的诱惑的"影"将"独自远行"，他们的灵魂深处并非没有蔚蓝的湖泊，并非没有"再没有别的影在黑暗里"的境地，然而这一切只是在他们的不可思议的"走"或"远行"之中

---

〔1〕 鲁迅：《〈穷人〉小引》，《鲁迅全集》第7卷，第107页。
〔2〕 ［英］伍尔夫：《论小说与小说家》，瞿世镜译，上海译文出版社，1986年，第33页。

才获得现实的意义。

正是在这个意义上，也只能在这个意义上，现实主义的《呐喊》《彷徨》中自始至终徘徊着一个无名无姓的幽灵。他既没有鲜明的轮廓，又难以形容、无从捉摸，却充实了作品的内在精神。[1]由于失去了独立存在的地位，他或者附托于小说的第一人称叙述者，或者附托于主人公某种独特的心灵感受，或者只是一些幻象、情境、模态……正是由于这个幽灵的存在，鲁迅纷繁多样、迥然相异、各具个性和独立意义的小说，恰恰又以不同的叙述方式共同体现了一个"挣扎"的主题：全部叙述步步深入地揭示着"希望"的消逝与幻灭，显示出"绝望"与"虚无"的真实存在和绝对权威地位。但一种独特的心灵辩证法恰恰以这种"绝望与虚无"的感受为起点，挣扎着去寻找和创造生命的意义，并充满痛苦地坚守着改造中国人及其社会的历史责任。

由此，《呐喊》《彷徨》在精神境界上彻底超越了"希望-绝望"的二分法，这种二分法在中国现代作家的艺术世界中几乎是一个永恒不变的模式：或者为希望而欣喜、奋斗，或者因绝望而颓丧、消沉，或者在无可奈何的情境中添加光明的尾巴——极度的悲观与轻率的乐观在20年代的文学中尤为明显，很少有人像鲁迅那样对历史的沉重感体验得那样深切。鲁迅虽然多次说过他"终于不能证实：惟黑暗与虚无乃是实有"[2]，但"终于不能证实"仅仅意味着鲁迅对自身经验局限性的认识，却无法引申出对"希望"的一般肯定，而在个体经验的范围内，鲁迅则是摒弃了"希望"的。

〈1〉 恰如萨洛特在《怀疑的时代》中所说："这个人物既重要又不重要，他是一切，但又什么也不是。"转引自罗强烈：《小说叙述观念与艺术形象构成的实证分析》，《文学评论》1987年第2期，第54页。
〈2〉 鲁迅：《两地书·四》，《鲁迅全集》第11卷，第21页。

《呐喊·自序》承认自己的"曲笔"是"不愿将自以为苦的寂寞，再来传染给也如我那年青时候似的正做着好梦的青年"[1]，而《呐喊》的内在动因却正在于作者"还未能忘怀于当日自己的寂寞的悲哀"[2]，正在于作者精神的丝缕还牵着已逝的寂寞时光，从而满怀情意地去追寻那些未能全忘的青年时代的梦。鲁迅不愿"抹杀"身外的"希望"，却同时不能把这个人经验之外的"希望"移入身内，他自然也竭力地寻觅，但在个体经验的范围内这"寻觅"也只能体现为对"黑暗与虚无"的反抗。事实上，从"黑暗与虚无"的"实有"状态到"绝望的抗战"再到"终于不能证实"，这一过程蕴含着的正是"反抗绝望"的人生哲学内容，表达的正是个体面对现实人生的态度。而《呐喊》《彷徨》的诞生过程恰恰是这种人生态度的客观化过程，其间必然流注着那种紧张的心灵思辨。

"小说从来都是形象的哲学"，但是，"只要哲学漫出了人物和动作，只要哲学成了作品的一个标签，情节便丧失了真实性，小说的生命也就终结了"。[3]尽管我们可以不无根据地从鲁迅小说中抽绎出类似《孤独者》结尾那样的例子进行阐释，但《呐喊》《彷徨》的现实画面显然不同于《野草》象征性的哲学启示，经验与思想、生活与对生活意义的思考在鲁迅小说中达到了"隐秘的融合"。因此，研究鲁迅小说的人生哲学问题不应变成对其中个别描绘的抽绎与阐释，相反，这种研究应紧密地联系着小说的全部叙述过程。

希望与绝望、光明与黑暗、生命与死亡并不仅仅是以相互对

〈1〉 鲁迅:《呐喊·自序》,《鲁迅全集》第1卷，第441—442页。
〈2〉 同上书，第441页。
〈3〉 [法] 加缪:《评让-保尔·萨特的〈恶心〉》,《文艺理论译丛》(3)，第302—303页。

立的方式存在于鲁迅小说中，而且也是以相互嘲弄的方式使原来鲜明的主题和明确的臧否指向呈现出某种复杂、含混的状态——《呐喊》《彷徨》的作者把"反讽"作为小说的一种结构原则。他不是把自己放在明确的权威地位去判断"希望-绝望"的真实性；相反，他清晰地自觉着自己的"中间物"地位，从一个更高的观点上发现由"希望-绝望"构成的两极秩序中呈现着无可回避的悖论，"在期望与实现之间，伪装与真相之间，意图与行动之间，发出的信息与收到的信息之间，人们所想象的或应有的事物与事物的实际情况之间，存在着讽刺性的差距"[1]。这种"差距"不是由某种稍纵即逝的认识上的混乱或偏差造成的，而是由作品的内在结构所呈现的无法消解的压力造成的：两种对立因素的相互嘲弄不是起源于作者充满睿智的笑声，而是无法克服这种"对立"的痛苦。

然而，"希望-绝望"两种因素间的悖论关系并未成为小说叙事结构中的自身解构和瓦解的因素。恰恰相反，在深一层的意义上，"绝望"与"希望"的相互嘲弄所构成的压力形成了作品内在结构的稳定性，"内部的压力得到平衡并且互相支持。这种稳定性就像弓形结构的稳定性：那些用来把石块拉向地面的力量，实际上却提供了支持的原则——在这种原则下，推力和反推力成为获得稳定性的手段"[2]，由"绝望"（"铁屋子"的"万难破毁"）与"希望"（"希望是在于将来，决不能以我之必无的证明，来折服了他之所谓

〈1〉　［美］E. M. 哈里代：《海明威的双重性：象征主义和讽刺》，见《海明威研究》，中国社会科学出版社，1980年，第253页。
〈2〉　［美］克利安斯·布鲁克斯：《嘲弄——一种结构原则》，《现代美英资产阶级文艺理论文选》（上），作家出版社，1962年，第220页。

可有")〈1〉这两个对立主题所形成的张力，使得小说的基本精神沿着自我怀疑、自我省察、自我嘲讽、自我选择的道路，坦然、欣然又晦暗不明地伸向新的寻求和创造的远方。

通过对"希望"与"绝望"的相互否定而引申出类似"过客"的反抗与"走"的人生原则，实际上成为《呐喊》《彷徨》的内在精神结构的重要原则之一，这正标示着"绝望之为虚妄，正与希望相同"的人生哲学与《呐喊》《彷徨》的现实描写之间"隐秘的融合"。因此，这里所说的"反讽"绝不仅仅是一般的文学语言形式〈2〉，而且有深刻的哲学意义，正如基尔凯郭尔所说："根本意义上的反讽的矛头不是指向这个或那个单个的存在物，而是指向某个时代或某种状况下的整个现实。因此，它蕴藏着一种先天性，它不是通过陆续摧毁一小块一小块的现实而达到总体直观的，而是凭借总体直观而来摧毁局部现实的。它不是对这个那个现象，而是对存在的总体从反讽的角度予以观察。由此可见，黑格尔把反讽刻画为无限绝对的否定性是正确的。"〈3〉《呐喊》《彷徨》作为一个处于中间状态的知识者的创造，使人感到了一种难以明言的事实：环绕在历史"中间物"周围的世界在本质上是悖论式的，只有超越了"希望-绝望""未来-过去""虚无-实有""乐观-悲观"的二分法的模棱态度，才能抓住世界的整体性及其矛盾运动。这一整体性以矛盾的状态示人，给人一种鲁迅"一方面认为世界是虚无的，但另一方面却使自己介入意义的追寻并献身于启蒙"

〈1〉 鲁迅：《呐喊·自序》，《鲁迅全集》第1卷，第441页。

〈2〉 ［美］克利安斯·布鲁克斯：《嘲弄——一种结构原则》，《现代美英资产阶级文艺理论文选》（上），第220页。"反讽"即"承受语境压力"。

〈3〉 ［丹］索伦·奥碧·克尔凯郭尔：《论反讽概念》，汤晨溪译，中国社会科学出版社，2005年，第218页。

的印象。〈1〉但"中间物"概念已经预设了未来的维度，他时时流露的"虚无感"几乎不能用"虚无"这一概念给以解释。

《呐喊》《彷徨》中的"回乡"主题最直接地表述了关于"希望与绝望"的思考，却常常不是被曲解为对"希望"的抽象肯定，便是被认为"与小说的主题不相干"〈2〉，其原因正在于没有将作品中的两种对立因素作为一种悖论式的整体来理解。对故乡的怀恋是人类永恒的精神现象，这条感情的溪流可溯源于无限遥远的年代。然而在鲁迅小说"回乡"主题的底层，我们却看见了一种希冀、恐惧和情绪的潜流，一种默默地流淌而永远令人亲近又疏远的情怀，一种奇异的、未经分析的震撼力——作为一个20世纪接受了现代文化的知识者，第一人称叙述者在价值上早已告别了"故乡"以及与之相联的一整套童年生活经验；然而令人绝望的现实人生却又激起"我"对童年故乡的追忆，这追忆从一开始便织进了"我"最神奇的梦幻之境，成为对抗"绝望"的"希望"源泉。

很显然，曾经被他摒弃的故乡的现实绝不会是梦幻之境，那儿也并没有"像一天云锦"，如"万颗奔星"交织、伸展、飞动的"许多美的人和美的事"。〈3〉因此，"回乡"主题自始至终便是在心理上的"回乡"与现实的"回乡"所构成的张力中展开，其中奔流着两股对待"故乡"的逆向的情感态度。这种低回又激荡的旋律在《野草·风筝》中是这样表述的："现在，故乡的春天又在这异地的空中了，既给我久经逝去的儿时的回忆，而一并也带着无可把握的

〈1〉［美］林毓生：《鲁迅思想的特征——兼论其与中国宇宙论的关系》，《鲁迅研究动态》1987年第1期，第9页。

〈2〉司马长风：《鲁迅小说——一枝独秀》，《中国新文学史》（上），香港昭明出版社，1978年，第107页。

〈3〉鲁迅：《好的故事》，《鲁迅全集》第2卷，第191页。

悲哀。我倒不如躲到肃杀的严冬中去罢——但是，四面又明明是严冬，正给我非常的寒威和冷气。"[1]

人们可以把它们解释为情感与理性、幻想与现实的强烈对立。但理解作品的关键恰恰就在于，活生生的现实绝不是完全由这两种对立态度中的一种构成的，而只是由一种特殊的生命活动和心灵沉思在它们之间的鸿沟上架起桥梁，把两者联结成独特的、活的统一体，于是"希望"与"绝望"的真实性在相互的对立关系中同时遭到怀疑，而一种超越于这种"希望-绝望"的生命力量却在两者的张力之中油然而生。

《故乡》从一开始便展开了萧索的故乡与叙述者内心深处美丽的故乡的对立，于是在持续不断的悲凉之感中，这两个对立的方面不断地处于"论争"状态。伴随着对少年闰土生动的追忆，叙述者"儿时的记忆，忽而全都闪电似的苏生过来，似乎看到了我的美丽的故乡了"。然而接着而来的与闰土的重逢却使力图"兴奋"起来的叙述者感到极大的震撼：他极力地想唤起少年闰土的生动印象和童年的经验以抵御从外形到心灵都失去了"生动"的闰土，然而闰土"欢喜→凄凉→恭敬→'老爷！……'"的情感变化过程，终于使叙述者"似乎打了个寒噤"，体悟到他们之间可悲的厚障壁。而另一方面，宏儿和水生似乎在重复着叙述者与闰土的过去，这恰恰加深了叙述者的悲哀。于是，"我想到希望，忽然害怕起来了"，因为在"我"与闰土的隔膜之中，在水生和宏儿与"我"和闰土的对比之中，在"我"对故乡的追忆和对现实故乡的感受的对立之中，我开始自省：闰土和"我"其实都在祈祷着偶像，那便是或者"切近"或者"茫远"的希望。这是一种沉重的"重复"与"循环"的

---

[1] 鲁迅：《风筝》，《鲁迅全集》第2卷，第189页。

感觉。一旦叙述者意识到"希望"的虚幻,"绝望"的感觉也即一同消逝,因为这一切不过都是笼罩现实的幻影,由此,思维便在"希望-绝望"的两极对立和互相"否定"之中跃出了这种恒定的二分法,直达现实的本然状态:

> 希望本是无所谓有,无所谓无的。这正如地上的路;其实地上本没有路,走的人多了,也便成了路。[1]

这里表达的恰恰不是如许多评论所说的对"希望"的肯定,相反,正是对"希望"的否定,对"绝望"的反抗,而超然于这两种主观感觉之上的则是一种真实的生命形式——"走"。作为一种现实的行为,"走"表达的只能是实践人生的方式,同时也是面对现实的执着态度。倘若不这样理解,而把这段描写理解为对"希望"的抽象肯定,不啻是把鲁迅一再证实了的现实的严酷转换为毫无客观依据的轻率的乐观。

《呐喊》《彷徨》中的"回乡"小说还有《社戏》、《祝福》和《在酒楼上》。《社戏》以心理上的"回乡"对抗现实的感受,没有构成心理"回乡"与现实"回乡"的相互对立,后两篇的叙述过程却始终贯穿着两种"故乡"的冲突在叙述者心理上造成的压力,而对自己与"故乡"的复杂关系的揭示与自省,使得小说在几重关系中形成张力。《祝福》表面看来只是由第一人称叙述者讲述的一个不幸的下层妇女的故事。过往的研究也主要集中于封建的伦理关系是如何置这个两次守寡的善良女人于死地的,评论者显然是从一般的社会政治、社会思想的意义上认识小说的反封建主题;以鲁四

---

[1] 鲁迅:《故乡》,《鲁迅全集》第1卷,第510页。

老爷及其所代表的封建礼法关系为一方，以祥林嫂这样的受害者为另一方：贬褒臧否，憎恶同情，了了分明。然而，当我们把祥林嫂的故事放在小说的叙事结构中时，小说主题却复杂化了：第一人称叙述者是小说中唯一对故乡怀有些许念旧之情而又真正格格不入的"新党"，是唯一能在价值上对故乡的伦理体系给予批判性理解的人物，因而实质上也是"故乡"秩序之外的唯一具备现代思想的因素；很自然的，读者会把他作为小说中的某种"未来"或"希望"的因素。但叙述过程却层层深入地揭示出叙述者与"故乡"的伦理秩序的"同谋"关系（即对祥林嫂之死负有共同责任，此系沿用 T. 赫斯特语），从而在祥林嫂故事之外引申出以自省作为心理基础的道德主题和叙述者对自身所处的两难困境的逃避——这种逃避是对彻底摧毁了自己幻想的"故乡"的逃避，也是自己对故乡发生的悲剧应负的道德责任的逃避。

这样，故事的内容和明确的批判指向与故事的叙事形式之间构成了一种悖论关系：叙述者的态度自身遭到怀疑，而故事的反封建内容恰恰又是由叙述者来叙述的。小说一开始明显地使读者感到"我"和"故乡"的愚昧、迷信和伦理气氛已完全隔膜。"无论如何，我明天决计要走了。"但读者很快便知道，"我"逃避故乡还另有深因："况且，一想到昨天遇见祥林嫂的事，也就使我不能安住。"祥林嫂似乎也把希望寄托在这个"识字的，又是出门人"的"新党"身上，但灵魂有无的问题却陷叙述者于窘迫的两难困境，"惶急""踌躇""吃惊""支吾"，最终以"吞吞吐吐"的"说不清"作结。如果仅此而已，读者仍然会相信叙述者至少是个无能却好心的人，他的内心深处仍然有着深沉的道德感与责任心，因为他毕竟在心底里感到自己对祥林嫂的死负有道德责任。但是，接下来的描写，却使他与"故乡"的伦理秩序、与鲁四老爷及祥林嫂悲剧的制造者们的泾渭分明、格格不入的界限变得模糊不清：

> 然而我的惊惶却不过暂时的事，随着就觉得要来的事，已经过去，并不必仰仗我自己的"说不清"和他之所谓"穷死的"的宽慰，心地已经渐渐轻松：不过偶然之间，还似乎有些负疚。[1]

然而，叙述者在潜意识中仍然不能忘怀，仍然感到内心的沉寂，于是他开始了对祥林嫂故事的回忆。小说末尾叙述者"在这繁响的拥抱中，也懒散而且舒适，从白天以至初夜的疑虑，全给祝福的空气一扫而空了"[2]——故事的叙述过程成了叙述者道德责任的解脱过程，叙述者自身的"轻松"感终于汇入了造成祥林嫂悲剧的"故乡"的冷漠之中，因此，对"故乡"的逃避恰恰又表明了叙述者并没有真正告别他的"故乡"，新的文化认同并未解开灵魂深处的盘根错节的旧传统，他本身无法成为改变"故乡"结构的有力因素或导致现实变革的"希望"所在。

叙述者与鲁迅本人都是历史的"中间物"，但叙述者仅仅意识到自己与"故乡"的隔膜与疏远，却对自己的内心行为与这个自以为告别了的"故乡"之间的割不断的联系毫无知觉，而鲁迅却以他高超的反讽的语言技巧，揭示了走出故乡的现代知识者无法逃避也不应逃避的两难困境，这不仅显示了作家的道德良知和对自身处境的冷峻沉思，而且在小说画面之外推出了这样的精神底蕴：面对绝望的现实与无望的命运，知识者除了挺身而出反抗绝望之外别无他

〈1〉 鲁迅：《祝福》，《鲁迅全集》第2卷，第9页。
〈2〉 同上书，第21页。

途，否则你便是旧秩序的"共谋"者。正由于此，叙述者越是把自己的道德责任解脱干净，越是感到舒适与轻松，我们却越加感到内心的沉重：在"反抗绝望"与"有罪"之间别无选择。叙述者的暧昧态度与祥林嫂面临的荒诞处境有直接对应关系，对后者来说，既需要"有灵魂"，又需要"无灵魂"，选择其中任何一种都将导致悲剧。因此，叙述人与祥林嫂共同陷于无可选择的荒诞境地。《祝福》包含了双重的悖论关系。

《在酒楼上》包含了两个第一人称叙述者即"我"与吕纬甫。吕纬甫的故事本身表现的现代知识者的颓唐与自责已由许多评论加以阐发。然而，这个独白性的故事被置入第一人称"我"的叙述过程，却表达了对故乡与往事的失落感，并由此生发出较故事本身的意义更为复杂的精神主题。第一人称叙述者显然是在落寞的心境中想从"过去"寻得几许安慰与希望，因此他对故乡"毫不以深冬为意"的斗雪老梅与"在雪中明得如火，愤怒而且傲慢"的山茶怀着异样的敏感。然而，吕纬甫和他的故事却一步步地从他心头抹去从"过去"觅得"希望"的想头；他"怀旧"的心意很自然地使得叙述过程不断地呈现"期望"与"现实"的悖逆造成的"惊异"，显露出叙述者追寻希望的隐秘心理所形成的独有的敏感：他从一开始便从外形到精神状态感受到吕纬甫的巨大变化，但仍然从他顾盼废园的眼光中寻找"过去"的神采。从吕纬甫的叙述过程中，我们发现了叙述者在听了迁葬故事后对吕纬甫责怪的目光。而这目光恰恰又激起主人公对"过去"的追忆："我也还记得我们同到城隍庙里去拔掉神像的胡子的时候，连日议论些改革中国的方法的时候"，这种追忆甚至引起了他的自责。于是"看你的目光，你似乎还有些期望我"——叙述者从吕纬甫对"过去"的追忆与自责中终于觉得了一丝希望，而他对阿顺的美好感情似乎鼓励叙述者的这种心意；

当吕纬甫叙述到他四处搜寻剪绒花时，小说插入"我"对从雪中伸直的山茶树的生机勃勃与血红的花的观察，显然回应了小说开头对"故乡"景色的主观情感。

然而，吕纬甫终究逃不脱他所说的蝇子或蜂子式圆圈，在"模模糊糊"的境地中"仍旧教我的'子曰诗云'"；"我"仍不甘心："那么，你以后豫备怎么办呢？"吕纬甫答道：

> 以后？——我不知道。你看我们那时豫想的事可有一件如意？我现在什么也不知道，连明天怎样也不知道，连后一分……〈1〉

至此，叙述者对"故乡"与"过去"的追寻（实际上也是对生命意义或希望的追寻）彻底地陷于"绝望"与"虚无"之中。如果小说在叙事方式上是独白性的，小说的结论必然也就是吕纬甫的"圈"本身的悲观意义，然而《在酒楼上》却在独白之外保持了一个从特定距离思考这段独白故事的外部叙述者。小说的结论便转向对绝望之"圈"的思考性态度，这便提供了作者表述自己的人生哲学的可能：

> 我们一同走出店门，他所住的旅馆和我的方向正相反，就在门口分别了。我独自向着自己的旅馆走，寒风和雪片扑在脸上，倒觉得很爽快。见天色已是黄昏，和屋宇和街道都织在密雪的纯白而不定的罗网里。〈2〉

〈1〉 鲁迅：《在酒楼上》，《鲁迅全集》第2卷，第34页。
〈2〉 同上。

那种带有梦寻意味的山茶老梅已不复存在，"我"面临的是凛冽暗冥的罗网。恰在这种绝望的境地里重又回荡起《过客》"走"的主题：正像"过客"告别"老翁"一样，"我"独自远行，向着黄昏与积雪的罗网。对"过去"的追忆与对"未来"的思考转化为"反抗绝望"的生命形式："走！"

伴随着"反抗绝望"的精神过程，"回乡"小说自始至终流荡着一种无家可归的惶惑和对生命流逝的意识。《故乡》《祝福》《在酒楼上》（还包括《孤独者》）的叙述者都是思乡或寻访故乡的游子，但他们时时刻刻都感到那种身在故乡的"客子"之感：

> 觉得北方固不是我的旧乡，但南来又只能算一个客子，无论那边的干雪怎样纷飞，这里的柔雪又怎样的依恋，于我都没有什么关系了。[1]

在这种寻找"故乡"与逃避"故乡"的"游子或客子"的精神过程中，潜在地回荡着一种久久不息的发自灵魂深处的追问：我是谁？从哪里来？到哪儿去？这种无家可归的惶惑体现的正是现代知识者在中国现实中找不到自己位置的感觉，他们疏离了自己的"故乡"，却又对自身的归宿感到忧虑。他们与乡土中国的关系可归结为"在"而不"属于"。

惶惑构成了鲁迅人生哲学的基本前提，逼使作家沉思生命的意义，于是那种生命流逝的意识愈益强烈，从而在"回乡"小说中形成了一个主宰人物命运的精神人物——时间。时间在叙述者意识的两个方向展开，即对"故乡"、对过去的追忆，对现在及将来的沉

〈1〉 鲁迅：《在酒楼上》,《鲁迅全集》第2卷，第25页。

思：从过去转到现在，从父辈一代到孩子一代，从青春到成年。又从现在到过去，从孩子转到父辈，从成年转到青春……在叙述过程中，时间与空间都可以逆转，而且伴随叙述者回忆与插话又可从任意一个方向回到原来的地方——心理时空与现实时空回环交织。在心理与现实的两相映照之下，作家笔下的时间一点点地吞噬人的生命，使蓬勃的青春变得枯萎，而叙述者则在叙述对象的生命流逝中感到自己的生命也慢慢失去了魅力。然而恰恰是在生命流逝的悲哀中，叙述者不再去追索逝去的生命，再现过去的存在，而深深地体会到生命的"现在性"，从而在虚无的过去与虚无的将来之间，用现实的生命活动（"走"）筑成了"现在"的长堤，从而使自己成为生命和时间的主宰，诞生出"反抗绝望"的哲学主题。

鲁迅的"绝望"远非停留在生活的表层，它既是一种理论，又是一种深刻的感觉；它不仅存在于寻找生命意义的失败，而且存在于生命本身。因此，《呐喊》《彷徨》中的"死亡"主题尽管不像"回乡"主题那样直接涉及"希望-绝望"的关系，却以更为凄怆激烈的方式体现了"反抗绝望"的人生哲学的生成过程及其"挣扎"意味。对于狂人、魏连殳、史涓生来说，死亡的威胁、感觉正如同"绝望与虚无"的感觉一样，是他们日常生活的现实。然而，正是死亡的手舞足蹈使他们日益体悟到自我与现实的真实状况，从而不断挣扎着调整自我的人生态度。这类小说大量采用内心独白的叙事方式（《狂人日记》是日记体，《伤逝》是手记，《孤独者》的叙事过程夹杂大段的书信和内心独白，介于"回乡"主题和"死亡"主题两类作品之间），宛如一段悲怆的精神史诗，独白本身便具有深刻的象征意味和哲理意义。因此，寻找和阐释这些错综复杂、纷纭变幻的心理过程的演进逻辑（"反抗绝望"的哲学的推衍过程就存在于心理独白之中），比之解析小说的外部叙事方式更为重要。

在"回乡"小说中，叙述者寻求精神寄托的过程转化为无家可归的惶惑。这种惶惑在《狂人日记》等小说中则通过对"死亡"的体验而转化为对世界感到无名恐惧的陌生和迷惘的情绪，转化为被抛入一种不可理解的荒谬现实之中，听凭死亡、罪过以及深刻的焦虑、不安、忏悔摆布的情绪。在这种无限的孤独和由于疏离了世界秩序而产生的"放逐感"中，留给人的只有绝望和对自身存在的实际状况的深切体验。这种绝望和对自我的体验并不意味着人的消极、被动的态度；相反，它意味着一切试图存在于绝对和终极之中的秩序、价值、知识或感情都是可疑的、表面的、相对的，不仅旧传统、旧秩序是可疑的，而且自我与自我的否定对象的关系，自我据以批判旧世界、创造新生活的价值理想也值得推敲。觉醒、幸福、"新党"，从终极的诚实来看，这一切会不会只是幻象？主人公为此劳命伤神、忧心忡忡，在焦灼、紧张的思虑中体验到"绝望"的真实性，并由此体验而洞悉自我的无可依托的状况，从而确认：自我的生命意义仅仅存在于自我的选择和反抗之中——"无家可归的惶惑"由此成为"反抗绝望"的内在依据。

显然，这是一种独特的思维逻辑：绝望的真实性不是把人引向颓丧、畏缩、消沉，而是把人引向选择、反抗、创造。鲁迅小说在表现"绝望"的真实性的同时，对颓丧的精神状态予以根本性的否定，正是这种思维逻辑的必然体现。对"希望"的否定体现了对什么都不信赖的意识，而对"绝望"的反抗则表明"绝望"与"希望"同样是"虚妄"的。"由于对什么都不信赖，什么也不能作为自己的支柱，就必须把一切都作为我自己的东西。"[1]

《狂人日记》的叙述过程包含了深刻的悖论："吃人"世界的反

〈1〉［日］竹内好：《鲁迅》，第110页。

抗者自身也是有了"四千年吃人履历"的"吃人者",由独自觉醒而产生的"希望"被证明是虚妄的,而"绝望"的证实紧密地联系着主人公"有罪"的自觉,这种"有罪"的自觉又为"反抗绝望"提供了内在的心理基础——赎罪的愿望。"救救孩子!"的呼唤似乎是对希望的呼唤,是对"真的人"的世界的憧憬,但狂人的心理独白恰恰又证明"孩子"也已怀有了"吃人"的心思,就像卡夫卡《判决》中的格奥克遭到的"判决"一样:"你本来是一个天真无邪的孩子,但你本来的本来则是一个恶魔一般的家伙"——对于狂人和"吃人"世界的每一个生存者来说,"本来的本来"使他们无可挽回地成为"罪人"。

这种"罪人"的自觉在两个方向上展示其意义:一方面,"罪"的自觉使狂人洞悉了自己的实际处境,"并通过反复地占有既往的东西而把握住自己的历史性"〈1〉;狂人由此意识到自己不过是一个无法决定自身的历史性的微不足道的创造物,孤独、焦虑、恐惧的情绪不仅意味着自我意志与世界、与自己的有限性或命运的对立,而且也意味着另一更深层的不安:在这种对立的背后是否隐藏着内在的同一性?这种同一性对狂人的存在理由而言无疑如同釜底抽薪,因为"狂人"之为"狂"人,正在于他与世界的关系的对立和不协调,如果这种对立和不协调(用另一词表达则是"觉醒")不过是幻影,那么狂人便不再是狂人,而是吃人世界的普通一员——"罪"的历史性引导狂人走出狂人的世界,重新进入"健康人"的世界,如小序所言,"然已早愈,赴某地候补矣",从而导出了真正的"绝望"主题:"觉醒者"的幻灭。

〈1〉　参见〔德〕施太格缪勒:《当代哲学主流》(上卷),王炳文等译,商务印书馆,1986年,第208页。

另一方面，"罪"的自觉形成了一种无法摆脱的内心需求："赎罪"的愿望。这种愿望伴随着激烈的自我否定，不仅使狂人在自我与吃人传统的关联中感到"不能想了"的恐惧、不安和恶心，而且也使狂人在自己憧憬的"真的人"面前无地自容（"现在明白，难见真的人！"）。这是"置之死地而后生"的绝境。不管实际的处境如何，不管自我有无得救的希望，如果不去反抗"绝望"的现实，"我"便更加罪孽深重。在小说第十二章的自省与第十三章的"救救孩子！"之间，正横亘着一种"罪"的自觉和"赎罪"的内心冲动。这种自觉与冲动是狂人之为"狂"人的原因，一旦失去他们，狂人便不再"狂"了——除了向自己憎恶的传统认同而外，似乎别无选择。而小说的内在逻辑正显示着：这种"认同"本身意味着同流合污，因而在任何状况下都必须拒绝。由此可见，反抗与拒绝的行为作为"罪"的意识的现实延伸，不是源发于任何一种外在的权威和意志，而是源发于一种自觉自愿的主观需求，不是源发于对作品中一再提及的"真的人"的憧憬，而是源发于面对现实的自觉态度。正是在这个意义上，狂人的反抗体现了一种真正自由的精神，而这种反抗和自由选择恰恰是由对绝望的体认转化而来，或者说是以"绝望"作为其认识的和心理的基础的。

上述复杂的心理过程，如同伊藤虎丸所说的那样，是以"被吃"的恐怖，即死的恐怖为基点而展开的。对死的自觉是狂人获得区别于吃人世界的个性的契机，也是狂人意识到自己的时间性和历史性的基本条件，而生命过程的种种不安、忧虑也以此为起点。当狂人在月光的启示下意识到三十多年的生命无非是"发昏"的状态时，他实际上用一种如同毫无变化的深渊一样的空间感替代了三十余年的时间变幻，后文又说历史书上"没有年代"，只有"满本都写着两个字是'吃人'"，这显然也说明当人对"吃人"缺乏自觉或体悟不到个体的恐惧时，历史便不具备"时间性"，因为后者只能是自觉的生命的特点。在狂人的"发昏"状态与"没有年代"的"历史"之间有一种独特的相似关系：无时间性，因而也无生命的自觉，两者都给人一种暗晦幽冥的深渊的感觉。正是因为在狂人的感觉世界中，过去的"发昏"与"吃人"的"历史"都是无时间性的，他才能从对自身的"吃人"历史的反省中推导出"有了四千年吃人履历的我"来。既然两者都无时间性（这里的时间性只能是指自觉的生命过程），三十年与四千年便不具备"历时"（在生命过程中，历时的感觉包含人对死亡的意识）的意义，因而也可以由于他们共同的特点（无生命自觉与吃人）而重合为一。在隐喻的意义上，这种重合暗示着觉醒者背负的历史重荷。从被吃的恐怖到"我是吃人的人的兄弟"，从劝转"吃人者"的行动到"我也吃过人"的自觉，从"我"的"无意"的"罪过"到"四千年吃人履历"的发现，死亡主题从生理性的恐怖转化为历史性的沉思，从由死亡唤起的独醒的意识转化为"罪人"的意识，真正的生命历程恰恰存在于对死亡、对被吃和吃人的历史真相愈益深刻的意识之中，存在于对自己背负的无可挽回的四千年死亡阴影的体认之中，存在于由于确认了现实和自我的双重绝望之后所做的和想做的反抗之中。

不妨说：生在于死，而面临死亡威胁的生必然又是孤独的、不安的、焦虑的、无所依托的。当狂人由于某种偶然的、超越性的契机（月光）不由自主地成为狂人之后，他便面临死亡的威胁，从而对周围的世界产生了一种迷惘的、陌生的恐惧感。而由于感到自己是被抛入这个世界上来的、挣扎于黑暗的生死两极之间的自我之后，他便开始把世界对象化，试图改变现实的状况，并探讨自我与世界的关系。结果是绝望的。但绝望与罪的联系不仅意味着对"吃人"事实否定性的价值评判，而且意味着摆脱罪恶的意愿，这种意愿的现实化便必然构成对"绝望"的反抗。因此，也不妨说：生在于"反抗绝望"。

死亡把涓生从"希望"与"期待"中重新抛入"寂静与空虚"，于无尽的"悔恨和悲哀"之中体会人生的意义。如果把《伤逝》与《野草》联系起来，我们便会发现，涓生、子君的爱情故事的叙述过程与《野草》人生哲学的表达方式存在着某种内在联系，而隐喻和象征使得小说呈现出显在内容（爱情故事及其意义）与潜在内容（人生哲学）的二重结构：在对爱情的追忆、失望和哀悼的表层叙述背后，始终纠缠着对希望、绝望与虚妄三者关系的心灵搏斗。"负着虚空的重担，在严威和冷眼中走着所谓人生的路，这是怎么可怕的事啊！而况这路的尽头，又不过是——连墓碑也没有的坟墓。"生命、爱情、希望、欢欣、觉醒……一切一切在终极的意义上都归于虚空，在"真实"面前都呈现出不真实："虚空"的真实存在构成了小说内心独白的精神底蕴，而由这种"虚空"唤起的自责、忏悔恰恰成为主人公探索新的生路或做绝望抗战的心理动力。

值得注意的是，小说中的"虚空"主题自始至终伴随着"真实"对于一切与"希望"相联系的精神现象的否定，换言之，"虚空"是对一切乐观主义人生期待的深刻怀疑，是对现实无可希望或绝望状况的证实。"那时使我希望，欢欣，爱，生活的，却全都逝去了，只有一个虚空，我用真实去换来的虚空存在。"在"希望"与"虚空"之间横亘着"真实"，这就使主人公处于两难困境：选择前者意味着虚伪，选择后者将沦于绝望；更残酷的是，虚假的希望仍然逃避不了"虚空"，而道出真实却又使"我"付出道德和良心的代价：

然而我的笑貌一上脸，我的话一出口，却即刻变为空虚，

> 这空虚又即刻发生反响，回向我的耳目里，给我一个难堪的恶
> 毒的冷嘲。〈1〉

那些唤起了生命爱情的自觉与希望的东西（《诺拉》《海的女
人》……）"现在已经变成空虚，从我的嘴传入自己的耳中，时时
疑心有一个隐形的坏孩子，在背后恶意地刻毒地学舌"。〈2〉

> 我没有负着虚伪的重担的勇气，却将真实的重担卸给她
> 了。她爱我之后，就要负了这重担，在严威和冷眼中走着所谓
> 人生的路。
>
> 我想到她的死……〈3〉

道出"真实"恰恰使"我看见我是一个卑怯者，应该被摈于强有力
的人们，无论是真实者，虚伪者"。〈4〉

　　具有讽刺意味的是，爱情、觉醒这类"希望"因素乃是先觉者
得以自立并据以批判社会生活的基点，恰恰在"希望"自身的现实
延伸中遭到怀疑。这种怀疑很可能不是指向新的价值理想本身，而
是指向这一价值理想的现实承担者自身："我"真的是一个无所畏
惧的觉醒者抑或只是一个在幻想中存在的觉醒者？因此，觉醒自身
或许只是一种"虚空"？在这里，"绝望"的证实也决不仅仅是"希
望"的失落，不仅仅是爱情的幻灭，而且包含了对"觉醒"本身的
忧虑，因而这种"绝望"具有更为根本性的特点：

〈1〉　鲁迅：《伤逝》，《鲁迅全集》第2卷，第125页。
〈2〉　同上书，第126页。
〈3〉　同上书，第130页。
〈4〉　同上。

她所磨练的思想和豁达无畏的言论，到底也还是一个空虚，而对于这空虚却并未自觉。[1]

涓生对子君的评论显然包括了对自身的评价，唯一不同的是他对"虚空"的自觉。正是这种"虚空"的自觉使得涓生陷入荒诞的局面并逼使他对荒诞的局面做出自身的选择，而这种选择只能是对"绝望"的反抗。对涓生来说，选择"说谎"或选择"真实"都不可能避免"虚空"的终局，并且任何一种选择都将陷涓生于"有罪"的境地："说谎"与"欺骗"将使涓生在道德原则上与自己信奉的理想和爱情的对象产生深刻的裂痕，而承认"真实"不仅直接导致子君的死亡，并同样使自己在道德上成为逃避重担的"卑怯者"。

从这个意义上说，子君的命运是悲剧性的，而涓生的处境却具有荒诞的意味。虚空或绝望不仅是一种外部的情境，而且就是主人公自身；他的任何选择因而都是"虚空"与"绝望"的。这种"虚空"与"绝望"是内在于人的无可逃脱的道德责任或犯罪感。"我活着，我总得向着新的生路跨出去，那第一步，——却不过是写下我的悔恨和悲哀，为子君，为自己。"[2]生存的意志和赎罪的自觉，促使涓生仍"要向着新的生路跨进第一步去"。正如竹内好所说："绝望正是在自己本身中产生希望的唯一途径。死中有生；生也不过是走向死亡。"[3]新的努力无非将"更虚空于新的生路"[4]，即便不再选择导致子君死亡的"真实"，也只能用"遗忘和说谎做我的前

〈1〉 鲁迅：《伤逝》，《鲁迅全集》第2卷，第125—126页。
〈2〉 同上书，第133页。
〈3〉 [日]竹内好：《鲁迅》，第7页。
〈4〉 鲁迅：《伤逝》，《鲁迅全集》第2卷，第133页。

导……"〔1〕。对于涓生来说，恰恰是失落与遗忘创造了对过去的记忆，感情的失败保存了感情自身，由于意识到自己缺乏忠诚才使自己重新获得了忠诚，一句话，新生的可能性只是通过对绝望的过去的体认才显露出来。这样，涓生的"新生"实际上仍然是"明知前路是坟而偏要走"的"过客"精神，是劳而无功却持续不懈的西西弗的人间体现，而《伤逝》则在涓生"新生"的愿望中完成了"反抗绝望"的人生哲学的全部推衍过程。

米列娜（Milena Doleželová Velingerová）在谈论《狂人日记》《孔乙己》《药》《明天》时说：四篇小说中都有分明的界线，一边是作恶的旧势力，另一边是尚未出生的新秩序的微弱萌动。两者之间在小说中的斗争，新的一边总是注定失败，但是叙述者的声音却明确表示旧势力是恶，这至少是表明了未来将有变化，存在着希望。〔2〕在我看来，米列娜的上述观点表明了鲁迅小说的一般叙述原则，并不仅仅局限于最初的几篇小说。但我认为她在断言鲁迅小说"存在着希望"时缺乏更细致的分析：这些"希望"因素和对"绝望"的证实同时出现，其意义首先是对"绝望"的反抗。

这里呈现的是一种"绝望-希望"并存的心理结构；它怀疑绝望，却不等于怀抱希望，那些"亮色"可以称为绝望中的希望，却不能简单地从任意一个侧面去把握它。对"绝望"的否定与反抗表现在价值层面和人的自我选择的意义上，却不是对客观存在的事实的否定；恰恰相反，在后一个层面，鲁迅小说不断地证明着"绝望"的存在。与此相应，在许多小说中，那条"分明的界线"常常

---

〔1〕 鲁迅：《伤逝》，《鲁迅全集》第2卷，第133页。
〔2〕 转引自 T. 赫特斯：《雪中盛开的花——鲁迅及中国现代文学的两重处境》，尹慧珉译，《文学研究参考》1986年第3期，第27页。

变得含混不清，这在《狂人日记》《祝福》中表现得最为明显也最为复杂；正是在由分明到不分明的演进过程中，鲁迅小说达到了极其深刻的境地。

然而，鲁迅小说毕竟涉猎了乡土中国广泛的生活领域，题材自身的独立性和画面的具体性使得作家不可能如同《野草》一般直接地呈现主观的心理过程，因此，在更多的小说中作家的人生哲学恰如米列娜所说是"隐藏在错综复杂的暗示之中，这种暗示只有弄清楚小说结构的组织原则才能被理解"⟨1⟩。例如《孔乙己》和《明天》。《孔乙己》的"主要用意，是在描写一般社会对于苦人的凉薄"⟨2⟩，却以第一人称叙述者来叙述故事，这就使得上述主题的表达复杂化了。正如 T. 赫特斯说的，"《孔乙己》中最重要的，是这个叙述者并没有意识到自己也参加了对孔乙己的折磨"⟨3⟩，而诚实的读者在读完小说之后却不得不想到自己在阅读之初也是与第一人称叙述者（小伙计）持同一态度，从而产生一种类似狂人"我也吃过人"的罪的自省。尽管《孔乙己》没有展开产生这一自省的心理过程和由此产生的结果，但第一人称叙述者的巧妙设置却使读者具备了"反抗绝望"的内在的心理机制。

鲁迅在《呐喊·自序》中，把《明天》"不叙单四嫂子竟没有做到看见儿子的梦"视为与夏瑜坟头的花环具有等值意义的"曲笔"，赋予了这一事实以超出单四嫂子感觉范围的意义。当我们把单四嫂子失子后反复缠绕于心的"太大""太空""太静"的"空虚"与《狂人日记》中的类似描写对照起来读，就会感到，在

⟨1⟩ ［捷克］米列娜·D. 维林吉诺娃：《鲁迅的〈药〉》，《国外鲁迅研究论集》，第497页。

⟨2⟩ 孙伏园：《孔乙己》，《鲁迅先生二三事》，湖南人民出版社，1980年，第17页。

⟨3⟩ T. 赫特斯：《雪中盛开的花——鲁迅及中国现代文学的两重处境》，《文学研究参考》1986年第3期，第28页。

单四嫂子的感受中其实已寄托了作家自身的人生感受：深刻的绝望与虚空。

> 他定一定神，四面一看，更觉得坐立不得，屋子不但太静，而且也太大了，东西也太空了。太大的屋子四面包围着他，太空的东西四面压着他，叫他喘气不得。……苦苦的呼吸通过了静和大和空虚，自己听得明白。[1]
>
> 屋里面全是黑沉沉的。横梁和椽子都在头上发抖；抖了一会，就大起来，堆在我身上。
>
> 万分沉重，动弹不得；他的意思是要我死。[2]
>
> 会馆里的被遗忘在偏僻里的破屋是这样地寂静和空虚……只有寂静和空虚依旧，子君却决不再来了。[3]
>
> 希望，希望，用这希望的盾，抗拒那空虚中的暗夜的袭来，虽然盾后面也依然是空虚中的暗夜……
>
> 然而现在何以如此寂寞？……[4]

不惜篇幅的征引说明：在单四嫂子对"明天"的期待中浸透了鲁迅对"绝望"的体验。循此思路，《明天》的结尾不叙单四嫂子的梦（希望是虚妄的），却写"只有那暗夜为想变成明天"，"仍在这寂静里奔波"，便意味深长："明天"不再是一种期待，而是"奔波"（类似于"走"——行动与实践）的结果，作为"现在"的延伸，它无所谓希望，也无所谓绝望，却在幽昧的气氛中包含着某种变化

〈1〉 鲁迅：《明天》，《鲁迅全集》第 1 卷，第 478—479 页。

〈2〉 鲁迅：《狂人日记》，《鲁迅全集》第 1 卷，第 453 页。

〈3〉 鲁迅：《伤逝》，《鲁迅全集》第 2 卷，第 113 页。

〈4〉 鲁迅：《希望》，《鲁迅全集》第 2 卷，第 181 页。

的可能性。这种可能性仅仅在于"奔波"的过程之中。

与《明天》相比，《药》《长明灯》的暗示要明显些，《药》结尾处"安特莱夫式的阴冷"、由华夏悲剧构成的令人窒息的绝望与"花环"并存，后者的含义当然可以任读者联想，但它首先表现的却是对阴冷与绝望的挑战态度，而不是故事本身的内在延续。《长明灯》中的疯子从一开始便知道长明灯"熄了也还在"，贯穿全篇的"我放火！"的呼喊自始至终都是一种"绝望的抗战"：这"绝望"，伴随主人公境遇的变化愈益深重，这呼喊，伴随"绝望"的日益深重而越趋悲壮、顽强和勇猛。

"反抗绝望"的人生哲学并不仅是对个体生命的探讨，而且同时体现为对普遍存在的人生状态的观察与思索。"绝望"不只是对个体而言，而且包含着深刻的民族与文化的生活内容。因此，"反抗绝望"的人生哲学在小说里常常不是体现为个人的精神历程，而是体现为对客观世界的描绘与评价，但在这种客观生活的背后，我们又总能体会到作家确实并未超脱于画面之外。例如《阿Q正传》《风波》等小说，它们的主人公缺乏自知的能力，只是按照自己的本能生活，"精神胜利法"不可能把阿Q从终将毁灭的结局中救出来，更不能激起他对施加在身上的各项压迫作"绝望的抗战"。但是，从另一个角度说，通过描绘这个面临死亡与绝望的民族子民，鲁迅又以自己的独特方式极其复杂地体现了自己的人生感受——描述和鞭挞这种"绝望"不正是对"绝望"的反抗么？

《阿Q正传》呈现了独特的、鲁迅式的世界模式，它对中国民族精神与现实的历史命运的阐释建立在荒诞、夸张、变形又不失真实的叙事体现上：一个狭小锁闭的未庄，一个游荡于城乡的油滑又质朴的农民，一个在精神体系上完全一致、在现实表现上尖锐对立的族类谱系。几千年不可变更的文化体系与近代中国剧烈的社会动荡，西方文化、城市文明对古老子民的一次又一次冲击，旧的秩序在摇荡，现代革命在兴起，但这一切不免是新旧杂陈，庄严的历史变迁与阿Q式的革命竟结下不解之缘，这场"革命"或许不免又是一次绝望的轮回？阿Q几乎是凭借着他那生存的本能不由自主地加入改变"历史"的伟大运动，于是这个"革命"又不免染上阿Q的精神特点。历史的发展与极度的混乱相缠结，个体的混沌与社会的混沌互相映衬，伟大的预言家以悲悯又幽默的语调诉说着民族精神的悲剧。

"我"，作为叙事层面中一个超然冷峻的全知视角，是小说的叙述与象征、隐喻构成的体系中的命运预言家、先知、智者，他对阿Q、未庄、革命，及其象喻的民族历史的过去、现在与未来了然于胸；他静观默察，无所不知，又可潜入人物心灵，体验荒诞的表象下沉重的脉动；他沉默地注视着阿Q与阿Q式革命的必然的悲剧终局；他力图给阿Q所代表的族类提供一个省悟的契机，但他似乎已感到自身的精神力量虽然超乎叙事对象的广大谱系，却终难挽回它的命运。智者与医生的笑声和超然的语调中越来越多地凝聚深沉的挚爱与悲观。他终于不再超然，而作为一个独特个体进入他创造的世界。在阿Q无家可归的惶惑中，在阿Q寻找归宿的努力中，在阿Q的生的困恼中，在阿Q面临死亡的恐惧中，在阿Q临刑的幻觉中，我们发现那种惶惑、不安、恐惧、绝望并不仅仅属于阿Q，而且属于那颗终于并不能超然的心灵。从这个意义上说，对于阿Q们生存的世界的无情否定，不又是作家对灵魂中的"阿Q们生存的世界"的反抗？

并非所有小说都直接呈示着鲁迅"反抗绝望"的人生哲学，但从作品形成的前提来说，《呐喊》《彷徨》又确乎是鲁迅自己"反抗绝望"的一种象征。鲁迅在《〈自选集〉自序》中谈到他的创造动因：

然而我那时对于"文学革命",其实并没有怎样的热情。见过辛亥革命,见过二次革命,见过袁世凯称帝,张勋复辟,看来看去,就看得怀疑起来,于是失望,颓唐得很了。……不过我却又怀疑于自己的失望,因为我所见过的人们,事件,是有限得很的,这想头,就给了我提笔的力量。

　　"绝望之为虚妄,正与希望相同。"[1]

既不是直接对于"文学革命"的热情,又为什么提笔的呢?

　　想起来,大半倒是为了对于热情者们的同感。这些战士,我想,虽在寂寞中,想头是不错的,也来喊几声助助威罢。首先,就是为此。自然,在这中间,也不免夹杂些将旧社会的病根暴露出来,催人留心,设法加以疗治的希望。[2]

这里包含了三层含义:第一,鲁迅的小说起源于对自己的绝望的怀疑,即感到自己对于历史过程的个人经验是有限的,因而在个人经验范围内的"绝望"并不能证明整个世界的"绝望"。对"绝望"的反抗并不意味着肯定"希望",相反,"绝望"在个人经验的范围内是一种真实存在。从个人经验有限性的角度否定"绝望"同时也就无法确证"希望",因为后者也在个人经验范围之外。在这个意义上,"绝望"与"希望"都是"虚妄",只有对"绝望"的反抗才具有创造性的意义。"我的反抗,却不过是与黑暗

〈1〉　鲁迅:《〈自选集〉自序》,《鲁迅全集》第2卷,第468页。
〈2〉　同上。

捣乱"〈1〉——"黑暗"作为一种反抗对象，既存在于客观历史之中，又内在于人的心中，"万难破毁的铁屋子"既是中国社会的象征，又是自身灵魂里的存在。因此，"反抗绝望"既表现为对客观存在的社会生活的批判，又是作家试图挣脱内心的"大毒蛇"的缠绕而做出的努力。

从这个意义上说，"反抗绝望"是对社会与自我的双重态度，它首先是一种人生哲学，即个人如何面对人生的思考。竹内好说："'绝望之为虚妄，正与希望相同'。这是一句语言，但在说明鲁迅的文学这一点上，超出了语言。与其说这是象征性的语言，不如说是一种态度和行为。……人们可以说明'绝望'和'虚妄'，但对于自觉地意识到它的人却无法说明。因为，那是一种态度。表现了那种态度的是《狂人日记》。"〈2〉其实，全部的鲁迅小说都是这种态度的客观化，它们既是这种态度的表述，又是这种态度的结果；在这个意义上，小说家鲁迅的形成正依赖于这种态度。

第二，"绝望"和"反抗绝望"的双重态度由于和中国近代政治革命的失败相联系，因此，小说对中国近代政治革命失败原因的考察，并不是离开作家主观态度而做的纯粹客观化的社会形象解剖。例如《头发的故事》中，N先生的长篇独白表达的是对中国近代革命的失望，对希望与理想的怀疑——一种来源于历史与现实的悲观和绝望；而"我"对N的淡漠以至嘲弄却又表达了对这种悲观与绝望的否定——不是对N表述的真实历史现象的否定，而是对N态度的批判性态度。这样，对辛亥革命的经验总结恰恰是在"绝望"与对"绝望"的绝望的相互论争中展开。

〈1〉 鲁迅：《两地书·二四》,《鲁迅全集》第11卷，第80—91页。
〈2〉 ［日］竹内好：《鲁迅》，第81页。

另一方面，鲁迅说自己的创作的直接契机又是对文学革命先驱的"同感"——一种对于旧文明、旧道德、旧文学……的价值的否定，却并不是怀抱着胜利的希望。"呐喊"是对"寂寞"的抵抗，却并不意味着能够驱除"寂寞"。这种"寂寞"和对"寂寞"的驱除其实不能仅仅归结为"他人的"东西，而是一种极其内在、几乎难以分离的东西——"同感"在这个意义上又指对"寂寞"的体验，因此，对鲁迅来说，呐喊完全是一种内在的需要。这在《呐喊·自序》中说得很清楚：

> 我感到未尝经验的无聊，是自此以后的事。我当初是不知其所以然的；后来想，凡有一人的主张，得了赞和，是促其前进的，得了反对，是促其奋斗的，独有叫喊于生人中，而生人并无反应，既非赞同，也无反对，如置身毫无边际的荒原，无可措手的了，这是怎样的悲哀呵，我于是以我所感到者为寂寞。

> 这寂寞又一天一天的长大起来，如大毒蛇，缠住了我的灵魂了。

> ……

> 只是我自己的寂寞是不可不驱除的，因为这于我太痛苦。我于是用了种种法，来麻醉自己的灵魂，使我沉入于国民中，使我回到古代去，后来也亲历或旁观过几样更寂寞、更悲哀的事，都为我所不愿追怀……

> 在我自己，本以为现在是已经并非一个迫切而不能已于言的人了，但或者也还未能忘怀于当日自己的寂寞的悲哀罢，所以有时候仍不免呐喊几声，聊以慰藉那在寂寞里奔驰的猛士，使他不惮于前驱。至于我的喊声是勇猛或是悲哀，是可憎或是可笑，那倒是不暇顾及的；但既然是呐喊，则当然需听将令的

了……那时的主将是不主张消极的，至于自己，却也并不愿将自以为苦的寂寞，再来传染给也如我那年青时候似的正做着好梦的青年。〈1〉

"寂寞"（包括绝望）是内在于自身又同感于他人的，"沉入于国民中""回到古代去"是对身内"寂寞"的驱除，而"呐喊"则把反抗"寂寞"作为自身与社会生活的共同需要。时代的感召、主将的命令只有与这种内在需要相联系，才能成为"呐喊"的动因。既然"呐喊"之声源于"未能忘怀于当日自己的寂寞的悲哀"，那么也可以说"寂寞"与"绝望"又正是"反抗"（"呐喊"）的起点。

　　第三，"寂寞"是"自以为苦的寂寞"，"绝望"也就在个人经验范围之内。既然个人的经验是有限的，那么身外未必就仍是"绝望"吧？因此，在"反抗绝望""驱除寂寞"的过程中，"也不免夹杂些将旧社会的病根暴露出来，催人留心，设法加以疗治的希望"——"希望"在这里是一种个人经验范围之外的东西，一旦把它引入鲁迅的经验范围之内，"希望"就只能是一种反抗"绝望"的态度。但是，对"寂寞"与"绝望"的反抗由于并不局限于个人内心的活动，而且也是对时代和社会的感应和观察，这样，"反抗绝望"就必然衍生出广阔的社会性主题：农民问题，知识分子问题，政治革命与思想革命问题……从这个意义上说，整个鲁迅小说，包括那些这里没有直接分析的小说，都是"反抗绝望"的人生哲学的体现和结果。《呐喊》《彷徨》的存在本身就是一种精神象征。揭示病根，加以疗救，是在个人对"寂寞"的驱除过程中展示出来。因此，鲁迅小说对社会生活的描绘中似乎始终存在一个"挣

〈1〉 鲁迅：《呐喊·自序》，《鲁迅全集》第1卷，第439—442页。

扎"的主体，小说锐利深刻的社会批判中同时包容和潜藏着一种个体的挣扎感。

竹内好在他那本极富启发性的《鲁迅》中，曾隐约地感到鲁迅小说的各种倾向中至少有一种本质上的对立，可以认为是不同质的东西的混合，"这并不是说它没有中心，而是有两个中心。它们既像椭圆的焦点，又像平行线，是那种有既相约又相斥的作用力的东西"[1]。竹内好感到这种对立用语言是不容易断然地说清楚的。"城市和农村、追忆和现实，这大概是种小小的表现，或许还有死和生、绝望和希望。佐藤春夫用'月光和少年'这样的词来表示，也许与这种对立较为接近。不管怎样，应该认为有某种由两个东西奇妙地纠缠在一起的中心。"[2]这个中心是什么呢？他没说明白，实际上他认为小说中的两个中心并未真正连接起来，而这种连接在《野草》中却实现了：

> 《野草》虽然含有种种倾向，但是，作为一个整体却一个劲地朝某种统一运动着。小说中表现的两个中心在这里有接近的可能。在这里，我们已经感到了浮现出作为一个整体的统一体的构造。换句话说，这里的运动，一切都是向着中心运动的。不用说，《野草》中的各篇分别与《呐喊》《彷徨》中的各篇相对应……在它们各自对应的同时，它们各个系统间的相互关系也好像在这里显示了出来。就是说，我觉得它们各篇都具有极端的独立性，这种独立性却以非存在的形式暗示着一个空间的

〈1〉〔日〕竹内好：《鲁迅》，第91—92页。
〈2〉 同上。

存在，像磁石似的被集中地指向某一点。〈1〉

尽管竹内认为这一点对鲁迅现象而言是"某种根源性的东西"，但"那是什么呢？用语言无法表达"，以至"勉强地说，也只好说是'无'"。〈2〉

竹内将语言无法抵达的东西归结为"无"不免令人失望。但是他所感到的存在于鲁迅作品中的对立及其统一却是真实的存在。正如第一节所显示的，《野草》中充满了生与死、希望与绝望、沉默与开口、天上与深渊、梦与现实、战士与无物之阵、一切与无所有、爱者与不爱者……的本质性对立，但这种对立却依据了一种独特的心灵逻辑"一个劲地朝某种统一运动着"——那就是"明知前路是坟而偏要走"的"反抗绝望"的人生态度。《呐喊》《彷徨》作为一种现实生活的缩图，难以像《野草》那样清晰地表达作家主观的人生哲学，但其叙述过程却以更为复杂隐秘的方式呈现了如同《野草》所呈现的那种对立与统一：向往故乡的游子与回到故乡的"客子"，新党与旧乡，回忆与空虚，生与死，希望与绝望，吃人与被吃，谴责与自责……这种种本质上的对立，由于主体的赎罪的自觉，对旧生活的价值上的无情否定，对个人经验局限性的确认，生存的坚强意志，而终于在"绝望之为虚妄，正与希望相同"的思维逻辑之中，转化为"绝望的反抗"的内在心理趋向。如果说各篇作品的独立性"以非存在的形式暗示着一个空间的存在，像磁石似的被集中地指向某一点"，那么，这一点就是一个做"绝望的抗战"的孤独者的身影，一个或者消失于沉沉黑夜，或者为光明吞没的独

〈1〉［日］竹内好：《鲁迅》，第102页。
〈2〉同上。

自远行的战士，一个拒绝了一切天堂、地狱、黄金世界，义无反顾地在黄昏里"走"向坟场的"过客"，一个背负四千年重负，带着赎罪的自觉，肩起黑暗的闸门的历史"中间物"……正是在"反抗绝望"的不懈努力中，鲁迅完成了自身的人格塑造。"这一点"确实既在作品之内，又在作品之外。

鲁迅小说的叙事原则与叙事方法

第五章

主体精神历史的客观呈现

"叙述方法的主要问题在于作者和他的作品之间的关系。"[1]《呐喊》《彷徨》中的第一人称叙述者既是叙述者又是小说中的人物，作者深入到"我"的意识、直觉、心理内部，外部事物通过主观的心理现实和感知能力呈现出来。但同为第一人称，鲁迅小说的叙事形式却并不单纯，第一人称并不能简单地、一以贯之地将主体的精神历程独白式倾泻在小说里。总括地看，《呐喊》《彷徨》中的第一人称小说可分为三大类：

第一类作品包含双重或内外两层第一人称叙述者，小说的语调包含了两种不同的、具有各自特点的声音，两种声音的独白性自述构成相互的对话、论争关系；由于这类小说的双重第一人称叙述者实际上体现着主体心理现实的不同侧面，从而主观精神史是通过客观呈现的论争关系来体现的。这类作品包括《狂人日记》《头发的故事》《在酒楼上》《孤独者》《伤逝》。《伤逝》表面上只存在一个第一人称叙述者，但副标题点明是主人公"手记"，因此，作品的第一人称叙述在整体上可以看成旁知观点中的自知观

〈1〉［美］韦勒克、沃伦：《文学理论》，第251页。

点叙述。

第二类作品通过第一人称在叙述非己的故事时，对自我与叙事对象的关系进行反省，从而将主体的精神历程在故事的客观叙述中呈现出来——实际上，这种叙事模式本身便是鲁迅独特的思维方法和人生哲学的体现：客观的现实对于"我"而言不是外在的、与己无关的东西；不是可以漠然对待、不以为意的东西，因为，只要"我"失去自身与现实的相关性的认识，"我"也就失去了自身力图独立于现实并力图改造现实的可能性，从而成为造成悲剧的现实秩序中的一个角色，成为旧世界的"同谋"。这类小说包括《孔乙己》《故乡》《祝福》，在一定意义上还包括《一件小事》。

第三类作品是非虚构的追忆性小说，叙述者的心态直接呈现出作者的心态，因此，这类小说叙事方式上的特点是明显的散文化倾向，其中包括《兔和猫》《鸭的喜剧》《社戏》。

第一节　双重第一人称独白的论争性呈现

正如巴赫金所说，艺术形式并不是外在地装饰已经找到的现成的内容，而是第一次地让人们找到和看见内容。双重第一人称论争性独白这一叙事形式使我们看到的恰恰是小说内容自身的论争性。作为一位思想家，鲁迅的特点就在于，他最深刻、最充分地体现了五四运动的理想，但同时又对这一运动及其体现者的命运抱有深刻的怀疑。鲁迅对自身的这种内在矛盾性有着清晰的理解：对人的解放的追求，对历史进化的信念，对传统秩序的反叛作为时代的理性选择构成了鲁迅小说的基本价值取向；对自我及其代表的运动与理想的忧虑，对"唯黑暗与虚无乃是实有"的体验，对自身及新文化代表面临的无法克服的灵魂分裂的自觉，又同上述价值取向并行不悖，在小说中构成了一种论争性的、悖论式的反讽关系。鲁迅自己曾以"人道主义"与"个人主义"、"为他人"与"为自己"、"爱人"与"憎人"以及希望与绝望、生与死等对立的思想情感范畴来描述内心的分裂。这种对立与矛盾常常被理解为鲁迅精神发展的辩证形成过程，而其广泛性和长期并存性却远未受到重视：对于鲁迅来说，这相互对立的思想因素在很长时间里，尤其是在《呐喊》《彷徨》时期，不是处于一个克服另一个的线性发展过程，而是处于相互并存、相互否定、相互消长的状态。可以说，创作主体的多结构性和矛盾性正是鲁迅小说"悖论式反讽"的主观根源。尽管小说的各种矛盾对立的因素统一于作家的艺术追求，但这种艺术追求不是消解而是呈现着主观性自身的矛盾和分裂，小说无论在形式上还是内容上都不可能简单地体现为一种独白式的内容呈现，而表现为独特又内在的论争性。

但是，如果鲁迅仅仅把论争性理解为个人生活的事实，理解为同一精神主体的复杂状态，那么他仍然可能创作出浪漫主义的、单调独白式的小说，主体的精神矛盾可能被描写成错综又有序的精神过程，即在时间中不断消解对立与矛盾的精神形成过程。如前所述，这种内在灵魂的独白性只是在对鲁迅小说做整体性观察时才能发现，而在具体的小说中，论争性是作为在同一时空关系中的客观社会力量和人物间的论争性来理解的，独白性仅仅属于小说的主人公，而不属于作者——属于作者的是双重独白的论争性。汤因比说："在一个正在解体的社会中，它的成员的灵魂分裂是以各种不同的形状来表现的，因为这种分裂发生在行为、情感和生活的每一种方式里"，这些方式的每一种"都倾向于分裂为一对互相对立、

互不相容的类型"——一极是被动而另一极则是主动。^{〈1〉}

　　解体时代的客观的矛盾存在为鲁迅提供了这样一种可能：把自身的矛盾的精神结构及其衍变过程同时表现为对客观共存的社会力量的观察——一种因个人感受而深化了的观察。精神矛盾的消长起伏过程由于转化为独立的客观的力量或人物的论争状态，主体抒发的独白性就转化为对白性，精神演变的历时性在作品中就只能表现为并列的、共时的、空间的关系——这就决定了这些作品的特殊结构：对偶式主人公的论争性独白。双重的第一人称无疑强化了各自的独立性和相互关系的并列性，并使得小说的独白不致成为郭沫若、郁达夫所常有的那种抒情的狂歌式的爆发，而是借以展开沉思默想的一问一答——当然，这里所说的对话关系或论争关系并不仅仅指人物的相互谈话和论辩，而且还包含两种对立的态度与意识的潜在冲突与交流。正是基于这一理解，双重第一人称论争性独白在鲁迅小说中表现为两种不尽相同的形式。

　　第一种形式以《狂人日记》《头发的故事》《伤逝》为代表，小说主体内容并不存在纯粹形式意义上的对话，完全是主人公一个人的独白。但作品或隐或显地存在着另一个外部第一人称叙述者，从而使得小说的独白性内容成为"旁知观点"中的独白性内容，纯粹主观的独白由此具有客观的、被观察的可能性。这个人物的或隐或显将内部第一人称独白推到了一个可以与之论争的地位，而不再是唯一的权威地位，在他对内部叙述者的存疑态度与内部叙述者权威性独白之间的讽刺性差距，则由于鲁迅高超的反语技巧得以呈现得更为鲜明。正是借助于外部叙述者无言的存在，独白的绝对权威性消失了，读者不再是被动的接受者，而是与主

_____

〈1〉［英］汤因比：《历史研究》（中），第236页。

人公处于同一时空的对话人。

小说主体部分的独白性意味着众多叙述因素服从于相对统一的哲学构思和意识观念，并具有相当的真理性，但独立的外部叙述者却使得与作家的主观性紧紧相联的独白成为一种并非支配全局的众多现实力量中的一种力量，从而获得客观的意义。独白赖以建立的那个描述原则，那个描述主旨，甚至那个描述结论，同时成为描述的对象。作为观察、理解、感受、体验、表达、呈现世界和生命的思想、情感、观点、感悟，只是对主人公而言才具备绝对意义——即使这个主人公几乎可以视为作者的化身，也仍然作为这个世界中的任意一点而受到检验。例如《狂人日记》对中国历史与社会、对中国封建伦理体系的"吃人"本质的认识与控诉，无疑寄托和体现了作者本人的观念与感受。但是即便在这篇心理独白式的小说里，作者也始终把狂人的眼光与感受作为"众多眼光"中的一种来把握，从而使小说充分的主观结构同时成为一种客观性。

这种客观性的获得并不排斥独白性主人公的绝对主观性，在他的意识或感觉的范围内现实的一切都服从于他的眼光，成为一种心理现实，这就使得主观结构的客观化过程变得更加复杂。《狂人日记》把独白自身呈现的反讽性内容与叙述者对独白的"旁知观点"相结合，才获得了客观化的效果。小说对现实、历史、精神的认识与体验完全由狂人的眼光与感受来支撑，但小说第二章却分明写道：

> 但是小孩子呢？那时候，他们还没有出世，何以今天也睁着怪眼睛，似乎怕我，似乎想害我……[1]

〈1〉 鲁迅：《狂人日记》，《鲁迅全集》第1卷，第445页。

小孩子对狂人的恐惧与狂人对小孩子的恐惧具有等值意义，狂人的目光因此也就不再是唯一权威的目光，而是众多目光中的一种目光，小说的独白形式背后由此也包含了内在的对白性或论争性，独白自身便构成了对自身权威性的讥讽或挑战。这种讥讽与挑战又和小说的叙事模式相配合：小说通过外部第一人称叙述者把独白处理为病狂者的呓语，并在一开始就点明病狂者终于"候补"去了的结局，从而使得独白者失去了绝对权威性，同时则通过用反语方式处理的系统象征和隐喻表达关于中国社会与历史的真理性观点。

《头发的故事》中N先生的感想、追忆、观点乃至思维方法（由小及大，由辫子问题到历史过程）、情感特点（冷中见热）、语言风格（冷话反语中见热情焦灼、苦闷愤激）都直接呈现着作者的思想与心态。但小说的叙事模式却提醒着：这不是独白小说，而是论争性小说，外部第一人称叙述者不断地提醒内部独白者脾气"乖张"，"不通世故"，"愈说愈离奇"，从而将独白内容置于可以与之论争的位置而非权威地位。外部第一人称叙述者冷眼旁观、超然客观的目光与语调，与内部第一人称叙述者由愤激到沉痛、由沉痛到得意、由得意到诘责的情感充沛激越的语调构成强烈的对比和论争性，独白者和独白在两种语调的交织、渗透中获得了自身的客观品性，也即：独白成了观察的对象。

《伤逝》标明是第三人称涓生的手记，从而把内部独白置于非"我"的位置，而小说系统的讽喻技巧使读者在洞见真相的同时，对叙述者自身产生怀疑。独白在明确的意识层和不明确的意识层之间存在双重、矛盾的心理渴求，独白者自己对此并无自觉。在明确的意识层，独白者反复强调自己的悔恨与罪过，而在不明确的意识层，他却竭力地证明子君之死的社会的和自身的原因，从而不自觉地试图摆脱意识到的应负的道德责任。这样，尽管独白本身的语调是一致的，凄楚、哀婉、低回、缠绵、亢奋，构成统一的内心世界，但读者却隐约听到了另一个与之论争的冷峻、犀利、严肃的声音。

如果小说不保持一个外部的视点，作品将成为完全的主观心理表现，但隐身的冷静的外部叙述人与小说叙述的反语技巧却使得内心独白具备了客观的品性，读者的阅读经验被严格地控制在审视者的位置。因此，尽管全部叙述来自"我"的视觉观点内，但"我"的客观的、不自觉的二重品性却清晰地呈现在读者面前。《伤逝》叙述过程的深刻的象征意义，呈现着作者自己复杂的心态，但同样由于叙述背后的那个与内部叙述者产生感情与思想交流却又保持着冷静独立态度的旁观者（叙述者），而获得了非我的、客观的特点。小说表面统一的叙述语调实际也由于这个外部叙述人的存在而改变了单纯的抒情性，形成音乐中声音对位的效果：两种调子各自独立又相互交织。

这一特点在第二种形式的双重论争性独白中体现得更为明显。《在酒楼上》《孤独者》中的外部第一人称叙述者不仅有独立的叙述语调，而且直接参与情节和对话，整个故事似乎是包裹在他的旁知眼光，并沉浸于他那沉思而抒情的语调里。从表面看，这两篇作品就是由这个叙述者叙述的两个失败的知识者的寂寞、颓丧、孤独、报复的故事，但实际上小说并非单调独白式的，而是对白式的，主人公的故事大量应用自知视角，有着独立的叙述语调，整个小说由两种各自独立、相互渗透、交织缠绕的曲调配合着小说对偶式主人公的存在，超越了单纯的沉思抒情的外部叙述者的单一语调。小说的精神归趋不是统一于、服从于其中任何一人的意识，而是存在于两者的对话关系中，存在于他们对待自己与世界的关系的不同认识与态度构成的悖论关系中。"在社会历史领域内进行活动的，全是具有意识的、经过思虑或凭激情行动的、追求某种目的的人"〈1〉，鲁迅小说里的对偶式主人公也正是这样一种有着独立的目的、激情、思虑的自我意识主体，他们各自拥有不同的但又具有等值意义的世界图像；两者的关系不是主体与客体、认识与被认识、主动与被动的关系，而是两个独立主体的对话关系。

由于对话关系建立在双方的主体性存在或等值意识主体的交流过程中，双重第一人称叙述使作品环绕统一事件而展开两条并列、共存又产生对话或论争关系的独白，双重的独白性不仅强化了各自的独立性和相互关系的并列性，而且以此为前提各自呈现了对方的特点，也呈现了自己的特点。确认别一个"我"不是客体，而是另一个主体——"自在的你"〈2〉，这才能使双方不能不关心和敏感对方对自己的评价和判断并做出积极的反应。吕纬甫异常敏感地感受到"我"的眼光对自己的期望，魏连殳甚至在自认失败后也不能忘怀"我"的存在，从而寄出一封独白式的长信，而"我"则不断地从对方身上竭力寻找自己想找而终究找不到的东西。双方各以对方的主体性存在而获得了自知——吕纬甫、魏连殳在思想、观念上是自成一体的人物，他们的精神弱点主要不是经由他人来发现，而是充分自知的，这在"我"也是一样。环绕某一统一事件，两种独立的声音与意识相互渗透交织，构成内在的悖逆关系，但作为各有其完整价值的主体，任何一方不会成为对方否定性的权威力量，相反，这种否定力量主要来自主体自身，来自他深刻的自知。当然，对话关系中存在着评价性内容，但这种评价以尊重对方人生经验的独立

〈1〉 ［德］恩格斯：《路德维希·费尔巴哈和德国古典哲学的终结》，《马克思恩格斯选集》第4卷，第243页。
〈2〉 参见［苏联］米·巴赫金：《陀思妥耶夫斯基的复调小说和评论界对它的阐述》，夏仲翼译，《世界文学》1982年第4期，第246页。

性为前提，评价者自身不是绝对真理的代表者，而是独立的、与评价对象处于对话关系中的意识主体，因此他的声音并不是最后的结论。

正是在这个意义上，只要这种对话关系存在，小说在内容上就不可能完结或只可能是未完结的完结，而这种对话关系在小说里并不由于对偶式人物的生离死别而消失，因为即便是死者如魏连殳也仍然对生者形成无法推卸的压力和追问，"我"的任何新的选择实际上都是对死者的一种回答和反应。出于某种先定的观念，有些论著实际上把外部第一人称叙述者视为代表作家态度的权威力量，把内部第一人称叙述者当作客体人物、当作"我"的评判裁决对象，从而将魏连殳、吕纬甫完全作为一种否定性人物来对待，看不到这两个人物的人生经验和某些思想的相对真理性，看不到这两个人物与"我"并不存在价值上的不平等关系。

例如，《孤独者》从表面看是由"我"讲述的魏连殳的故事，但魏连殳显然不是一个被动的叙述对象，他的独白、他与"我"的谈话、他那倾泻而下的内心抒发及他的言行态度，不断构成对"我"的怯弱胆小、随遇而安的人生态度的挑战。小说第一章连殳大殓时对"我"的冷漠显然揭示了"我"与"村人"们所共有的某种好奇心和看客心理；第二章两人在对待"孩子"看法上的分歧恰恰使双方修正自己的观点；第四章连殳独白式的来信使"我"逐渐忘却他，但在心灵深处"又似乎和我日加密切起来，往往无端感到一种连自己也莫名其妙的不安和极轻微的震颤"，甚至连殳之死虽已中断了实际对话交流的可能性，但"我"仍然感到他的实际存在，从而"挣扎着挣扎着"，"要从一种沉重的东西中冲出"——他们似乎是一对有着独特心灵感应的孪生人，虽各各不同，又密切相关，骨头连筋。"我"对连殳的观察、评价和论辩过程，同时也是连殳对"我"的观察、评价和论辩过程。尽管在某些心理活动和场景描写的象征意义上，"我"也暗示了作家对连殳的态度，但外部叙述人自身不是权威的评判人，相反，他的观点和心理状态不断受到魏连殳的影响，两者相互渗透，互为镜子，既照见别人，也照见自己。

对偶式主人公是和作者内在精神结构的矛盾性相联系的，小说人物的论辩性及小说内容的未完结性，恰恰说明作者内心矛盾的尖锐性和未完结性。对于鲁迅来说，对偶式主人公的存在体现着两种可能的人生选择，意味着自我面临的两种不同的生命存在方式；论辩的存在说明两种存在方式各有利弊，并且一种存在方式牵动着另一种存在方式，一种存在方式以另一种存在方式为自己未来的某种可能形式，这样，"我"才会对吕纬甫、魏连殳的人生选择感到那样一种不是来自外部，而是来自内心深处的恐惧、不安和挣扎。在这个意义上，对偶式主人公的对话过程是作者自己观察自己，同时又竭力表现并超越自己的过程，客观的、独立存在的、具有社会学和性格学的典型性的人物之间的论争关系，实际上又是创造主体在揭示自我、确立自我、超越自我的矛盾过程中的一种双重思维，一种内在意识冲突，这种冲突是作家正在经历并且未完结的思想状态。

正是这种冲突的未完结性及其与社会生活中两种知识者的生存方式的深刻联系，使得作家有可能以对白式的，非"我"的形式来处理小说的结构原则。在这个层面上，鲁迅小说的对偶式主人公的论争关系其实正呈现着鲁迅内在精神结构的论争关系。因此，这些小说的结构原则同时表现了作者内心世界的结构特点，从而不仅仅是作品中的抒情段落，不仅仅是第一人称叙述者的内心独白，而且是整个小说的艺术构思，都具有强烈的自我表现性，只不过这种自我表现性是通过客观的、非"我"的、典型的方式呈现出来。请看这段描写：

> "孩子总是好的。他们全是天真……"他似乎也觉得我有些不耐烦了，有一天特地乘机对我说。
>
> "那也不尽然。"我只是随便回答他。
>
> "不。大人的坏脾气，在孩子们是没有的。后来的坏，如你平日所攻击的坏，那是环境教坏的。原来却并不坏，天真……我以为中国的可以希望，只在这一点。"
>
> "不。如果孩子中没有坏根苗，大起来怎么会有坏花果？……"
>
> ……
>
> 然而连殳气忿了，只看了我一眼，不再开口……[1]

客观的、出自各自独立人生经验的对话背后，不正隐藏着20年代中期鲁迅内心深处的冲突？对青年的期望与怀疑，对进化论的笃信与忧虑，不已呈现其间？

根据周作人、许钦文等人的回忆，《在酒楼上》《孤独者》的许多素材如迁葬、大殓均取自作者自己的经历，而魏连殳"当兵"的情节则来自鲁迅确曾动过的真实念头。当你设身处地地去体验鲁迅曾感受过的那些人生经验时，你会发现吕纬甫的那种对于母亲、对于传统道德的内心妥协，那种面对中国现实的颓唐又自责、自省又彷徨的心态；魏连殳对于传统桀骜又驯顺、对于世界冷漠又热爱、对于人生玩世不恭又终于认真地以生命复仇的精神特点，正形象

〈1〉 鲁迅：《孤独者》，《鲁迅全集》第2卷，第93页。

地、真切地呈现着鲁迅灵魂的某一侧面,而"我"对这种种心态的否定性态度和与己息息相关的感觉,也正表明着鲁迅内心难以摆脱的挣扎。但是,鲁迅的内心生活经验转化为艺术作品时,主观经验不是以独白的、纯主观的方式呈现,而是以客观的、非"我"的形式呈现,主观表现性与现实主义的典型化方法获得了一种独特的融合。

总之,尽管鲁迅把自己的心灵激情倾注于他的人物,使他们对自己灵魂里发生的一切有一种超越常人经验的自知与洞见,尽管自知观点提供了这样的机会:作者深深地沉浸于人物的心灵,外部动作显得微不足道,而人物心灵的默默无言的活动却以独白方式呈现无遗。但是内外两层第一人称论争性独白的形式使得小说的主观独白成为客观的、典型的对白关系中的描述和观察对象,主观抒发因此而客观化了。这种艺术形式本身也深刻地体现着作家的主观态度与哲学见解:客观化本身是一种与作品意识主体构成某种论争关系的主观性,不是独白主体而是双重独白的复杂关系才最深刻全面地呈现了作家的心理结构;同时主观世界的客观化体现了作家超越个人经验观察主观生活的独特思维方式,鲁迅小说的自知和内省的精神特点正是经由这样的艺术途径和哲学思维而呈现出来。对话形式隐去了作者的痕迹,但双重并列交织的表层语调背后,却回荡着作者的内在语调。

第二节　第一人称非独白性叙述

双重论争性独白的形式关注的主要是人物主观世界的呈现,对偶式主人公各自沉浸于自己的思想中,小说表现的与其说是他们的性格，不如说是他们的思想或精神状态，以及由这种状态导致的不同的命运形式。从创作主体的角度说，这种形式实际上是作家把自身的每一对矛盾及其内在发展阶段变为两个并列共存的人，使它们在相互关系中分散展现。内省与自知的主题是在内心独白的过程中、对自身灵魂的审视中完成的。

第一人称非独白性叙述则引入了完全非己的，甚至非同类人的故事，叙述人无法直接进入故事主人公的内心世界，因而故事完全以旁知观点呈现，叙述语调不是独白性的，而是描述性的，故事本身有充分的独立性、客观性，故事主人公与第一人称叙述者之间不存在内在的或事实上的精神联系，不存在对话或论争关系。从表面上看，第一人称叙述人仅仅是故事的转述人，在《祝福》《孔乙己》中甚至故事的叙述语调也是相当冷静、克制、与己无关的，尽管采用"定点透视"，打破了"全知全能"的传统叙事模式，叙事人与作者虽相契合却不等同，主观评价性内容主要也是从叙述中"呈现"的。

这种表层叙事形式曾使不少研究者把全部注意力集中于故事内容呈现的客观意义，各种不同见解不是来自对叙事过程的理解，而是来自对故事的客观意义的认识。例如在许多论著对《祝福》的讨论中，都不是以作品的全部叙事过程所呈现的各个叙事因素间的关系来考虑作品，而是从题材的客观意义上来解析小说的思想意义。（这在电影《祝福》的改编中尤为明显，叙事人的心理过程完全被省略了。）同样的情形也发生在对《故乡》《孔乙己》等小说的评论中。尽管这些论述对于理解鲁迅小说的思想意义做出了重大贡献，但对于小说的具体理解而言，这些论述由于没有深入到小说的深层叙事原则和叙事结构中，从而构成了对理解作品内容的某种程度的误导和简化。

那么，这一深层叙事原则是什么呢？这就是一种普遍联系的原则，一种把客观存在的世界纳入自我精神历程并思考其意义的原则，一种把非"我"的、他者的悲剧命运视为与自身命运休戚相关、不可分离的人生课题的原则，一种用自我反省、自我否定的态度发掘自身对于人民苦难应负的道德责任的原则——这一原则使得小说对具有独立意义的故事的叙述获得了某种心理学意义：当故事被植入主体的心灵演变及自省中时，客观现实也就同时成为主观现实，悲剧故事由于和心理过程相联系，其单纯的客观意义就被复杂化和主观化了。

由一个具有复杂的心灵、内省的能力的第一人称叙述者来叙述一个表面看来与"己"无关的悲剧故事——这一叙事结构无疑最适合于体现上述叙事原则。如同西瓦尔（Richard W. Sewall）所说，在古典悲剧中，苦难源于"人的悖论，'世界之谜'。唯有行动中的人，'路途之中'的人，始能展示其本性的多种可能性：善的，恶的，善恶兼具的"。戏剧行动产生于人的选择，而选择确认了人的自由。但"选择并非在清晰的善恶之间，而是同时涉及两者"。因此，就希腊悲剧而言，"只有最强的性格才能承受这样的磨难——无惧怀疑、恐惧、友人的劝告或罪恶感而坚持自己的目标……"[1]善恶兼具之感由此成为悲剧英雄必须承受的命运——有"罪"之感使小说的叙事过程紧密地联系着内在心理冲突，无"罪"之感使小说得以客观地呈现悲剧的实际状态及社会根源。"自我的纾解"与"人间的关怀"在这一叙事结构中获得了独特的融合：自我的纾解并不是以第一人称独白、狂想、幻觉等主观方式呈现，而是以第一

---

[1] Richard W. Sewall, *The Vision of Tragedy*, New Haven: Yale University Press, 1959, p. 44.

人称叙述者叙述非己的、他者的、客观存在的人与事的方式呈现，而叙述者本身对叙述过程的心理根源或心理学意义并不自觉或仅仅是半自觉——他是一个独立的、不等于作者的虚构人物，他可能是作者自身的对象化，却具有某种非"我"的客观的特点，因此不是这个人物的心理活动，而是全部叙事过程呈现出的这个人物的内心世界与客观故事的内在联系，才完整地体现了作者的心理结构和叙述原则。

由于小说的叙述原则和叙事结构与作家以及第一人称叙述人内心深处同时存在的"有罪"与"无罪"之感相联系，因此叙事过程必然包含由这两种心理趋向所构成的论争关系或悖论式反讽。但是，这种论争关系不存在于对偶式主人公的双重独白中，而存在于叙述人的心理活动中，存在于叙述人的主观意识与所叙之事构成的悖论关系中。用旁知观点叙述下层群众和知识分子的悲惨故事，叙述人不是潜入人物内部，而是用旁观者的目光、克制得近乎冷静的语调叙述人物的性格、外貌、情状，人物与故事获得了客观的、真实的艺术效果；用自知观点包裹起整个故事，从而把非"我"的故事纳入心灵历程使之成为叙述人获得某种程度自知与内省的心理事件——故事的客观意义并未遭到怀疑，却在一定程度、一定范围内被主观化了。

但是，在具体作品的叙事过程中，第一人称非独白性叙述对叙述人与故事的关系的艺术处理并不完全相同，这首先表现在叙述人身份的设计及由此形成的叙述语调上。第一种形式以《孔乙己》为代表，用回忆童年经历的形式叙述故事，叙述者与作者的心理经验截然分开，对自身与叙述对象关系的理解完全停留在事实层面，并不能由这一关系所潜藏的内在矛盾而获得深刻的自我认识。叙述者以与己无关的、近乎冷漠的态度叙述故事，叙述过程有意识地对读者进行"误导"：利用第一人称叙述者在叙述过程中的权威性，让读者伴随叙述人以一种调侃的、冷漠的、与己无关的态度对待叙述对象，这样叙述人与读者都在毫不自觉的状态中参与"一般社会对于苦人的凉薄"。但叙述过程最终显示出的恰恰是由主人公的悲剧而激发起的对于这种冷漠态度的强烈谴责与批判，于是，在叙述人的态度、语调与故事的发展、叙事过程的整体效果之间存在着无法消解的矛盾，虽然叙述人对此仍无自觉，读者却从叙事的"误导"中走出，不得不以内省的态度思考自身与"与己无关"的悲剧故事的关系，思考自身对于悲剧应负的道德责任，从而作家把自身的心理经验经由完全独立的叙述人的引导而转移到作品之外的读者的灵魂波动之中。

调动读者的心理经验不仅仅是《孔乙己》一篇小说的特点，而是鲁迅小说创作目的的带有普遍意义的方法论的延伸。鲁迅在《且介亭杂文·答〈戏〉周刊编者信》中谈论《阿Q正传》时说："我的方法是在使读者摸不着在写自己以外的谁，一下子就推诿掉，变成旁观者，而疑心到像是写自己，又像是写一切人，由此开出反省的路。但我看历来的批评家，是没有一个注意到这一点的。"[1]从表面看，《孔乙己》的叙事模式在鲁迅早期文言小说《怀旧》中就已出现，那篇作品也是以回忆童年经历的形式叙述故事，故事与人物都在不具备反省与认识能力的稚童眼中呈现，并且这两篇作品都系统地运用了反语技巧：《孔乙己》以冷取热，以轻凝重，"我"记起的多是因孔乙己而起的笑声，并在段落与段落之间用复沓手段反复渲染："引得众人都哄笑起来：店内外充满了快活的空气"，而获得的效果恰好相反，连续不断的笑声恰恰使得孔乙己的悲剧产生了近

〈1〉 鲁迅：《答〈戏〉周刊编者信》，《鲁迅全集》第6卷，第150页。

乎令人窒息的沉重感;《怀旧》则庄语谐用、正语反用,从而获得讽刺性的喜剧效果。

但实际上,《孔乙己》的叙事过程较之《怀旧》远为复杂:第一,《孔乙己》运用了叙述人对读者的有意识误导,叙述语调的克制、冷漠、与己无关调动了读者的态度,而叙事过程对语调构成的反讽实际上也深入到读者的灵魂深处。因此,借助于纯属虚构的叙述人,读者与小说所叙之事之间形成了对话与交流关系,读者实际上化入了作品描绘的那种独特的社会氛围。这显然是一种相当高超的叙述技巧,叙事的外在单纯性与内在复杂性不着痕迹地融为一体,外在于文本的心理经验参与了叙事过程。《怀旧》显然单纯得多,定点透视与反语技巧的传达效果是明晰的、固定的,叙事结构是自足完整的,不像《孔乙己》的开放的叙事结构,后者需要读者的参与才能最终达到叙事结构的预定效果。第二,《孔乙己》的叙事结构实际上已包蕴了那种在自我与世界或描述对象的普遍联系中进行自我认知的哲学性原则,这在《怀旧》时代远未形成。正是由于《孔乙己》叙事过程的这种复杂性才使小说的意义远远超越了故事本身。在这一点上,常常为论者拿来与《孔乙己》并列论述的《白光》的思想内容和心理内容就远不如《孔乙己》复杂,小说的意义与故事情节基本上一致,当然后者的叙述方法引入了象征、幻觉等心理描写,自有其独特意义。

第二种形式与第一种形式的区别在于,第一种形式的叙事与故事的关系是明确的,叙述人专注于叙述对象本身,语调明确地显示出叙述人对故事的评价性态度,而对于这个态度的内涵叙述人毫无自觉;第二种形式的叙述人与故事的关系不那么明晰,叙述人以一种暧昧的、不加解释的、多少有些含混的态度陈述故事,叙述过程显示出叙述者对故事在自己心理上的反应的关心程度至少不亚于对故事本身的关心程度，叙述语调对叙述对象的评价性不是消失而是弱化，代之以相对缄默冥想的感受性语调，对叙述对象的客观叙述背后始终隐藏着叙述者对自己与对象或故事之间关系的自觉或半自觉的自知与内省。

更重要的是，第二种形式中的"我"，无论在《祝福》、《故乡》还是《一件小事》中，都不是他所观察的社会对象和群体中的一员（如《孔乙己》中的"我"），他扮演了一个久别故乡的或具有新文化特点的陌生人的角色，完全以一种新的、不同于故乡文化的观点来观察故乡的人与事，于是那些消融于日积月累的毫不新鲜的经验中的东西，在新的眼光的凝视中产生了全新的意义，这也即维克多·什克洛夫斯基（Viktor Shklovskij）称为"陌生化"的叙事技巧，其作用在于"使一件事情从它的通常理解转化为一种新的理解，从而导致一种特殊的语义转移"。〈1〉

《孔乙己》依靠系统的反语技巧获得了与冷漠、调侃的语调截然相反的艺术效果，而祥林嫂、闰土、车夫的平常故事却在一种"陌生的"（相对人物所处的背景而言）眼光下展示了深刻的意义：传统伦理关系、社会精神状态、动荡的社会生活对中国下层群众从身体到精神的严重戕害，中国下层群众的现实处境与他们的精神状态的悲剧性分离，卑贱的生活状态中绽现出的高尚的品性……但是，如果仅此而已，那就大大低估了鲁迅小说叙事模式的复杂性，也大大低估了鲁迅小说思想内容的深刻性。对于叙事对象而言，第

〈1〉 Viktor Shklovskij, *Iskusstvo kak Priem' Poetik*（1919）112, See *The Chinese Novels at the Turn of the Century*, Edited by Milena Doleželová Velingerová, University of Toronto Press, 1980, p. 69. 1991年版的中译本将这句话译为："一件事情被从其通常的感受领域转移到一个新的感受领域，因而造成一种特殊的语义转换。"见［捷克］米列娜编：《从传统到现代：世纪转折时期的中国小说》，伍晓明译，北京大学出版社，1991年，第68页。

一人称叙述人不仅提供了一种新的、使普通习见之事变为不同寻常之事的眼光，而且把这些客观事件纳入了自身的心理历程，使得两种异质的、不相干的人物产生了内在的、不可分割的联系，叙事过程同时成为叙述人充分自觉或半自觉的心理过程。

比较而言，《故乡》及《一件小事》的叙述人与作者相对同一，对故事、对象与自身的关系处于自觉状态，而《祝福》的叙述者与作者虽有联系却存在着距离，对叙事对象与自身的关系处于半自觉状态，叙述者的声音背后还潜伏着作家内在的语调。因此，就内在叙事结构而言，《祝福》比《故乡》《一件小事》多一层反讽关系：作者与读者不是与叙述者处于同一平面，而是站在反讽的高度对之进行照察与审视，这种照察和审视与叙述者的自我省察之间存在着讽刺性差距。

《祝福》的特点恰恰就在：它把祥林嫂的悲剧纳入叙述人同时并存的"有罪"与"无罪"的心理结构，非"我"的、客观的、他者的故事和悲剧成为叙述者极力摆脱又无力摆脱的精神负担，故事的叙述过程成为叙述者力图摆脱内心压力与道德责任的潜意识的活动过程，实际上，正是这种强烈的"摆脱"意识证明了叙述人与悲剧的必然的精神联系。小说以第一人称试图摆脱内心压力的方式叙述故事，这一叙事模式本身便意味着对自我的追问与内省的要求：不是西方文学中常见的"我是谁？"，而是中国现代文学中的"我是这一社会结构中的谁？"，当"我"以一种"陌生的"眼光打量曾经熟悉的乡村的时候，当我告别了"故乡"，并在内心对之产生了疏离感的时候，"我"果真与"故乡"所代表的文化秩序毫无关系了么？我对"故乡"的悲剧应负怎样的道德和历史的责任？这种对于自我的深刻忧虑与怀疑并不完全自觉，但叙事结构却呈现了作者的思考：这一切正来自徘徊于过去与现在之间的"历史中间物"

对自身的深刻惶惑。不是祥林嫂的悲剧，而是这一悲剧与叙述者的独特眼光和复杂心态的结合，才构成了《祝福》的基本思考，才使得它在众多相似题材的现代小说中卓然不群。

许多论者完全抛开第一人称叙事形式而直接进入对《故乡》的分析，认为小说描绘了近代中国农村破产的图景，写出了中国农民在"多子、饥荒、兵、匪、官、绅"层层逼迫下的悲剧处境，或则更进一层，把闰土的精神麻木与"我"所体会到的"隔膜"视为小说的主题。在同时代作家热衷于写婚姻恋爱、身边琐事的时刻，注意到鲁迅艺术视野的广阔性，注意到鲁迅对中国农民的关注，这当然是正确的。但如果因此而忽视了《故乡》"自我纾解"的一面，便不能算真正读懂了小说，而这一点恰恰是和小说的第一人称叙事模式紧密联系的：回乡与别乡不仅是一个现实的过程，而且是一个主观心理的过程；故乡昔日的美丽和今日的破败，少年闰土的生动与成年闰土的麻木也都是经由"我"的主观感受而大大强化了的。第一人称叙述者是一个脱离了旧的东西又感到无所依托的人物，在感到怀疑并不安地寻求新的道路的同时，他怀念童年时的那些明确、肯定的事物，满怀希望重温某种难以忘怀的东西，于是20年前的故乡与闰土以一种纯粹主观美化或纯化的理想形态出现了；但"故乡"其实是一个永远不能归去的"家"，现实的苦难使这种"寻找归宿"的愿望彻底破灭——由此，故乡的现实、闰土的故事……被纳入了"我"寻找"家"的精神过程，叙述对象的客观社会意义与"我"体验到的"隔膜"虽然保持着独立的、不可忽视的意义，却是在"我"的迷惘与追寻的精神历程中获得呈现，而这一精神历程正构成了小说的精神底蕴。忽视了小说的这种独特的呈现方式，也就不能理解小说内容深刻的自知与内省的特点：在"我"对"变化了"的故乡与闰土的观察中，"我"也体现了"我"的变化，

"我"与"故乡"的真实关系。

《一件小事》叙事过程的这种内省特点则更为外露：小说不是着力描写人力车夫的性格、命运，而是通过对"我"与叙述对象的关系的自省，生发自己的社会人生思考。五四前后，胡适的《人力车夫》、沈尹默的《人力车夫》和舍我的《车夫》等作品都曾描写人力车夫，前两篇是叙事抒情诗，后一篇则是第一人称的小品。这些作品侧重于写车夫的命运和对他们的同情，在叙事方式上并不是将叙述对象纳入自己的内心历程，而这恰恰是《一件小事》的特点——由此可见，第一人称的内省的叙事方式是和鲁迅自己的人生思考的巨大历史深度紧相联系的。

鲁迅那种把一切与己无关的、客观的世界看作是和自己有着内在联系的事物的独特的艺术才能和叙事方式，是他的最有力和深沉之处。这种叙事方式植根于他对自我与世界关系的深刻洞悉，借助这种叙事方式，鲁迅对世界与人的理解达到了异常敏锐的程度：一切原本显得简单明了的东西在他的世界里却成为复杂的、多成分的。在别人只看见一种意义的地方，他看到了双重的意义；在别人只看见一种态度和思想的地方，他看见了两重态度和思想；在别人发现了一种品格的地方，他发现了双重的人格，发现了相反的品格的存在。他在同情的声音中听出了对责任的逃避，他在深沉的忏悔中发现了为自己辩护的声音，他在颓丧自欺中看到了真诚与坚韧，他在"无罪"之中发现了"有罪"，又在"有罪"之中发现了"无罪"……无论是第一人称双重论争性独白还是第一人称非独白性叙述，任何一种叙述形式都使他领悟了每一种现象的双重含义和多重理解，也正是这种双重含义与多重理解呈现了鲁迅极其复杂、错综交织又变化发展的心理结构。

但是，这种主观心理结构不是以纯主观的形式、依靠对现实的主观变形而表现，相反，它丝毫不抹杀叙述对象的客观品性与意义，甚至当它自身进入艺术世界之后也成为一种具有客观意义的力量。在这些现实横剖面上，各种各样的人物、事件、心理、气氛各得其所，各具本形。但，作家的主观精神过程已隐现其间。

第三节　第一人称非虚构小说

普实克、李欧梵等人曾注意到这样一个事实：五四作家多以短篇小说为其艺术形式，虽然可以说五四短篇小说主要是模仿西方，但中国文学的某些固有素质还是起了作用，例如，五四小说家多以简练的笔法去记录和再现所体验的情感，而简洁正是古典散文和诗歌与长篇章回小说对立的一种特性。因此可以把早期短篇小说创作看成是把散文作品转变为小说的一种尝试，有些还借鉴古诗的抒情风格。[1]

五四短篇小说适应着知识者从传统桎梏中解放出来的个性需求，往往对编排曲折的情节不感兴趣，更多地展现和抒发作家的主观因素，而描写情感的自然流动或从主观角度生动地呈现生活的某个片段与五四小说家对小说形式的自由、随意、简洁、抒情的追求相配合，形成了五四小说中大量作品散文化和抒情化的特点。在这些被称为"抒情小说"的作品中，那些以第一人称记述或抒写真情实事的非虚构小说在叙事方式上与小品散文并没有严格分野，其主要特点便是自由地表达个人的主观情志。正如郁达夫所言：

〈1〉 Jaroslav Průšek, *The Lyric and the Epic: Studies of Modern Chinese Literature*, Bloomington: Indiana University Press, 1980.

现代的散文之最大特征，是每一个作家的每一篇散文里所表现的个性，比从前的任何散文都来得强……带有自叙传的色彩了，我们只消把现代作家的散文集一翻，则这作家的世系，性格，嗜好，思想，信仰，以及生活习惯等等，无不活泼泼地显在我们的眼前。[1]

个人的眼光与个人的兴趣在小品散文中具有根本性的意义，但是，这种个人性与自我表现性在中国现代散文中并非独立的存在。郁达夫说得好：

　　现代散文的第三个特征，是人性，社会性，与大自然的调和。从前的散文，写自然就专写自然，写个人便专写个人，一议论到天下国家，就只说古今治乱，国计民生，散文里很少人生，及社会性与自然融合在一处的，最多也不过加上一句痛哭流涕长太息，以示作者的感愤而已；现代的散文就不同了，作者处处不忘自我，也处处不忘自然与社会。就是最纯粹的诗人的抒情散文里，写到了风花雪月，也总要点出人与人的关系，或人与社会的关系来，以抒怀抱；一粒沙里见世界，半瓣花上说人情，就是现代的散文的特征之一。[2]

这也是鲁迅的非虚构小说的特征之一。

　　鲁迅小说中的非虚构小说与小品散文的这种内在联系使之区别

〈1〉　郁达夫：《中国新文学大系·散文二集·导言》，《中国新文学大系·散文二集》，赵家璧主编，上海良友图书印刷公司，1935年，第5页。
〈2〉　郁达夫：《中国新文学大系·散文二集·导言》，《中国新文学大系·散文二集》，第9页。

于当代欧美和中国的非虚构小说。20世纪六七十年代，伴随社会生活的剧烈动荡，一种以重大社会事件为主要描写对象的纪实文学"非虚构小说"在美国风行一时。《新编大英百科全书》（1973）给"非虚构小说"下了一个简洁的定义："以小说的戏剧性技巧讲述的关于真人真事的故事。"第一，它并不强调自身的新闻性，不追求重大、繁复的社会事件，而是择取身边寻常的人与事；第二，这些作品或追忆曾经熟悉的生活，或寄托对友人的怀念，或以物喻人，发抒感慨，表达作者心灵的沉思与波动，形式自由，有相当的主观随意性和抒情性，并不像当代纪实小说有意识地在叙述中发展各种多变的小说叙事技巧（这恰恰反映了五四小说家对小说"自由形式"的追求，鲁迅的stylist的称号是和他对小说文体的自由与多样的理解相一致的），只是力图通过叙事呈现作家的心灵律动。但也恰恰是后一特点中作者的自我介入这一点与写真人实事一同构成了整个非虚构小说的本质性特点。理查德·鲍瑞尔在评论美国著名非虚构小说家诺曼·梅勒时指出，作家在非虚构小说中"同时作为参加者、旁观者和作者出现"[1]，这正道出了非虚构小说将生活实录与作家的观察、剖析、想象、思考、感受、直觉、体悟等主观因素相糅合，从而在挖掘与表现事件自身的意义的同时，完成作家精神过程的自我表露。

鲁迅的非虚构小说在自我呈现的方式上有不同的叙事形态。第一种形式是客观地叙述富于生活情趣的故事，而后第一人称叙述者直接面对读者发抒内心的喟叹，这便是《兔和猫》。小说以爱兔而仇猫作为贯穿线索，表现扶弱而抑强的精神趋向，而叙述者本人的感慨却比故事的寓意来得深刻。小说叙写白兔的"天真烂漫"，幼

〈1〉 邹惠玲：《浅谈非虚构小说》，《文学研究参考》1987年第5期，第26页。

小生命诞生的可爱与艰难，从而反衬出黑猫的凶残。小说的叙事以三太太的买兔、养兔、爱兔、悲兔、憎猫的行动与心理过程为视角，爱憎的态度与作品的寓意因而也是在这一非"我"的眼光中呈现出来。但笔锋一转，故事引发的却是建基于客观故事的主观意绪：

> 但自此之后，我总觉得凄凉。夜半在灯下坐着想，那两条小性命，竟是人不知鬼不觉的早在不知什么时候丧失了，生物史上不着一些痕迹，并 S 也不叫一声。我于是记起旧事来……[1]

叙述视点从三太太转移到叙述者自身，叙述也从客观故事伸向主观的心理堂奥。"造物太胡闹，我不能不反抗他了"[2]——主观介入使小说题旨从小生物的故事扩展为更具普遍性的主题。第二种形式是借助作品中人物的声音以及与之相联系的事件寄托或传达作者的声音或情绪。《鸭的喜剧》叙写俄国盲诗人爱罗先珂"寂寞呀，寂寞呀，在沙漠上似的寂寞呀！"的感觉，以及他为破除寂寞而购买蝌蚪、鸭子以"养成池沼的音乐家"的故事，但小说真正传达的却是集叙述人、旁观者和参与者为一身的"我"在"嚷嚷"中体味到的"寂寞"：

> 现在又从夏末交了冬初，而爱罗先珂君还是绝无消息，不知道究竟在那里了。
> 只有四个鸭，却还在沙漠上"鸭鸭"的叫。[3]

〈1〉 鲁迅：《兔和猫》，《鲁迅全集》第1卷，第580页。
〈2〉 同上。
〈3〉 鲁迅：《鸭的喜剧》，《鲁迅全集》第1卷，第586页。

全然是客观的叙写，叙述者并不直抒胸臆，但那种交织着思恋与寂寞的情怀却漾然其间。第三种形式是第一人称由于厌恶现实而产生的对过去的追忆。在《社戏》中使叙事过程的客观、细致的描述获得流动婉转的生命的，不是描写自身，而是描写背后的那种主观力量。小说结尾一句："真的，一直到现在，我实在再没有吃到那夜似的好豆，——也不再看到那夜似的好戏了"〈1〉，正说明了作品的描述与故事其实是一种以故事、画面、人物的描述形式展开的内心独白。

但是，鲁迅小说的这种强烈的主观性与抒情性并未改变小说的客观性，正如唐弢所说，它们只是鲁迅小说现实主义的一个独特内容。〈2〉即便在第一人称叙事类型的小说中，我们看到的也不只是唯一的一个灵魂——作家本人的灵魂，而且看到了许多非我的、他者的灵魂。鲁迅确实有一种越过外在屏障，直接观察发生在人的内心最为隐微曲折的心理过程，并把它们形诸笔墨的才能，但是这种才能并不依据主观的臆断，而是依靠深刻的内省体验和对他人的细致观察，也即依据内在与外在的经验，从而也就具有客观的价值。即便直抒胸臆，也不是从纯粹主观的角度而是从社会的角度，心理过程自身不是一种孤立的存在。鲁迅小说中主观精神史的客观呈现有赖于他观察自身存在的哲学原则，也有赖于他那独特的叙事方式：这个原则就是自我存在与世界存在的从属关系，在这个从属关系中存在的绝对主观性是不存在的；这个叙事方式就是把客观的、他者的人物、命运、心理转变为与己息息相关以至内在于自身灵魂的

〈1〉 鲁迅：《社戏》，《鲁迅全集》第1卷，第597页。
〈2〉 唐弢：《论鲁迅小说的现实主义》，《鲁迅的美学思想》，人民文学出版社，1984年，第126页。

主体精神事件，同时又把主体的精神过程视为客观世界的一种客观的、与自身的观察、审视对象处于同一平面的力量。在上述三类第一人称的小说中，除非虚构小说可以把叙述人与作者相提并论，把小说看作作品以外的"我"的表达（即独白式小说），其他两类均不能作如是观：叙述者自身便是一种在更高的视点上被观照的对象，这个更高的视点是一种完整的意识，它既体现在叙述者之内（既然叙述过程经由叙述者的眼光而呈现），又在叙述者之外（既然他从不与任何一个叙述人认同）。

第一人称叙事小说的客观性还来自鲁迅小说独特的"叙事体态"。按照托多罗夫的说法，"体态反映了故事中的'他'和话语中的'我'之间的关系，也就是人物与叙述者的关系"〈1〉。叙事体态作为叙述者的感受方式一般分为三类，即叙述者＞人物，叙述者＝人物，叙述者＜人物。鲁迅在使用第一人称时一般不使用叙述者＞人物的古典模式，当涉及人物的内心活动时，他转换视角，使心理活动在人物的自知范围呈现，外部叙述人只是作为小于或等于人物的观察者，而不是直接进入人物的心灵、意识内部。为了坚持小说自身一贯的客观性，"如果不是要把作者'溶入'叙述之中而是要把他呈现出来，就必须把他或代表他的人物的规模和地位压缩到与其他人物一样大小才行"〈2〉。

例如在《孤独者》中，外部第一人称叙述人的许多心理活动是以内心独白的方式直接呈现：

〈1〉［法］兹韦坦·托多罗夫：《叙事作为话语》，《美学文艺学方法论》（下册），《马克思主义文艺理论研究》编辑部编选，文化艺术出版社，1985年，第566页。
〈2〉［美］韦勒克、沃伦：《文学理论》，第253页。

下了一天雪，到夜还没有止，屋外一切静极，静到要听出静的声音来。我在小小的灯火光中，闭目枯坐，如见雪花片片飘坠，来增补这一望无际的雪堆；故乡也准备过年了，人们忙得很；我自己还是一个儿童，在后园的平坦处和一伙小朋友塑雪罗汉。雪罗汉的眼睛是用两块小炭嵌出来的，颜色很黑，这一闪动，便变了连殳的眼睛。

"我还得活几天！"仍是这样的声音。

"为什么呢？"我无端地这样问，立刻连自己也觉得可笑了。

这可笑的问题使我清醒，坐直了身子……〔1〕

这段描写由雪花联想到故乡的新年，由故乡的新年联想到童年时代塑雪罗汉，又由雪罗汉的眼睛联想到连殳的眼睛以至连殳的声音，其间摒除了客观内在的联系，时空交错，兔起鹘落，直至不由自主地发问，意志的作用消逝于无端之际。描写自身是主观性的。但是这一主观描写用于第一人称叙述人却使得叙述自身获得了客观性：心理独白呈现了叙述人自身的状态，却消解了他的绝对权威性，使他成为与叙述对象处于同一平面的人物。

杜亚丹给"内心独白"下定义时认为，这是一种技巧，这种技巧"直接把读者引导入人物的内心生活中去，没有作者方面的解释和评论加以干扰……"。又认为，"内心独白"，"是最内心深处的、离无意识最近的思想的表现"，卢伯克说，在《使节》中，詹姆斯不是在"讲述史特莱斯的心理；他是使史特莱斯的心理自己讲述自己，并使之戏剧化"。〔2〕鲁迅小说当然不同于"意识流"作品，但

---

〔1〕 鲁迅：《孤独者》，《鲁迅全集》第2卷，第102页。

〔2〕 转引自［美］韦勒克、沃伦：《文学理论》，第254页。

《狂人日记》《伤逝》以内心独白的方式将"我"的内心生活直接呈现出来，《孤独者》等小说的叙述人也以内心独白的方式呈现自己的心理过程，恰恰是以主观形式使得自身成为客观审视对象，而不是以自己的态度一味地支配读者。多列泽尔说："古典散文，特别是古典现实主义的散文中，直接叙述是为着创造叙述者的形象，但这叙述者显然不能与作家本人等同，这只是进一步加强了客观性的感觉。"[1]

鲁迅的第一人称小说大量运用了"独白"的形式，这种形式由于直接呈现了叙述人的内心面貌，从而获得了被作为客观审视对象的可能性。但值得注意的是，鲁迅小说中的第一人称（内或外）绝大部分都不是行动者而是思想者，他不仅思考周围世界，也思考自己。他思考自己的时候所说的话常被认为是在描写他主观的心灵：他的怨艾，孤独，自我谴责，罪恶感，自我怀疑……鲁迅的叙述有一种倾向，即把叙述过程与叙述人在叙述故事时的自我表白（以独白方式出现的自我表白）结合起来，而正是这种独白在叙事过程中的"表白化"，深刻地显示了鲁迅的主观倾向，客观呈现的独白形式因此而并未妨碍读者对独白内容的信赖。这一点在《狂人日记》中体现得最为明显，"病狂者独白式呓语"的形式不仅没有削弱独白内容的真理性，相反却强化了它的真理性。如前所述，我们不能把作为第一人称的叙述人与作者混为一谈，第一人称叙述法的目的、效果、呈现方式是富于变化的：有时，这一方法的结果是使得

〈1〉 Jaroslav Průšek, *The Lyric and the Epic: Studies of Modern Chinese Literature*, pp. 121-177. 2010年版中译本的译述是："在古典散文，尤其是古典现实主义散文中，直接叙述的首要目的是创造一个与作者本人显然不同的叙述者形象，从而加强作品给人的客观感觉。"［捷克］亚罗斯拉夫·普实克著、郭建玲译：《抒情与史诗——中国现代文学论集》，季进、王尧主编，上海三联书店，2010年，第128页。

叙述者比其他人物更少鲜明性和"真实性",如《头发的故事》《在酒楼上》《孤独者》(这里指的是外部第一人称叙述者);相反,这些小说的内部第一人称叙述者却是他们所在故事中的中心人物;在《孔乙己》中,第一人称叙述法使读者在叙事过程中与第一人称保持一致,直至悲剧性结局才断然地对第一人称的态度产生怀疑;《狂人日记》《伤逝》中作为中心人物的讲述者或者是精神病患者或者是处于特殊心态中的人物,这样的叙述者我们无法与之认同,他们通过坦白的自白,通过他们所叙述的故事以及叙述故事的态度来塑造他们自己。对《祝福》的叙述者而言,我们是不是认为,小说故事的叙述者是在讲故事给自己听,从而以故事的详细讲述来疏解内心的犯罪感呢?

如前所述,鲁迅的第一人称叙事小说多样的呈现方法中隐含着一种内在的叙事原则:或者以内外双重第一人称,或者以他者的日记、手记形式……使小说内容与作者或读者之间产生不同程度的距离,使小说的故事与人物获得客观性。但是,对于《呐喊》《彷徨》而言,彻底斩断鲁迅与第一人称叙述人的内在联系是一种危险的企图。根据普实克的研究,中国小说叙事模式由古典到现代的转变首先体现为叙述者功能的变化:从单纯、无个性的说话人到具有独特眼光与情感的叙述者,与叙述者的变化相伴随的则是作家对故事的主观渗透。[1]中国小说叙事模式的主观化趋向是和中国现代历史进程中人的个性解放要求相适应的,五四小说中大量第一人称自传小说的出现,所体现的正是中国现代小说在形式与内容两方面追求自由与解放的趋势。鲁迅小说中的第一人称叙述虽然与郭沫若、郁达夫的浪漫独白式小说不同,叙事过程与第一人称独白往往获得客观

<hr>

〈1〉 Jaroslav Průšek, *The Lyric and the Epic: Studies of Modern Chinese Literature*, pp. 111-120.

的品性（这当然与鲁迅对中国社会问题的广泛关注有关），但在总体趋向上仍然与五四小说在形式与内容两方面的主观抒情风格有着内在的联系。

第六章

客观描述的主观渗透

　　鲁迅的第三人称小说的取材范围更为开阔，叙述对象与作者的精神差异非常明显。因此，无论是叙事形式，还是叙事内容，这些非第一人称叙事都远较第一人称叙事小说客观。

　　鲁迅小说结构的根本特点是把种种极不相容或极为偶然遭遇的故事叙述因素服从于统一的思想性构思，把思想家对他的观念的锲而不舍、全神贯注的精神同赤裸裸地、无所讳饰又泰然自若地呈现生活的艺术冲动结合起来，把真诚、复杂、深沉的感情同讲故事人的轻松幽默、嬉笑怒骂、客观陈述融为一体。哲学与道德的忏悔，严肃的民族精神悲剧，病狂者的乱语与怪行，下层妇女的不幸故事，道学家的虚伪，新青年的虚幻，离婚，再醮，回乡，逸事传闻，街头小景，怪诞人物，政论小品，鲁迅小说艺术素材的广泛性、多样性、非一致性与鲁迅艺术目的、价值尺度的统一性、明确性构成了鲁迅小说创作的重要特点：用不同种类的、不同价值的和有深刻差异的素材创作出统一完整的艺术作品，在众多的、纷繁的、对立的调子中保持基调的和谐一致。鲁迅把各种各样孤立地看并无深意的东西，放在他那激情的火焰中冶炼，日常生活现实的零星素材、街谈巷议的强烈印象、社会变革的兴衰沉落、内心生活的丰富深刻的沉思与内省都将熔于一炉，汇成新的成分并带上他个人风格和格调的深刻印记，客观的叙述与认知过程中悄悄呈现出主体的心理结构。

在这里，"悄悄呈现"一语有着不容忽视的意义。因为鲁迅小说的上述叙事特点并不意味着种种不同素材仅仅服从于一种意识，一种眼光，一种语调。相反，尤其在非第一人称小说中，这些素材并不从同一眼光里呈现，而是在好几种完整的和等值的眼光或调子里显示，但是这些世界、这些意识和它们的眼光结合在一种高度的统一中，可以说是更上一层楼的统一，这种统一是一种自然的组合过程，却不是生拉硬扭，它丝毫不破坏和损害各种眼光的客观现实性。正如乔纳森·卡勒在《结构主义与文学的特质》中说的：

> 小说能够把各种语言，各个层面上的中心点，各种叙述视点融合在一单一的空间里，这些语言、中心点和视点在为着特殊的经验性目的而组织起来的其他类型的话语中是相互矛盾的。[1]

鲁迅的非第一人称小说在视点转换方面往往比第一人称小说更为复杂。但是，我们所要追踪的当然不仅是这些一眼便能把握的外在"眼光"，而且是要透过这些"眼光"寻求小说所呈现的世界的内部一致或真理性，这种内部一致与真理性来自作家的创作过程。因此，只有当我们在小说的客观描述背后找到了作者的自我呈现时，我们才真正理解了作品，而这一寻找过程不是索引考证，不是在小说中发现在别处也可找到的作家的传记或心理材料，而是寻找作家

〈1〉［美］乔纳森·卡勒：《结构主义与文学的特质》,《文学研究参考》1987年第6期，第10页。

的真理——"作家只有在隐蔽自我时才能展示自我"〈1〉，作品"代表它的作者"〈2〉。这当然不是说作品的终极意义就是作家的真理，不是的。杜夫海纳说得好："作家的真理在作品之中，但作品的真理却不在作家身上。……就在作品的意义中。在这里，现象还告诉我们：任何现象本身都带有一种意义，这一方面是因为主体总是呈现于'被给定之物'中以便组织它、评论它；另一方面是因为'被给定之物'从来不会以经验主义所想象的感觉-材料的方式作为原始的和无意义的东西被给定。"〈3〉因此，实际上，小说的意义可以从作品再现的内容中获得，但这种意义是内在于感性的，是由一种独特的意识所体验的。

但是，主体的自我呈现在小说中是以非"我"的叙事结构表现出来，因此非第一人称小说的自我呈现方式又内在于小说"客观的"叙事模式。由于非第一人称小说的叙述对象对于鲁迅而言有着实际内容的非"我"性，作家的心理内容不可能直接通过人物自身的心理与行动来表达。因此，"自我呈现"在叙事过程中不能不借助大量的隐喻、渗透、象征、插入性评语等修辞与叙事的手段；伴随叙述对象的变化，鲁迅面对的主要不是自身的精神历史，而是不仅在叙事形式上而且在内容上属于非己的、他者的社会生活，作品呈现的作家的自我形象较之第一人称小说显然发生了很大变化，代之而起的是一个更具理性和分析性的人物，他往往能以较为超脱的目光审视叙述对象，虽然也不时地流露出内心的孤独与焦灼。正是由于叙述对象的广泛性和多样性，叙述者必然也相应地以不同的感

〈1〉 ［法］米盖尔·杜夫海纳：《美学与哲学》，孙非译，中国社会科学出版社，1985年，第160页。

〈2〉 同上。

〈3〉 同上书，第162—163页。

受方式来进行叙述，因此第三人称小说的叙事体态及其反映的人物与叙述者的关系也更富于变化。

第三人称叙事在外观上虽然比第一人称显得客观，因为第三者的目光往往较当事人更为冷静，但是，当叙事涉及对象的心理活动以及一切隐秘的、非现在性的活动时，第三人称叙事却面临着"真实"的挑战。鲁迅对第三人称叙事面临的这一挑战有着独特的看法。1927年，郁达夫在《日记文学》一文中认为：

> 文学家的作品，多少总带有自传的色彩的，而这一种自叙传，若以第三人称来写出，则时常有不自觉的误成第一人称的地位……并且缕缕直叙这第三人称的主人公的心理状态的时候，读者若仔细一想，何以这一个人的心理状态，会被作者晓得这样精细？那么一种幻灭之感，使文学的真实性消失的感觉，就要暴露出来，却是文学上的一个绝大的危险。足以救这一种危险，并且可以使真实性确立，使读者于不知不觉的中间受催眠暗示的，是日记的体裁。[1]

鲁迅读了郁文后对叙事形式与艺术真实的关系发表了不同的见解，他认为真实的关键并不在"体裁"：

> 只要知道作品大抵是作者借别人以叙自己，或以自己推测别人的东西，便不至于感到幻灭，即使有时不合事实，然而还是真实。其真实，正与用第三人称时或误用第一人称时毫无不同。倘有读者只执滞于体裁，只求没有破绽，那就以看新闻记

〈1〉 郁达夫：《日记文学》，《洪水》第3卷第32期，1927年5月1日，第323页。

事为宜，对于文艺，活该幻灭。〈1〉

至于以第三人称写人物心理或隐秘活动，他举了纪晓岚攻击《聊斋志异》的例子。纪晓岚在《阅微草堂笔记·槐西杂志》中，记了旁人所谈的一个读书人受鬼奚落的故事，末段是："余曰：'此先生玩世之寓言耳。此语既未亲闻，又旁无闻者，岂此士人为鬼揶揄，尚肯自述耶？'先生掀髯曰：'槐下之辞，浑良夫梦中之噪，谁闻之！'"鲁迅不无讽刺地说：

> 他的《阅微草堂笔记》，竭力只写事状，而避去心思和密语。但有时又落了自设的陷井，于是只得以《春秋左氏传》的"浑良夫梦中之噪"来解嘲。他的支绌的原因，是在要使读者信一切所写为事实，靠事实来取得真实性，所以一与事实相左，那真实性也随即灭亡。如果他先意识到这一切是创作，即是他个人的造作，便自然没有一切挂碍了。〈2〉

作为语言的艺术作品，叙事作品的虚拟性是读者阅读作品的基本前提，因此叙事人称的混用是叙事作品的一种特殊技巧，而无碍于小说的真实性，鲁迅说："幻灭之来，多不在假中见真，而在真中见假。"〈3〉

叙事形式内部的统一并不能保证艺术的真实性——后者取决于作品表现生活的艺术深度。结构主义叙事学的代表人物罗兰·巴特

〈1〉 鲁迅：《怎么写（夜记之一）》，《鲁迅全集》第4卷，第23页。
〈2〉 同上。
〈3〉 同上书，第24页。

在其著名论文《叙事作品结构分析导论》中谈到："混合使用人称体系显然是一种熟巧。"在有些小说中唯有反复使用两种人称体系才会造成特殊的艺术效果，因此，"严格遵守所选择的人称体系，虽然为某些当代作家刻意追求，但从美学角度说，并不一定非如此不可。所谓的心理小说，一般都是两种体系混在一起，先后交替使用无人称符号和人称符号。实际上（奇怪得很），'心理状态'也不可能只有一个人称体系来表达。原因是，如果整个叙事作品只用一个话语主体，或者如果大家愿意，都是言语行为，那么人称的内容本身就会受到威胁"[1]。

"借别人以叙自己，或以自己推测别人"——多样的叙事形态、复杂的生活内容总是离不开作家的主体结构：第一人称叙事小说中那种把客观存在的世界纳入自我精神历程并思考其意义的叙述原则同样体现在第三人称小说中，但在叙述形式上却无法以"我"的独白或思考的方式呈现。从叙事体态与叙事语式[2]两方面看，《呐喊》《彷徨》中的第三人称叙事小说大致可分为两类主要文体："全景"文体和"场景"文体。按照亨利·詹姆斯和其后的珀西·卢伯克的观点："这两个术语各自包括两个概念：'场景'，既是描写又是'同时'观察（叙述者等于人物）；'全景'则既是叙述又是'从后面'观察（叙述者＞人物）。"[3]

鲁迅小说中的"场景"文体可以称为"戏剧式"陈述，叙述人隐于画面背后，不表示主观态度和价值判断，文本的意识倾向由场

〈1〉 ［法］罗兰·巴特：《叙事作品结构分析导论》，《美学文艺学方法论》（下册），第554页。

〈2〉 叙事体态涉及的是叙述者观察故事的方式，叙述语式则涉及叙述者向我们陈述、描写的方式。存在两种主要语式：描写和叙述。参见［法］兹韦坦·托多罗夫：《叙事作为话语》，《美学文艺学方法论》（下册），第565—572页。

〈3〉 ［法］兹韦坦·托多罗夫：《叙事作为话语》，《美学文艺学方法论》（下册），第572页。

景、情节、人物的行动和对话在较短的时间内呈现，小说的风格手段如象征、比喻、对比、讽刺……一般都有较强的外在表现性，而人物的心理动作是外显的，即在视觉范围内呈现，因此这些作品的对话包蕴着丰富的潜台词，表情、动作往往是和人物的心理动作相联系的。这类小说包括《药》《长明灯》《示众》《风波》《肥皂》《离婚》等。

鲁迅小说中的"全景"文体可称为"心理分析"式小说，正如罗兰·巴特说的，这些小说"一般都是两种（人称）体系混在一起，先后交替使用无人称符号"，叙述者既外在于人物作描述与分析，同时又潜入人物内部，使人物的意识活动和潜意识活动不经过叙述中介而直接呈现在读者面前，但这两种体系都集焦点于人物的心理。这类小说包括《幸福的家庭》、《白光》、《弟兄》、《高老夫子》和《端午节》。

此外，我把《阿Q正传》《明天》另归一类。这两篇小说虽然也属"全景"文体，与"心理分析"式小说在叙述形式上有一致之处，同时若干描写又近于戏剧化的"场景"。但从人称形式看，它们却由于直接出现了第一人称叙述者——一个与鲁迅本人的态度和精神状态甚为相近的虚拟的叙述人——而区别于前面两种类型。与纯粹第一人称叙事不同，这两篇小说的第一人称始终是局外的叙述者，叙述者的评论不涉及自身的主观精神历史，但叙事过程却将主体的精神内容渗透到严格非己的人物的心理过程中，使得客观的叙述对象包含双重的心理内容：既是特定环境中的客观真实人物的真实心理状态，又体现着作家自身的、与人物所处的具体情境不相一致的精神感悟。

第一节 "场景"文体——"戏剧式"叙述

"戏剧把已经完成的事件当作好像目前正在发生的事件表演在读者或观众面前。戏剧把史诗和抒情诗调和起来,既不单独是前者,也不单独是后者,而是一个特别的有机的整体。一方面,戏剧的动作范围不是与主体毫不相干的,相反的是从它那里起始,又返回到它那里的。另一方面,主体在戏剧中的存在具有着完全不同于抒情诗中的意义:他已经不是那集中于自身的感觉着和直观着的内心世界,已经不是诗人(作者)自己,他走了出来,在自己的活动所造成的客观世界中自己就成了直观的对象:他分化了,成了许许多多人物的生动的总和,戏剧就是由这许许多多人物的动作和反应所构成的。正由于这样,戏剧不允许史诗式地描述地点、事件、情况、人物——这些全都应当摆在我们的直观面前。"[1]

这是别林斯基对于戏剧的艺术形式与主体关系的分析,也恰可移用于鲁迅的"戏剧化"小说:"一切叙述的体裁使眼前的事情成为往事,一切戏剧的体裁又使往事成为现在的事情"[2],而"戏剧化"小说由于把叙述者的作用降低到幕前说明或舞台提示的位置,小说的连贯性依赖于场景与场景之间的那种可以意识到的联系。鲁迅小说中的"场景"文体追求一个目的、一个意图,把若干互为因果的事件,按照目的,构成一个整体,从而形成"动作的单纯、简要和一致"(即基本思想一致),并把兴趣集中在人物身上的戏剧化的风格特点。

〈1〉[俄]别林斯基:《诗的分类》,《西方文论选》(下),伍蠡甫主编,上海译文出版社,1979年,第381页。

〈2〉[德]席勒:《论悲剧艺术》,《古典文艺理论译丛》第6册,人民文学出版社,1963年。

《药》、《长明灯》和《示众》属于悲剧性小说，其叙事结构上的特点是将传统悲剧中的悲剧英雄隐于幕后或置于次要的不显眼的位置，但实际上这个人物却支配了前台人物的言行举止。小说采用叙述人＝人物（"同时"观察）的叙事体态，叙述者和人物知道得同样多，对事件的解释，在人物未找到之前，叙述者不能向读者提供；同时，叙述人可以从一个人物转到另一个人物，从而构成托多罗夫称为"立体观察"的特殊效果："感受的多样性使我们对描写的现象有一种更为复杂的看法。另一方面，对同一事件的各种描写使我们把注意力集中到感受这一事件的人物身上"[1]，而不是那个居于中心又隐于幕后的悲剧人物身上。因此，这些小说是以社会群体为中心的。

夏瑜、疯子、"犯人"及其故事是在众多的眼光与话语中呈现的。夏瑜之死始终没有正面叙述，但在四个场景中通过不同人物的眼光和语言被叙述了四次；仔细研究这些叙述，我们发现它们不仅使我们对事件有一种立体的看法，而且它们在质量上也各不相同，当隐在与显在的故事通过"馒头"产生了喻义联系的时候，四个以不同人物作为主角的场景之间的接续显然使这种喻示意义变得更加复杂和深刻。

第一场景从华老栓的眼光和感觉描写杀人场的情景，伴以鲜红的人血馒头、黑色人刀样的目光和突兀的锋利语言，形成紧张恐怖的气氛。第二场景接续第一场景结尾老栓得了人血馒头的"幸福感"，转入小栓吃"药"的场景，从小栓的感觉与目光中呈现的是父母的温情和对"馒头"与"自己的性命"之间的联系的奇异感，刑场的恐怖转变为家庭的温情。第三场景人物众多，中心话语是

〈1〉［法］兹韦坦·托多罗夫：《叙事作为话语》，《美学文艺学方法论》（下册），第567页。

康大叔的陈述，从而把第一场景与第二场景以馒头作为道具接续起来。康大叔的语言保持了那种鲜明、简劲、锋利如刀的特点，他与茶客的对话中隐含了夏三爷告密与夏瑜劝牢头造反两个故事，由于这两个故事是通过康大叔及茶客们的冷酷和漠然的语调呈现，夏瑜的牺牲实际上成了显示登场人物心理与性格特点的试纸，"牺牲"作为传统英雄悲剧的主题，从"药"这一道具以及环绕道具而出现的种种戏剧性言行，获得了新的意义："牺牲"的正面意义被隐入背景，作者将环绕"牺牲"的社会群体态度做了正面的描写。

第四场景相当于戏剧的尾声，"时间"已是第二年清明（前三个场景保持了时间前后的持续），场景设计具有深刻的象征性：华夏两家的生者与死者第一次在同一时空出现，却分明隔着一条由人踏出的小路。夏母对儿子的不理解与精神隔膜以"爱"的方式表达，从而强化了前三个场景的主题。场景设计的象征性显示叙述者已由人物视角转入"外视角"，场景自身具有深刻的自我表现性，"消融了内面世界与外面表现之差，而现出灵肉一致的境地"[1]。沉思与抒情的语调已不再是人物的语调，而是以"旁知观点"观照这幕悲剧场景的、未出场的叙述者的语调。革命者与群众的双重死亡，生者与死者、死者与死者的双重隔膜，同坟场的凄清一道构成了"安特莱夫式的阴冷"——这"阴冷"其实是一种画面化的心理现实。

《长明灯》也包含四个场景，人们阻止疯子扑灭长明灯这一行动过程构成贯穿四个场景的基本动作，动作从秋天的下午延续到黄昏，道具长明灯与《药》中的馒头一样具有简单和象征的特点。这

〈1〉 鲁迅：《〈黯澹的烟霭里〉译者附记》，《鲁迅全集》第10卷，第201页。

两篇作品结构形态的区别在于悲剧英雄在《药》中隐于幕后，而在《长明灯》中却是幕前的现实形象，并对其他登场人物的存在方式与生活理想直接构成挑战。显然，情节的戏剧性冲突及其呈现过程在时间上的紧凑性大大加强了。在一般叙事文学中，"人物行为可能是外现的，也可能是内在的。人物内心激起的愿望，产生的意向，做出的决断，对往事的追忆——所有这一切对别人诉说或者自白，都已构成人物的一种'行为'"。在"戏剧化"小说里，作者或叙述人不直接叙述人物的内心世界，因此，人物自己必须用他们的语言、表情、手势和动作来表现这一切，也因此，《长明灯》《示众》描写的那些人物的极其外显的行为与言论其实隐含着他们的内在行为、愿望和心理状态。这些内在行为就构成了人物生活的"潜台词"或"潜流"〔1〕，在这个意义上，鲁迅的戏剧化悲剧小说是以表现普遍而内在的精神状态为艺术宗旨的。在《长明灯》中，茶馆议论、社庙辩论、客厅筹划和社庙尾声四个场景环绕"灭灯"问题展开，除第二个场景出现了疯子与村人的正面争执，小说实际上并未表现双方冲突的具体过程，这个过程是在场景与场景的接续和人物的对话中隐而不露地呈现的。《示众》展现的街头小景甚至连冲突本身都不存在，而是通过"示众"的场景表现看客们的心态。

亚里士多德说："悲剧是对于一个严肃、完整、有一定长度的行动的摹仿；它的媒介是语言，具有各种悦耳之音，分别在剧的各部分使用，摹仿方式是借人们的动作来表达，而不是采用叙述。"〔2〕戏剧化小说叙述方法的特点——众多人物的动作与不同的语调体现

---

〔1〕 以上参见［苏联］波斯彼洛夫：《文学原理》，第149页。
〔2〕 ［古希腊］亚里士多德：《诗学》，罗念生译，人民文学出版社，1962年，第19页。

为"姿态表演的直观性",而不是在叙述者的叙述语调中出现——使得小说呈现了"客观"的面貌。但正如别林斯基所说,直观的戏剧动作范围"不是与主体毫不相干的,相反地是从它那里起始,又返回到它那里的"。在《药》《长明灯》《示众》中,我们在客观的场景中,在外现的与内在的冲突中,恰恰深刻地感受到一种复杂的主观抒情性,这种抒情性是在作品中表现出来的、作家对于他所再现的社会性格的积极的思想感情评价,这种评价源于这些社会性格的客观特征,同时也呈现了创作主体心理的与情绪的结构。

由于戏剧化小说不能通过作家和叙述人的叙述直接地表现主观性内容,因此这些小说必须使读者通过场景描写语言的表现力、人物对话和语言的表现力感受作品的激情。上述几篇小说的主观抒情性首先体现为小说结构设计与场景描写的象征性。"药""长明灯"作为一种比喻象征,小说丰富、众多的生活实象与冲突凝聚于这个象征点;"示众"的场景由于描写的高度集中和强化,显然已不是普通的街头小景,而成为具有深刻含义与象征性的场景。这种象征性是主观拥抱客观的产物,作家的主观激情虽然不消解叙述对象的客观意义,却由于主观性的浸透而使客观结构呈现出内在的"诗意"。主观的沉思、伤感、落寞、悲怆与焦虑,通过高度比喻意义的象征而在客观的描绘中渗透出来。

《药》《长明灯》的结尾部分,在情节展开过程中伴随着作者的"情景说明",作家在这里抒情地描绘了初春和秋天的黄昏景色:凄清的坟场,红白的花环,寂静中支支直立、有如铜丝的枯草,死一般沉默中铁铸似的乌鸦和它那令人悚然的大叫与箭一般地飞去……这些描写伴随着两位母亲忧伤、温情而又隔膜的凭吊,构成了一种象征的抒情的画面;在另一个场景中,秋天的黄昏与暮色中,绿莹莹的长明灯更其分明地照出神殿、佛龛,而且照到院子,照到木栅，由近至远地响彻着天真孩童的歌声，在永世长存的宁静中我们又听到了那个细微沉实的声息："我放火！"却终于汇入孩子们随口编派的歌："白篷船，对岸歇一歇。／此刻歇，自己熄。／戏文唱一出。／我放火！哈哈哈！／火火火，点心吃一些。／戏文唱一出。"主人公的呼唤和他的行动一样，充满了浪漫主义的象征性：惊慌不安和某种预感。在这样的场景中，社会存在的某种明确的特征只是不显著地暗示到，而作家本人的主观情绪却得到了更为鲜明的表现。很显然，《长明灯》中的疯子既是作品中的人物，又是一个抒情主体——他那"略带些异样的光闪"，"悲愤疑惧的神情"，他那"低声，温和"的劝说，"嘲笑似的微笑"，"阴鸷的笑容"和沉实坚定的呼唤，正复杂多面地、象征性地体现了作家面对现实世界的态度与感受。

相比之下，《示众》的叙事过程最为客观，未出场的叙述者以一种平静的语调细致地展开街头看客莫名其妙的观看，而读者在阅读过程中似乎也加入了观看者行列，冷静地观看着淡漠而又津津有味的观看者——在这里，直观的叙事方法恰恰取得了《孔乙己》里那种通过主观的叙述人的有意误导而最终导致的读者内省的效果。

《示众》中那位缄默的示众者远不具备夏瑜、疯子那样的理想色彩，因而在相当大的程度上是一个工具性人物。这个人物道德面貌的模糊性使读者得以越过对受害人命运的关注而侧重于看客的表现，这也便使得"示众"的悲剧性场面获得了某种喜剧性的表现。在这个意义上，《示众》与《风波》《肥皂》《离婚》等小说有某种相似的地方：以简洁的戏剧性技巧勾勒登场人物的内在矛盾性，而不必借助于隐在的悲剧英雄反衬他们的精神面貌。

《风波》《肥皂》《离婚》在叙事方式上保存着戏剧化的特点：叙述者以不动感情的冷静笔调让人物的言行直观呈现，小说主要不是以故事的叙述，而是以场景的内在联系构成完整的结构。"头发""肥皂""屁塞"等简单的道具获得了喜剧性的比喻效果，人物的语言不仅包含了情势的语言，而且包括了性格的语言，如九斤老太的"一代不如一代"，四铭的"咯支咯支"，爱姑的"老畜生小畜生"，等等。小说的事件单纯，人物生动，时间紧凑，场景分明，对话简洁而富于个性，完全合于"姿态表现的直观性"。鲁迅在1930年代总结自己的艺术经验时把白描、简洁的风格特点同中国旧戏相联系，由此，我们是否也可以认为在这里白描与简洁的风格特点恰恰是戏剧化叙述方法的结果呢？鲁迅说：

> 我的取材，多采自病态社会的不幸的人们中，意思是在揭出病苦，引起疗救的注意。所以我力避行文的唠叨，只要觉得能将意思传给别人了，就宁可什么陪衬拖带也没有。中国的旧戏上，没有背景，新年卖给孩子看的花纸上，只有主要的几个人（但现在的花纸却多有背景了），我深信对于我的目的，这方法是适宜的，所以我不去描写风月，对话也决不说到一大篇。[1]

但平心而论，鲁迅小说并不缺乏较长的对话，内心独白、心理分析、风月描写虽然不多却也并非没有（《故乡》中的月亮，《在酒楼上》中的老梅与山茶，《社戏》中的风景……），白描方法在他的戏剧化小说中才真正构成根本性的叙述手法。从这个意义上说，戏剧化的叙事结构与白描的方法确乎存在有机的联系。

戏剧的特点是纯粹的直观，从叙事体态上说，叙述人的叙述完全为人物的活动所替代，因此，戏剧的叙述方式是完全客观化的。

---

[1] 鲁迅：《我怎么做起小说来》，《鲁迅全集》第4卷，第526页。

鲁迅的戏剧化小说毕竟是近于戏剧的小说，它的叙事体态并不严格地遵循"直观"的原则，在《风波》等小说里，实际上存在着人物与叙述者的双重关系：叙述人＝人物（同时"观察"），叙述人＞人物（"从后面"观察）；与此相应，小说虽然以场景描写为主要叙述语式，但也有叙述者的叙述夹杂其间。作家的叙述总是和特定的情境相配合，它们没有把话语以外的现实告诉我们，而是起到了同人物的对白一样的作用。例如《风波》的第一场景中，河里驶过文人的酒船，文豪见了，大发诗兴，说："无思无虑，这真是田家乐呵！"紧接着的叙述与描写是：

> 但文豪的话有些不合事实，就因为他们没有听到九斤老太的话。这时候，九斤老太正在大怒，拿破芭蕉扇敲着凳脚说："……"〈1〉

场面的直观描写被纳入了叙述者的判断与陈述，在这时候，它使我们了解叙述者的形象，而不单是人物的形象。事实上，即便是戏剧化的小说里，也同样包含叙述者的话、描写与人物描写三种不同的话语。"众所周知，任何话语，既是陈述的产物，又是陈述的行为。它作为陈述物时，与陈述物的主体有关，因此是客观的。它作为陈述的行为时，同这一行为的主体有关，因此保持着主观的体态，因为它在每种情况下都表示一个由这个主体完成的行为。任何句子都呈现这两种体态，但程度不同"〈2〉，一般而言，场景描述中往往包含直叙体、比喻和一般的感想三种不同的话语，后两种属于叙述人的

〈1〉 鲁迅：《风波》，《鲁迅全集》第1卷，第491页。
〈2〉 ［法］兹韦坦·托多罗夫：《叙事作为话语》，《美学文艺学方法论》（下册），第571页。

话，而不是叙述，它们在场景的客观描写中恰恰呈现了主体的特点，例如《肥皂》结尾的场景：

> 她已经伏在洗脸台上擦脖子，/肥皂的泡沫就如大螃蟹嘴上的水泡一般，高高的堆在两个耳朵后，/比起先前用皂荚时候的只有一层极薄的白沫来，那高低真有霄壤之别了……[1]

第一句是直叙，第二句是比喻，第三句则是感想与议论，在对客观事实的陈述中呈现着那个面带幽默与讥讽表情的叙述者的形象。

但是，这样的例子并不多见，鲁迅的白描手法使得他极少出面议论，甚至连比喻也极少运用。对话与场景采用白描手法，创作主体往往是通过叙述人透视人物的语言、表情、行动背后的心理过程并给予不脱离场景与情势的扼要分析来呈现自己。在这种情况下，小说的叙事体态由旁知进入全知，叙述人由于对场景及人物的内隐部分的洞悉而增加了自身的权威性。例如《风波》第二场景，赵七爷从独木桥上走来，接下来一节先是叙述者对赵七爷的学问、身份与辫子做一番叙述，紧接着又以七斤嫂的眼光观看赵七爷头发的变化，并直接展开七斤嫂内心的恐惧，同一场景描写赵七爷扬长而去后村人们幸灾乐祸的心理，也都是以不出场的叙述人的语调与目光呈现的。

全知的叙述人在戏剧性场景中容易破坏"姿态表现的直观性"和外现的叙事风格的统一性，因此鲁迅在对人物进行心理分析时往往紧密地配合着情势的发展和人物的外部动作。例如《肥皂》中四铭向妻子讲完孝女的故事后，并未意识到自己的讲述过程中潜藏着

〈1〉 鲁迅：《肥皂》，《鲁迅全集》第2卷，第55—56页。

的变态性意识，却感到自己"崇高"起来，"仿佛就要大有所为，与周围的坏学生以及恶社会宣战"，这一段心理描写伴以他在昏暗的空院子中"来回的踱方步"，"意气渐渐勇猛，脚步愈跨愈大，布鞋底声也愈走愈响"[1]的外部动作，内面的描写与外面的表现在整个情势的发展中自然地交融在一起，心理分析的部分并未破坏阅读者身临其境的感觉。

一般而言，直叙体与言语的主观体态相联系，"场景"文体的直观呈现难以容纳叙述主体的过多参与，在这种情况下，鲁迅往往从不同人物的眼光与感受表现人物的心理并伴以外显的语言和动作，从而获得与直叙体同样的效果而不破坏场景的直观性，叙述主体也完全隐而不露。托多罗夫说："属于'真实'的叙事体态与'从后面'观察相近（'叙述者＞人物'的情况）。叙述让一些人物来做总是徒然的：他们中间的某些人完全可能像作者一样，向我们揭示他人所想的或感受的东西。"[2]在"场景"文体中，叙述主体如同戏剧导演对剧情无所不知，却从不出场，一切都由登场人物的自行存在展现给读者。由于喜剧性小说无法出现抒情主体或主观抒情性的画面，因此，这种叙事体态便成为上述几篇小说的基本叙事方式。《肥皂》以四铭作为戏剧中心，在一个晚上的短暂的家庭生活场景中展开训儿子、表孝女、立文社、拟诗题等场面，主要动作由四铭的言行自行呈现，但同时伴随四铭太太的感受与观察——人物的感受与观察，却道出了叙事主体的观点，叙事主体隐于幕后却巧妙地表达了自身：

〈1〉 鲁迅：《肥皂》，《鲁迅全集》第2卷，第50—51页。
〈2〉 ［法］兹韦坦·托多罗夫：《叙事作为话语》，《美学文艺学方法论》（下册），第568页。

"他那里懂得你心里的事呢。"她可是更气忿了。"他如果能懂事，早就点了灯笼火把，寻了那孝女来了。好在你已经给她买好了一块肥皂在这里，只要再去买一块……"

　　"……给她咯支咯支的遍身洗一洗，供起来，天下也就太平了。"

　　……

　　"我们女人怎么样？我们女人，比你们男人好得多。你们男人不是骂十八九岁的女学生，就是称赞十八九岁的女讨饭：都不是什么好心思。'咯支咯支'，简直是不要脸！"[1]

　　四铭太太的犀利观察与她作为妻子的敏感心理高度契合，作家选择这个人物作为观察与评论四铭言行的视角显然恰到好处。《离婚》与《肥皂》一样被鲁迅称为"技巧稍为圆熟，刻画也稍加深切"[2]——白描式的手法，场景式的画面，性格化的对话，戏剧表演似的人物心理的自然呈现，构成了《离婚》与《肥皂》共同的叙事风格。

　　《离婚》在表现上更为含蓄，几乎没有任何直接的爱憎褒贬和道德评判。小说在不到一天的时间里描写了两种场景——航船和慰老爷的客厅，由爱姑和庄木三作为贯穿两个场景的人物；小说并没有写离婚的具体过程，而是通过场景展现了不同阶层的人物——八三、蟹壳脸、汪得贵、念佛的两个老女人等下层村民，七大人、慰老爷、少爷跟班等上层人物。小说描写了这些人物对离婚的态度以及爱姑伴随情势发展而变化的心理过程。小说中并行存在着旁知

〈1〉　鲁迅：《肥皂》，《鲁迅全集》第2卷，第52页。
〈2〉　鲁迅：《〈中国新文学大系〉小说二集序》，《鲁迅全集》第6卷，第247页。

的叙述者、庄木三与爱姑三个视角，基本场面是旁知眼光中人物的自行存在，但一旦涉及人物的心理变化，叙事角度便转入人物的感受与目光，尤其是爱姑的感受与目光。很显然，作家力图使人物的外部动作与内部动作都在一种"自在的"状态下呈现，竭力隐去自己的身影。选择爱姑这个人物作为主要视角不仅可以丰富人物的心理内容，而且由于这个人物自身的复杂性——既爱憎分明、敢于抗争，又缺乏明确的斗争目的和有力的斗争手段，既目光犀利、言辞激烈，又对自己缺乏深刻的自知，因而一遇七大人的威势便败下阵来——作品的内容不致以人物的态度及其变化为价值评判标准，这种客观化的叙事原则提供了读者更广阔的自由联想的空间，使作品的意蕴更为复杂多义。

但是，戏剧化叙述原则要求"姿态表演的直观性"，不允许静态的心理描写，因此，《离婚》中爱姑的心理过程总是在外显的紧张情势与对话中呈现，心理的描写与外部的情境交相契合。例如，爱姑在七大人面前层次分明的心理变化，与场景的外部描写紧相配合，一气呵成：作者先写庄木三在七大人面前异于平时的恭顺，使爱姑在感到"危急"的状态中自己出面申辩，起初她显得理直气壮，但"七大人对她看了一眼"后，她便不由自主地在申诉中补充"这也逃不出七大人的明鉴；知书识礼的人什么都知道"两句，悄悄地露出内心的虚怯，继而七大人缓慢的语调与尖下巴少爷毕恭毕敬的低声应和，使爱姑在心理上完全居于孤立与被动，她仍然做最后的挣扎，却不免气短起来："怎么连七大人……我知道，我们粗人，什么也不知道"，直至七大人忽然两眼向上一翻，圆脸一仰，细长胡子围着的嘴里同时发出一种高大摇曳的声音——"来～～兮！"爱姑终于全线崩溃："她觉得心脏一停，接着便突突地乱跳，似乎大势已去，局面都变了；仿佛失足掉在水里一般，但又知道这实在是自己错。"这段内隐的心理描写伴以全客厅"鸦雀无声"的气氛与蓝袍子黑背心男人对七大人的唯命是听、战战兢兢的动作，继以爱姑"非常后悔，不由的自己"的答话："我本来是专听七大人吩咐……"[1]从而在外在的情势发展中把爱姑由理直气壮到孤立怯弱，由惊疑绝望到低声下气，由最后挣扎到被迫屈从的全部心理过程直观地、顺理成章地呈现出来。在这里，尤其应提到戏剧性对话的应用。阿契尔说："每一句对话，如果真正是戏剧性的，就必须对个别人物的命运的过去、现在和前景表示某种态度"[2]，必须在性格化的语言中包含情势的语言，爱姑与七大人及其他登场人的对话可以说是这种戏剧性对话的典范。

戏剧化的叙事方式似乎力图使创作主体在写作过程中、在小说（尤其是喜剧性小说）的艺术天地中趋于泯灭，但恰恰是这种主体的"泯灭"显示了主体观察与表现生活时的内在原则——客观化的原则或真实性的原则，"泯灭"的状态正是主体在小说中的存在方式，这种存在方式中隐含着深刻的主观性。别林斯基说得何等好呵："真正艺术的喜剧的基础是最深刻的幽默。诗人的个性在喜剧中仅仅从表面上是看不出来的；但是他对生活的主观的直观，作为L'arrière-pensée（法文，内心的想法或背后的想法），直接出现在喜剧中，您仿佛从喜剧中描绘的动物般的畸形的人物身上看见了另一些美好的和富有人性的人物，于是您的笑不是带有快乐的味道，而是带有痛苦和难受的味道……在喜剧中生活所以要表现成它本来的

〈1〉 鲁迅：《离婚》，《鲁迅全集》第2卷，第153—156页。
〈2〉 ［英］阿契尔：《剧作法》，吴钧燮等译，中国戏剧出版社，1980年，第307—308页。

样子，目的就是要我们清楚地认识到生活应该有的样子。"〔1〕对生活的主观的直观——这就是戏剧化小说的根本特点。

第二节　"全景"文体——"心理分析"小说

戏剧化小说以直观的形态出现在读者面前，每一登场人物因而都具有"主体"的特点，即他是自行活动的人物，而不是另一主体叙述的对象，这样，戏剧化小说是由各具主观色彩的叙述部分组合起来的，从叙事的角度看，有点类似"复调"的方式，"每个部分由故事中的不同人物各按自己的观点和参与故事的情况来叙述"。〔2〕叙述过程的多声部现象是现代小说的一般特点，戏剧化小说则把这种多声部现象以戏剧化直观的方式，即以外显的动作、神态或对话表现出来。因此，尽管戏剧化小说也表现人物的内在精神世界，但一般不是以直接的内心独白或心理分析的方式呈现，而是在"姿态表现的直观性"中出现的，在叙事体态上则是以等于人物的旁知眼光作为基本视角。

鲁迅的"心理分析"小说则把旁知与全知两种眼光结合起来，在场景叙述中同样借助于人物的眼光和语言，但这些场景、语言、眼光始终将焦点聚集于某一人物的内心状态，尤其是人物的潜意识、幻觉，而不再是以群体为中心。戏剧化小说如《肥皂》虽然也

---

〔1〕　别林斯基：《诗的分类》，《西方文论选》（下），第384页。

〔2〕　L. Doležel, Ostylu moderni Cindké frozy, P. raha, 1960, p. 151. See Jaroslav Průšek, *The Lyric and the Epic: Studies of Modern Chinese Literature*, ed. Lee Ou-fan Lee, Indiana University Press, 1980, p. 125. 2010 年出版的中译本译文为："每一部分都有不同的主观色彩，由里面不同的人物形象的活动和观点来叙述情节。"见亚罗斯拉夫·普实克：《抒情与史诗》，季进、王尧主编，第124页。

以人物的内面意识为中心，但呈现方式却是外显的，即从对他的语言、动作的从旁观察中呈现，而心理小说却把人物的幻觉、玄想、梦境、潜意识这些内隐的、不为旁人所知的精神现象直接地呈现在读者面前。与戏剧化小说相似的那些外现的场景、对话、动作、表情在功能上往往是为了映衬或反衬那些不为人知的心理现象：在明确的意识层与不明确的意识层，外在的现象与内在的本质，旁知的叙述眼光与全知的叙述眼光，外在的史诗的现实与内在的人物精神世界，听得见的声音和语调与内心不由自主的、听不见的声音和语调等多层次的复合结构中，构成多重的喜剧性的矛盾对比或反语结构，而作品所要表达的内在的真实不是一般地呈露于外部动作或场景中，而是深藏在人物的隐在意识流动里，小说的题旨则体现在由内外之别而形成的反语结构里。

以第三人称叙述人物的内在世界必然导致实际叙事过程中人称体系的不一致，在非人称的叙事体系中势必隐藏着人称体系。罗兰·巴特在《叙事作品结构分析导论》中指出："严格意义上的叙述（或叙述者的代码）同语言一样，只有两个符号体系：人称体系和非人称体系。这两个体系不一定利用与人称（我）和非人称（他）有关的语言记号。譬如，可能有些叙事作品，或者至少有些插曲，是以第三人称写的，而作品或插曲的真正主体却是第一人称"，"实际上，（奇怪得很，）'心理状态'也不可能只用一个人称体系来表达。原因是，如果整个叙事作品只用一个话语主体，或者如果大家愿意，都是言语行为，那么人称的内容就会受到威胁。（所指对象的）心理上的人称与语言上的人称没有任何关系，语言上的人称一向不用性情、意向或外貌特征来说明，而只用它在话语中（规定的）地位来说明"。[1]鲁迅的心理小说始终坚持非人称体系，但叙述部分的第三人称是稳定的，而人物心理呈现部分的第三人称却可以替换为第一人称。例如《弟兄》中张沛君的梦境只有自我辩解的一句话出现"我"，其他一律用"他"；《幸福的家庭》里，"作家"的玄想部分也以第一人称出现，但在第一人称言语后面总要加上"他想"，从而保持了外部非人称体系的统一。

值得注意的是，这些"他想""他说"一面表明作家让叙事对象得以自行呈现的努力，另一面又提醒人们作者的存在——小说中的内心独白或对话尽管显出独立的样子，却不能像戏剧的对话那样脱离开作者，不能自己悬在空中；这些巧妙地插在对话或心理活动中的附加物是一种轻而结实的连接线，把人物的风格和口吻连在作者的风格和口吻上，并使前者服从后者。[2]比较这类心理小说人称体系的设计与《头发的故事》《在酒楼上》《孤独者》的人称变化很有意思，后者内含着双重第一人称体系，内部第一人称在自身的叙述范围内始终是明晰的，而前者却竭力在人物的独白中隐去明确的人称，其原因在于：后者涉及的是人物意识范围的、在人物意志支配下的内容，而前者却深入到人物的潜意识或幻觉之中，主体（"我"）的意志几乎不起作用；同时，第一人称小说中的内部叙述者包含着作家自我纾解的内容，第一人称必然强化小说的自我表现性，而心理小说的主角自始至终都处于叙述人冷峻的审视之下，他不仅在形式上而且在内容上都是他者的、非"我"的。

心理小说人称体系的潜在的替换意味着小说中包含了不同话语

〈1〉［法］罗兰·巴特：《叙事作品结构分析导论》，《美学文艺学方法论》（下册），第553—554页。
〈2〉参见［法］N. 萨洛特：《对话与潜对话》，郭宏安译，《文艺理论译丛》（1），第336—337页。

主体的语言，从人称角度看可分为两类四种。第一类是作者的叙述，其中包括现实环境、人物外部动作的客观叙述和对人物心理的间接描写两种；第二类是人物的语言，其中包括人物的对话、出声的独白和潜意识、心理活动亦即无声语言两种。除作家的客观介绍外，其他三种语言形式分别联系着心理小说的三种主要的艺术技巧或呈现方式：心理分析、内心独白、感官印象。

鲁迅的第三人称心理小说大多是喜剧性的，讽刺与幽默凸显出作家理性上的优越感。"喜剧的实质是生活的现象同生活的实质和使命之间的矛盾。在这个意义上，生活在喜剧中便表现为自我否定"〈1〉，当鲁迅表现那些丧失了自己精神天性的喜剧主人公时，他把自己的兴趣集中于人物的心理方面——主观幻想的世界或者似乎存在而实际上不存在的现实的方面，而作家的理性优势总在追寻人物的内在不一致："这一思想与那一思想的脱节，这一感情和那一感情的相互排挤。"〈2〉人物自觉与不自觉的追求与狂想总是被置于与之完全悖逆，并使之陷于荒唐可笑境地的现实背景。因此，尽管小说深入到人物的意识和潜意识或无意识的变化多端、异常活跃的心理领域，但在整体上始终受制于作家高度的理性范围，而不是让人物的"意识流"漫无节制地流淌。

小说结构谋篇体现出的高度理性精神突出了叙事主体作为一个冷峻深刻的审视者与剖析者的形象，与此相联系，小说在表现人物的心理时，更多地采用心理分析的技巧，内心独白和感官印象在许多场合被纳入心理分析的范畴内加以表现。按照 M. 弗里德曼的说法，"内心分析是要把人物的印象汇总在作者的叙述内，因此它永

〈1〉 ［俄］别林斯基：《诗的分类》，《西方文论选》（下），第383页。
〈2〉 ［英］赫列斯特：《英国的喜剧作家》，《西方文论选》（下），第40页。

远也不会脱离直接的思想和理性控制的范围"〈1〉，这个方法虽然直到亨利·詹姆斯的后期作品和普鲁斯特的《追忆逝水年华》才完全实现，但早在司汤达和陀思妥耶夫斯基的作品中就已在一定程度上存在了，因此，鲁迅的心理小说技巧获益于他的现代医学知识和对弗洛伊德心理学说的了解，但并未过分地违背现实主义传统的文学实践。

"心理分析几乎是赋予创作才能以力量的最本质的要素。"〈2〉在鲁迅小说中，这种心理分析包含两种趋向：一类热衷于通过心理分析刻画性格的轮廓，说明感情与行动的联系，这类小说呈现的主要是心理活动过程的起点与终点，作家总是把内心生活的表现而不是内心生活隐秘的过程置于描写的中心，《端午节》《高老夫子》《弟兄》就是如此；另一类却像车尔尼雪夫斯基描述托尔斯泰作品时说的那样，"注重一些感情和思想如何从另一些感情和思想演变而来，他津津有味地观察：一种从特定境遇或印象中直接产生的感情，凭着回忆作用和出于想象的联想力，如何转化为另一些感情，又如何回到原先的起点，而且随着回忆线索的反复更迭，游移不定。同时他又饶有趣味地审视：一种由原始感觉产生的思想，如何引起另一些思想，而联想翩翩，把幻想与真实感觉、未来憧憬与现实反应都融为一体"〈3〉，居于描写中心的不是心理过程的结果，不是性格，而是如同云霞明灭般千变万化、波卷浪涌、闪耀不定的隐秘的心理过程本身，小说的叙事方法无论是间接文体还是直接文体都体

〈1〉［美］梅尔文·弗里德曼：《"意识流"概述》，朱授荃译，《文艺理论译丛》（1），第365页。
〈2〉［俄］车尔尼雪夫斯基：《列·尼·托尔斯泰伯爵的〈童年〉、〈少年〉和战争小说》，《西方文论选》（下），第426页。
〈3〉同上。

现了一种"精神的速记法"〔1〕,《白光》《幸福的家庭》便是这方面的例子。

这两类小说在文体上的显著区别在于,前一类小说的叙述追踪着人物及其故事,叙述语言服从于陈述的目的而呈现出顺理成章、合乎逻辑的散文语式。而第二类小说由于直接表现人物转瞬即逝的微妙心理,因而叙述语言也就必须从那种单线性的语法逻辑的支配下解放出来,语句与语句、词与词之间的逻辑关系被打碎,却依靠人物活跃的非理性联想在灵活跳跃的连接中构成多层交织的立体空间;叙述者不直接以理性的语言进行陈述,却把自己降低到舞台说明的位置,这样,小说力求在传达心理活动时能够充分地达到一种"身临其境"和"同心共感"的幻觉——这种按照人物意识的实际变化,即按形成的顺序,而非逻辑来说明它们的转变,把不断的幻想表达出来的手法在语言上更接近于诗歌而不接近散文。

在第一类小说里,作家以旁知观点进行的叙述和以人物的心理眼光进行的叙述中有时也包含了那种非逻辑的语言特征,最显著的例子是《高老夫子》中高尔础上课时及课后的心理幻觉与《弟兄》中张沛君的梦境。高尔础在紧张不安的授课中忽然听得"吃吃地窃笑","他不禁向讲台下一看,情形和原先已经很不同:半屋子都是眼睛,还有许多小巧的等边三角形,三角中都生着两个鼻孔,这些连成一气,宛然是流动而深邃的海,闪烁地汪洋地正冲着他的眼光。但当他瞥见时,却又骤然一闪,变了半屋子蓬蓬松松的头发了"。〔2〕这里的叙述者显然伸缩自如:他始终控制着人物活动的外部形态,但一旦进入人物的意识他立刻在语言中隐去自己的存在,

---

〔1〕 梅瑞狄斯语。[英]阿契尔:《剧作法》,第305页。
〔2〕 鲁迅:《高老夫子》,《鲁迅全集》第2卷,第82页。

因此尽管使用了间接文体，人物的感官印象仍然保持了独立的形态：从吃吃的笑声到半屋子眼睛，从小巧的等边三角形到鼻孔，从流动深邃的海到蓬蓬松松的头发——叙述为了接近感觉，把陈述语言的内在逻辑转换成一个接另一个的直接印象，最终呈现出消极被动、只受瞬间即逝的印象约束的心理过程。《高老夫子》的叙事特点就是把人物自觉状态下伪装出来的面貌加以理智与讽刺的陈述，而后将人物处于无法控制自我的状态中的心理流动以纯粹记录的直接印象呈现出来，但整个叙述被置于"陈述"之中，人物的心理印象是小说的众多视点之一：叙述者的、黄三的、万瑶圃的和人物自己的。

《弟兄》的叙事结构也与此相似：张沛君的外现部分由秦益堂、汪月生的眼光呈现，人物在理智状态下的心理则由叙述者的语调叙述（如等汽车一节的心理描写并不隐去叙述者的语气），只是在表现人物无意识状态的梦境时，间接叙述才开始完全依照人物的心理程序将一个个画面连接起来。但是，人物的心理程序并不构成这几篇小说基本的结构要素，无论是《端午节》还是《高老夫子》《弟兄》，描写始终是环绕和追踪人物的外部动作进行，心理描写总是作为某一外部动作的伴随物出现，小说的基本结构仍然建基于人物性格和故事的叙述之上。

《白光》与《幸福的家庭》则把上述几篇作品中心理描写的叙述法发展成小说的基本结构要素。小说虽然也有外在的时空环境，但其延展却完全依随人物心理的种种不合逻辑与事实的玄想与变化，小说展示的主要是一种心理时空，而人物也主要生活于这种心理时空之中，因此小说的基本结构不是建基于人物性格与现实故事的叙述之上，而是建基于人物的心理过程之上或者说就是心理过程本身，现实时空中的事物无非是触发人物心理转换或构成幻觉的契机。对于鲁迅来说，这一结构特点早在《狂人日记》中就已使用过，但这两篇作品摆脱了新文学初创时惯用的第一人称和日记形式，使得中国现代心理小说从"自传"形态向虚构的、客观化的叙述形态迈进了一步。

《白光》《幸福的家庭》利用中心人物的意识对于场景和事件的感受描写场景，作者不以评论员的身份插足其间，也不把心理活动的胡思乱想整理成合乎语法的句子，或者理出逻辑程序。在人物心理过程中，感觉同有意识的和半意识的思维、记忆、期望、感情和胡乱联想浑然杂陈。但是，鲁迅并不是不加控制地表现人物易变的感情，这首先表现为他总是为人物的心理流动选择一个具有象征性的中心，人物的心理变化始终如旋转的水波围绕着这个中心意识——象征着旧式知识分子升官发财梦想的"白光"与象征着新式知识分子生活理想的"幸福的家庭"。其次则是使对人物幻觉的追踪与对现实状况的点拨构成讽喻性对比。但所有这些又需要通过独特的文体来表现。

这两篇小说都用间接文体，但形态各异。在《幸福的家庭》中，心理独白与叙述者的叙述，心理幻觉与真实状态常常截然分开（虽然也有例外的情况），其手段是在人物内心的直接语言的两端括以引号；而《白光》则用第三人称的独白来记录思想、情绪和印象。这样，人物的"音调"与叙述者的"音调"由于这种间接文体而惑人耳目地表现为某种似乎"语调"一致的"整体感"（小说末尾以空行隔开的叙述是个例外），但细心的读者不难从隐藏的不谐和音和语调变化中分辨出人物与叙述者的不同态度。这两篇小说显示了鲁迅对人物心理变化的规律与节奏的把握。《白光》表现陈士成落榜后绝望与妄想交相起伏的心理过程，小说在描写人物的妄想之后反复地接以"受潮的糖塔"，复沓式地出现人物"这回又完了"

的不由自主的悲叹，从"左弯右弯"的记忆，到"终于在这里"的欣喜，从笑吟吟的下巴骨，到"这里没有到山里去！"的"恍然大悟"——心理过程如浪涛一般高低起伏。《幸福的家庭》中"作家"的创作心理始终受制于他自己所处的不幸家庭的状况，心理的每一变化、"灵感"的每一次获得总是受到自己家庭的种种"不幸"的启发，这样，他的思维和心理变化便形成了某种规律性的定式：幻想与情绪的爆发点总是对现状的某种不自觉的反拨。

现代小说的一般倾向是回向戏剧的特征，强调直接表现胜于由一个特殊的讲解员作为媒介，同时，也强调要依靠读者自身的推断能力。如詹姆斯所说："从看得见的推断看不见的，探索事物的本质含义，透过布局评定全篇。"[1]在这个意义上，戏剧化小说与心理小说都力图促成小说的"无我"状态，只不过后者是把内心感情或意念戏剧化、形象化，用心理语言而非外现的动作表达自身。卢伯克（Percy Lubbock）在《小说的技巧》中区分了全景（故事行动的全过程）与场景（情景的细节描写），并且认为小说的故事是透过全景与场景的描绘，以及全景之间的适当处理呈现出来，这完全符合鲁迅上述两类小说的叙事特点。但我将这两类小说归为"场景"与"全景"两种文体，则同时考虑到托多罗夫从人物与叙述者关系的角度对卢伯克观点的补充，即场景既是描写又是"同时"观察（叙述者等于人物），"全景"则既是叙述又是"从后面"观察（叙述者大于人物）。鲁迅的心理小说当然不是用"从头说起，接下去说"的传统叙事法交代人物活动的全过程，而是采用"从中间开始，往两头伸展"的类似戏剧的结构，但叙述始终保持间接文

〈1〉 转引自［美］威姆萨特、布鲁克斯：《小说与戏剧：宏大的结构》，哲明译，见《文学自由谈》1987年第4期，第156页。

体，即把人物心理与活动变成陈述对象控制在叙述人的语调之中，同时，叙述人深入于不为人知甚至不为人物自知的心理领域，并将它在叙述中呈现出来，叙述者显然是大于人物的全知者——在这个意义上，小说的叙事体态便不同于"从旁观察"的戏剧化小说而是"全景"式的，尽管其中场景描写大量存在。

但是，心理小说中叙述人的权威是极其有限的，一旦深入心理领域本身，梦境、幻觉、内心独白、感觉印象总是自行呈现。在这种状态下，小说呈现"无我"状态，间接文体依据的不是叙述者的叙事逻辑，而是人物的实际心理过程。但是，心理过程在小说中呈现的这种"无我性"不是否定了创作过程中创作主体的存在，恰恰相反，对于"时时解剖别人，然而更多的是更无情面地解剖我自己"〔1〕的鲁迅来说，这种"无我"的心理分析正显示着作家的自我深省和不倦地观察自己的努力。

车尔尼雪夫斯基在论述托尔斯泰的"心灵辩证法"时谈到："只要我们注意地观察旁人，就可以研究人的活动规律、激情的变化、事件的联系、种种环境与关系的影响。但是如果我们不去研究只有在我们自身的意识中才能观察到的内心生活活动最隐秘的规律，仅仅通过上述途径获得的全部知识是既不深刻，也不准确的。谁不以自身为对象来研究人，谁就永远不会获得关于人的深邃的知识。"〔2〕"更无情面地解剖我自己"是鲁迅艺术才华的根本特点之一，这不仅表明他十分重视在自己身上研究人类精神生活的奥秘，而且显示了本文已多次提及的那个深刻的人生-哲学-创作的原则：一

---

〔1〕 鲁迅：《写在〈坟〉后面》，《鲁迅全集》第1卷，第284页。
〔2〕 ［俄］车尔尼雪夫斯基：《列·尼·托尔斯泰伯爵的〈童年〉、〈少年〉和战争小说》，《西方文论选》（下），第427页。

切都与"我"有关。借用车尔尼雪夫斯基的话说,"这种关于人的知识之所以珍贵,不仅由于它使鲁迅能够描绘出那些人的思想内在活动的画面",而且更重要的是因为它给了鲁迅"一个牢固的基础,能据以全面地研究人的生活,透视人物性格和行为动机、激情和印象的冲突"[1]。看来正是自我观察使鲁迅的观察力变得无比敏锐,"使他学会了以洞察一切的目光来看人,这一点是不会有错的。他那种对人类心灵的深刻研究使他的全部作品——不论他写什么和怎么写——都必然地具有高度的价值"。鲁迅小说中的确还包含着许多令人惊叹不已的动人素质——思想深度,艺术构思,性格的有力刻画,生活习俗的鲜明画面,这一切日益为人们重视,但是,"真正的行家将始终很清楚:认识人的心灵",同样是鲁迅"艺术才华的最基本的力量"[2],而这种力量的一个重要来源,如上文所说,来自他对自我的观察、解剖和体验。

如果我们仅仅把狂人、N先生、魏连殳、吕纬甫与鲁迅自身的心理体验相联系,也许读者尚不难接受,但如果说方玄绰、陈士成、"作家"、张沛君等否定性人物的心理描写也包含了鲁迅自身的心理观察与体验,也许许多人将难以接受。为此,我们不妨从这些小说的原型到作品的过程来探测鲁迅创作过程的奥秘。

根据周作人的回忆,《端午节》"颇多有自叙的成分,即是情节可能都是小说化,但有许多意思是他自己的",方玄绰的名字就是由鲁迅一个绰号(方老五)引申而来,而"官兼教员"的身份,"欠薪"与"索薪"亦皆有本事[3];《幸福的家庭》中的家庭布置取

〈1〉 [俄]车尔尼雪夫斯基:《列·尼·托尔斯泰伯爵的〈童年〉、〈少年〉和战争小说》,《西方文论选》(下),第427—428页。

〈2〉 同上书,第428页。

〈3〉 周遐寿:《鲁迅小说里的人物》,第74—78页。

材于鲁迅自己的家〈1〉;《弟兄》"主要的事情是实有的"〈2〉——这并不是说鲁迅的这些小说是"自叙性"的,相反,这些小说具有充分客观的、典型的意义,但是,本事与小说的联系却暗示了创作过程中的鲁迅确实是把自我观察作为洞察他人的基本途径,不独这些小说如此,那些取材于他人的小说也是如此,这就是鲁迅小说的"心灵辩证法"的最为有力的支柱和永不枯竭的源泉。

第三节　人称与非人称叙事的交织

较之前两类小说,《明天》和《阿Q正传》在叙事形式上呈现了人称体系的明显变化和语调上的不一致:《明天》的非人称叙事中插入了第一人称的评论,《阿Q正传》则由第一人称的全知叙事人转向非人称叙事,而这种人称变化伴随着语调由冷静、客观到热情、主观的变化,叙述人与人物之间的显在差距逐渐缩小,在某些场景描写中,叙述人与人物在细微的内心感觉上甚至趋于同一。尽管小说的第一人称叙述人由幕后而至幕前或由幕前而至幕后,但他不同于第一人称叙事小说中的叙述人,对于故事而言他始终是局外的传达媒介,即便抹去他的人称特点也不会影响小说的基本内容,因此,这类小说的基本人称体系仍然是第三人称,小说中"我"的出现对整个叙事过程而言只具有偶然意义。

然而,从另一个角度说,"我"的出现又是和小说的叙述人在叙述过程中的介入程度相联系的。一般说来,叙事模式的划分依据

〈1〉　周遐寿:《鲁迅小说里的人物》,第112页。

〈2〉　同上书,第124页。

三条标准：故事是以第一人称还是以第三人称叙述；叙述者是或不是故事中活动的人物；叙述者表达还是压抑他的主观态度、评价等等。根据这三条标准可分出两类六种叙事模式，即第一人称客观（objective）模式，第一人称修辞（rhetorical）模式，第一人称主观（subjective）模式；第三人称客观模式，第三人称修辞模式，第三人称主观模式。客观模式意味着叙述者不是行动的人物，不表示主观态度和价值判断，小说的意识倾向必须由叙事结构的其他部分如情节、人物对比来表达，也可能通过风格手段如比喻、象征、讽刺来表达，鲁迅的戏剧化小说和心理小说基本属于此类。主观模式则意味着叙述者是参与故事的人物，他具有介绍、解释和行动三重功能，而不囿限于他的主观评价、反应和评论，鲁迅的第一人称叙事小说多属此类。修辞模式则介于前两种模式之间，叙述者不是活动的人物，但与客观叙述者不同，他可以自由表达他的主观评价和观察，在这里，叙述者的介绍的基本功能是和解释、评论的功能相伴随的。[1]《明天》与《阿Q正传》就属于修辞模式，叙事过程无论以第一人称还是以第三人称出现都不掩盖局外的叙述人的态度。——当然，他的态度是变化的，其特点是由客观的或如同传统说书人的那种社会上普遍公认观点的一般评价，转变为主观的或体现作家个人的体验与感受的描写和评论。按照普实克的观点，这两种态度正标志着中国小说中传统叙事模式与现代叙事模式的重大差别，而鲁迅将两者汇于一体，显然体现着小说叙事形式正处于变化和过渡的阶段。

《明天》描写单四嫂子在儿子宝儿死亡前后的一天的经历与感

〈1〉 关于叙事模式的论述参见米列娜：《晚清小说中的叙述模式》，《晚清小说研究》，林明德编，联经出版事业公司，1988年，第544—546页。

觉，夜病、晨诊、回家、死亡、死后等五个场景前后接续，场景描写主要借助于单四嫂子的眼光和心理感觉，因此，初读时并不感到叙述者的深刻存在，他偶尔的评论恰恰使人觉得叙述者与人物之间存在无法逾越的鸿沟。在前两个以空行隔开的章节中一连三次出现了"单四嫂子是一个粗笨女人"的语句，显然强化了这种感觉。然而，当同一语句以第一人称形式出现在最后一个场景时，叙述者与人物在内心感觉上几乎趋于同一，以致冯雪峰感到单四嫂子对于空虚与寂寞的感受"也表现了鲁迅自己的一种痛苦的经验"[1]。甚至可以说，对单四嫂子心理感觉的描绘和关于"暗夜为想变成明天，却仍在这寂静里奔波"的象征性描写，隐喻着鲁迅"反抗绝望"的人生哲学。与作家相契合的叙述人与人物之间的鸿沟俨然变得混沌不清以至难以截然分开。小说这样描写单四嫂子在宝儿葬后的寂寞与空虚：

> ……他定一定神，四面一看，更觉得坐立不得，屋子不但太静，而且也太大了，东西也太空了。太大的屋子四面包围着他，太空的东西四面压着他，叫他喘气不得。
>
> 他现在知道他的宝儿确乎死了；不愿意见这屋子，吹熄了灯，躺着。他一面哭，一面想：想那时候，自己纺着棉纱，宝儿坐在身边吃茴香豆，瞪着一双小黑眼睛想了一刻，便说，"妈！爹卖馄饨，我大了也卖馄饨，卖许多许多钱，——我都给你"。那时候，真是连纺出的棉纱，也仿佛寸寸都有意思，寸寸都活着。但现在怎么了？现在的事，单四嫂子却实在没有想到什么。——我早经说过：他是粗笨女人。他能想出什么

〈1〉 冯雪峰：《鲁迅的文学道路》，湖南人民出版社，1980年，第168页。

呢？他单觉得这屋子太静，太大，太空罢了。〔1〕

从形式上看，"我"的插入性评语仍然是想表明叙述人与人物的距离，但"太静，太大，太空"的感觉却像弥漫飘逸的雾把叙述者、人物与景物奇异地搅在一起。威廉·莱尔在《鲁迅的现实观》(*Lu Hsun's Vision of Reality*)中认为，这段描写显示了"鲁迅为其主观性所引导，毫无必要地插入第一人称，造成了他作品中罕见的艺术的和语调上的不连贯"〔2〕。我以为，"我"的插入虽属情不能已，但和整个描写由外部动作转入心理动作，由客观叙述转入主观渗透的趋势相契合，这里第四次提起"粗笨女人"，反语的意味更加浓厚，"我"的出现正强调了语句的反语特征。

《阿Q正传》的显著特点是它的"双重性"：受害者与害人者——人物的二重性，喜剧性与悲剧性——艺术风格的二重性，传统说书人的技巧与现代小说技巧——叙事方式的二重性，而前两个二重性正是在两种截然不同的叙事方式的独特融合与变化的过程中呈现出来。小说原是为《晨报副刊》的"开心话"栏目的连载而写，中途却被孙伏园编入"新文艺"栏目，这一变化显然是和鲁迅"渐渐认真起来"的创作态度和由此而引起的叙述方式的变化相契合的。〔3〕从叙事观点看，《阿Q正传》是在全知观点的基本设定下自由地转换视角：叙述人直接出面的议论和讲述，特殊场景与对话的客观的、戏剧化的呈现，人物眼光中的客观世界，群体（未庄人）眼光中的人物行状，角色内心的意识、潜意识、梦境和幻觉……在

---

〔1〕 鲁迅：《明天》，《鲁迅全集》第1卷，第478—479页。

〔2〕 William A. Lyell Jr., *Lu Hsun's Vision of Reality*, University of California Press, 1976, p. 301.

〔3〕 鲁迅：《〈阿Q正传〉的成因》，《鲁迅全集》第3卷，第397页。

这种自由转换中隐藏着某种有规律的趋向：叙述人的主观色彩逐渐消解于客观描写之中，由全知叙述人的高高在上、近于幽默和嘲讽的语调造成的叙述人与人物之间的距离逐渐接近，伴随着叙述由讲述到描写的基本发展过程，叙述人的权威性逐渐缩小，而恰恰是在小说叙事的客观化或"无我化"的过程中，创作主体的心理结构反而在小说中愈趋鲜明，以至第九章描写刑车上的阿Q的心理幻觉时，你已经感到这不是人物，而是作家自身在承担和体验死亡的恐怖：

> 阿Q于是再看那些喝采的人们。
>
> 这刹那中，他的思想又仿佛旋风似的在脑里一回旋了。四年之前，他曾在山脚下遇见一只饿狼，永是不近不远的跟定他，要吃他的肉。……（他）可是永远记得那狼眼睛，又凶又怯，闪闪的像两颗鬼火，似乎远远的来穿透了他的皮肉。而这回他又看见从来没有见过的更可怕的眼睛了，又钝又锋利，不但已经咀嚼了他的话，并且还咀嚼他皮肉以外的东西，永是不远不近的跟他走。
>
> 这些眼睛们似乎连成一气，已经在那里咬他的灵魂。
>
> "救命……"〈1〉

与吃人、死亡相联系的"又凶又怯"的眼睛，"连成一气"、咬啮灵魂的无法躲避的痛楚感觉：这几乎是鲁迅世界中最使人惊心动魄的独有意象。《狂人日记》中的一系列"眼睛"构成的吃人意象可无论矣，鲁迅对往事的追忆似乎更为恐怖："我幼小的时候……常常

〈1〉 鲁迅：《阿Q正传》，《鲁迅全集》第1卷，第552页。

旁听大大小小男男女女谈论洋鬼子挖眼睛。曾有一个女人……据说她……亲见一罐盐渍的眼睛，小鲫鱼似的一层一层积叠着，快要和罐沿齐平了。"而据鲁迅考证，"小鲫鱼"的意象最初来自S城庙宇中的眼光娘娘，有眼病者前去求祷，愈，则用布或绸做眼睛一对，挂神龛上或左右，状如小鲫鱼。〈1〉"小鲫鱼"的阴暗意象其实是中国文化的"结晶"。鲁迅在漫长的人生经验中淤积起的"眼睛"意象，竟在不通文墨、毫无自知能力的阿Q心中唤起超越肉体感觉之外的啮人灵魂的痛楚与恐怖，这说明了什么呢？这不正说明鲁迅的感觉与阿Q的感觉在叙事中竟趋于同一？不正说明此时的鲁迅已沉潜于阿Q的灵魂之中并以自己的敏感来承担阿Q的痛苦？不正说明小说的叙事过程中已如此鲜明地呈现着创作者灵魂的悸动？

　　普实克在《〈中国现代文学研究〉导论》中曾论证：中国的文学传统中有着两个分支，一支是文人文学，另一支是以说书人为代表的民间文学。五四新文学是在极力反对文人文学传统中兴起的，但其作品却和文人文学传统有着密切的关系，比和民间说书人文学的关系密切得多。五四文学中重视思想认识功能，执着于实事，不愿脱离真实的个人经历的倾向和拒绝幻想的倾向，就是新文学和旧文人文学相关联的最值得注意的倾向。〈2〉在普实克看来，中国现代文学应当在文人文学与民间文学之间来一个适当的平衡，因为后者以其生活领域的广阔，叙事语言的创新、生动、变异、夸张而容许想象力的自由驰骋；同时民间说书人艺术可以无所顾忌地进行形式方面的实验，吸收一切流行的方法，创造出把史诗、戏剧化场景、

〈1〉　鲁迅：《论照相之类》，《鲁迅全集》第1卷，第190页。
〈2〉　Jaroslav Průšek, *The Lyric and the Epic: Studies of Modern Chinese Literature*, pp. 29-73.
　　　译文见普实克：《中国文学中的现实和艺术》，《国外中国文学研究论丛》，中国社会科学院文学研究所国外中国学研究组编，中国文联出版公司，1985年，第51—52页。

抒情篇章都连接在一起的综合性的、同时又是单一整体的作品。然而，说书人文学过于通俗的特点使他不能对世界做深刻的哲学评价，说书人的评论不同于文人作家那样有自己的观点感情，他们只是用当时社会公认的道德标准来判断和评价所叙述的事实。这样，这种文学就缺少了现代文学中最重要的一种东西：作家感情的直接表现，作家个人的现实观和感情的激动。实际上，现代小说的一个重要特点便是强调"我"看这一现实的方法，这是异于任何在我之前看这一现实的他人之见的。现代文学对作品的评价，只重视个人的经验，个人的视象，个人的自由和判断，这些被认为是唯一通向现实的途径，唯一的价值标准。[1]这一特点与中国文人文学传统相通，而远离说书人文学。

《阿Q正传》正是在文人文学与说书人文学之间获得了某种平衡的典范性小说。小说的叙事形式既保留了说书人文学的特点，又显示了作家个人的那种主观的、抒情的、对现实所持的思想认识和情感态度。它一方面超越了个人的经验范围，虚构地创造出完全非己的人物形象，涉猎中国近代历史事实的广阔生活领域，用通俗活泼的"引车卖浆者流"的文体论列中外古今之事，甚至"陈独秀办了《新青年》提倡洋学，所以国粹沦亡"和有"历史癖与考据癖"的胡适之及其门人等"当代"生活中的人与事也被信手拈来地写进小说。另一方面，这篇小说又深刻地体现了作家个人的独特人生感觉和他对客观世界所做的思想感情评价。

这样一种个人性的内容对小说的渗透必然形成对传统说书人叙事形式的挑战和改造，这在小说叙事过程的叙述人的功能变异中表

〈1〉 参见［捷克］普实克：《中国文学中的现实和艺术》,《国外中国文学研究论丛》，第58—60页。

现得尤为明显。小说第一章"序"基本上是叙述人关于"传"的散漫的独白，类似于说书人在等待陆续到来的听众时的滑稽幽默又未进入正文的叙述，其中的旁征博引和介绍虽然已托出了阿Q的生活状貌，但幽默调侃的语调显然突出了叙述人的权威地位。第二、三章"优胜纪略""续优胜纪略"，虽然其中的故事也有隐约可见的时间顺序，但总体效果是静态的、共时的，即叙述人组织起一系列并无因果联系的事件说明阿Q的"精神胜利法"，这种"举例式"的写法显示出叙述人作为组织要素的基本功能，却没有推动故事情节自身的发展。从第四章起，"恋爱的悲剧""生计问题""从中兴到末路""革命""不准革命"直至第九章"大团圆"，各章的故事情节呈现出内在的逻辑发展。但即便在第四章，传统说书人的叙事技巧仍然是基本的方法，叙述者关于"胜利者"和关于男人对于女人在历史上的作用的跳出故事之外的散漫议论，显然是征引着普遍性的社会道德观念，而内中所含的论争性的反语意味对故事而言毕竟又属插入性的。叙事的语气显示了叙述人高高在上的地位，"我们的阿Q却没有这样乏"，"我们不能知道这晚上阿Q在什么时候才打鼾"，"我们虽然不知道他曾蒙什么明师指授过"——"我们"引导的句子使叙述显得像是说书人在与听众对话，或者对听者讲述。

然而，从第五章"生计问题"起，小说中就不再出现这样的句式和叙述人随意插入的议论，场面描写（而非讲述）的成分大大增强，叙述者的功能发生了很大变化，故事基本上是从人物的观点（如第五章基本上是从阿Q的观点看，第六章"从中兴到末路"基本上以未庄人的眼睛作视角）或客观的戏剧化场景呈现出来，叙述者隐于幕后，而那种超越的、高高在上的地位却动摇了，人们可以感到叙述者的个人情感正在被激动起来，并渗入画面；直到第九章"大团圆"，作家通过阿Q的心理感觉与目光观察打量自己面临的困境和周围的人物，先是表现对话中的语义误解，继而就出现了上文引述的阿Q的心理幻觉——咬他灵魂的饿狼的眼睛。显然，伴随着小说表现方式的客观化趋势，伴随权威的直接出面的叙述人的消失，那种真正富于个性的悲剧情感反而越加鲜明地凸显出来。

经过这样一个变异过程，当叙述人再次出面讲述故事的尾声时，叙述语调已与前几章的议论发生了深刻的变化：更加客观而不带主观偏见，却完全失去了高高在上的轻松与幽默：

> 至于舆论，在未庄是无异议，自然都说阿Q坏，被枪毙便是他的坏的证据；不坏又何至于被枪毙呢？而城里的舆论却不佳，他们多半不满足，以为枪毙并无杀头这般好看；而且那是怎样的一个可笑的死囚呵，游了那么久的街，竟没有唱一句戏：他们白跟一趟了。[1]

那种鲁迅久久体验的深入骨髓的寂寞、孤独与悲愤，那种对于民众的不觉悟、麻木的精神状态的痛切感受，以至那种由此而生发出的对于先觉者命运的隐忧，竟那样不着痕迹地浸透了这几句似乎是客观陈述的话语。从这个意义上说，《阿Q正传》的叙事过程，又是把叙述者从高高在上的优势位置拖入作品的内在世界的过程。

一个值得玩味的现象是，《明天》与《阿Q正传》的第一人称并不以自身的心理状态展现作家的精神历史，而在前述的几类小说中，第一人称自身总是体现着某种自我表现性。尤其是在《阿Q正传》中，主观精神最深刻的体现恰恰是在严格非我的人物身上，这个人物与"我"的距离由于"我"的权威性而深深地烙在读者心

---

[1] 鲁迅：《阿Q正传》，《鲁迅全集》第1卷，第552页。

里。在这两篇小说中，主观精神形成了对客观叙述对象强有力的渗透，却并没有破坏叙述对象真实客观的品性。从这个角度说，鲁迅小说不仅是认识的现实主义，而且是渗透了主观精神的现实主义。

从总的趋势看，中国现代小说由五四小说的形成到30年代现实主义社会剖析小说的发展，呈现了艺术创作逐渐的"无我化"过程。五四小说从郁达夫、郭沫若的浪漫的感伤到冰心、王统照的幽玄的理想，无不环绕着作家的"自我"，故事、人物为"我"而存在，为"我"而动作，为"我"而感慨。1930年代现实主义社会剖析小说，即如其最成功的小说《子夜》，基本上摆脱了个人生活的痕迹，力图以某种"科学的"社会理论眼光构筑广阔的、非个人性的社会生活框架，对社会发展"规律"的追求压倒一切，人物及其喜怒哀乐似乎是"规律"操纵下的玩偶。而作家在观察与体验生活过程中的灵魂的躁动完全消失在对对象世界理性的、非个人的剖析之中。

鲁迅小说的卓然不群之处，恰恰在于：它把现代艺术的两种对立的趋向融为一体，并体现为"无我化"或"客观化"的创作原则与"一切与我有关"的创作原则的独特结合，从而使我们在这个艺术世界所真实呈现的社会历史的广阔画面中，感觉到了一个痛苦的、挣扎的、活生生的灵魂的深情倾诉，又在这个艺术世界所表达的深切的个人性的情感海洋中，听出了中国社会生活的蜕变的呻吟。这是一个有血有肉有骨有灵魂的生命体，它的复杂、它的深邃、它经久的魅力，隐藏在他那客观结构与主观结构的独特融合之中。

一个真正反现代性的现代性人物
——汪晖专访*

南风窗：今年是鲁迅逝世70周年，可否请您谈一谈如何评价鲁迅和他的当代意义？

汪晖：让我从毛泽东对鲁迅的评价谈起。毛泽东说鲁迅没有丝毫的奴颜和媚骨，这是半封建半殖民地社会的最可宝贵的品质。他认定鲁迅是伟大的革命家、思想家和文学家，现代中国的孔夫子。"文化大革命"期间，鲁迅的著作和《红楼梦》是两个特殊的领域，不但可以阅读，而且为了配合文化革命的需要，做了大量的研究工作，比如为了《鲁迅全集》的注释，全国各大高校的现代文学领域最主要的老师都卷入了这个工作，一度很多工人积极分子也参与了注释工作。在20世纪你找不到任何一个文学家、思想家的文本受到过如此大规模的研究和考订。鲁迅在他的环境中对于各种人物的批评成为"文革"时期文化政治的重要内容。

也因为如此，自70年代末80年代初的思想解放运动以来，如何评价鲁迅及其思想一直是一个具有政治争议性的问题。比如，鲁

---

*　　原刊《南风窗》2006年10月16日，采访人为《南风窗》记者阳敏。——编者

迅对于周扬等人解散"左联"十分不满,在著名的"两个口号"之争中站在胡风等人一边。鲁迅逝世之前,正值全世界面临法西斯主义威胁的时代。在这个背景下,共产国际调整了方针,要求各国共产党形成反法西斯的统一战线,"国防文学"的口号就是在这个背景下产生的。鲁迅赞成"统一战线"的主张,但强调即使在民族危机和统一战线的背景之下,"左翼"也应坚持自身的领导权,所以支持"民族革命战争的大众文学"的主张。这些问题涉及30年代左翼文化和政治的复杂问题。在"文革"中,为了清算所谓"左翼文艺黑线",鲁迅对周扬等人的批评被当作批判周扬代表的"30年代文艺黑线"的根据。这其实与鲁迅本人的思想已经毫无关系。"文革"结束后,要"拨乱反正",围绕着鲁迅的历史位置和他对许多人和事的批评就产生了许多争议。

因此,鲁迅在80年代的"思想解放运动"中的位置是双重的:一方面,鲁迅的思想和作品,尤其是有关改造国民性、"立人"思想和对礼教的批判,一再地启迪人们思考中国面临的问题和经历的苦难。王富仁先生在1985年将鲁迅的文学概括为"思想革命"的一面镜子,就是适应了这样的一种历史需要。在这个判断背后有一个预设,就是"思想革命"比"政治革命"更为重要和根本。另一方面,在"拨乱反正"过程中,如何解释鲁迅对于许多人的批评也成了一个问题。例如,原先用鲁迅批判周扬或"文艺黑线",等到"四人帮"倒台,就又有人提出鲁迅的杂文《三月的租界》所批评的"狄克"就是张春桥。所谓"神话鲁迅"的问题就是在这个过程中提出的,从一开始,它就是一个政治问题,而不是对于鲁迅的思想和文学的理解问题。

鲁迅与20世纪中国政治有着密切的关系,如何理解鲁迅,总是联系着如何评价他所生活的时代。鲁迅不是政党领袖,他甚至从未参加过任何党派，为什么毛泽东把鲁迅看成是一个"革命家"？若从现象上说，毛泽东的这个说法不容易理解。但是，鲁迅的思想和文学中有一种深刻的颠覆性和激进性，他一再地讽刺过中国的"革命，革革命，革革革命"，批评过辛亥革命、二次革命和北伐时代的革命气氛，但这个讽刺和批判却包含了一种"真正的革命""永远的革命"的精神内蕴。80年代以降有一个倾向，就是谈鲁迅的黑暗面、矛盾、彷徨和感情世界等等，这自然是很必要的，但从我的理解看，鲁迅的黑暗面、矛盾、彷徨是和他的激进性非常紧密地关联在一起的。

南风窗：这大概也是鲁迅在当代总是处于争议之中的原因吧。过去二十年对于鲁迅有很多的批评。像华东师范大学中文系罗岗教授讲的，这些批评大体上可以分为两类，一类是就事论事的批评，比如说他骂了什么人骂错了，说了什么话说错了；另外一类批评却是将鲁迅同"中国走向"的问题联系在一起，在这个思路下面，才引申出了"究竟是读鲁迅，还是读胡适"这些说法。

您如何理解前一类对鲁迅的批评？

汪晖：从"五四"时代起，鲁迅开创了所谓的"文明批评"和"社会批评"。他批评过复古派，批评过章士钊、学衡派，批评过现代评论派、古史辨派，批评过梁实秋、胡适，批评过中医、京剧和梅兰芳，批评过那个时代的"自由人""第三种人""民族主义文学"，也批评过左翼的许多人物。

关于鲁迅的偏执、刻薄、多疑的争议，在他的生前死后，从未终止。鲁迅不相信中医，这不是偏执吗？鲁迅批评梅兰芳，我们能够说京剧都不好吗？鲁迅奉劝青年最好不读中国书，现在国学大兴，鲁迅的这些话有问题吧？我在这里没有时间也没有兴趣一个个地去辨别。但有必要强调这么两点：第一，鲁迅的骂人并非出于私怨，实在是出于"公仇"。从不离开具体的情境讨论问题，这是他的社会批评和文明批评的一个突出特点，也因此，他所谈论的具体的人与事往往是社会众生相的一个缩影。比如，以他对梅兰芳的批评为例，他批评的是梅兰芳现象，而不是梅兰芳本人，尤其是那种"女人看见男人扮，男人看见扮女人"的陋习。这是他的所谓"国民性批判"的一个部分。要是我们把他的批评延伸到对整个京剧艺术的否定上去，那就是另外一件事情了。第二，鲁迅的文化批评是在"五四"时代的氛围中产生的，也是"五四"的偶像破坏论的一个具体实践。如何看待鲁迅对待传统的态度涉及如何评价"五四"和近代启蒙的问题。

南风窗：无论鲁迅，或者胡适，他们都是中国现代思想史上的大人物，您能否谈谈对他们的一个基本比较和看法？

汪晖：胡适是在现代文化史上有重大贡献的人物，同时也是开创性的人物。他是白话文运动的先锋，他的"易卜生主义"影响很大。在"五四"时期，鲁迅与胡适是同一营垒中的人。大革命失败后，鲁迅对国民党的专制与屠杀给予激烈的批判，而胡适也对国民党钳制舆论、扼杀思想自由提出公开声讨，在这方面他们都是"五四"的传人。晚年的鲁迅倾向左翼，加入左联的活动，胡适与国民党的关系则是千丝万缕，但他们都没有加入政党。从思想气质上说，两人十分不同。在学术上，胡适引入规范，告诉大家现代学术要按照什么方式和方法做，影响深远。鲁迅的学术研究充满洞见，但他更强调的是不断打破规范，总是怀疑这些极易体制化的知识具有压迫性。胡适是典型的现代化派，相信历史的进步，文章平易流畅，气质上是乐观的。

鲁迅与胡适一样对传统展开批评，但没有胡适的那种乐观气息和十分的自信。原因大致有两点，一个是他在反对传统的时候，总是觉得自己的灵魂里也中了传统的毒，想要摆脱而不能，所以他的文化批评和文明批评的矛头所向也对着自己，只是别人不大察觉而已。鲁迅对传统的批评中有一种胡适所没有的切肤之痛。另一个是他虽然以进化论的观念批判传统，但并不认为现代的国家比过去的国家更开明。大约是在1907年，鲁迅以西方为例说，君主专制打破了宗教专制，法国大革命打破了君主专制，倡导民主自由，实行多数统治，一人专制尚有反抗的余地，多数专制很可能比独夫专制还要恐怖。他赞成革命，赞成立宪制，但是他对这些所谓的"现代"从来不迷信。1929年，他对冯雪峰说，我也不要去你们未来的黄金世界，因为那里还会有将叛徒处刑的吧。他是在左翼对他的围剿中，也是在他对左翼的反抗中成为一个真正的左翼的。

1908年，鲁迅写了篇文章叫《破恶声论》。在这篇文章中，他说现在有两种"恶声"，一种说你现在要成为"世界人"，用现在的话说，都全球化了，还谈什么文化、民族或者其他的东西干吗？另一种说你现在要成为"国民"，因为现在这个时代正是民族主义的时代。鲁迅说这两者都是"恶声"，因为这些说法中没有人的自觉、没有人自身的独特性，无非是鹦鹉学舌而已。他说这是"万喙同鸣"，用他晚年一篇文章的题目就是"无声的中国"。"无声"不是没有声音，而是吵吵嚷嚷，都说差不多的、自以为绝对正确的话。这篇文章中有一个特别好的命题，叫作"伪士当去，迷信可存"，他说这是当务之急。"伪士"就是那些每天抱着自以为进步或先进的观念的人，办洋务、搞改良、谈民主、论立宪、搞共和，左的流行他就左，右的流行他便右，全球化来了他就成了"世界人"，在民族主义潮流中他成了"国民"。这些人是发不出自己的声音的"伪士"。他为什么又说"迷信可存"呢？迷信首先你要信，你不信不会迷，这里有一种对"真实感"的追求。没有这种真实感，一切都是虚无的。鲁迅批评名教，反对传统，但他竟然对"迷信"有这样的理解，他对"鬼"的世界有着隐秘的迷恋。这些在胡适这样的典型的启蒙人物、现代化的倡导者身上大概是不会发生的。

我对"胡适还是鲁迅"的问题没有多少兴趣，因为这种二元对比本身多是将历史简化为一种单一立场和态度的产物。其实，他们还不如直截了当地问：到底是改良好，还是革命好？到底是站在左边，还是站在右边？胡适是一个自由主义知识分子，一个现代化派，比较倾向于从国家的立场或智识阶级的立场来看这个社会，一点一滴地进步就好了。鲁迅有一种很深的"从下面"看问题的视角，他对阶级问题的兴趣大概与这种视角有很大的关系。大家都知道胡适是一个相信一点一滴改变的改良主义者。鲁迅也赞成改良，但绝不排斥革命，也不排斥暴力革命。北伐的时候，鲁迅给许广平写信说，改革最快的还是"火与剑"，还说孙文所以不能成功，是因为他没有"党军"。但鲁迅所说的革命是一种真正的社会改造，而不是假借革命的名义的屠杀，先是老人杀青年，而后是青年也开始杀青年。他期待通过这样一种革命消灭各种压迫形式，但对此从来没有奢望。他说的革命不是一场革命，而是"永远革命"。一个革命者必须是"永远失败的革命者"，因为那些叫嚷着革命成功的人很快就会蜕化为新的统治秩序的守护人。

从1980年代后期开始，尤其是1990年代，整个社会思潮发生了很大的变化。"告别革命"这个命题有道理，今天不再存在产生

20世纪革命的那种社会条件了。但"告别革命"的命题在许多人那里其实是一个"否定革命"的口号,除了否定全部的左翼传统之外,他们没有对革命得以产生的历史条件和思想前提给予认真的分析。以这样的方式肯定胡适,贬低鲁迅,其历史观上的肤浅是不可避免的。

南风窗:我记得您2005年夏天在华东师范大学有一个演讲,题目是《重新思考20世纪中国:从鲁迅谈起》,这个演讲的影响很大,但是访谈篇幅有限,无法具体展开。我记得您提到过鲁迅与左翼的关系问题。您刚才说到鲁迅是在和左翼的对抗中成为左翼的。正因为鲁迅与30年代左翼运动之间有很深的政治纠缠,他才会成为"文化大革命"中批判所谓的"左翼黑线"很重要的线索吧。他同左翼的关系有些复杂。

汪晖:鲁迅同左翼的关系非常复杂。鲁迅一生与中国革命的历史密切相关,他的政治选择是清晰的:从日本时期倾向革命、主张共和,到"五四"时代参与新文化运动;从北伐时代南下广州(尽管原因比较复杂),到30年代被奉为左联盟主,这个线索是清晰的。但鲁迅的每一次抉择都经历过反复的怀疑、斗争,即使做出了选择,也仍然继续这种怀疑和斗争。1928年,他与那些"革命文学"论者也就是左翼进行激烈的论战,最终却成为左翼的一员;他在1930年代成为左联的盟主,但同时对这个组织内部的宗派主义给予激烈的批评;在"两个口号"和解散左联问题上,鲁迅比那些党内的左翼更坚持左翼的立场。

鲁迅这个左翼非常特殊,他打破了左翼的总体性,激活了左翼内部的政治,使得左翼文化不是一个服从于官僚权力的僵化存在,而是内部包含着各式各样的争论分歧和复杂关系的开放空间。我觉得鲁迅的许多看法值得我们记取，比如他经常告诫说：左翼是很容易变成右翼的；又比如，他在革命流行的时候讽刺说，无产阶级在受苦，无产阶级文学却很流行。这真的是无产阶级文学吗？血管里流的是血，若自己不是一个革命人，就不可能创造出真正的革命文学。这个看法至今也还有警醒的作用吧。其实，这个"革命人"的想法与他对"伪士"的批评是一致的，原先是改良的、启蒙的"伪士"，现在是革命的"伪士"；左边有马克思主义的"伪士"，右边有自由主义的"伪士"。总之一句话，就是《狂人日记》里说的："难见真的人！"

南风窗：您多次强调了鲁迅与政治的关系，那么鲁迅究竟是以什么样的方式来介入政治的呢？

汪晖：在新文化运动中，鲁迅开始他的文学创造和杂文写作，其结果是创造了一个相对独立的文学和文化的空间。中国的文学，要么是茶余酒后的玩物，要么是文以载道，鲁迅开创的现代文学创造了一个独特的文学空间，鲁迅通过这个空间介入政治。

让我先解释一下这是什么样的空间。1922年，"五四"运动退潮，新文化运动也解体了。鲁迅写了一首诗，是《彷徨·题辞》："寂寞新文苑，平安旧战场。两间余一卒，荷戟独彷徨。"鲁迅的心情好像很落寞，他所说的"旧战场"就是指在"五四"文化运动中产生的"文苑"。其实，那时候胡适、陈独秀、李大钊这些新文化运动的主将都很活跃，为什么鲁迅突然感觉寂寞了呢？我想这与文化和政治的形势有关。这个时候，由于政治环境的变化，陈独秀、李大钊等都卷入了政党政治，年轻一代也受此影响，而胡适等人的兴趣也在转移，整理国故的运动差不多要开场了。鲁迅的这首诗表明他要坚守这个"文苑"。比较一下就清楚了，康有为、梁启超通过上层变革介入政治；孙文建立组织、联络军队、发动起义，以政治的方式介入政治；陈独秀、李大钊组织政党，从事革命活动，进行政治辩论。但鲁迅是完全通过文坛这一新的空间发出他的独特的声音的。这个自主的文坛的创造和存在就是政治性的。他一边慨叹"新文苑"的寂寞，一边显示"荷戟彷徨"的意志，表明他高度重视这个独特空间的重要性。

南风窗：但是，今天无论是文学也好，学术也好，都越来越往纯粹化、专业化的方向发展，使得文学和学术本身的生命也越来越狭小，越来越狭窄，要发展出来独立的、有政治性意义的空间是相当不容易的。

汪晖：如何理解文学与政治，是一个复杂的问题。茅盾说，鲁迅几乎每写一篇小说就创造了一种新的形式，他是一个文体家。鲁迅是真正的文学家，比如他的小说成为公认的现代小说的开山；他的散文诗，成为现代散文诗的开山；他的《故事新编》，成为现代历史小说的开山；他的杂文成为一个现代杂文的顶峰。换句话说，鲁迅是中国现代文学史上真正创造了文学样式的人，他是真正实验性的，真正前卫的，真正新颖的。如果没有这种文学样式的创新，鲁迅就不成其为鲁迅了。但这种形式的创新本身并没有使他远离政治，恰恰相反，他的每一次文学创新本身都是政治性的。形式创新意味着要创造观察历史和生活的独特视角，形成一种不同以往的世界观，这不就是政治吗？可惜的是，我们现在把形式创新与政治性对立起来，既不理解形式，也不懂得政治。

南风窗：您刚才谈到了鲁迅在文学形式上的创新，也提到了鲁迅的杂文。鲁迅的杂文写作的确开辟了真正具有批判性的公共空间，直到今天也有很多人模仿鲁迅的杂文样式，包括模仿鲁迅那种嬉笑怒骂的嘲讽语气来写作杂文。但是在今天这个媒体时代里，如何在媒体里创造出真正意义上的公共空间反而成为问题，换句话讲，我们也许要问：为什么今天的媒体世界不能造就第二个鲁迅？

汪晖：鲁迅从20年代开始撰写大量的杂文。他初期的杂文登在《新青年》等刊物上，但到上海时期，就主要依托报刊，也就是大众传媒了，《申报·自由谈》就是一个出名的例子。现在很多知识分子瞧不起媒体，觉得媒体乱七八糟，其实鲁迅时代的媒体也是乱七八糟，但他能利用媒体创造出真正的公共空间，这个经验很值得我们总结。媒体总是被政治的、经济的和文化的强势力量所控制，其公共性也因此丧失于无形。但如果我们只是拒绝媒体或退出媒体，就表示我们独立吗？不行的，因为那样你就彻底被销声了；那么，我们进入媒体又怎样呢？也很难，因为媒体有其支配的逻辑。

鲁迅是怎么做的呢？鲁迅打游击战，在一个由都市印刷文化构成的丛林中打游击战。游击战有什么特点呢？游击战一定要根据当时的地形、地势、社会关系来打。这个地方是山区，还是芦苇荡？还要有阿庆嫂，沙家浜，没有这个环境，就没有游击战。所以，在这个意义上，鲁迅所有的论点、所有的论述永远是植根在他的语境里。我们前面谈到鲁迅对许多人的批评和批判时就说过这一点，你把他的话抽离出具体语境当成教条，那不是鲁迅的责任。在游击战的具体战法上，还值得一提的是他不断地变换笔名，灵活地调动主题，绕过检查官的检查，实施突然袭击。鲁迅也有阵地，比如左联，比如他办过的刊物，但在战法上，他还是更偏向游击战的。我的老师唐弢先生很年轻的时候就出名了，因为他写杂文，而名字与鲁迅用过的一个笔名唐俟相似，就被误认为是鲁迅的杂文而遭到围剿。变换笔名也体现了鲁迅的一个特点：他的文章不是博取名声的工具，而是真正的匕首和投枪。他是一个不是文人的文人，也是一个不是战士的战士，或者说，是文学家与战士的合体。鲁迅希望自己的文章速朽，而不是名山大业，却因此奠定了一个真正的批判知识分子的传统。

现代政治的一个特点是有高度的组织性，政党就是这一组织性最重要的体现。鲁迅并不排斥集团性的政治斗争，但即使在集团性的政治斗争中，他也保持高度的灵活性和自主性。这就是游击战的意义。鲁迅的杂文创造出了一个真正具有独立性的批判空间，它需要高超的文学技巧和敏锐的政治介入方式，才能做到。

南风窗：就这一点说，鲁迅也具有真正的知识分子对于社会的关怀，恐怕这也是他对于今天的意义。

汪晖：鲁迅是一个卓越的学者，也是一个很好的老师。但在一个现代大学和学术制度已经建立起来的时代里，他最终选择了自由撰稿人的角色，我把他看作媒体丛林战的战士。他跟胡适很不一样，胡适在学术界有很大的学术势力；鲁迅好像没有什么势力，他靠的是精神传承的力量。我并不是反对专业研究，而是说现代大学制度很接近于毛泽东说的那种培养驯服工具的机器——过去是政治的驯服工具，现在是市场的驯服工具。鲁迅在精神上是最反对驯服工具的。

南风窗：后来大家都说"告别鲁迅""鲁迅死了"……

汪晖：在1920年代"革命文学"论战兴起之际，钱杏邨（阿英）就写了一篇《死去了的阿Q时代》，说阿Q时代早就死掉了……在20年代，左翼宣布鲁迅的死亡，但是鲁迅没有死亡，反而影响越来越大。1990年代是右翼宣布鲁迅的死亡，鲁迅也没死亡。对于希望速朽的鲁迅而言，他一定有点失望。1940年代，毛泽东在《新民主主义论》中说，1927—1937年这段时期，中国革命有两个深入，一个是土地革命的深入，还有一个是文化革命的深入。他说后者是一个奇迹，因为以鲁迅为代表的左翼文化界在政治上、经济上、军事上，都处在很弱小的地位，可是他们却牢牢地掌握了文化的领导权。鲁迅在这个时代获得了越来越大的影响却是事实。总之，从1928年"革命文学"论者宣布鲁迅死亡至今已经七八十年了，人们还在继续宣布的过程中。

南风窗：不管鲁迅到底死得了，还是死不了，今天还是有很多人在读鲁迅、谈论鲁迅，可见他还是中国现代史上不可逾越的一个人物。但是，今天的时代毕竟不一样了，在这个现代化、全球化席卷一切的时代，在您看来，究竟要怎样读鲁迅才能读出他的真意义？

汪晖：他始终在时代的氛围里，追踪这个时代最重要的问题，但他永远有一个"悖论式"的态度。比如，他提出民主自由的同时，对民主自由提出最深的怀疑；他在倡导科学进步的同时，对科学进步也提出最深刻的怀疑；他是对传统的黑暗给予最深刻揭露的人，同时他又对迷信、对很多传统的东西有很深的迷恋……鲁迅是一个对启蒙抱有深刻怀疑的启蒙者，对革命抱有深刻疑虑的"革命者"，他总是置身于时代的运动，却又对运动本身抱有怀疑。鲁迅说，在没有确凿之前，我的"疑"永远存在，可是这个"疑"背后有一个东西，他一生讲的东西，就是"真"，即对价值的真正的忠诚。鲁迅最彻底地贯彻了平等的价值，他拒绝任何范围内存在的压迫关系，民族的压迫、阶级的压迫、男性对女性的压迫、老人对少年的压迫、知识的压迫、强者对弱者的压迫、社会对个人的压迫等等都被他展示出来了，同时，他也憎恶一切将这些不平等关系合法化的知识、说教和谎言……但在鲁迅这里，现代平等的价值是通过彻底地根除虚伪和奴隶道德为前提的。从这一点来说，鲁迅是一个真正的现代性人物，或者说，一个反现代性的现代性人物。

参 考 文 献

第三版主要参考文献⁽¹⁾

《鲁迅全集》，16卷本，人民文学出版社，1981⁽²⁾。

《鲁迅译文集》，10卷本，人民文学出版社，1958。

《鲁迅研究学术论著资料汇编》（1913—1983），全5卷及索引分册，中国社
会科学院鲁迅研究室编，中国文联出版公司，1985。

《鲁迅回忆录》，散篇，上、中、下册，鲁迅博物馆鲁迅研究室选编，北京出
版社，1999。

《鲁迅回忆录》，专著，上、中、下册，鲁迅博物馆鲁迅研究室选编，北京出
版社，1999。

《鲁迅年谱》，4卷本，鲁迅博物馆鲁迅研究室编，人民文学出版社，1981。

《鲁迅的美学思想》，唐弢，人民文学出版社，1984。

《鲁迅作品论集》，王瑶，人民文学出版社，1984。

《鲁迅论》，陈涌，人民文学出版社，1984。

〈1〉 本书初版时，应出版社要求，删去了全部参考书目。现在这份书目是重新编定的。原
书目中大量的资料已经编入两套系统的大型资料丛书之中，即《鲁迅研究学术论著资
料汇编》（1913—1983）和《鲁迅回忆录》（散篇、专著）。这里仅列出资料集的标题，
具体的文章及著作不再标出题目。此外，全书涉及的其他资料均见各章注释，不再
一一列出。——2008年第三版作者说明

〈2〉 为方便读者检索，本版所征引之《鲁迅全集》更换为人民文学出版社2005年版。——
编者

《鲁迅美学思想论稿》，刘再复，中国社会科学出版社，1981。

《"两地书"研究》，王得后，天津人民出版社，1983。

《心灵的探寻》，钱理群，上海文艺出版社，1988。

《中国反封建思想革命的一面镜子》，王富仁，北京师范大学出版社，1986。

《现代中国最苦痛的灵魂》，王晓明，《未定稿》，1985年第19—20期。

《鲁迅早期五篇论文注译》，王士菁，天津人民出版社，1978。

《鲁迅》，竹内好，浙江文艺出版社，1986。

《摩罗诗力说材源考》，北冈正子，北京师范大学出版社，1983。

《国外鲁迅研究论集》，乐黛云编，北京大学出版社，1981。

《国外中国文学研究论丛》，中国社会科学院文学研究所国外中国学研究组
    编，中国文联出版公司，1985。

《日本学者研究中国现代文学论文选粹》，刘柏青、金训敏合编，吉林大学出
    版社，1987。

Lu Xun and His Legacy, edited by Leo Ou-fan Lee, Berkeley, University of
    California Press, 1985.

The Gate of Darkness: Studies on the Leftist Literary Movement in China, by
    Hsia Tsi-an, Seattle, University of Washington Press, 1968.

The Lyric and the Epic: Studies of Modern Chinese Literature, by Jaroslav
    Průšek; edited by Leo Ou-fan Lee, Bloomington, Indiana University Press,
    1980.

The Chinese Novels at the Turn of the Century, Edited by Milena Doleželová
    Velingerová, University of Toronto Press, 1980.

1988年原稿参考文献^{⟨1⟩}

期刊与报纸

《民报》

《新民丛报》

《清议报》

《天义报》

《新世纪》

《河南》

《浙江潮》

《新青年》

《新潮》

《东方杂志》

《小说月报》

《文学周报》

《语丝》

《洪水》

中文书目

鲁迅:《鲁迅全集》,人民文学出版社,1981。

鲁迅:《鲁迅译文集》,人民文学出版社,1958。

(奥)弗洛伊德:《精神分析引论》,商务印书馆,1986。

(奥)弗洛伊德:《弗洛伊德后期著作选》,上海译文出版社,1986。

北京大学、北京师范大学、北京师范学院中文系中国现代文学教研室主编:

---

〔1〕 根据原版博士论文参考书目(现藏国家图书馆)重排,增补了少数几条原参考文献中
未出现而论文中引用的文献,同时删去了几条论文中未引用且相关性不大而原参考文
献中列入的文献。

《文学运动史料选》（五卷本），高等教育出版社，1979。

陈铨：《从叔本华到尼采》，大东书局，1946。

陈瘦竹：《论悲剧与喜剧》，上海文艺出版社，1983。

陈崧编：《五四前后东西文化问题论战文选》，中国社会科学出版社，1985。

陈涌：《鲁迅论》，人民文学出版社，1984。

丁守和主编：《辛亥革命时期期刊介绍》（第一——三集），人民出版社，1982。

董衡巽编：《海明威研究》，中国社会科学出版社，1980。

（德）蔡特金：《蔡特金文学评论集》，人民文学出版社，1978。

（德）黑格尔：《精神现象学》，商务印书馆，1979。

（德）黑格尔：《法哲学原理》，商务印书馆，1982。

（德）黑格尔：《历史哲学》，商务印书馆，1963。

（德）黑格尔：《美学》（第1—3卷），商务印书馆，1979。

（德）伽达默尔：《真理与方法》，辽宁人民出版社，1987。

（德）康德：《纯粹理性批判》，商务印书馆，1982。

（德）康德：《实践理性批判》，商务印书馆，1960。

（德）卡西尔：《人论》，上海译文出版社，1985。

（德）尼采：《悲剧的诞生》，生活·读书·新知三联书店，1986。

（德）尼采：《苏鲁支语录》，生活书店，1936。

（德）尼采：《札拉图斯特拉如是说》，文通书局，1949。

（德）尼采：《瞧！这个人》，中国和平出版社，1986。

（德）叔本华：《作为意志和表象的世界》，商务印书馆，1982。

（德）叔本华：《爱与生的苦恼》，中国和平出版社，1986。

（德）施太格缪勒：《当代哲学主流》（上），商务印书馆，1986。

（俄）安德列耶夫：《安德列耶夫小说戏剧选》，外国文学出版社，1984。

（俄）安德列耶夫：《七个被绞死的人》，漓江出版社，1981。

（俄）别林斯基：《别林斯基选集》第1卷，上海译文出版社，1979。

（俄）M.巴赫金：《巴赫金文论选》，中国社会科学出版社，1996。

（俄）普列汉诺夫：《无政府主义和社会主义》，生活·读书·新知三联书店，1980。

（俄）契诃夫：《恐怖集》，上海译文出版社，1982。

（法）杜夫海纳：《美学与哲学》，中国社会科学出版社，1985。

（法）加缪：《西西弗的神话》，生活·读书·新知三联书店，1987。

（法）让·华尔：《存在哲学》，生活·读书·新知三联书店，1987。

（法）萨特：《存在与虚无》，生活·读书·新知三联书店，1987。

费孝通：《乡土中国》，生活·读书·新知三联书店，1985。

冯雪峰：《回忆鲁迅》，人民文学出版社，1957。

冯雪峰：《鲁迅的文学道路》，湖南人民出版社，1980。

冯友兰：《中国哲学简史》，北京大学出版社，1985。

冯友兰：《中国哲学史新编》，人民出版社，1986。

龚鹏程、张火庆：《中国小说史论丛》，学生书局，1984。

《国外中国文学研究论丛》，中国文联出版社，1985。

李长之：《鲁迅批判》，北新书局，1936。

李泽厚：《批判哲学的批判》，人民出版社，1984。

李泽厚：《中国近代思想史论》，人民出版社，1979。

李泽厚：《中国古代思想史论》，人民出版社，1985。

李泽厚：《中国现代思想史论》，东方出版社，1987。

李宗英、张梦阳：《六十年来鲁迅研究论文选》，中国社会科学出版社，1981。

林明德编：《晚清小说研究》，联经出版事业公司，1988。

柳鸣九编选：《新小说派研究》，中国社会科学出版社，1986。

柳鸣九编选：《萨特研究》，中国社会科学出版社，1981。

鲁迅诞生一百周年纪念委员会学术活动组编：《纪念鲁迅诞生一百周年学术
    讨论会论文选》，湖南人民出版社，1983。

（罗）泰纳谢：《文化与宗教》，中国社会科学出版社，1984。

茅盾：《茅盾论中国现代作家作品》，北京大学出版社，1980。

（美）爱德华·萨丕尔：《语言论》，商务印书馆，1985。

（美）保罗·亨利·朗格：《十九世纪西方音乐文化史》，人民音乐出版社，
    1982。

（美）宾克莱：《理想的冲突——西方社会中变化着的价值观念》，商务印书
    馆，1988。

（美）弗雷德里克·杰姆逊：《后现代主义与文化理论》，陕西师范大学出版

社，1987。

（美）霍埃：《批评的循环》，辽宁人民出版社，1987。

（美）考夫曼：《存在主义哲学》，商务印书馆，1971。

（美）林毓生：《中国意识的危机："五四"时期激烈的反传统主义》，贵阳人
民出版社，1986。

（美）马斯洛：《存在心理学探索》，云南人民出版社，1987。

（美）帕深思、莫顿等：《现代社会学结构功能论选读》，巨流图书公司，1981。

（美）R. Kessing：《当代文化人类学》，巨流图书公司，1976。

（美）梯利：《西方哲学史》，商务印书馆，1979。

（美）韦勒克、沃伦：《文学理论》，生活·读书·新知三联书店，1984。

（美）约瑟夫·R. 勒文森：《梁启超与中国近代思想》，四川人民出版社，
1986。

欧阳凡海：《鲁迅的书》，美华图书公司，1947。

欧阳谦：《人的主体性和人的解放》，山东文艺出版社，1986。

钱理群：《心灵的探寻》，上海文艺出版社，1988。

（日）北冈正子：《摩罗诗力说材源考》，北京师范大学出版社，1983。

（日）山田敬三：《鲁迅世界》，山东人民出版社，1983。

（日）福泽谕吉：《文明论概略》，商务印书馆，1959。

（日）福泽谕吉：《劝学篇》，商务印书馆，1984。

（日）今道友信：《存在主义美学》，辽宁人民出版社，1987。

（日）桑原武夫：《文学序说》，黄河文艺出版社，1985。

（日）竹内好：《鲁迅》，浙江文艺出版社，1986。

（瑞士）荣格：《探索心灵奥秘的现代人》，社会科学文献出版社，1987。

（瑞士）费尔迪南·德·索绪尔：《普通语言学教程》，商务印书馆，1980。

汝信、侯鸿勋、郑涌等主编：《西方著名哲学家评传》（第七、八卷），山东
人民出版社，1984。

司马长风：《中国新文学史》（上），香港昭明出版社，1978。

（苏联）斯·费·奥杜也夫：《尼采学说的反动本质》，上海人民出版社，
1961。

（苏联）波斯彼洛夫：《文学原理》，生活·读书·新知三联书店，1985。

（苏联）高尔基：《俄国文学史》，上海译文出版社，1979。

（苏联）库尔钦斯基：《施蒂纳及其无政府主义哲学》，马恩列斯著作研究会
  编辑出版部，1982。

（苏联）米·赫拉普钦科：《作家的创作个性和文学的发展》，上海人民出版
  社，1977。

《苏联现实主义问题讨论集》，外国文学出版社，1981。

唐弢：《鲁迅的美学思想》，人民文学出版社，1984。

田汝康、金重远选编：《现代西方史学流派文选》，上海人民出版社，1982。

王得后：《〈两地书〉研究》，天津人民出版社，1982。

王富仁：《中国反封建思想革命的一面镜子——〈呐喊〉〈彷徨〉综论》，北
  京师范大学出版社，1986。

王士菁：《鲁迅早期五篇论文注译》，天津人民出版社，1978。

王树人：《思辨哲学新探》，人民出版社，1985。

王瑶：《鲁迅作品论集》，人民文学出版社，1984。

王忠琪等译：《法国作家论文学》，生活·读书·新知三联书店，1984。

伍蠡甫主编：《西方文论选》，上海译文出版社，1979。

徐崇温主编：《存在主义哲学》，中国社会科学出版社，1986。

许广平：《欣慰的纪念》，人民文学出版社，1981。

许寿裳：《亡友鲁迅印象记》，人民文学出版社，1956。

许寿裳：《我所认识的鲁迅》，人民文学出版社，1959。

薛华：《自由意识的发展》，社会科学文献出版社，1983。

薛华：《黑格尔对历史终点的理解》，社会科学文献出版社，1983。

辛冠洁：《中国近代著名哲学家评传》，齐鲁书社，1982。

严复：《天演论》，商务印书馆，1981。

叶启政：《社会、文化和知识分子》，东大图书公司，1984。

（意）葛兰西：《葛兰西文选（1916—1935）》，人民出版社，1992。

（英）阿契尔：《剧作法》，中国戏剧出版社，1980。

（英）艾耶尔：《二十世纪哲学》，上海译文出版社，1987。

（英）福斯特：《小说面面观》，花城出版社，1984。

（英）卡尔：《历史是什么？》，商务印书馆，1981。

（英）柯林武德：《历史的观念》，中国社会科学出版社，1986。

（英）马林诺夫斯基：《文化论》，中国民间文艺出版社，1987。

（英）罗素：《西方哲学史》，商务印书馆，1976。

（英）汤因比：《历史研究》，上海人民出版社，1962。

（英）维特根斯坦：《文化和价值》，清华大学出版社，1987。

（英）伍尔夫：《论小说与小说家》，上海译文出版社，1986。

乐黛云编：《国外鲁迅研究论集 1960—1980》，北京大学出版社，1981。

袁可嘉、董衡巽、郑克鲁选编：《外国现代派作品选》，上海文艺出版社，1980。

袁良骏：《鲁迅研究史》（上卷），陕西人民出版社，1986。

周国平：《尼采：在世纪的转折点上》，上海人民出版社，1986。

周遐寿（周作人）：《鲁迅小说里的人物》，人民文学出版社，1957。

周遐寿（周作人）：《鲁迅的故家》，人民文学出版社，1957。

周作人：《周作人回忆录》，湖南人民出版社，1982。

张枬、王忍之主编：《辛亥革命前十年间时论选集》，生活·读书·新知三联书店，1978。

张汝伦：《意义的探究——当代西方释义学》，辽宁人民出版社，1986。

张锡勤编：《中国近现代伦理思想史》，黑龙江人民出版社，1984。

赵毅衡：《新批评——一种独特的形式主义文论》，中国社会科学出版社，1986。

赵家璧主编：《中国新文学大系》，良友图书印刷公司，1936。

钟叔河：《走向世界：近代中国知识分子考察西方的历史》，中华书局，1985。

中共中央马克思、恩格斯、列宁、斯大林著作编译局编：《列宁选集》（第一—四卷），人民出版社，1974。

中共中央马克思、恩格斯、列宁、斯大林著作编译局编：《马克思恩格斯选集》（第1—4卷），人民出版社，1972。

中共中央马克思、恩格斯、列宁、斯大林著作编译局编：《马克思恩格斯全集》（第1、3卷），人民出版社，1956。

中共中央马克思、恩格斯、列宁、斯大林著作编译局编：《五四时期期刊介绍》，生活・读书・新知三联书店，1978。

中国社会科学院外国文学研究所、《文艺理论译丛》编辑委员会编：《文艺理论译丛》（1）—（3），中国文联出版公司，1985。

中国社会科学院文学研究所西方文学组编：《现代美英资产阶级文艺理论文选》，作家出版社，1962。

中国社会科学院文学研究所鲁迅研究室编：《鲁迅研究学术论著资料汇编》（1）（2），中国文联出版公司，1985。

中国艺术研究院外国文艺研究所编：《世界艺术与美学》第4辑，文化艺术出版社，1985。

论文（按发表时间排序）

刘弄潮：《李大钊和鲁迅的战斗友谊》，《百科知识》，1979年第2期。

（苏联）库卡尔金著，芮鹤九译：《查利与卓别林》，《电影艺术译丛》，1979年第3期。

（苏联）米・巴赫金著，夏仲翼译：《陀思妥耶夫斯基的复调小说和评论界对它的阐述》，《世界文学》，1982年第4期。

王晓明：《现代中国最痛苦的灵魂》，《未定稿》，1985年第19—20期。

T.赫特斯著，尹慧珉译：《雪中盛开的花——鲁迅及中国现代文学的两重处境》，《文学研究参考》，1986年第3期。

（美）林毓生：《鲁迅思想的特征——兼论其与中国宇宙论的关系》，《鲁迅研究动态》，1987年第1期。

罗强烈：《小说叙述观念与艺术形象构成的实证分析》，《文学评论》，1987年第2期。

（法）阿尔都塞著，李迅译：《意识形态和意识形态国家机器》，《当代电影》，1987年第3—4期。

邹惠玲：《浅谈非虚构小说》，《文学研究参考》，1987年第5期。

黎红雷：《中法启蒙哲学之比较》，《哲学研究》，1987年第5期。

（英）F.C.科普勒斯东著，李小兵译：《漫议儒、释、道——中国哲学的特点》，《国外社会科学》，1987年第7期。

邱存平：《关于鲁迅对中庸思想的批判》，《鲁迅研究动态》，1987年第10期。

钱理群:《鲁迅思维方式与中外文化关系的随想》,《复印报刊资料·鲁迅研究》, 1988年第2期。

英文书目

Brereton, Geoffrey, *Principles of Tragedy*, University of Miami Press, Coral Gables, Florida, 1970.

Goldman, Merle, *Modern Chinese Literature in the May-Fourth Era*, Harvard University Press, 1977.

Joseph R. Levenson, *Liang Ch'i ch'ao and the Mind of Modern China*, Cambridge, MA.: Harvard University Press, 1959.

Lyell, William A., *Lu Hsun's Vision of Reality*, University of California Press, 1976.

Průšek, Jaroslav, *The Lyric and the Epic: Studies of Modern Chinese Literature*, Bloomington: Indiana University Press, 1980.

Friedrich Schleiermacher, *Hermeneutics and Criticism, And Other Writings*, Translated and edited by Andrew Bowie, Cambridge University Press, 1998.

Schwartz, Benjamin, *In Search of Wealth and Power, Yen Fu and the West*, Cambridge, Mass.: Harvard University Press, 1964.

Velingerová, Milena Doleželová ed. *The Chinese Novels at the Turn of the Century*, University of Toronto Press, 1980.

生活・讀書・新知 三联书店 刊行

"当代学术" 第二辑

生活·讀書·新知 三联书店 刊行

生活·讀書·新知 三联书店 刊行